为你写书

高冬梅 —— 著

陕西新华出版 三秦出版社

图书在版编目（CIP）数据

为你写书 / 高冬梅著 . — 西安：三秦出版社，
2023.9
ISBN 978-7-5518-2996-0

Ⅰ．①为… Ⅱ．①高… Ⅲ．①散文集—中国—当代
Ⅳ．① I267

中国国家版本馆 CIP 数据核字（2023）第 173401 号

为你写书

高冬梅　著

出版发行	三秦出版社
社　　址	西安市雁塔区曲江新区登高路 1388 号
电　　话	（029）81205236
邮政编码	710061
印　　刷	陕西隆昌印刷有限公司
开　　本	787mm×1092mm　1/16
印　　张	21.5
插　　页	8
字　　数	400 千字
版　　次	2023 年 9 月第 1 版
印　　次	2023 年 9 月第 1 次印刷
印　　数	5000
标准书号	ISBN 978-7-5518-2996-0
定　　价	86.00 元

网　　址　http：//www.sqcbs.cn

高冬梅

作者

　　高冬梅，陕西靖边人，九三学社社员，中学高级教师。深耕教育二十多年，爱学生，爱生活，爱摄影，坚持写作。记录真实，还原生活的本真；抒写真情，表达对生命的赤诚。著有散文集《陪你一起过高三》《躬耕拾遗》。

守望

倔强

孤独的守望是生命最后的倔强，坚持的意义就是到最后，只有少数人能看到绝美的风景，成就不凡的人生。

春庭寂寂

时间与我皆过客

　　万物与我们，一起经历着轮回，只是有一些生命与我们结伴而行，而有一些生命从生到灭，都不曾与我们相逢。

曙光

秋思

总有光照进我们的生命，总有色彩丰盈我们的生活。

山气日夕佳

飞鸟相与还

　　岁月藏在山岚里，挂在树梢上，一不小心，我们就会走到岁月深处，
回首已是百年。

梵高来过的夏天

另一抹紫色

不论是喧嚣还是孤寂，生命到最后都难免会落得形单影只，请记住我最美的样子，以后当你独自面对孤独的旅程时回忆起我，嘴角带笑。

细屑的时光

每一朵雪花都是一首温暖的情诗，只要轻轻一触，便会长出翅膀，飞到爱人的身边。

微　雨

我在等你，在时间的荒漠中，你不来，我不敢老去。

目 录

写在前面 ————————————○

静看一朵花开 /1

人间烟火 ————————————○

人间烟火（一）/7

人间烟火（二）/11

两小儿辩斗 /17

人间烟火（三）/18

灯火阑珊里的父亲 /21

没有你，我怎么办? /24

侯哥 /29

毛衣 /34

拥你入怀 /37

与你同行 /40

卑鄙的母亲 /43

鼻子的遭遇 /49

遛弯 /52

生活无大事 /56

有人陪你演戏，是一种幸福 /60

移动的小饭桌 /62

送你一朵小红花 /66

购衣记 /70

怀念雨声 /75

窗外 /78

吾庐春色 /81

福蛙 /87

余香 /90

中蛊 /95

一条死不瞑目的鱼 /100

炉火 /104

冰箱里的幸福 /108

谈好色 /112

为了忘却的怀念 /115

我要把你忘记 /121

人在旅途

余生很短，请各自珍重 /133

遇贼记 /137

偷炭记 /141

拦鸡记 /144

养鸟记 /147

梦里沙枣飘香 /150

赶集 /153

豆腐巷的豆腐 /159

求学记 /163

我在拉卜楞寺看大门 /169

人在旅途之汉中行 /173

人在旅途之宝鸡行 /178

人在旅途之白银行 /180

老屋 /183

回家的路 /188

2019 年关键词 /193

常回家看看 /195

骑行偶得 /198

寻找心动的感觉 /202

毛乌素沙漠的夜 /208

国庆节见闻 /213

入京记 /224

我会把你们忘记 /232

写在年的边上 /236

君向潇湘我向秦 /240

秋天很美 /248

为你写书

为你写书 /255

一只会下蛋的母鸡 /259

人活一口气 /263

老茧 /267

帘子效应 /271

中年人的梗 /274

陌上花开 /277

我的咸亨酒店 /281

老猫 /284

我的音乐课 /288

我的底牌 /292

什么也没有 /298

卖鸡蛋的小女孩 /303

饭碗的故事 /308

买鞋 /314

偷梨记 /318

重回 15 岁 /323

一种长得像狗的花朵 /326

后　记 ────────────○

静看一朵花开

　　我静静地看着这朵花开，欣赏着生命恣意舒展的样子。

　　我欣赏生命用色彩、用声音来表达自己存在的方式。

　　花有花语，鸟有鸟言，我愿意去寻找，去欣赏，去懂得。阴霾太多，我在自己的世界里太久，今天出去走走。格桑花儿开了，到处都是，一大簇一大簇的，生命有存在就有灭亡，落花也是满地。有的花儿在努力开放，可有的花儿已经凋谢了，还有一些，已经和着泥土进入了下一个生命的轮回。

　　我想，被我看到的花儿是幸运的，或者说，我能见到它们最美的样子，我是幸运的。

　　这世界繁花似锦，何曾缺少过鲜花，却鲜有人驻足花前，静静地欣赏这一片花开，我为它们摄像，为它们留影，甚至与它们玩乐。我想路人倘若见我和花说话，定觉得遇到的是个疯子，可我不觉得。甚至，我觉得它们懂得我的语言，所以它们才会千娇百媚地随风起舞，才会把它们最美的一面展示给我看，看着给它们拍的照片不禁感慨：生命真美啊！

王国维说："最是人间留不住，朱颜辞镜花辞树。"美人迟早会老去，鲜花迟早会凋落，那么，能在最美的时候遇到你，那是多少次轮回的修为，那需要积攒够多少世的福报？怪不得席慕容曾说："让我遇见你，我曾在佛前求了五百年，让佛把我变成一棵树，长在你必经的路上。"

那你又在佛前求了多少年，让你变成一朵花，长在了我必经的路上，或者是我在佛前求了多少年，让我能看到最美的你？

人与人的相遇是如此，人与物的相遇亦是如此。一株草，一朵花，一片树叶，甚至一捧山泉，匆匆相遇与匆匆离别。

缘分让我见到你，在你最美的时刻。

我不禁为已凋零的花瓣感伤，顿时有了"君生我未生，我生君已老"的感慨：是你开得太早，还是我来得太晚，让相遇成为一种遗憾，我遗憾未能见到你最美的样子，你遗憾未让我见到最美的你。

有一朵花的花蕊上，居然卧着一只蜜蜂，挥之不去，再细看，已经死去。这是"宁可枝头抱香死，何曾吹落北风中"的一只蜜蜂吗？想这世间的痴情之人多，不承想这世间痴情之物也多，为了与你同眠，我宁可死在你的怀中。

仔细观察，蜜蜂抱着花蕊，静谧安详，它应该是在幸福中死去的。为爱而死，是值得的，也是高尚的。欧阳修说："智勇多困于所溺"，这只蜜蜂也该是为自己的所"溺"困扰，而又有多少人，连自己"溺"于什么都不知道，庸庸碌碌地活着，匆匆忙忙地死去，如这一季的花开，如这一季的草枯，想想着实是可悲。

那我又是什么？是这枝头随时可能会凋谢的花还是这迷恋于花丛、随时准备为爱赴死的蜜蜂？从万物众生的角度来看，我与它们有何二致？

若是花，那我在佛前所求又是为何？是为了哪个人，还是哪个季节？抑或是哪一阵清风与哪一轮明月？若我是蜜蜂，那我留恋的花丛中，哪朵花才是我最后的归宿？

我静看一朵花开，等待着生命中的那个人，那朵花，那片云，或那一缕清风。

人间烟火

人间烟火（一）

终究是活在人间，所以特别喜欢这烟火的味道。

我说的烟火，是干柴烈焰燃烧后的味道。小时候每年秋天都要去扫树叶烧炕。秋天的山野树叶渐次落地，风一吹，全都在低洼的地方。用麻袋或者是筐子几分钟便可以装满一大袋或者一大筐。送回家倒在地上，然后再出去装。不用走远，只是家门口的一排大树上落下的树叶就可以烧过大半个冬天。

小时候家里人睡炕，灶里的火都烧给了奶奶睡的炕，我和哥哥学习的书房烧炭，父母亲住的炕烧柴火。沙漠边上没有那么多的柴烧，所以冬天烧炕用的几乎都是树叶。北方人都知道，炕墙上会有洞，用来放炉管，或者直接烧柴火，树叶就是从这个炕洞里塞进去烧的。这个任务一般是由二姐完成的，因为她要干的活儿太多，其他的活儿我也干不了，所以我也偶尔接替她烧炕。

树叶子全部塞进炕洞里是烧不起来的，而且影响烟的出口，烟会倒蹿出来，很呛。所以，树叶要一点一点往炕洞里塞，要火烧旺了之后，慢慢添。多数时候，我没有这种耐心，极少会看着红红的火焰慢慢地烧起来，我会一股脑儿把树叶全都塞进炕洞，点燃一根火柴扔进去，看见树叶刚燃着就跑出去玩。如果父母晚上睡觉炕凉得睡不成，不用问，那火八成是我烧的，只管点火了，并不管有没有燃烧，所以炕是冰的。

有一次着急去玩，塞了一大堆树叶进去，点着火，地上还有很多树叶都没有扫，我就跑出去玩火把。

冬天可供玩的游戏种类并不多，下午玩得最多的是火把。我们的火把制作非常简单：拣一些纸箱子，撕开成片，然后将其卷成纸筒，点燃。这样的纸筒，站着拿着它，几乎是不可能完全燃烧的，只有迎着风使劲儿跑，它才能冒出火星，甚至火苗，一旦停下来不跑，火苗熄灭了，会一个劲儿地冒黑烟，呛得很。这种没有任何技术含量的游戏让年少的我们玩得不亦乐乎，乐趣似乎就是那迎风飞跑时寒冷的风与火星传给的几丝温暖交错扑面的奇异的感觉。这种游戏是从下午饭后开始，一直要玩到天黑漆漆的家里大人寻来才会结束。带着一身烟熏味、顶着一张大花脸回去经常会被大人骂，倘若不小心把衣服烧开窟窿，还会挨揍，即便是这样，大家还是玩得乐此不疲。

等再回到家之后，家里乌烟瘴气，大人瞪着我，吓得我大气都不敢出。原来因为那天风大，火烧得特别旺，所有塞进炕洞的树叶居然完全燃烧了，而且炕洞边上的着火的树叶掉到了地上，燃着了地上堆着的树叶，幸好被大人及时发现，不然险些酿成大祸。为此我连烧炕的活儿也免了，因为大家觉得我"靠不住"。

说来也怪，我居然就喜欢闻这烧树叶子的味道。多年后和二姐说起，她笑着说"有病"。

除了干树叶烧着的味道，我还特别喜欢农村清晨烧菜做饭的味道。现在的城市中大多数烧天然气，偶尔也有烟味，也是烧炭的味道，完全没有烧柴火的"清香"。没有尾气，没有煤气，没有乱七八糟的味儿，干干净净的柴火味儿。如果这纯粹的柴火味里，再弥漫着点饭菜的味道，那就是另一番滋味了。

学校离家并不远，一路走回家大概也就六七分钟，饥肠辘辘的我经常想长着夸父的大长腿，一步跨进家门，因为实在太饿了。农村孩子，哪里懂得吃什么早餐，几乎每天早晨都在饥饿中度过，尤其是最后一节课，感觉饿得要命。一路小跑回家，贪婪地吸着从路边各家各户飘出的夹杂着柴火味的香气，口水能咽一路。回到家狼吞虎咽的样子，真的不用再多写。

清贫的岁月，母亲熬的洋芋黄萝卜菜，我能吃两海碗。如果再加上点儿小块腌猪肉，我会恨不得把锅也给吃了。

母亲的手是最巧的，总能将贫穷的生活烹调出美美的味道。最简单的食材，在她的手里都会变成人间美味。单是黄米，她就能酿成米酒，做成米糕，蒸成米饭，炒成米茶，炸成米馍；只就胡萝卜，她能做成炸萝卜甜角，剁成饺子馅，拌成凉菜，腌制成酸菜，晒成萝卜干，制成萝卜泥，熬成萝卜粥……总之，在她的手里，没有不好吃的东西。放学路上，只要看见远处屋顶上炊烟袅袅，就知道家里一定有忙碌的母亲和美味的饭菜等着我。

人间烟火味就是这种味道，里面有爱的味道和生活的味道。

姊妹几个，二姐的个子是最小的，现在说起这事，她仍觉得愤愤不平。二姐在长个子的关键期，家里没有劳动力，也没有富足的粮食，她和母亲经常吃着最不好的饭，干着最重的活儿，所以影响了生长发育。这让她成了几个姊妹中营养最不良、个子最小的一个。母亲说二姐的营养不良是娘胎里带的，因为怀她的那一年，正赶上饥荒，一点儿粮食也没有，二姐是早产，生下的时候还没有父亲的鞋底大。

大姐在县城里上学，父亲在外地工作，家里有瘫痪的祖母、年幼的我和哥哥，少年的二姐和母亲承担起了家里所有的家务和地里的农活，但吃的永远和我们不同。我和哥哥、祖母吃白面馍，姐姐和母亲吃玉米馍；我们三个吃白面饼，她们两个吃荞面饼；我们三个吃白面条，她们两个吃和（huò）酸菜……二姐有一次在学校和同学们说起家里的玉米馍真难吃，其他的同学诧异地看着她。其中一个女生说："现在的人家，哪里还有吃玉米馍的呀？"吓得她再也不敢吱声。

家里的母鸡下的蛋，是祖母和体弱多病的哥哥的专属，二姐有时实在馋了，会骗吃哥哥的蛋黄。

现在说起小时候的事，经常会捧腹大笑，甚至笑出泪花来，正是童年的贫穷让我们学会了携手共进、有福同享。

初夏，院子里的西红柿总是红得很慢。刚开始红的那几颗往往是烂的，被母亲摘去做菜。新鲜的西红柿几乎就是那个年代我们家孩子唯一的"水果"，这样，提前摘西红柿就成了姐妹几个心照不宣的事儿。每日如侦察兵般在西红柿地里来回搜索，一旦看到一颗开始泛粉的柿子，要么用各种办法把它隐藏起来，要么就偷偷摘回来，藏在写字台的最下格，用爸爸的大厚书——《物理公式大全》挡住，然后关上写字台的柜门。放个三四天，西红柿在柜子里渐渐变红变熟，然后拿出来，用刀切成四瓣，一人一瓣。藏是独藏，吃却是共享。

只有那时候的西红柿才能吃出香的味道，吃出人间烟火味儿。那是爱的味道，是家的味道。

后来在我自己的家，儿子上大学走了，女儿一般在学校吃饭，爱人经常有应酬，家里瞬间冷清了下来。想想平时孩子们都上学，我们也都上班，生活其实并无多大改变，为什么感觉会有这么大的落差？细细想，原来是缺少了柴米油盐的味道。一个人的早餐，一个人的午餐，一个人的晚餐，无论吃不吃，都没有吃的欲望；不论吃什么，都没有家的味道。家里缺少了烟火味儿，瞬间感觉不像家了。

干脆，直接到老妈家去蹭饭。不论吃什么，都有母亲的味道，家的味道。

生在人间，就爱这人间的烟火味。

人间烟火（二）

"要不，咱们吃点儿人间烟火？"女儿坏坏地挑着高高的眉毛问，如月牙的眼睛快因为谄媚而弯成一条线了。

"'人间烟火'是什么？"我明知故问。

"就是……烧烤呗？"她担心故作高深让我失去耐心，而使美味泡汤。

儿子听了女儿的话，呵呵一乐，连忙附和："这个可以有，这个可以有。"

我没好气地白了他一眼，对这个宠妹狂魔，表示无言以对——全方位三百六十度无死角附和、讨好、纵容。

儿子1月8号从学校回来，回来时已经是晚上9：30了，女儿毛毛激动了一整天。她今天期末考试，考完试直接拉我去超市，买了一大堆她哥喜欢吃的薯片、薯条、豆腐皮、麻辣酱……只有看不见、找不到的，没有不想买、不想给的。超市奋战两个小时后，我们娘儿俩满载而归。

回家就开始收拾，准备晚餐。

毛毛洗水果、摆盘，我洗菜、调味，下午6：00，一切就绪，坐等儿子回来。

"6：00 火车到了延安……

6：58 坐上了同学家的车……

7：20 上高速……

7：40 过安塞……

实在太累了，我眯一下……"

时间在微信的嘟嘟声里艰难地前行，7：40 家里的电和瞌睡的儿子一样，断片儿了。新区停电！找蜡烛上"火"，准备了一桌子火锅食材，估计真的要用"火"煮了，电磁炉是靠不上了。

8：30，毛毛说："妈妈，实在是饿了，哥哥怎么还不回来？我先吃点儿吧。"

8：40，收到儿子的短信："妈妈，我们下高速了，叔叔要请吃大烩菜，我只吃一点儿，回来和你们一起吃火锅。"

耐心等待……

厨房燃气灶上热气腾腾，女儿坐在灶火旁，专心地煮肉吃，旁边点燃的蜡烛，映着她红扑扑的脸蛋儿。

9：00，孩子爸爸回来了。很意外，今天他这么早回来，因为他发微信说忙，迟回来一会儿。

9：25，门铃响了，我迫不及待地站在到电梯口。

看到儿子的那一刻欣喜若狂，激动万分，一把抱住儿子，他似乎又长高了，我只能够着他的肩膀，并不容易够着他的脖子，好在没电，并没有人发现我喜悦的泪水。

我比二十几年前自己的母亲强多了，没有号啕大哭。当年我第一次远行回家，我们母女抱头痛哭，好一阵子之后才平息。

毛毛早已屁颠儿屁颠儿地开始介绍她给哥哥准备的菜品，小嘴儿一刻不歇。儿子手都没洗，便端起了碗，站在灶台边开吃，边吃边说：

"叔叔请吃大烩菜，我还想只吃一点儿，回家和你们吃火锅。没想到菜一上桌，天哪，妈妈，我居然一百多天没吃烩菜了。你不知道我那吃相，一眨眼，风卷残云，两碗米饭……不过，妈妈，火锅味道真好……"

饭菜果然是堵不住一个人的嘴的。毛毛端茶递水，我们三个忙做一团。烛火摇曳，孩子爸爸在厨房门口傻笑，家里一片烟火的味道。

"哥，妈妈稀罕咱俩不会超过三天，不信你走着瞧。"

"我信。"儿子说。

"我也信，就你们这样的，能稀罕三天就是极限。明天去外婆家，后天去奶奶家吧，在奶奶家多住两天。"

"妈，我怎么觉得你是见不得我俩，往出去赶呢？"

"你才知道？别以为谁都稀罕你呢！"

嘴上是这么说，其实是因为父母公婆年龄都大了，天天盼着孩子们回去。既然都回来了，就早早打发回去看看。父母家很近，几分钟就到了，兄妹俩明天就去。公婆在农村，得专门送回去，要等后天我不忙的时候才可以。电依旧没来，儿子坐了一天车，女儿也忙了一天，累坏了，吃过饭就早早地休息了。

儿子回来，女儿放假，家里又恢复了生机与吵闹，卫生也是极乱。不过还好，比起孩子们不在家时干净、清冷的家，我更喜欢这样的家。袜子依然是乱扔，书到处都是，厨房一片狼藉……实在忍无可忍，照旧会河东狮子吼。儿子女儿嘴里嘟嘟囔囔，你干这个活儿少了，我做那个活儿多了，但一片和谐。想到以前他们小时候，也是因为收拾家，互相推诿被我数落的情景历历在目，不禁感慨时光飞逝。

只是高三不放假，我依旧很忙。

教室里难闻极了，天气寒冷，学生不太愿意开窗户。

"我已经一个月没有洗澡了，老师，您知道什么时候放假吗？"

"不知道，我反正放与不放都一样忙，没想法了。"

"老师，上课看电影吧？"

"好，给你通上电，你演我们看。"

其他同学一通起哄。

"电影和假期都会有的，不要着急。但不会出现在这节课。"

两节复习课下后，我如干瘪的气球。

实在太累了，不想做饭，看了一眼厨房，实在是不忍直视。自从毛毛放假之后,主修厨艺,辅修美食,学习似乎与她无关,厨房成了她的乐园:红烧肉、糖醋里脊、红烧排骨、小酥肉、汤圆……她乐于做,她哥乐于吃。偶尔还将作品拍卖给她哥,赚得不少零花钱。她哥使出浑身解数,从他"亲爱的母亲"(他要钱时的专称)那里骗得钱财。有人做,有人吃,也还不错,就是谁都不乐意洗锅刷碗。厨房里从地板到天花板,从冰箱把手到炒锅锅沿,全是油。满满的一壶油,几天就见底了。

我与他俩一番讨价还价后,大致达成以下协议:我刷碗洗锅,收拾厨房;毛毛擦桌子,收拾杂物;儿子拖地。

孩子们的假期生活内容丰富,每天的事情并不固定,看电影,吃零食,晒太阳,洗衣服,打扑克……但有一件事是固定的——儿子拖地。

儿子说不能这么欺负人,为什么总要他拖地,他不在家,谁拖地。

"我们不拖地。"我和毛毛异口同声地说。

因为儿子不在家,毛毛上学我上班,家里又很少来人,地板一个星期收拾一次也干净如洗。

"你爸不在家,你就是家里唯一的男人,这种体力活自然是你的。"

"我可不可以不当男人?"儿子边拖地,边啰嗦。

毛毛说:"可以,'姐',把这儿再拖一下,不干净。"她边笑边说边擦着茶几。

我听着呵呵一乐。

兄妹的日常斗嘴也是家中一乐。

虽然不怎么见毛毛学习,不过她的成绩差强人意。期中考全年级第三,期末考全年级第七,虽然不是最好,但也勉强接受。她的学习和生活似乎与其他人无关,自从她上了三年级之后,就没有要大人管过什么,假期生活也不例外。我已经自觉退出她的规划,不干预她的生活,因为我惭愧地发现,儿子似乎更喜欢吃妹妹做的饭,不仅精细而且营养。

她的假期计划里似乎只有吃睡玩,完全按照猪的生活量身定制,但前天晚上居然破天荒奋笔疾书,狂写英语作业。对于这一反常现象,我充满了好奇,问他俩有何猫腻？儿子笑着说他俩打赌，今晚12点之前，毛毛写完英语寒假作业，他就替她完成三本寒假作业。

第二天早晨，儿子的床头整整齐齐地放着四本寒假作业：英语一本，政史地各一本。

毛毛在卧室呼呼大睡，九点了还不起床。

我说儿子："你这样做不对，会惯坏了她。"儿子笑着说："妈妈，您记性真差，您忘了您帮我抄过的家庭作业了？"

我无言以对。

重复枯燥的作业占去了孩子大量玩乐的时间，不想让孩子变成学习工具、书呆子，我做了很多另类的事。第一次当妈没有经验，第二次当妈稀里糊涂，年纪一大把，估计是没有第三次当妈妈的机会了。看来当妈这一项考核，这辈子注定不及格、不成功。不知道社会中有那么多考试考级，为什么不设一个妈妈资格证，或者妈妈等级证？对"妈妈"也进行量化考核，不然怎么评价好妈妈坏妈妈？

"我那时不是第一次当妈妈，没经验吗？"

"我也是第一次当哥，没有经验，错了再改。"

毛毛这时候已经醒了，笑眯眯地说："我哥这样的错误，偶尔犯犯挺好的，您就不要管了。等我哥有了女朋友，让我嫂子来管他。"

每一次辩论赛都是1∶2，以我的失败告终，教会徒弟饿死师父，在孩子面前我永远败下阵来。如果孩子爸爸偶尔在，我们连"战"的过程都省略了，因为面对三个同姓的敌人，不论从哪个角度来说，我都必败无疑。天下所有的父母，大概都会无一例外地败给孩子。

今天就出去吃"人间烟火"吧。

大冬天吃烧烤的人本来就不多，因为疫情，人就更少了。店里有些冷清，只坐了三两个食客。我说这烟熏火燎的，有什么可吃？尽是些乱七八糟的东西。毛毛说就为吃这烟熏火燎、乱七八糟，吃什么重要吗？不重要，重要的是这种"感脚"。

新新人类的词汇，我已经见怪不怪了。

这样的大餐，儿子女儿铆足了劲，要狠狠地"宰"我一顿。

我坐在儿子和女儿的对面，静静地看他俩大快朵颐，谈笑风生，静静品味着乱七八糟的"感脚"，顺手拍了一张相片，发到"幸福的 family"群里。群是女儿建的，只有我们四个人。有人秒回大大的赞，我问一句会给报销吗？再无人应答。看来谈钱的确伤感情，夫妻也不例外。儿子和女儿并不关心钱的问题，他们此刻聊的是：妈妈你看，看你这拍照的角度……妹妹，你的脑袋比我的都大……哥，你是一边的脸挪到另一边了吗？为啥一边大一边小呢……

我并不想参与他们的讨论，夹一口烤韭菜在嘴里，细细品味这烟熏火燎的味道。

附:

两小儿辩斗

晨起, 洒扫, 听两小儿辩斗。大儿曰, 被各自叠。小女曰, 汝大吾小, 该汝叠。大儿又曰, 汝已八岁, 忆吾八岁之时, 已可自叠被, 自炊煮, 自拖地, 自洒扫。听小女辩曰, 汝之言, 不足为信! 地有破杯, 吾惧玻璃碴割之, 不忍脚触地, 汝若可为吾寻鞋纳履, 吾可虑之……

其母闻二子辩斗, 怒从心起, 想日始于二子辩斗, 夜终于二子辩斗, 恨不能辩出十万个奈何, 日日如此, 荒度时日, 遽骂曰, 汝等日日如此, 兄不友, 妹不恭, 磨练嘴上功夫, 不知疲倦, 坚持不懈, 活计老母全揽, 吾每念汝等学业为重, 不忍用之, 孰料养成懒散习性, 惯得黍粟不分, 即在今日, 汝不叠床, 吾不洒庭, 眼看日上三竿, 还在这里唇枪舌剑, 叠被铺床, 洗衣擦桌, 全吾担当, 尚未扫毕, 又得备炊, 汝等不孝, 当母仆奴, 兄无兄样, 妹无妹姿, 全部滚出, 要汝何当?

小女垂泪, 前去抹几, 小儿无语, 上床叠被, 家无余声, 各干生计。母浣完毕, 备得晨炊。大儿喜饺, 摆上茶几, 小女好肉, 放上满桌, 给儿夹菜, 为女盛汤。儿说已饱, 女说不饿, 儿吃三口, 女啖两勺, 儿入书房, 女坐前堂, 满桌佳肴, 只母在旁, 口中啖肉, 筷上咥馍, 味同嚼蜡, 满肚悔肠!

是年关将近, 只当多此一味, 闲来无事, 记之赏玩。丙申年腊月廿五记年味之一。(2017 年)

人间烟火(三)

"我说寺庙的烟火气味真好,我老公说你与和尚就差了一脑袋的头发和住着的地方,其他不都一样吗?"

我听她诉说着生活的琐碎,细细品味着生活在天上的苦难,与我这混沌于城市之中的彷徨相比,她所说的"烟火"或许与我所说的"烟火"并不相同。

我们面前的茶水续了又续,茶叶的味道已经淡去,淡得快要喝不出茶味,水里既没有开始的苦也没有三杯之后的甘,杯中只是能看到淡淡的一点颜色。

与朋友相识源于一次读书会,一见如故,相交甚欢。她虽小我几岁,但见多识广,与她聊天自然也是一件快乐的事。

难得有空约起,每次都是相见在即,临时又会有事。生活中许多猝不及防的琐碎,会让约会变成了可"约"而不可"会"的事情,直到今天。

她家境富足,生活优渥——我只了解这一点,因为我很少去问一个人的身世背景。聊天图的就是个自在,随心所欲,想说什么就说什么,无欲无求,无功无利,自在闲适。倘若是为了什么聊天那岂不成了负累?还不如回去写专业论文。

她走了大半个中国,从南到北,从东到西,大多是随心的自驾、与朋友的狂欢。她性格温和而又极有主见,原则性极强,是个外圆内方的人。她对爱情有要求,对生活有期许。她说她喜欢骑在马背上狂奔,喜欢坐在乌镇喝茶,喜欢在景德镇听雨……

　　她说她曾在苏州徜徉，也曾听苏杭的评弹，也曾买苏杭的刺绣，也曾品扬州的雄黄。

　　而我，极想去三月的杭州，一直未能成行。

　　她说西藏是个美丽的天堂，她曾三条路线三次入藏，她曾在布达拉宫跳舞，曾在阿里买彩色的衣裳。

　　而我，畅想去六月的西藏，却还只是个美丽的梦想。

　　她执行力强，雷厉风行，与她相比，我显得优柔寡断，畏畏缩缩。她随时可以来一场说走就走的旅行，而我每一次出行，似乎都有难以割断的牵绊。

　　我笑着说，有人说一个女人一直想去旅游，说明她很孤独，如果一直想去旅游却不能去，说明她不仅孤独而且没有钱。她听着笑了。

　　我是一个孤独、没钱，还没有时间的人，真不知道是我把生命错付给了谁！

　　我不能简单地认为我们之间是年龄、家境还有见识的差距，但很显然我们之间并不相同。好在这并不妨碍我们的坦诚相待。

　　《北齐书·苏琼传》中有一句"每见府君，径将我入青云间，何由得论人间事。"我笑她在说天上事而我生活在人间，她的困惑是孤独者的困惑，我的忧愁是沉沦者的忧愁。

　　我们身上都有鲁迅先生《孤独者》中的魏连殳的影子，她是"孤悬于云端之上的精神属性终究没有能够安身立命的土壤"，而我则是"世俗之中，消弭在深不见底的泥潭之中"。她活在魏连殳的精神世界，我活在魏连殳的现实世界。宿命的真相不尽如此，而人屈服地活在俗世孤独之中，俗世的孤独很大一部分源于个人的造化。

　　她所遗憾的是今年不能去内蒙古大草原骑马，不能感受风吹过耳畔的声音；而我只是奢求在布达拉宫脚下，分得一缕穿透乌云的阳光。

　　她所困惑的是在所有去过的地方中，再选哪一个地方可以旧地重温；而我只是想要，在三月的扬州，再续前世的梦想。

她的烟火里，没有日常的油烟，因为母亲会为她备下每日的饭菜，还会小心翼翼地询问什么时候回家用餐。

而我的烟火里，除去日常的柴米油盐，还盼望着母亲今天的腿不疼，父亲的胸不闷，婆婆不用再状告公公。

生活有些差距，但我们都对它充满了好奇、热爱与追求。这些差距与不同，并不妨碍我们互相倾诉、互相欣赏。

她又在筹划着去爬雪山。四川的四姑娘山，不知道已经是第几次了，还有她的马拉松、川藏线、环青海湖骑行……

我也在默默地耕耘着我的土地，我的大儿子，我的小姑娘，我的一届又一届的毕业生，我的田野里永续的新的希望……

她向往着诗和远方。

我向往着自由和闲暇。

我们既不同又有相同之处。我喜欢菩萨，喜欢香火；她喜欢论道，喜欢抄经。

我说我在心烦的时候，三个小时抄一卷《心经》，可以让我的世界清净透明；她说她抄好了好多的《心经》无处安放。

她说寺院里的烟火味真香，我说低着头的菩萨真美。

她如贪恋人间香火的天上童子，恋着这缕缕青烟；我如厌弃世界污秽的荷花，向往天上十色的佛光。

"俗世的孤独在云端之下，使人屈服；灵魂的孤独在泥潭之中，使人毁灭。人一旦屈服，就必将被泥潭吞噬，趋于毁灭。"我们只不过是不愿意屈服，不愿向世俗屈服，不愿与俗世同流。执着地活着，活成自己想要的模样。

倔强地活着，深深地贪恋着这人间烟火。

灯火阑珊里的父亲

已经有好几天没有晨跑了，又是下定决心去跑步的一天，决心天天有，真正付诸行动的并不多。下楼到三岔路口，心理也分岔了：直走，去学校吃早点，到操场跑步；左拐，向南到运动公园跑步，然后买早点；左转向北，到父母家吃早点。犹豫片刻之后，还是去父母家吧，说不定他们又在等我。父母在的地方就永远是家，永远是路的尽头。

父母现在住的地方离我家就只有两千步，我来来回回走，居然可以走出标准的两千步，一步不多，一步不少。一路向北，穿过一大一小两个十字路口之后，右拐进一条小路，在一个"Z"字路的尽头，便是我的目的地——父母家。

这样的距离对于成年人来说锻炼效果实在很有限，所消耗的能量还不足一块小面包，而去了之后的"福利"会远远大于消耗。

通常，母亲给我做的早餐是：牛奶冲燕麦片，两颗土鸡蛋，再加两块蛋糕或者两块月饼，又或是两块馍片。因为他们坚持认为双下巴的我还是缺营养。

今天去了，母亲已经做好了他们两个的早点，因为不确定我去不去，所以并没有给我做。看着我进来，母亲说：估计你会来，所以还没有洗奶锅，就等着你呢。

母亲先把碗放好，然后倒了满满的一碗牛奶，满得似乎要高出了碗沿，需要嘬一口才可以移动碗。

他们盯着我吃，直到我喝下最后一口牛奶。在母亲家，我永远有一种被当作孩子得到充分关心的感觉。

吃完早点没有寒暄几句，我便要返回，很多事情还等着我去做。父母坚持要送到路口，知道多说无益，就让送吧。

以前只是母亲腿疼，父亲的腿尚好，今年父亲的腿也开始疼，疼到要吃止痛药缓解疼痛的程度，也去过几家医院，但似乎并没有什么好的办法，大多也是治表不治里，起不到多大作用，后来父亲干脆就不去看了，说人老了，零部件磨损是正常的事情。平时不太注意，也发现不了父亲的不便之处，只是觉得他动作缓慢，只有父亲坐下之后再站起，明显感觉他颇为吃力，需要扶着什么，或者要旁边的人搀扶一下方可。今天也一样，我搀起了父亲，感觉他走路身体有些不平衡，几步踉跄之后才略能好一点，但走的时候，人整个身体还是有一些倾斜。

父亲是典型的北方男人，高大帅气，一米八几的个子，年轻的时候也是球场上的焦点。记忆中的父亲走路强健有力，背影高大，声音浑厚而有磁性。如今，倾斜着的身体如同打仗后斜插向地面的箭，单薄而孤独。庆幸的是，不管怎样，他与母亲能相依相守，相濡以沫，可以互相扶持，安度晚年。

出了大门，我说回去吧，便头也不回地返回，因为回头肯定能看到他俩靠在墙角，目送我远去。

朋友说她每次回家看母亲都不敢回头。

她的父亲十年前去世，家中只有老母亲，自己的儿子是由老母亲一手带大的。一到周末，儿子便嚷着要去外婆家。孩子今年上初一，学习非常紧张，所以很少有时间去。有一次儿子对她说："妈妈，您看我外婆多可怜。"

她说怎么可怜了。

儿子说："虽然说外婆与舅舅一个院子住，可是舅舅舅妈每天上班忙，周末难得在家里待一会儿，外婆整天一个人，多孤独啊！"

她打断了儿子的话："小孩子一天瞎想什么？谁说外婆孤独了？我不一直去看

望吗？"其实她心里明白，孩子说的是对的。虽然说自己也离母亲不远，可哪个中年人的生活不是焦头烂额、一地鸡毛，能够前去探望父母的时间，也是少之又少，陪伴老人的时间就更少了。她每次要走，母亲都要坚持送到大门外，每次她都不敢回头。

前几天她给我送来了一箱桃，说下午去老母亲家带回来的，虽然看着不好看，但味道还是小时候的味道，让我尝尝。只是七十多岁的老母亲，摘不下桃子来，都是站在树下摇落的，所以肯定放不久，得尽快吃。

回到家赶快洗了几颗来吃，果然是老桃树上结的那种桃子的味道。现在大多数桃树是改良之后的品种，果大肉多，甘甜无比，但却不知道缺少什么，不像以前的老桃，虽然个头不大，表皮还略带一点苦涩，但吃后却回味无穷。我细细品味，分享着来自另一位母亲的爱。

昨天我忙完工作，已经是晚上七点，几天没去父母家，总觉得心里缺了点什么，便匆匆去了一趟，屁股还没坐稳，母亲便催着让我回家。

"天黑了，早点回去，免得路上不安全。"

在父母家待了不足十分钟，我又返回。以前只要天色一暗，父亲便会坚持把我送到灯光明亮的大路上。父母住的地方在一个深深的小巷里，小巷里还有一个不小的坡，父亲总会送我到大路口，甚至会继续陪我走，走到十字路口，看着我过马路。好几次夜幕降临，我已走远，回头望，父亲还站在那里……现如今，父亲腿疼，走不了几步，我不让他送，他便也不再坚持，靠在门口的墙角看着我走远。

黑漆漆的夜幕下，我迅速地前行，马上就要拐弯了，回头望，灯火阑珊处的父亲，逐渐变得模糊……

没有你，我怎么办？

二姐突然问我："没有我，你怎么办？"

是啊，没有她，我该怎么办呢？

我愣了一下，一时竟然回答不上来。

昨天傍晚去的时候，爸爸问我忙不忙，如果不忙的话，让我今天早晨陪老妈到医院去拔牙。妈妈的牙龈肿得厉害，坏了的牙齿，高出其他的牙，严重影响了吃饭，昨天连米饭也嚼不动了。

"我倒是不忙，可是我……"

我支支吾吾一时说不上去还是不去。

"我叫我二姐陪你们去，好不好？"

"不要给你二姐打电话，我们自己去，她要接送孩子，要做饭，忙不过来。"

我不是没有时间，而是害怕拔牙，打心眼里畏惧。以前曾经陪孩子的姑姑去拔牙，别人的牙最多一个小时就拔了，她的牙拔了两个半小时，那个疼痛难受劲儿让我后来本能地抗拒去拔牙，不论谁拔牙，我都躲开不敢看。我不敢去，可老人去医院不能没有人陪，这可怎么办？

先答应下来，再慢慢想办法。

"好的，我明天陪你们去。"

回到家第一件事是先给哥哥发微信：明天老妈去拔牙，我害怕，你去陪好不好？

等到晚上十一点，哥哥还是没有回复我。

第二天一早起床步行去老妈家，走在路上就在想要不要告诉二姐，最后还是忍不住拨通了她的电话，给她说老妈去拔牙，我害怕，不知她有没有时间去。她说等一会儿她和爸妈联系，说着话我就进了院子。

一进大门，就看见哥哥站在院子中间和爸妈聊天，看见我来了，哥哥说："你不要管了，我陪着去。昨天晚上喝醉了，今天早晨起床才看到，有我呢，不要你操心。"

"好吧，我刚才还给二姐打了电话。赶快打电话说一声，让二姐不要来回跑了，她那么远。"

大姐身体本来就不好，加之她的单位特殊，进进出出要请假、签退，麻烦得很，一般小事也就不告诉她。这样一来，爸妈有什么事，都是二姐处理得比较多。

给二姐打通电话，她告诉我让我不要管了，她和哥带着老妈去医院。就这样我心安理得地坐在家中等消息。两个小时后二姐来电话说，老妈的血糖太高，医院不给拔，她和哥哥把妈送回去了，她已经回家。

第二天早晨，哥哥又带着老妈去拔牙，又没有拔掉，医院说老妈的血压太高，等降了压再拔吧。

当天下午我又去老妈家，见到哥哥陪着老妈在收拾小院子，他笑着给我说："老爸老妈去拔牙，早晨降糖降压药什么都不敢吃了，第一天血糖太高，第二天血压太高，医院都不给拔，估计得几天之后血糖血压降了才行。"就这样，我把这个事情抛在脑后，忘了个干干净净。

昨天去老妈家，老妈说："早晨你哥带着我去把牙拔了。"问她疼不疼，她说还好，只是流了好多血，听得我心惊胆战。

今天在老妈家又遇到了二姐，我说看到拔牙我害怕，二姐笑着说："那没有我们你怎么办？爸妈拔牙你不得陪着去吗？"一下子问得我也愣了，我从来都没有思考过，如果没有哥哥姐姐，遇到这些事情我该怎么办？

从小我就习惯了生活中有他们，习惯了有他们的保护，习惯了他们的陪伴，有什么事情第一个想到的往往也是他们。有哥哥姐姐们，我总是本能地、习惯性地躲在他们身后。小时候跟在他们的屁股后面，长大了，依然改不了这种习惯，一遇到棘手的问题，首先想到的还是他们，生活怎么可以没有他们呢？

想想现在的独生子女还真是可怜。生活中遇到大事，除了父母，也难有一个和他们商量的人，虽然说或许会有朋友，但是友情也不能够完全代替亲情。

前年，大学好友又生了一个小孩，她家儿子已经上大学了。她特别喜欢女儿，曾聊起我家的女儿，十分羡慕，我就支持她生个二胎。孩子是我们生命的延续，当我们百年之后，给孩子在这个世上留一个流淌着和他相同血液的人，多好啊，那样，他在世上也好有个伴，不孤单。难过的时候，有个倾诉的对象；落魄的时候，也会有人扶持一把，即使帮不上什么忙，安慰一下也可以啊。

我是一个极其爱孩子的人，儿子和女儿也遗传了我的基因，特别喜欢小孩子。以前和儿子开玩笑："你要好好学习，不然，我就和你爸爸再生一个，取代你的位置。"儿子厚颜无耻地说："你倒是生啊，你生三个，我们三个正好斗地主，你生四个，我们四人打麻将，都不用叫外人。"女儿有一次回家说："妈妈，您给我再生一个弟弟或者妹妹呗。"我问为什么，她说："人家都有弟弟妹妹玩，我只有哥哥，而且他都上大学了，不陪我玩。"我笑着说："我怕生个小宝贝，被你给玩儿坏了。"

其实，如果不是计划生育，我估计自己完全可能让儿子实现兄弟姐妹四人打麻将的美好愿望，我实在太爱孩子了。虽然抚养孩子，一路艰辛，也有很多无奈，但是，陪着他们一起成长也是我生命中最有价值、最有意义的事情。而且他们每一次成长的背后，都有我作为母亲的成长。养儿方知父母恩，生儿育女，让我更明白为人父母的艰辛，让我更懂得当儿女的责任，让我更懂得珍惜、感恩。

前几天，女儿参加了一次插班生考试。考试前，孩子爸爸不想让她去参加，认为那所学校虽然条件非常好，但是离家太远，怕女儿不适应，所以不打算让她去读。但是儿子认为可以去试一试，验证一下他妹妹的实力。意外的是女儿居然考上了。收到学校的录取通知书之后，一家人陷入了纠结之中，到底是去还是不去。家里三个人分为了两派，我认为应该去，多少人求之不得的机会，不能放弃，但是家里的两个男人却是坚决不同意去。

老男人的意思概括成三个字：舍不得。孩子那么小，大人又不能陪，万一女儿不适应了怎么办？

小男人的态度概括成三个字：没必要。他说："我妹妹性格要强，又自律，到哪里上学成绩都不会坏到哪里去，为什么要让出去受罪？妹妹出去，万一被人欺负怎么办？万一受委屈了怎么办？万一……"

我问他："那么多顾虑，当初你为什么支持她出去考试？"

他说："就为了证明一下实力。以后有这样的考试，只要让考，咱们就去考，大不了出点考试费，就是为了检验一下学习效果，但是咱们坚决不出去念，给我妹妹那么大的压力干什么。"

儿子从小到大，性格温和，从来没有和我顶过嘴，也没有高声说过一次话，但是这一次，因为妹妹的事情，他把声音提高了八度，义正词严，躲在门缝里给我"讲道理"，讲完之后，门一反锁，直接不给我反驳的机会，问题是他还说得有理，气得我无言以对。

这次论战，最后以我的失败告终，女儿决定听从父兄的话，而且从这件事情上，她还得出一个结论：爸爸是亲爸，哥哥是亲哥，老妈是不是亲的，待定。

爱人护犊子，这个我理解，他看女儿的眼神就不一样，他对于女儿提出的要求，没有不答应的。记得最清楚的一次，他出去喝酒，我打电话问他，还得多久回来，他说两个小时。女儿给他打电话说："爸爸，我想让你十分钟回来。"结果，人家十分钟之内就站在了女儿面前。但儿子护妹妹，第一次这么凶，像是个护食的小狼狗，龇牙咧嘴，汪汪乱叫。

前几天，女儿刚放假，儿子大学也放假了，在家。

我给儿子说："你妹妹待在家里不学习，你也不管一管？"

他笑着说："放假就是玩的，为什么要学？"

女儿对着他，就是谄媚地笑。

我说女儿："放假了，出去把数理补一补，不然开学跟不上。"

没等女儿开口说话，儿子就说："毛毛，不要出去补课，累得很，大热天，哪个不会，哥哥给你补。"

女儿只是看着我笑，并不说话。就这样，在儿子的怂恿和纵容下，女儿的假期生活真正实现了完全"放假"，一天二十四小时，无干扰无拘束地自由安排。女儿每次看见我，都是坏坏地笑，一脸"你拿我们没有办法"的表情。儿子对于他妹妹的"放肆"行为，视而不见，放任自流。他们两个配合默契的表情，让我想到若干年后，病床前，可能都不用商量，他们之间一个眼神，就会果断地拔掉我的氧气管。

他们的人生中，如果没有了彼此，人生该多么寂寥无趣！庆幸的是，他们拥有相同的血液，可以互相陪伴长大，可以互相帮助包容，他们可以拥有很多相同的记忆。

现在二姐问，没有她，我该怎么办？

"没有你，就没有我了，你是老二，我是老四，要不，你问我哥这个问题吧！"

姐姐没好气地瞪了我一眼。"明天来家里吃烤肉，不要误了时间。不要做事情你靠不上，吃饭你也靠不上。"

"知道了，准时到，我亲爱的姐姐。"

真的庆幸，自己有两个姐姐一个哥哥，血浓于水的亲情弥足珍贵。

侯 哥

我的"侯哥"其实就是我哥。陕北人称小为"侯"，又叫"碎"，例如称小儿子为"侯儿子"，叫小孩子为"侯娃娃"或者"碎娃娃"。叫"侯哥"是因为他大我不多，只大我一两岁，所以叫"侯哥"。后来电视剧《西游记》热播，哥哥的同学见我每天都跟在哥哥后面甩都甩不掉，还叫哥哥"侯哥"，就戏谑我为"八戒"，哥哥为"猴哥"，好在大家都只是玩笑而已，并无恶意，也就不在意是"侯哥"还是"猴哥"了。

上高中时老有人问我，你还有大哥吗？我说没有。那为什么叫"侯哥"？我也实在觉得没有个什么正经理由，就含糊搪塞过去。因为我和哥哥上高中时是一级，很多同学都认识他，大家直接叫我"高东妹"，以致后来多年后同学再见面，大家忘了我的名字，直接说，你就是那个高东的妹妹。直到《夏洛特烦恼》播出之后，冬梅似乎一夜闻名，大家才关注到我的名字。

因为我叫"侯哥"，让哥哥觉得我对他的称呼不够大气，没有震慑力，所以严格禁止外甥们叫他"侯舅"，最终在他的威逼利诱下，外甥们都叫他"大舅"，所以有了一个奇怪的现象：我没有大哥但是叫他"侯哥"；孩子们没有"侯舅"，却要喊他"大舅"。

小时候我和哥哥是由姐姐带着的，后来大姐和二姐都到了入学的年龄，我就由比我大一岁半的哥哥带着。

　　哥哥不仅要负责带我，还要负责我的吃喝拉撒玩。特别是玩，我会一步不落地跟在他的后面喊他"侯哥"，为此他的小伙伴十分反感，因为男孩子总会去干一些淘气的事情，带着我这个"肉尾巴"有诸多不便，想甩却怎么也甩不掉。

　　小时候他走一步，我撵一步。早晨起床，他要负责给我梳小辫子，然后带我去沙窝里玩。那个时候毛乌素沙漠的沙还很多，时常会有沙尘暴。沙尘暴特别大的时候他会拉着我的手趴在高高的沙堆后面，压低我的头，不许我乱动，到风略微小的时候才带我迅速地跑回家中。

　　和他在一起，我也从小养成了男孩子的性格，喜欢玩的都是男孩喜欢的游戏。

　　春天掏鸟窝、吹柳笛，夏天戳蜂窝，秋天玩玉米人，冬天到了打"宝"，一年四季一直可以玩滚铁环、跳火堆，跑到沙窝里面玩打"鸡蛋"。这鸡蛋也不是真的蛋，只需在沙地里往下挖一个洞，洞里出来湿土的时候，用力把湿土捏成鸡蛋的模样，然后裹着干沙子再埋进洞里，小伙伴们互相踩埋了"鸡蛋"的地方，踩过之后再开始挖，如果谁的洞里可以挖出完整没有破碎的蛋，就用这"鸡蛋"去打对方的脚踝，谁踩就打谁。就这样简单的游戏可以玩一年三季。寒冬腊月是不行的，那时候沙土都会冻上，大家转而去打"宝"。

　　所谓"宝"，是指用废旧书籍或者报纸折成的纸方块——这大概像古代的元宝——我不知道其他地方叫什么，我们就叫"宝"。有的"宝"是牛皮纸折的，扇起来虽虎虎生风，但也不如"宝"中的王者有劲，"宝"中最厉害的是用苫屋顶的黑色雨布折的。偶尔捡到废弃的雨布，折成的"宝"，分量很足，不大不小中等个头的杀伤力尤其大，就如《促织》中的那个并不怎么威武的小个子蟋蟀。"宝"分正反两面，只要你能把正面扇到反面，就赢了，所以扇"宝"多少有点技术成分在里面。如果力气太小，扇不动，倘若力气太大，要么会把"宝"扇跑了，要么它会翻几番后回到正面。哥哥扇"宝"的时候，我就是哥哥身后忠实的小跟班，负责抱哥哥赢回来的"宝"，大的、小的、上衣兜里、裤子兜里塞得满满的。哥哥也有输的时候，一看哥哥快要输完的时候，我就不给他"宝"了，他也不强要，就给小伙伴们说，妹妹不给了，然后就拉起我的手回家。

秋天的晒谷场是最好玩的。各家各户的糜子会割回来捆成捆，"人"字形立在晒谷场上，这样下面就会有空心的通道，那是玩捉迷藏的天然场所。秋天的玉米秆、高粱秆、向日葵秆砍回来之后，也可以玩。根部发红的玉米秆很甜，可以啃着吃；高粱秆剥皮，外面的皮和里面的瓤可以做眼镜。奶奶会用高粱秆做各种锅盖，有一次还做了一个小兜放东西。晚上一家人围在堆着向日葵的院子里，用一根小木棍敲葵花籽，偶尔有个儿大的瓜子，会直接塞在嘴里嗑。

小时候的田里似乎什么都种，每年到了秋冬，会剥豆子、敲瓜子、揉玉米、拣洋芋。大一点儿的洋芋会送到地窖里，小的直接喂猪，如果有多余的话还会磨成苂面，做成粉条吃。因为院子里会晒各种东西，总会引来大群麻雀，所以哥哥会做弹弓来驱鸟。

弹弓是小时候杀伤力最强的玩具，因为总会传来小孩子的眼睛被打瞎了的事情，所以大人总是不让小孩子玩弹弓，可越是大人禁止的事情，越能引起小孩们的关注。秋天照场（看着粮食不让成群的麻雀吃）还是很需要用弹弓的，我跟在哥哥屁股后面没少捡作为子弹的石子儿。

哥哥喜欢小动物，喜欢种花养草。动物在他那里，似乎都有了灵性，小猫、小狗、小鸡、小鸭，还有鸽子，只要是当年在农村可见的活物，没有他不养的，包括小刺猬、小兔子、小仓鼠。直到现在，他的这种喜好仍然没有改变。爸妈住的院子里，他定制了一个特别大的笼子，里面喂了几十只各种各样的鸽子，还有几只山鸡。院子的阳台上，还有两个大大的鸟笼子，里面有美丽的金丝雀，不过哥哥很少喂养，是爸爸在喂。哥哥说，给爸爸养着玩儿。

哥哥把院子打扮得像花园一样，各色蔷薇爬满墙，大大小小的花卉有百十来盆，这样还不满足，甚至专门驱车去银川买花。有一次开车走在西安的街道上，看见路边开得浓艳的三色花，他恨不得能停下车去抢了来。随着年龄的增长，哥哥的玩性有增无减。

　　人无完人，哥哥也有缺点，就是学习成绩并不十分突出，爸爸认为他是玩物而丧志，所以没少扔他的各色玩具，无奈，"野火烧不尽，春风吹又生"。小时候孩子的玩具大多是自制的，为了造各色玩具，哥哥拆了不少东西，什么闹钟、收音机、录音机，还有旧自行车上拆下来的轴承、滚珠……好在，哥哥会拆也会造。他能造出冒着火星的小手枪，能吹冷风的小风扇，具有超长（在我眼里从屋里到院子里就已经很远了）传音功能的传声筒。现在每一次看电视剧《西游记》中，唐僧解救悟空的桥段，悟空喊，"师父，远点，再远点……"我总能想到小时候，哥哥在传声筒的一头，对着站在院子里另一头的我喊：远点，再远一点。儿子小时候玩玩具都是破坏性玩法，经过他手的玩具，不管材质如何，下场只有一个：支离破碎。每每到那个时候，我就自我安慰：养儿随娘舅，正常的。只是儿子并没有像他舅舅一样，能破能"立"，他只会破坏，倒是他对妹妹的好，活脱脱随了我的"侯哥"。

　　我和哥哥本来差两级，后来他退了一级，我跳了一级，所以就成了一级，上高中时我在二班，他在三班，教室就隔着一堵墙。那时特别喜欢穿哥哥的衣服，所以除了校服，平时的打扮与哥哥无二。有一次早晨起床着急，穿反了背带裤里面的T恤。上课时，后排邻桌好友一直戳我，下课之后才告诉我衣服上的图案背到背上了，我羞得不得了，下课后立马跑到隔壁班，剥下哥哥的外套，穿在我的身上。哥哥的宠妹行为表现在方方面面。因为他一直和我一级，所以我几乎不知道要钱干什么，因为缺什么，告诉他一声就行了。笔芯写完了，他负责换；墨水写完了，他负责买；就是铅笔写完了，也是他负责买回来削好了之后给我。

　　在我眼里，哥哥无所不能，无所不会。他上得厅堂，下得厨房；他文能写文章，武会打流氓；他会修电器，会踏着缝纫机呼啦啦响；他会炒菜，弄得满屋子飘香。他性格温和，为人忠厚，最主要的是，他时时刻刻是我的后墙，即使结婚好多年，不管有什么事，我第一想到的还是哥哥。

　　结婚第二年的二月，我禁不住电视上韩剧中女主角戴耳饰的诱惑，鼓起勇气去打了耳洞，但是耳洞一直发炎好不了。大概是我的耳垂太厚，所以特别难好，再加之打耳洞的人技术也不好，其中的一个打偏了，更不容易好了，总是发炎。每次抹药，自己都费劲，就让爱人帮忙，他埋怨说：戴那干什么，干脆把那扔了，让自己愈合了吧。我想着好不容易打的，说不准忍一忍就好了呢，所以也不听他说。就这样一直到六月，哥哥来家里玩，问我耳朵怎么了，我说打耳眼发炎，老好不了。他说戴那干什么，一把扔了，让耳朵自己愈合吧。我想都没想，毫不犹豫，扔了耳针，任由耳朵自己愈合。从那以后，爱人便说我："一样的事情，一样的话，我说，就是废话，说了三四个月全当耳旁风，侯哥（他也习惯随我叫）一句话，你就不臭美了？侯哥的话怎么就那么管用呢？"

我只是笑着看他，心里明白自己依然还是那个无条件依恋、信任侯哥的妹妹。

毛 衣

天气冷了，这几天爱人老说冷，晚饭后陪他出去买毛衣，总想给他买一件厚一点的。到了一家店看到一件双层毛衣，似乎比寻常的毛衣要厚一些，试了试正好。爱人人到中年稍微发福，头顶上的发际线后移的同时"植被"也在减少，"水土"流失严重，脑皮快要裸露在外面了。中年大叔一枚，肚子大也就罢了，突然感觉他脑袋似乎也大了？算了，不看他，还是看毛衣吧。

"我就喜欢你穿蓝颜色的。"我惯例拍马屁，他也惯例地不理睬，享受着被拍的感觉。

这件毛衣似曾相识，像极了好多年前的一件，那也是一件蓝色的毛衣。

十几年前我们两个人的工资刚够每个月的生活费和养活三岁的儿子。他在农村的一个基层中学，我在县城，儿子在老家，每个月的收入除去路费、给孩子买营养品之后基本没有什么多余。2003年我生日的那天正好周末，他从农村回来已经是下午了，县城老十字街的拐角处有一家东北饺子馆，我俩去吃了饺子，生日就算过了，吃过饭准备到车站坐车回老家去看儿子。那几年的日子都是这样过的，周末基本都在路上。已是深秋，天气渐凉，他穿得很薄，路过一家羊毛衫店就进去看了看，恰好有一件深蓝色的毛衣，他穿上很好看，感觉也很厚，虽然有点贵，但的确需要这么一件。他犹犹豫豫老半天，磨蹭着不说买也不说不买，眼看天色黑了，再耽搁一会儿，该误过最后一趟回家的班车了。我先向外走去，出去老半天还不见他出来，便有些恼火。我已经走出去老远才看见他匆匆忙忙从店里跑出来，一路小跑追上我，手里提个袋子。

"买了？"

"嗯。"

一路无话。回到老家忙着逗儿子，谁也没有提毛衣的事儿。

第二天一早，趁儿子还在睡梦中我俩就要走，不然他又要哭闹。到了县城我下了车，他把衣服袋子递到我手里，自己坐车继续走了。当时还疑惑，怎么把袋子给我，自己为什么不带去单位？

回到宿舍打开一看，居然是一件女款的长毛衣，那他试的那一件呢？这才懂了这个嘴笨心暖的男人。

在这以前，我还穿过二姐亲手给我织的一件毛衣。二姐自从给我织完那件毛衣之后，好多年都不织毛衣，说一织毛衣脖子就疼，眼睛也疼，孩子们的毛衣全都由大姐来织。

从小到大，我穿的衣服多是姐姐哥哥们穿过的旧衣服，那年考上大学，录取通知书辗转到我手里的时候，离开学就剩五天了，而且路上就得整整两天，那就意味着，我在家就待三天就要出发。

收拾好东西才发现我根本就没有毛衣，这可怎么办呢？二姐出去买了一袋淡绿色的马海毛毛线，开始给我织毛衣。三天能织好一件毛衣吗？三天后，我带着二姐织的毛衣，踏上了求学之旅。二姐在这三天里，几乎是不吃不喝不睡觉为我赶制那一件青春的嫁衣，它陪我度过了整个大学时期。

除了盛夏不能穿，其他时间那件毛衣都可以穿：天微热时我单穿；天冷时，我当打底穿。那是我求学时唯一的一件新毛衣，它温暖了我的整个大学时代：穿着它，我在芦花丛中照相；穿着它，我在油菜花丛中照相；穿着它，我在大雪纷飞中照相；穿着它，我在如茵的草地上照相。那件毛衣我穿了好久，后来穿得实在太久了,嫩绿的颜色也不再适合已婚的我,我才把它束之高阁,再后来被外甥女看到,死皮赖脸地拿去了。

爱人买的那件毛衣我也穿了好多年,旧了以后也舍不得送人。直到去年收拾衣服他看到说,都这么旧了,扔了吧。看着成堆的衣服,也的确没有地方,就给婆婆让她送人了。

"想什么呢? 走吧。"

"买啦?"

"嗯。"

跟着这个手里提着毛衣袋的油腻的中年人,回家。

拥你入怀

"妈妈，来抱一个。"

女儿一大清早又来索取拥抱。

"好吧，抱就抱呗，反正我又不吃亏。"

她笑着搂了一下我的脖子，转身一句"妈妈再见"就走了。我正准备说"连个拥抱都这么草率，像例行公事一样"，还没等我张嘴，她就不见影了。我边收拾她自己做早点弄得一片狼藉的厨房，一边回味着她那敷衍了事的拥抱。

今年夏天，站在一米八几的儿子和一米七的女儿面前，我已经不再是那位高大的母亲，成了一位有事没事装可怜的矮小的妈妈，儿子女儿要拥抱我，根本不需要张开臂膀，抬抬手，胳膊就可以搭在我的肩头。其实我的个子也不算小，只是他们越来越大，显得我越来越小；同时他们掌握的技能越来越多，越来越独立，反倒是我技能没长多少，记性却越来越差，越来越依赖他们。

今年暑假，儿子除了拖地擦桌子倒垃圾之外，又学会了洗碗；女儿除了会做煎鸡蛋、炒鸡蛋、煎牛排、炒油麦菜等家常菜之外，又学会了做红烧排骨和小酥肉；而我也获得了新的技能——焦虑、脾气暴躁。

儿子的暑假从7月3号到8月3号，整整一个月，他会每天五点半起床去跑步踢球，八点半准时回来收拾家，我从外面回家看到门口摆放整齐的拖鞋，就知

37

道儿子已经把家收拾干净了。

有一天心情不好，出去转了一圈，回家看到儿子正在洗碗，笨拙的样子着实好笑。碗的外面全部都没有洗，沾满了污渍，厨房的地上到处是水。

我问他怎么突然对我这么好，居然帮妈妈洗碗？

他说："什么叫'突然这么好'，有点良心好不好？自从我回家，哪天的家不是我收拾的，地不是我拖的？我就只想让你高兴点，还这么多疑问。来，抱一个。"

他举着两只满是水的手，把胳膊放在我的肩膀上，靠了一下，就算是拥抱，可我的心里还是挺感动的，终于他成了我的依靠。他已经不再是刚刚出生时的小不点了，也不是那个小肉球了，更不是身在曹营心在汉、眼睛在课本心思在游戏上的小少年了，他已经长成了大男子汉。

他又将会成为谁的爱人？会是谁的父亲？

我说加油啊儿子，干家务的男人幸福指数高。男人干家务多了，女人会开心；女人开心了，家里才快乐；家庭和乐了，生活才幸福。

他说："好的，我睿智的母亲。"

他这话如果让女儿说便是："好的，我丑陋的母亲。"

女儿总是以这样的话来"夸奖"我，她一生气就会说："我怎么会捡回来这么一个妈妈呢？丑陋就算了，还这么蛮不讲理，蛮不讲理就算了，还这么霸道。"

比起儿子，女儿的拥抱频率高得吓人，每天至少三次，上学前、放学后、晚睡前都是要抱抱的，不抱我一下，感觉她像是没有抚摸一下自己心爱的玩具一样。

"别人家的妈妈是被孩子气坏的，咱们家的妈妈是被孩子抱坏的。"有一次我抗议时说。

她说："谁让你是我捡回来的呢？"

她小时候有一次问我她是哪来的？我说是我在垃圾坑旁边捡的，从那以后，她便主观地认为我是她捡回来的妈妈。她总是能变被动为主动，从小都这样。从她会翻身起，就会抱着我的胳膊睡觉；后来大一点，会抱着我的脖子睡觉；再后来会抱着我睡觉；再到后来，她就一个人独自睡觉了。就像昨天晚上，我死皮赖脸地央求："毛毛，今天晚上，请允许我和你同床共枕，好吗？"

她白了我一眼，说："这么大人了，还这样，带着你的小被子进来吧，床上有枕头。"

我便屁颠屁颠地去取我的被子。

小时候，每次她到厨房、卧室、书房索取拥抱的时候，我都在忙，都是她抱我，从抱小腿到抱大腿，从抱大腿到抱腰，再到抱着肩膀，直到现在，她干脆摸摸我的头。

对于她的摸头行为，我曾多次抗议，但抗议总是无效，她依然我行我素。我担心我的中年秃顶不是因为自身因素，而是因为她。

想到女儿给我讲故事、给我压被角、给我凉温水、给我递药丸、给我做早餐，转念一想，她爱抱就让她抱呗，她要摸我脑袋就让她摸呗，反正大不了秃顶，更何况就是谁也不摸，顶，还是会秃的。

倒是有一件事，我得主动去做了，有事没事多抱抱她。她已经快高出我半个头了，不抓紧时间，以后抱她的机会会越来越少。今年开学时，儿子去车站，因为我记错了车站发车的时间，儿子险些误了车。他急着上车，匆忙之间居然忘了临别的拥抱，丢下我一个人在偌大的候车室里失落。

与你同行

孩子越来越大，以前是他们跟在父母的身后，现在轮到我们去追逐他们的脚步。

女儿问："妈妈，您这么早起干什么？您可以再休息一会儿。"

我说："妈妈也要学习，如果不努力，怎么配得上你和哥哥这么优秀的孩子？"

女儿说："那就一起加油吧！"

早晨六点给儿子发微信：起床干活了。

儿子回复英语学习的截屏，回复：早都开工了。

孩子优秀就会越走越远，我们也要跟上他们的脚步，让他们走得坚定，走得放心，走得有信心，走得后顾无忧。

同事的丈夫是985名校毕业，对口单位应当是国家的制造业，诸如飞机制造或者导弹研发之类的，现在在县城里当了一个部门的领导。并不是他多么热爱小县城，也不是他多么喜欢文职，只因为他是家里的独子，要回家照看家、照看父母，不得不在小县城屈就。他毕业时也是在大城市找了工作，薪酬可观，但最终拗不过父母，辞职回家重新找工作，娶妻生子，现在工作生活安稳，但我总觉得浪费了人才，白费了国家的许多心血。

有一位学生也有相似的经历，某电子科技大学毕业后在北京工作，生活虽不富裕，但初涉社会，便可立脚，也还不错。但父母觉得孩子太远，不便照顾，硬是要唤回待在身边。抛开国家、社会利益不说，单就个人而言，创造与实现的价值肯定是大打折扣。与同事聊起此事，未免觉得可惜。寒窗苦读数十载，后来却要将所学知识抛却，只为了待在父母身边当一个乖孩子，那拼搏的意义又何在？尽享天伦之乐自然是人生之一大幸事，但父母如果执意要拖累儿女，成为牵绊孩子的绳索，那就有些过分了。

倘若孩子喜欢陪在父母身边，喜欢这种小城市中悠闲惬意的生活，便不必强求孩子一定要在更广阔的天地里干成一番事业；但倘若孩子还有梦想，还想去开辟新天地，父母硬是要求儿女陪在身边，岂不是会让孩子遗憾终身？

父亲常常念叨他的一件遗憾事，说年轻时，他喜欢空军，后来征兵时体检、政治审查全部合格，却因为奶奶以家里缺少劳动力为由坚决不同意，父亲硬生生地被挡在了家里，眼巴巴看着部队走远。大姐小时候还有一个不为人所知的名字：爱军。父亲给他的大女儿取这个名字，以明心志。后来大姐到了上学的年龄，母亲觉得这个名字太男孩子化，就给改为"爱梅"了。

女儿问："妈妈，如果有一天我去大城市工作，您和爸爸怎么办？"

"妈妈就在不远的地方跟着你。"

儿子说："老妈的英语那么蹩脚，你可别跑到国外去，不然她找不到回家的路，丢了怎么办？"

"你们放心，不管你们走多远，我们都会努力跟紧你们的脚步，要不从现在起，我就跟着你爸学英语。"孩子的父亲是英语系毕业，日常的交流应该不存在问题。

作为父母，我们不愿是他们人生路上的绊脚石，也不愿只是无偿服务的志愿者，我们要努力成为他们的铺路石、登云梯，而且我们要成为与他们并排行走的同行者，或者至少也要成为他们身后的追随者。

成长从来都不只是孩子的事，父母也要成长。

是谁规定父母只能是扎根在故乡的大树，只能遥望着远行的儿女，只能守着老窝，盼望着儿女归巢？当一位同行者不是更好吗？

孩子们，放心大胆地向前走，就是跳广场舞，我也会在离你们最近的地方。

卑鄙的母亲

"我可是你的老 baby 呀。"

"是, 对的, 是的, 老'卑鄙'了。"女儿一边吃肉一边给了我一记白眼。我听了这话, 不仅没生气, 反倒觉得有趣, 不觉哈哈大笑。

她看见了我的表情, 也扑哧地笑了, 不再生气。

她生气是有原因的。

昨天晚上十点半, 推开她的卧室门, 她两眼红红地看着我。我很吃惊, 便问: "怎么了, 宝贝? 谁惹着你啦? 老师批评你了吗?"

我紧张地坐在她的床边。要知道, 女儿从小到大都是一个很少哭闹的孩子。

她说: "没有, 妈妈。我看作文被感动得哭了, 您看看这篇文章。"她说着, 便递来一本砖头一样厚的作文书。我瞄了一眼。

"妈妈, 我写作文总是会把自己写哭, 不由自主。"

她有点儿疑惑。

"那是好事, 说明你很投入, 也说明你所写的内容非常感人, 再者, 也能说明你是一个有情有义的孩子。要想感动别人, 先感动自己。自己被感动到哭, 即便不会把别人感动到哭, 那也会让读者心有所动的。读者会不会哭, 那就要看你的语言魅力了。"

已经是晚上十点多，鉴于时间关系，我得闭嘴了，再啰唆肯定会影响到她的休息，所以说了几句就关门离开。

今天一早，我还在睡觉，毛毛便推门进来，给我被子上扔了一张作文纸，冲进卫生间洗漱去了。边洗边说："昨天晚上写的作文，还没来得及改，您先看看。"

看着这文字里的场景，如真的一般，作文题目是"爱的枕头"。女儿小时候由她的奶奶带了三年，所以与爷爷奶奶感情深厚，她奶奶也的确给她做过一个小枕头。她的作文里一改老生常谈、万年不变的"哥哥的爱"，转而写"奶奶的爱"也不足为奇，奇的是她居然知道选取奶奶做枕头的生活细节。

我给她说这文章写得真不赖，我可以拍照发给纪阿姨吗？她的纪阿姨其实就是她的语文老师，也是我的好朋友，平时生活中与我交集很多。

她说："你随意，不过作文只是草稿，还没有修改。"

我把作文拍照发给了纪老师，给她剧透了她学生的作文。

去学校，正巧在办公室里就遇到了纪老师。她打扮古典：长头发盘成了发髻，簪了一支有流苏的发簪。刚前天听女儿说，阿姨给她补发了一份卷子，感动得她不知如何是好，一节课至少四分之三的时间都盯着阿姨看。我说："你阿姨难道就没有发现你那色眯眯的表情？"她说："你才色呢，我那是尊重，是崇拜，是感激，是仰慕，好吗？"

今天见到纪老师，我笑着说："我也想色眯眯地盯着你看。"

她拍了一下我，说：滚远点儿。我顺嘴就说了女儿昨晚上哭鼻子的事儿，刚说几句上课铃响了，她飞也似地消失了。于是就有了今天放学"老 baby"的事儿。

女儿放学回家吃饭，饭间问我："妈妈，阿姨怎么知道我昨晚哭鼻子的事情？今天在班里提起。"

"是啊，她怎么知道？"我也是一愣。

"天哪，居然是我不小心说漏了嘴。"我捂着眼睛说。

我小心翼翼地从手指缝里偷偷看毛毛的表情，生怕她雷霆大怒。每次她不怒则已，一怒定会用她的大油嘴来啃我，定会闹得天翻地覆，我得求饶才好。今天，她虽不高兴，但至少，暂时我是安全的。自知理亏的我只能继续倚老卖老、撒娇卖萌——毛毛叫这是"撒野"的行径——以求得她的原谅。结果她便用"老卑鄙"来怼我。

见她笑了，我放松警惕，继续吃饭。

"妈妈，我的作文似乎跑题了，阿姨说要写人物传记，我写成了感动的人和事了，我想重写。"

"那你就重写。"

"那你得给阿姨说说，我得稍微迟一点儿交。今天的作业很多，又是周末，肯定按时交不了了。"

"这会儿不嫌弃我和你阿姨'私通'了？"

这是她的词，说我和她的纪老师经常私下沟通，所以就叫"私通"。

她不置可否，看着她认真吃饭的样子，我突然来了兴致，便瞎诌了起来。

"浩然者，靖边人也。娴静少言，温柔淑良。"

我使劲儿地拍马屁。

"幼喜读史书，每至情深之处，涕泗横流，旁若无人，憨傻痴顽。少小笑靥如花，极少哭泣。舍一小书，可翻达旦；得一小具，可静半日。昳如朝阳，静如初露。其母曰奇哉，此乃天使遗落人间。"

她笑眯眯地享受着我的奉承，一脸得意。

"好吃而胃好，曰生活之理想便是尝遍人间美味。时蔬三千，宠爱唯肉，猪马牛羊，皆入其口。其食肉状，若饕餮转世，狼吞虎咽，风卷残云。每每以肉饱腹，饭后抚腹而曰：此乃生活之大幸事。虽不酒足，肉饱可也。不能食猪，羊亦可也。其母曰：肉囊饭袋，汝之谓也。得一即可，不可全得。如若不然，纵有千金，坐吃山空。"

她白了我一眼，继续吃肉。

"性和，少与人争锋，唯其父兄是从。然与其母，则阳奉阴违，挑刺讥讽，直呼其丑。评其母：发少肉多，食量如牛，贪玩好色，胆大不知羞。鼾声可将九天王母轰走，恶语欲使地府小鬼想溜。"她正吃饭，喜滋滋地吸着羊棒骨里的骨髓，听着我的语气不对，忙说："这骨髓真是太油。"见我意犹未尽，她便接着说道："脚底抹油，看见你，能溜快溜。"

说完，一溜烟跑了。

今天，我惹出的这一桩事，总算是过去了。想着我的恶行里，又增加了"长舌"这一条罪状。

生平最厌人"长舌"，可一到儿女这儿，却不由得"长舌"。"长舌"的对象自然是孩子们的老师。在孩子们看来，我便是不折不扣的告密者，可以算得上是"卑鄙"了。其实我也没告什么，不过是孩子最近的学习情况、生活日常，但在他们看来，我这是侵犯了他们的隐私。虽然是为了他们好，但也并不领情。写到这里，突然记起自己还真卑鄙过，那是儿子上高三时候的事情。

儿子刚上高三，学习很忙，很少自己打扫房间，房间都是由我帮忙收拾。一日扫地，便觉得床下有什么东西很重，扫不出来，趴下去看，是一个粉色的本子，很显然，这不该是儿子使用的。所以想都没想，便翻开看，不看则已，这一看，真的是不得了，脑子嗡嗡作响。儿子似乎是谈恋爱了？不对，继续往下看。儿子好像是害单相思了？是在这个关键的时间点，高三吗？再看看时间，不对，是以前的日记。细看时间，应该是高二。

怎么办呢？说还是不说，问还是不问？对于偷看日记这件并不光彩的事，我早已忘却。一个人坐在儿子的床上发呆，这一发呆就是大半天，还是不知道该怎么办。还是窗外学校的铃声提醒了我，赶快收拾收拾做饭，不然孩子们要回家了。

可日记本放哪里呢？

如果放在桌上，儿子一定会发现。万一被他发现我知道了他的秘密，他会不会生气或者尴尬？

果断地，日记本还是扔在床下面。

儿子回来之后，我强忍着情绪，装作平常的样子给他说："儿子，今天收拾你那边，觉得床下边似乎掉下课本之类的东西了，扫不动，你自己去看看。"

儿子"嗯"了一声，便去看。

吃饭时我佯问是什么东西？他头都没有抬地说："没什么，就是书。"

吃完饭，谁也没有说什么，各干其事。

终于，家里的人该上班的上班，该上学的上学，都走了。我又一次溜进了儿子的卧室，一顿翻找，终于在他书桌的第二层抽屉里找到了那个日记本，我已经无心再翻它，只是想知道日记本里的事对孩子当时的学习有没有影响。

看来问题不大，不然换成是我，我早把这样的东西藏起来了。

物归原处，退出卧室。我坐在窗前，思考该怎么面对这件事。

高三，正在长大的儿子，面临着成长的困惑。

明说肯定是不行的，既有损我的形象，又伤害了孩子的自尊，那就只能不说。不说似乎也不好，万一孩子现在还沉溺于那段感情岂不是会影响了学习？给班主任说吗？不行，不行，万一班主任说漏了嘴，后果不堪设想。告诉他爸爸吗？也不行，他如果沉不住气，后果更严重。该怎么办呢？

纠结之余，顺手拿过来一张答题卡，便在上面写道：与子书。洋洋洒洒地写了正反两面。现在只记得其中的一句话：惊闻你有心动之人，一则以喜，一则以忧。其他的内容都忘了，总之大概是先稳住情绪，谈感情的事儿往后推推，高考完了之后再说。

写好之后，我又开始纠结给还是不给呢？给了不就证明我偷看了孩子的日记吗？那我岂不是卑鄙之人，还怎么教育孩子？不给，我该怎么处理这件事？

后来的一个星期，我暗暗观察，儿子的言行举止一切正常，似乎并没有我想象得那么严重，我也装作从来都不知道日记本里的那一件事情一样，渐渐就忘了。那封"与子书"的信压在枕头下，一直没有给儿子，直到现在，它早已不知所踪。

成长是一个人的事，不知什么时候，我的男孩儿已经长大。只是他还不知道，他的母亲曾经是如何战战兢兢地陪着他走过那一段成长的日子。

长舌也罢，偷窥也好，人怎么可能是完人，多少有一点儿卑鄙也算是人性的本质属性。更何况，我是第一次当妈妈，在孩子面前偶尔做了不十分妥当的事，谈不上是恶人，更不算是十恶不赦。当一次卑鄙的母亲权当是我来人间走一趟，过一把当小人、当坏人的瘾了，在我的生命之画中，再添几笔不一样的色彩。

鼻子的遭遇

我的鼻子被板砖拍过，被刀子削过，被上帝不小心碰坏过，当然，最文雅的一次伤害是它被知识挤压过……这就是我的鼻子的种种遭遇，都是因为它长在了我的脸上，而且特征鲜明——它太塌了，以至于如果不专门强调，生怕大家会忽略了它的存在。

我很少在开学的时候向学生介绍自己，因为感觉实在没有什么太值得介绍的，日子久了，大家自然会熟识，但我一定会在日后的作文课上用来示范人物外貌的描写。曾经多次强调外貌描写要抓住重点，但同学们总是不得要领，他们笔下的妈妈几乎是所有中年女人的统称，于是我的脸便遭了殃，最苦的就是鼻子。因为它的特征是整张脸上最突出的，于是在我的口中和笔下，它被多次提及，多次形容，也多次惨遭讥讽，也就有了同学们笔下的那般悲惨的遭遇。

我的外貌并不出众，也无太多特点，所以形容起来颇有难度，为了引导他们，我不得不变着法地来形容自己，整个五官中最有说词的便是它——塌鼻子，何谓塌？就是不立体，不高耸，不分明，无棱角。不专门看，你是不会在意它的。我曾亲口说过自己的五官好像是被板砖拍过，不承想有学生便原封不动地搬来形容我的鼻子。不过它真的很扁平，几乎没有鼻梁的存在，所以我从来不戴眼镜，除去主观因素，客观上来讲，我的塌鼻子根本架不起我的眼镜。

上大学时，曾有舍友提出过疑问：你的鼻子为什么那么塌？我说不知道。后来她用自己的聪慧找到了答案，她说：从地域的原因来分析，你们那里高海拔，太阳照射强，水分容易流失，倘若鼻子太高太大，容易被冻掉或者被晒秃噜皮，所以你长了个小鼻子；再从气候的原因来看，你们那里风沙太大，鼻子大了沙子容易进去，你看看骆驼的鼻子，不就很小吗？是不是这样？

我不置可否，因为我从来懒得去调查论证我的鼻子为什么那么塌。更何况，我们百分之七八十的本地人也都是高鼻子，而且我也没有见过有的人鼻子被冻掉，或者被晒掉了皮，所以这样的观点显然是站不住脚的。

一次偶然的机会，和父母说起我这样的鼻子到底是遗传了谁的基因。父亲的鼻梁高耸，母亲只是鼻头塌了一些，但也有鼻梁，那我这塌鼻梁是从哪来的？后来，追根溯源，大家得出一致的结论，我长得像姑姑，至于姑姑的长相像谁，这还得去问我的祖母，可祖母去世好多年，所以这样的讨论也终没有一个定论。听母亲说，祖母当年也是嫌弃我的塌鼻子，所以想要给我人为地捏高，后来被母亲阻止。因为邻居家的小孩子就是因为被捏鼻子，肿了好多天后才好。

也是因为它的塌，曾经让我在当准妈妈的时候，就对我腹中的孩子百般教诲，什么都可以像我，唯独那鼻子，像谁都可以，千万不要像了我。每一个孩子落地之后，我都是先问孩子的鼻梁挺不挺，估计我这样的产妇也是产室里的奇葩。好在，谢天谢地，如我所愿，孩子们的鼻子都没有像我。

结婚多年，爱人总爱提起我鼻子塌，有一次我半开玩笑地说："你想好了，你如果真的想要一个高鼻梁的老婆，我明天就去整一个黄金比例的鼻子回来，你可不要后悔啊，我的这塌鼻子，富贵着呢。"他瞪了我一眼，再没说话。

鼻子的"鼻"的字源本来就是"自"，最初人们是指着自己的鼻子来说自己的，后来为了区别"自己"与"鼻子"，就以"畀"为声符另造了"鼻"字，可见，"鼻"指代自己，古而有之，没有见哪个人指着自己的嘴巴或者眉毛说自己的，可见一个人对自己鼻子的认同，实际是人对自己的认同。

比如这鼻子，本是父母所赐，美也罢，丑也罢，如果不能改变，那就接纳，接纳这不完美的鼻子其实也是在接纳不完美的自己。生活中不完美的事物很多，如身体的缺陷，原生家庭的不完美，或者一些生命中无法弥补的遗憾，你根本不可能改变它。从另一个角度来看，缺陷和不完美何尝不是老天给我们的恩赐，它让我们学会坚强，学会豁达。

　　这样一想，我反倒有些喜欢我的塌鼻子了，尽管它遭遇了种种不公，被多次诽谤，但我依然珍爱它。感谢父母赋予我生命的同时，给了我最为和谐的五官，让它们闹作一团，让我的脸不寂寞，不单调，与众不同。

遛 弯

说是出去一起遛弯，其实是被孩儿他爸遛，女儿怕这么说伤害了我的自尊心，所以会习惯性地说："别把我爹遛丢了，昂！"其实就是拐个弯告诉我，你跑快点儿！

遛弯每次都是按照：出门——"说走咱就走"，遛——"风风火火闯九州"，被遛——"山外青山楼外楼，你走我跑追不着"的顺序来的，后面就变为"众里寻他千百度，不知他在哪一度"，回家就变"九州生气恃风雷，万马齐喑究可哀"，基本上是"高高兴兴出门遛，窝窝囊囊又被丢"的形式，为此曾发誓，再也不和他遛弯，可没几天，誓言就在风中消逝，用陕北方言来说是"羊皮照旧"。

生活能够继续大概都是这样，别人是不是把你的话当成话不知道，自己早已经把自己的话当屁放了。两口子的日子之所以能过得长久，有一个重要的原因就是不遵守"誓言"。"我发誓我再也不理你了""我发誓再也不管你的事了""我发誓再也不给你洗臭袜子了"……而这些所谓的诺言或者说誓言，在婚姻生活里一毛不值，自然就没有几个人遵守，所以日子才能继续。

按理来说，夫妻两口子散步或者恋人之间拍拖，手拉个手，胳膊挽个胳膊，光明正大地走在大路上，是件非常普通的事情，也无可厚非，但对于我与孩子爸而言，却是少有的。

刚结婚那会儿，看着别的小年轻一起手拉着手走，煞是羡慕，悄悄和他说："咱们也试试？"他瞥了我一眼说："没见他们昨天打骂的样子吗？那女的眼睛被打得跟乌鸡眼一样，拉个手有什么好，真的好才算好。"我也不知道什么是真的好，也不知道这是哪位哲学家的歪理，反正他一直遵循不和我并排走路的原则，走在街上永远要扔我三米多，我像个跟屁虫一样，远远地跟在他后面。后来有一次和几个闺蜜聊天，说到夫妻关系，无意中说，我俩走路永远保持三米远的距离，她们断章取义，直接说：你俩距离三米远，儿子哪来的呀？然后哈哈大笑，弄得我老脸通红。

生活中，很多人认识他，很多人认识我，但除了我俩的同学和很早以前一起的同事，很少有人知道我们是两口子。

记得有一次，和姐姐以及姐姐的同事逛街，正好走到他们单位楼下，他刚好从单位出来，我看见他打了个招呼："老同学不忙了？"他微微愣了一下，又似乎反应了过来，点了点头，"嗯"了一声就过去了。姐姐笑了笑，没有说话，她素来知道我调皮，这可苦了姐姐的同事，一脸欲言又止的表情。姐姐的同事是认识我老公的，也大概知道我们是两口子，可刚才打招呼确实不像两口子，把她给弄昏头了。大概过了二十多分钟，她终于忍不住，小心翼翼地问我："刚才那个人不是你老公吗？"我说是啊，二姐哈哈大笑，她一脸的生无可恋。可见我俩是两口子，在很多人心中不是一件很确定的事，因为我俩共同出现在大家视野中的频率实在是太低了。

这几年孩子稍微大一点儿了，他也难得有不忙的时候，所以下午饭后我们偶尔会出去遛遛，犹如新汽车要磨合一样，散步居然也需要磨合。

没有张晓风《散步》中温馨的场面，他永远只管带着自己的腿前行，把脑袋和我远远地扔在后面。

这是我气愤的时候说他的话，每次散步都是他走他的，我跑我的，终于有一次我忍无可忍，提前结束了这种被遛的命运，我干脆不走了，躲在路边停着的一辆车后，看他什么反应。

他开始并没察觉，继续走，大概走出二十米左右，往后看了看，似乎没有看见我，他略停了一下，但还是继续往前走了。

不远的地方就是十字路口，这次他停了下来，站在马路边上东张西望，大概是记起自己是带着老婆出来的。

我见他没往我这边看，心里恨恨地想：溜你的弯儿去，本小老太太不陪了。我一个人悄悄地从另一条路走过去，一个斜插到我妈妈家去享受公主的待遇去了。路上他打电话我没有接，他发微信问我哪儿去了，也没有回。坐在老妈家，舒舒服服地吃了个削了皮儿的苹果，聊了一会儿天，才慢慢悠悠地回家，看到似乎早已回家的他一脸的不乐意。我顿时心情大好，问他："罗大仙儿，你飞回来了？"他瞪了我一眼，没说话，径直回了卧室。

我的心情瞬间爆棚，太爽了，好！原来你也有找不到老婆的时候，你不是有特异功能吗，你后脑勺儿不是能看得到我吗？你倒是找找看啊？！

这件事后，遛弯儿的状态依然没有多大改观，还是他前我后，他走我跑，我们之间的距离又回到了三米左右，不过他偶尔会有意放慢脚步，有意无意地等一等屁颠儿屁颠儿地跟在后边儿的我。

女儿有一次和我俩出去，回来之后就再也不去了，她说她拒绝被遛，谁爱被遛谁遛去。

好吧，我就是那个爱被遛弯儿的傻子。

周末去爸妈家，他们正在闹别扭，问及原因，老妈一脸委屈，七十岁的老太太差点儿落泪，老爸一脸郁闷，一声不吭，问及原因，还是遛弯儿惹的祸。

"早晨出去遛弯儿，我刚换了双鞋，出来就看不见他了，就不能等等我？"老妈眼圈儿红了。

"这么大年龄了，脾气不小，我出了大门往左走，见你妈没出来，站在路口等她，谁知道她大门一出来看也不看，直接往右拐，跑得还老快，叫都叫不住。"

原来是遛弯儿方向性错误啊，我也只能呵呵了。这样的家务事，肯定是说不清楚的,我的唯一作用就是和稀泥,安抚情绪,让他俩的血压不要飙升就好。

　　我似乎看到了二三十年后我俩的样子:健步如飞的老头后面跟着一个慢腾腾的老太太,满肚子的……

生活无大事

"没什么事打什么电话呀？"外甥有些不耐烦地说。

外甥媳妇儿眼睛红了红，欲言又止。

正月，外甥带着媳妇儿和孩子来拜年，中午饭后没事闲聊，很显然，外甥媳妇儿心里有事想说，但几次话到嘴边又收了回去。

大家都吃过饭了，孩子的爸爸去二姑家还没回来，大正月天的，家里有客人，他不回来也不合适。

"我给你舅打个电话吧。"

"妗子，您别打，或许是舅舅有事儿，况且咱们也没有什么大事。"外甥媳妇懂事地说。

"什么是大事？家里能有什么大事，不都是小事嘛，我催一催吧。"

电话没有打通，但微信回复过来："遇上了前来拜年的姐姐，晚一会儿，会尽早回来的。"

"舅舅真好，不回来还回个信息。你不回来，连信息也不回，电话也不接。"外甥媳妇对着外甥说。

"没事儿回什么电话信息？"外甥一脸不屑地说，"再说，我都给你说了，让你没事不要打电话、发短信……"

外甥媳妇儿眼睛红了红，不再说话。我想我大概已经知道两个孩子怎么了，都是电话惹的祸。

时光倒退二十几年，没有手机的话，丈夫一直不归，妻子只能在家里守着孩子干着急，可现在有了手机，如果联系不上丈夫，除了干着急，更多的是一种怨恨、委屈，这样的经历生活中不少人都有。

我从来不敢评价别人的生活，因为我们没有经历别人的人生，有什么权利对别人的生活说三道四呢？曾有人说，真羡慕你有这么好的心态，可他们哪里知道好心态都是被生活逼出来的，当被生活逼得走投无路的时候，换个角度想事情，似乎就不那么糟糕了。

我完全理解，也同情外甥媳妇儿的遭遇和心情，可面对这样的琐事，能解救她的只有她自己。

当年孩子们都还小，爱人很忙，生活的重压似乎随时都可能将我压倒——三个班的课，每个班八十几名学生；两个孩子，一个小学一个襁褓。没完没了的工作，没完没了的家务，还有沉重的债务，可以压倒我的已经不只是最后一根稻草，而是身上的每一根稻草。每个星期的周末是大家最休闲的时候，却是我最忙碌的时候。我得洗完一个星期所有积攒下的脏衣服，我得完成一周来还没来得及完成的工作任务，我还得多陪陪孩子，让他们能到大自然中去感受四季的变化、节令的更迭。

那是我最忽略自己，最对不起自己的时候。当然，那时候的丈夫似乎也是最忙的时候，总有没完没了的应酬，总没完没了地出差。

于是，打电话就成了我们之间沟通的最主要渠道，一天在电话里讲的话比见面讲的话多多了。

这种苗头终于发展成为一场熊熊大火，烧得人心情崩溃，尤其是他的电话打通没人接或者干脆打不通的时候，各种猜测，各种担心，各种……那个时候的我更像是牢笼里的一个疯子。

最极端的一次，也是最令我伤心的一次是两个手机放在身边，中间一秒不停地给他打电话，我给他在一个半小时内打了近八十个电话，我的目的很单纯，也很简单，不接我的电话，谁的电话都甭想打进去。

现在想来，那时候的我脑袋肯定是被驴踢了。

他后来给我的回答轻描淡写，"知道你没什么大事"。

他风淡云轻，我已经全城沦陷，溃不成军。

对于一个男人而言，那一个小时、两个小时，不过是酒桌上的推杯换盏，不过是办公室里的清茶两杯，可对于一个女人来说，那时间一秒一秒地在走，是蚂蚁在心上来回穿梭。

后来冷静下来，我反思自己才发现，我的世界里有丈夫，有孩子，有老人，可就唯独没有我自己。

我不是在过日子，是日子在过我。

没有自己的日子是黑暗的，也是昏沉的，更是煎熬的。我没有朋友，没有生活，没有娱乐；只有工作，只有家庭，只有没完没了的家务活儿和操不完的心。

一个人最可怕的不是没有全世界，而是迷失了自己。我们把自己支离破碎地融在了生活中，现在又需要将自己与众人剥离开来，让自己成为自己，这个过程是痛苦的，也是漫长的。生活在给了我们伤害的同时也成就了我们，让我们涅槃重生。很多女人和以前的我一样，以为只要父母好就好，老公好就好，孩子好就好，家庭好就好。其实不对，只有自己好了，才有其他人、其他事。因为不管是谁，对于我们的生命个体而言，都是别人，包括我们的父母、爱人、子女以及朋友，而婚姻中的女人往往会丢了那个本不该丢的自己。

后来我练就了"他强由他强，清风拂山岗；他横由他横，明月照大江"的心境。山动水动我不动，山水奈我何？你恼他恼我不恼，生活奈我何？倘若面对世间万事万物我们都能够坚守本性，坚持本心，镇定自若，自然神马都变成浮云了。

少不更事的年轻人，当然还不懂这些道理，现在的外甥媳妇儿就是当年的我, 两个孩子, 繁重的家务, 在生活中找不着北是再正常不过的事儿。其实, 从事情的本质上来看, 她只是迷失了自己。

外甥当然还是要训斥的, 俗话说会管的管好自己, 不会管的才去管别人。"生活几乎全部是小事, 什么叫作没有什么大事? 等有大事了, 再打电话有什么用? 少让媳妇担心, 接一下电话怎么了, 会少几两肉? "

训完了外甥, 再开导开导外甥媳妇: "没事的时候少给他打电话, 把孩子塞给你妈, 自己带着手机溜出去购物, 叫几个小姐妹去臭美, 去 k 歌、去嗨, 不用你打电话, 这么如花似玉的媳妇儿在外面不回家, 谁给谁打电话, 还说不准呢, 对吧? 估计说不准就没有他什么事儿了。"我看着外甥说。

外甥笑了笑, 低下头, 什么也没说。

有人陪你演戏，是一种幸福

晚自习辅导本不打算说什么，可有时同学觉得知识点不清楚，我也忘了那个点讲过还是没有讲过，所以只好再讲一遍。

同学们听得很认真、很仔细，而且似乎在认认真真、像模像样地做着笔记。

讲完后，我问同学们："这个点我没有讲过吗？"

他们集体回答说讲过了！

"讲过了，你们还装作一无所知的样子？"

"配合您——"

他们太过分了，可似乎又没有理由批评他们，因为他们装作认真的样子很可爱，我根本就没有打算批评他们。

今天早晨监考，试卷已经发完了，有同学还在窃窃私语，我说除我之外，从现在起，任何人不许说话，谁说话谁就是猪。因为自从小猪佩奇出现之后，我并不觉得说猪是在侮辱人。同学们居然齐刷刷地发出了哼哼的声音，然后都笑了。

我说："好吧，猪宝宝们开始做题了。"

有人在下面小声说："好的，猪妈妈。"

哄堂大笑。

"请大家不要配合我演戏，开始答题。"

我估计，玩笑再开下去，我们今天考试的时间该不够了。

同学们大笑之后，教室逐渐安静了下来，后来就只能听到翻试卷和答题时"沙沙"的声音。

人生如戏，有人陪着你演戏，该有多幸福。哪怕这只是演戏，不管是虚情假意还是乐在其中，有人愿意配合就是一件幸福的事。

作为老师，除了讲课，干得最多的事便是听课，教学本是师生之间的双边活动，可很多时候课堂成了老师的独角戏，没有人愿意陪着演戏，感觉老师面对的是空旷的山野或是无情的石头，或者是没有半点涟漪的死水。很庆幸我遇到了许多乐于陪我演戏的人。读文章到高兴之处，他们陪我手舞足蹈，仰天大笑；读到伤心之时，他们陪我悲泣掩面，难以自持。总之是一位多情人与一群多情人，一个热心肠与一伙热心肠，一个老疯子与一群小疯子的聚会狂欢，这样的感觉真好。

生活中也会有这样的事情——有人陪你演戏。一位朋友说出轨的爱人，满嘴的谎言。我说只要说谎，说明他还在乎，有所牵挂，有所畏惧，不妨陪他演戏，倘若他愣生生地说出真相，放在你面前，你该怎么办？如《西游记》中白骨精用石头变成的馒头，至少看着还是馒头，只要你识得不去吃它便好，倘若连幻化都懒得变，直接上石头，那尴尬的就是大家了。猪八戒当初若不变化，估计高小姐早就被吓死了，哪里还会有后来高老庄里曲折的故事？有人陪着演戏挺好的，虽然说谎言毕竟是谎言，但人生短暂，倘若这谎言可以掩盖真相到死，那说不定又是一种美了。"庄周梦蝶"还是"蝶梦庄周"谁又能说得清楚？真真假假，假假真真，谁又能辨得清楚？

看穿不揭穿，或许真的需要智慧。

但不论怎样，能够陪着演戏，这里肯定还有一份感情在，那就珍惜愿意陪你演戏的人，因为不是所有的人都乐意为你浪费时间。

移动的小饭桌

放学时，校门口停满了车，挤满了人，人群中夹杂了一些饭盒、保温杯。有的同学出校门上了私家车、公交车、出租车，有的同学出校门提回了饭盒。十多分钟后校门口的交通恢复了畅通。校门口天天上演着这样相同的剧情，见怪不怪，不足为奇。

学校旁边的住宅区里，有人开办了"小饭桌"，那些不愿意住校、又不方便回家吃饭的孩子，就在这些地方吃饭。对于高中生，"小饭桌"的主要职责是供饭，一般是一日两餐，即午餐和晚餐，其余的事情一概不管，孩子们吃饭后继续回校学习。

有些孩子特殊，不论是在学校吃饭还是在"小饭桌"吃饭，都不方便，于是就有了移动的小饭桌——送饭给孩子的家长。

朋友有一对双胞胎女儿，其中有一个孩子在出生时就有先天性疾病。后来多方医治，效果明显，但孩子的腿脚还是不利索。朋友夫妻俩都是大忙人，一位是老师，一位是交警，孩子上学要坐轮椅，有诸多不便。两个孩子在学习上很优秀，不需要大人太费心，但因为一个孩子腿脚不便，所以一日三餐都要夫妻俩轮流来送。孩子妈妈是一所学校的负责人，所以每日来送饭的更多的是孩子的父亲。当放学的铃声响了之后，他与学校的人流形成反差，他是逆行者，是校门口的另类风景。人到中年，花白的头发在人群中尤为扎眼。孩子的成长凝结了父母太多的心血。

校门口除了逆行者，更多的是等待者。班里有一个孩子患有过敏性紫癜，我对这种病的认识也是源于她。因为患病，这孩子曾休学一年，复学后身体方面的问题并不明显，但吃饭尤其要小心，有添加剂、防腐剂的东西通通不能吃。当她说出她所吃食物的禁忌时，我很诧异，饮食的基本要求是非天然食物都不能入口。她的桌子上永远放着饭盒，因为她的忌口太多，餐厅的饭并不适合她。每天放学她都会走到校门口，接过父亲手里的饭盒带回教室吃。去年有一段时间她的情绪特别低落，她说她的理想是成为一名记者，但她的父亲极力反对，理由是记者每天都要在外面跑，吃饭就是个问题。我说我支持她父亲，因为和健康相比，什么都不重要。有一次和她开玩笑说，以后长大了父母不在身边又没有时间做饭该怎么办。她看了看我，无奈地笑了笑："饿着呗，总比丢了性命强。""带上父母，或者待在父母身边，不要走远，永远当一个小孩子。"我告诫式地说。

　　哪里有长不大的孩子？哪里有不老去的父母？我们的想法大多时候都是一厢情愿。

　　我想结婚的时候父亲不同意，其中有一个理由就是我从来没有做过饭，结婚之后会被饿死的。后来事情并没有他预想得那么糟糕，但也没有我预想得那么完美。因为结婚后三个月的方便面和挂面，终于吃"崩溃"了父母，他们说回家来吃吧，倒了喂狗的饭也够喂我。就这样泼出去的水、嫁出去的女儿依然回父母家吃饭。母亲的小饭桌上永远有我的位置。直到后来自己有了儿子，为了儿子的嘴，才不得不学做饭、学干家务，现在我已成为女儿移动的小饭桌。

　　女儿在离县城大约5公里的五中上学，每天上下学坐公交。中午11：50左右回家，匆匆扒拉几口饭甚至来不及坐着好好喘口气，就又要动身去学校。昨天晚上她回家告诉我："要不妈妈给我送一下午饭，我看好多家长都在送。"我欣然答应。

　　女儿迅速地长大，让我充满了歉疚。不是她长得快，而是在她成长的过程中，我没有能够全身心地陪同。儿子分去了我大半的精力，工作又占据了一部分，等到了懂事的女儿这里，所余的精力与时间都已寥寥。

学校的时间安排很人性化，为了让老师们有时间做饭吃饭，早晨最后一节都是自习，并没有安排课，我正好利用这段时间做饭。女儿一向独立自主，对于她的要求，我居然生出几分喜悦来。她都快到不需要妈妈的年龄了，所以只要她需要，我一定尽力陪伴。

于是我也成为了移动的小饭桌里的一员。

早晨二、三节的课让我的时间显得有些急促。10:10下课后狂奔回家，上锅、下油、炒肉，一气呵成，准备上高压锅炖肉的时候才发现高压锅不见了。三口高压锅，一口在婆家，一口在娘家，另外一口很少用，让我放在了车库。不巧的是今天爱人下乡，带走了车库的钥匙，这意味着在11点之前把肉炖熟是不可能的。看了一下表已经10:40，灵机一动想到了三楼的好朋友。打电话给她，好在她家的高压锅没有在用。直冲下楼找锅，飞奔上楼插电。半个小时后发现高压锅大汗淋漓，但并未"高压"。打电话给朋友，她上来盖好锅盖开始做肉时，已经是11:10了。10分钟下去送饭，绝对不可能，与女儿昨晚约好今天吃鸡肉、提前20分钟到学校的约定部分泡汤。赶快打蛋切豆腐，3分钟盛菜、5分钟后盛汤。放学前的20分钟，我准时出现在了校门口。女儿叮嘱带上她的小书桌，刚把车停好下课铃就响了。

11:40放学，11:45女儿上车，打开小书桌开始吃饭，11:55分吃完收拾，12点准时开始写作业，12:40收起小书桌，她在车上休息，13:10起来向我挥手再见。女儿全程心情愉悦，眉角带笑，睡在后座嘴角都是向上翘着的。我计算了一下，自己去送饭至少可以给孩子挤出一个小时的时间来学习和休息。

她学习的时候我坐在副驾驶座上，刷了一会儿英语单词。她休息时我也陪着她眯了一会儿。她下车回教室，我返回学校，14:00上班，等到下班回家打开高压锅一看，锅里的鸡肉已看不出是鸡了，只认得是肉，一锅肉泥。

给女儿送饭时校门口有一位骑电动车的母亲，看着年龄不大，最多与我相仿，要么还要比我小一些，也如我等待在校门口。陕北的春天天气极为恶劣，时而狂风大作，时而大雨倾盆，今天又是扬沙天气，风沙中能见度不足五十米，她依然来了守在校门口。电瓶车上挂着饭盒，她的孩子也是女儿。孩子出来之后不知道和她说着什么，几分钟后她骑车离开。她的背影让我想起了我的学生曾经写过的一篇《老去的电瓶车》："犹记当年，父亲的车骑得很快，母亲每每都要提醒他注意安全。可现在随着时间的推移，高大的、无所不能的他和这个电瓶车一同老了。"

　　天气越来越热了，女儿嫌外面太吵，所以不愿意打开车窗。车内温度已经超过了二十度，有些闷热，想到远在西安陪女儿读书的薛老师，应该比我更辛苦，因为西安的温度比陕北的高多了。薛老师是我的高中老师，她的小女儿与我的女儿是同班同学，两个孩子是好朋友，所以我与薛老师之间也会有很多共同话题。她家女儿去年到西安读书，孩子就读的学校一直未定，所以不敢提前租房。等学校定了之后，周围的学区房已被租完，老师不得不每天驱车，当起了移动的小饭桌。孩子午间吃饭和休息都在车上，年近五十的她精力不足，略显疲惫。我说："老师，您这样太辛苦了。"她笑着说："没有什么，都是为了孩子。"如今，我已然同她一样，并且，我也不觉得辛苦。为了孩子，我们成了不知苦为何物的母亲。

　　早、中、晚的时间被送饭无缝衔接之后，我更没有时间去父母家了。有一天下午抽出一个小时过去，母亲的小菜园已经郁郁葱葱，各种时蔬长势喜人。父母在院子里乘凉，见我去了，母亲问："最近在忙什么，怎么老不过来，给你留的肉都快要喂狗吃了。"我说，中午给毛毛（女儿的小名）送饭，没有时间来。她说："孩子不能那么惯着，该吃苦的时候，要给点苦头吃，你还能一直给她送饭？要让她适应。你们小时候，哪里有这么好的条件，还给送饭？你和你姐，两个人吃一份饭，吃都吃不饱……"我知道，忆苦思甜的课程已经开启，我认真听就好了。再说，我也腾不出嘴来和她说，因为她早已经把给我留着的肉端上了小饭桌，我忙着享用母亲做的红烧肉，哪里能顾得上反驳她。吃着肉，心里暗暗发笑，我七十岁的老母亲舍不得她的女儿吃一点点苦，却在教育女儿如何该让女儿的女儿吃苦。

　　老母亲做的肉，女儿也特别喜欢吃，等会儿兜着一些回去，明天带给我的女儿吃……

送你一朵小红花

讲桌上不知谁给放了一朵小红花,像是灿烂的阳光绽放着笑脸,看来今天应该会是快乐的一天。

校园里的花开了,很多很多,一大片一大片的,花团锦簇,于是我的讲台上这几天就有了花。

不知道是同学们早就摘了来放在桌子上让老师共享的,还是只有我这语文老师才有这样的待遇,反正在我上课的时候,她已经在桌子上静静地看着我。

顺手拿起仔细端详,便有同学起哄:老师戴在头上。

"戴在头上?不了,老人簪花不自羞,花应羞上老人头。"

同学们说老师您不老,年轻着呢。不管老师年不年轻,不管是给谁拿来享受,摘花总是不对的。

花已经连续第三天出现在讲桌上了,第一天是橘色的雏菊,昨天是紫色的不知名的花,今天是红色的雏菊。女人天生对花没有任何抵抗力,我是那么欢喜,根本掩饰不住我内心的乐意,但如果因此鼓励学生每天把花摘下来送给我,却也不是什么美事,若人人都这样,那花圃岂不遭殃了?

"再看花时动动口、动动眼就好,千万不要再动手了,君子动口不动手,不然岂不都变成了小人?"

孩子们又是一阵起哄式的欢笑, 说实话, 和他们在一起真的可以使人年轻快乐, 虽然偶尔也会被他们气着。

今年春天, 我的二〇二一届学生也如他们出去摘花, 被安卫处的乔老师训斥了一顿。

三月份春花已在枝头时, 突如其来的一场飞雪, 让同学们的体育课泡了汤, 只能在教室里上自习, 孩子们急得都快要蹦起来了。恰巧体育课后是语文课, 我提前几分钟到了教室, 看到有几位女同学望雪兴叹, 便怂恿她们到后花园里去看雪。

"后花园里的桃花开得正盛, 为什么不去赏花?"

她们几个一个眼神就不约而同地跑了出去, 没几分钟就嘻嘻哈哈地跑了回来, 险些闯到了我的怀里。边跑边喊: "老师, 您害我们被乔老师骂。"

"乔老师为什么骂你们呢? 肯定是你们又做了不该做的事, 是不是动手了?"

她们笑道: "您怎么知道?"

"老师送您一枝花。"

王丹怡笑着从怀里拿出一枝花。

我佯怒: "怪不得乔老师骂你们呢, 好在你们跑得快! 跑得慢了, 看乔老师不揍你们。"

正说着, 上课铃就响了。上课时看着讲桌上的一枝春, 美则美矣……虽然觉得这么做不好, 可是我还是很享受孩子们送的花。

今天的讲桌上春花变成了一抹秋色, 学生们早已不是原来的那拨, 但欢乐却没有减损丝毫。

当老师已然很辛苦, 不找些乐趣, 怎经得住工作的艰辛、生活的无奈? 不找些乐趣, 怎抵这岁月漫长?

前几天和朋友去骑车, 在约定的地点, 一见面就迫不及待地告诉她, 我今天好高兴。

她问我捡着钱了? 我说是的。她说哪儿捡的, 该不是会在衣服兜里发现的吧?

我惊讶地问道:"你怎么知道?"

她说:"就你这样的人,大马路上的车都看不见,你能看见地上掉的钱?你也就自己兜里捡点儿,还把你乐的。"

"我怎能不乐呢?那可是钱呀,不管是哪儿的钱,都是我今天的额外收入。我数了数有86块钱,多吉利的数字,够咱们运动完撮一顿的了,麻辣粉、米线、凉皮随便点。"

她鄙夷地瞟了我一眼,说:"你也就那个档次。"

生活的烦恼太多,创造或找寻一点小乐趣在生活中是必需的。

无限放大快乐,缩小悲伤,这也是能让我们自己幸福的一个快捷的方法。阿Q精神虽然不是处处可取,但多少还是有可取之处的。

金圣叹曾言三十三乐,直呼"不亦快哉!"仔细咂摸,果然是快哉快哉。观这不亦快哉的三十三乐,哪一桩哪一件是惊天动地的大事?全是生活的琐碎,故仿之得几乐:

读武侠,东方既白,余韵未竟,不亦快哉!

听三国,张飞骂桥,吓退敌军,不亦快哉!

看弟子,昏昏欲睡,细眼斜睨,不亦快哉!

逗小女,赘肉乱颤,几欲倒绝,不亦快哉!

遇故交,执手言旧,难舍难分,不亦快哉!

交新朋,酒过三巡,不知名姓,不亦快哉!

持快刀,手抓肥肉,油汁横流,不亦快哉!

喝稀粥,汗流浃背,斯文全丢,不亦快哉!

徒步行,对山高歌,回声嘹亮,不亦快哉!

驾长车,凉风扑面,行至水穷,不亦快哉!

逛书摊,觅得心爱,廉价购之,不亦快哉!

理书籍,搜出小诗,廿年心得,不亦快哉!

扫炕铺毡,得瓜子一粒,投入口中,不亦快哉!

重穿旧衣,摸纹银几两,可沽温酒,不亦快哉!

购衣记

卖衣服的小姑娘还在絮絮叨叨推销她的这件牛仔上衣时，我心里其实早就决定买它了，不知道那个小姑娘有没有发现，我虽然在店里踱来踱去，但并没有离开的意思。一番讨价还价之后，以原价七点八折的价钱收入囊中，付钱离开，心中一阵窃喜。

寻找这样的牛仔上衣已经很久，这要从上大学时说起。大二的时候有一次出去逛街，在一家偏僻的店面里发现了一件酷酷的牛仔上衣，穿上之后不大不小，不长不短，简直就是量身定制，不论是颜色还是款式，都是最适合我的，穿上便不舍得脱下，问了一下价钱，卖衣服的小哥哥说最低八十九块钱，要就带走，不要就算了，反正已经不赚钱。

八十九块钱对于我来说是两三个月的生活费，那时候哪里有闲钱买这可有可无的东西，我犹豫不决，但最后还是不舍地脱下挂在了衣架上。

从那以后，那件牛仔上衣便是我衣服界里的白玫瑰，不能拥有它成了少年时光里的遗憾。

后来参加工作，成家立业，忙碌穿梭，对于服装的要求虽然没有特别的要求，但是口味独特，以至于陪我去买衣服的大姐每每说我，买衣服是在猎奇，非奇不买。其实我的口味也没有那么奇怪，只是有一个爱好，满大街都穿的模样和款式，我很少去尝试。曾经特别中意一件紫色的西服，买回家后才发现同办公室居然已经有了两三件，后来更发现一个单位有好多件，险些穿成了工作服，干脆压箱，一次也没有往外穿过。也倒不是想要自己与众不同，只是感觉这种心照不宣的审美，让内心不爽，所以衣柜里的衣服与众同款的并不十分多，偶有相似，也不至于是满大街都是的那种款式。

当然，我也曾为一件衣服辗转反侧、彻夜难眠，它现在就高高地挂在我的衣橱里，成为傲视群裤的裤王，我也只会在特殊的场合才穿它。它是一条绣花的裤子，不只是绣了一朵或者是一簇花，而是绣了满满的两裤腿的花，与其说它是一条绣花的裤子，倒不如说它是一座裤子上的花园，第一次见到它就不可遏制地爱上了，它太过惊艳，让人难以忽视它的存在。

十五年前，我还只是一个四岁儿子的妈妈时，见它挂在一个并不起眼的货摊上，老板娘说这样的裤子因为自己太喜欢，所以进货只进了两条，一条自己穿，另一条挂在这里卖。那是一条牛仔的阔腿裤，挂在衣橱里显得修长而富丽堂皇，阔而长的裤腿上，从裤脚开始延伸到裤腰，全是深红浅红怒放的牡丹。

我虽然看上了它，却穿不上，它的尺寸实在装不下肥硕的我，当年我还是一枚明显的胖子，足有一百五十多斤重。

腰围尺寸太小，它卡在臀部就上不去了，买回它意味着我只能欣赏，只能远观，不能驾驭。让我犹豫不决的另一个原因是它太贵了，那位老板娘当时就要五百多，那时候一个月的工资也就一千出头，一条裤子五百多，已经是天价，更何况对于当时经济拮据、有上顿没下顿的我，哪里有这笔巨款买回？就这样在纠结中，那条裤子在老板娘的衣橱里一挂就是大半年。

因为裤子的个性太凸显，也实在不容易觅得合适的主人，裤子裤腿太长，裤腿上全是花，不适合裁边；价位不低，鲜有人舍得消费；色泽太过艳丽，不符合大多数人的审美，并且那家店铺也不起眼……总之，它闲置在橱柜里，安静地等待。

在这大半年之中，我带着大姐看过它，也和二姐看过它，和闺蜜看过它，和同事看过它，我一个人专门去看过它，也假装顺路去看过它，生怕它被别人买去。可是那么多人看了它后，却没有人建议我买它，大家对它的性价比和颜值都不愿与我苟同，可我就是喜欢，就是放不下。直到后来，我和老板娘熟稔，交成了朋友，那条当初要价五百多的裤子，最后以二百八的价钱纳入我的囊中。

买回它之后，下定决心一定要穿上它，三个月后，我终于把自己装在这一团花簇之中。

孟子所说的"不能"与"不愿"大概就是这样的吧，只要有理想、有目标，努努力，还是能做到的。因为它太过艳丽张扬，我每次穿它都需要搭一件较长的衣服来压压它的绚丽，以免太过张扬，但只要一回到家，我就会立刻脱去掩盖它个性的衣物，让它全部展露出来，尽情地欣赏它的美。它是美的，我的心里也是美滋滋的，穿衣不应该也要取悦自己吗？

它在我所有的裤子里深得我的专宠，这一宠就是十几年，这些年中，即使不穿，只要看着它，心里便是愉悦的。

它是裤中之王，我还有其他衣服的王，例如蓝色的连衣裙便是我的"裙"中之王，比起裤子，这条连衣裙的确是天价，它是前几年在专柜买的，价格不菲。

我很少穿裙子，因为工作原因站得多、走路多，穿裙子需要穿高跟鞋，一天下来腰酸腿疼，实在辛苦，所以衣柜里虽然有很多裙子，却很少穿。

那日兴起，与朋友逛街，逛到了专卖店，看到一件靛蓝色的蕾丝裙，低调而又不失典雅高贵，就想试一下，不想导购员把我从头顶打量到脚底，从脚底打量到头顶，最后，冷冰冰地甩出一句话："裙子太小了，你穿不上。"

我是典型的北方人，个子将近一米七，体重六十多公斤，虽谈不上苗条，但也不至于肥硕，充其量算是丰满，按照正常的码数，我大可以穿到 XL，小可以穿 L 码和 M 码的衣服，这件 M 码的裙子穿上虽不宽绰，但至少可以穿上，更何况，这条裙子是蕾丝与针织相间，按理来说我是可以穿的，即使穿上效果不会太好，但至少能装得下我。导购小丫头从眼神里到嘴里，甚至她的手指头、脚趾头里都透着鄙夷与不屑，好在我带的朋友是专卖店里的常客，不然我都怀疑她会把我从这里赶出去。后来在好友的坚持下，我还是试穿了它，如我所料，除了略有点窄之外，其他方面都极其完美。我没有必要和一位导购的小姑娘怄气把它买回去，我要它展示出足够完美，我只是需要时间去驾驭它。

一个月后，瘦了十斤的我穿着它走出了专卖店。

购衣可品人间冷暖，可笑这世界太多势利之人。

女人的衣柜里总是少一件衣服，看着满柜的衣服，总还是觉得缺点什么。缺多年前中意的那件？还是缺配得上今年气质的那一件？不管怎么样，既然买了，那就得穿着给自己看，得让自己快乐。

今天心情不错，穿上我的大牡丹裤子，印花的内搭，搭上刚买的这件新牛仔上衣，只让印花的内搭露出袖口的花来与裤子上的花儿遥相呼应，简直太完美了。生命就应该绚丽多彩，五彩斑斓。穿上这一身行头走在秋后绽放的格桑花的花海之中，花不醉人人自醉。拍照时有人追上来问："您是不是专业的摄影师？"我笑着回答不是，我只是随手拍几张而已，大概是我这夸张的穿着和夸张的拍照姿势引起了路人的注意。

热爱生命的方式有很多，不知道购衣穿衣算不算其中的一种？

挂这身行头于衣橱，看着这一柜子的奇形怪状、个性凸显的衣物时，想起好友常老师生前曾说过的话，说她会给每一件衣服从《诗经》中取一个美丽的名字，然后根据心情挑选它们穿在身上。那是一种怎样的热爱与情怀？想到这儿，我突然热泪盈眶，在与癌症斗争的那些年里，她是多么热爱生命，多么眷恋着这世界，多么渴望活着，一瞬间，我也似乎明白了年少时一直未能读懂的诗句：

"我给每一条河流，每一座山，取一个温暖的名字。陌生人，我也为你祝福。愿你有一个灿烂的前程，愿你有情人终成眷属，愿你在城市获得幸福！"

我一遍又一遍地吟诵着海子的诗，品味着他对世界的热爱，他的深情，想着常老师给衣服取的名字——蒹葭、羽衣、清扬……

为你写书

　　喜欢着我们自己的喜欢,热爱着我们自己的热爱,穿衣也罢,读书也罢,工作也罢,学习也罢,倾注我们的一腔热爱吧。

　　在充满艰难的生活中深情地活着,拥抱我的羽衣,拥抱我的霓裳。

怀念雨声

冬天没有雪，坐在窗前望着窗外似乎已萌生绿意的柳枝，我居然怀念雨声，希望能听听雨打纱窗的声音，或者雨滴落在地上淅淅沥沥的声音。

早晨起来的薄雾和落在车上的薄霜，让万物显得格外湿润，似乎一不小心霜飞走了雨滴就会落下，这让我想到了雨。虽然雨要降临在这干涸的土地上还需要几个月，因为北方漫长的冬季才刚刚开始，但我终究是怀念雨声了。

雨，总能给我希望。尤其是今年冬天，我太需要生活的希望与勇气了，犹如干涸的沙漠，渴望一次浸润的甘霖；如远行的人渴望一椽宁静的屋檐，我渴盼的心都要等焦了。

小时候下雨天我是最爱往外跑的，为此经常被爸妈训斥。陕北的雨并不多，很多时候是干旱得狠了才会下一场，而且很少有能下得久下得透的。所以幼年的我总觉得闻不够下雨时泥土散发的芳香，听不够下雨时雨滴溅在地面上、打在树叶间、落在草丛里的沙沙声，总是喜欢跑到野地里去听。那时候家里没有伞，用来避雨的多是装粮食的麻袋。粗麻制成的大袋子既可以吸收雨水，达到避雨的效果，又可以给予人温暖。陕北，即使是夏天，只要一下雨，气温就会很低，穿长袖、长裤是必需的。将麻袋的底部两角一叠便是一个三角的可以戴在头顶上的帽子。但是这种雨披不适合在外面待时间长，因为时间一长雨水就会渗到身上。个别孩子会有塑料的袋子，就是我们所说的尼龙袋。那种袋子一般是用来装化肥的，比麻袋更为轻便，而且不渗水，水会顺着纹路流走，但是我家种的田少，很少买肥料，大多用的是农家肥，所以没有这样的好东西。

我经常会顶着大麻袋站在外面，雨滴落在麻袋上是没有声音的。可以蹲在小水潭边，看水花听水声，看小蚂蚁看小虫子，看草叶上滚动的雨水，看躲在草叶下的小甲虫被我掀翻时，肚皮露在雨地里装死……直到衣服湿了浑然不觉，被姐姐提回家被妈妈骂。

后来少年的我爱上了张雨生的《我的未来不是梦》。

那时候高中特别流行郑智化的《水手》，"他说风雨中这点痛算什么，擦干泪，不要怕，至少我们还有梦……"可我更喜欢张雨生的声音，觉得郑智化太声嘶力竭，而张雨生的声音更内敛一些，可能是带着淡淡忧愁与希望的声音，更符合那时我的审美。已经忘了是什么原因让我不快乐，一日下午，风很大，我一个人在操场上，时不时有一两颗豆大的雨点砸在身上，风声比雨声更大一些，如我焦虑不安的青春，突然听到熟悉的声音喊我的小名，回头一看居然是父亲。他到县城开会，顺道来看我。头埋进干燥的怀里，感受到他有力的心跳声，心情也慢慢地平静了下来。他似乎感觉到了我情绪异常，但他并没有问，顾左右而言他。父爱永远是轻描淡写、不声不响，但让人知道，他一直在身后，不论怎样，只要我好他便觉得好。现在经历着儿子的青春期，才能理解当年的父亲是如何小心翼翼地陪我度过青春。

在听雨声、听雨生中，我度过了青春，怀念那个对未来充满憧憬和向往的少年。

多年后读到蒋捷的《虞美人·听雨》：少年听雨歌楼上，红烛昏罗帐。壮年听雨客舟中，江阔云低断雁叫西风。而今听雨僧庐下，鬓已星星也。悲欢离合总无情，一任阶前点滴到天明。

蒋捷的雨让我想到自己的少年、中年，仿佛也听到了僧庐之下的长吁短叹。看来，人生悲欢离合并没有什么不同，抵不过，我们都是凡夫俗子，总会无奈悲伤，痛心感慨，既然都是这样，不如听雨吧，总还是比落雪的无声美些，因为雨总能涤荡一切尘埃，总能让我们看到一个澄澈无比的世界，雨的世界里总会孕育着无限的生机。

正如现在的我就渴望听到雨声，貌似平静的中年人的生活中隐藏着多少兵荒马乱。中年危机，一件不落地赶集似地集中在了2019年。我如一颗钉子，被命运的重锤，一锤一锤往石头里砸，可我偏要倔强地活成弹簧，砸下的每一锤都让我蓄积着力量，试图下一次弹跳得更高更远，而每一次弹跳后都会发现有很多人很多事从我的身上剥离、脱落。每次历练后的我，如电视里的历劫，虽能飞升成仙，却也把自己弄得伤痕累累，恨不能忘却这段记忆。可世间并无良药让我可以忘记过去，忘记曾经，回忆与执念反噬着我，让人压抑消沉，我是多么渴望有一场雨能洗去生命中的尘垢，还我一个全新的充满阳光的晴空。

在这个陕北的冬日的夜里，我渴望着听一场酣畅淋漓的雨声。

窗　外

　　我们县委的房子在县委家属楼的一楼,当年选择楼层的时候怕老了腿脚不利索,所以就选择了底层。楼前有小石阶、石凳、摇椅,屋后有一片草坪。后来院里的住户觉得草坪只为看却还要花费钱雇人来维护,干脆不去管理,住户们就把那块草坪开辟成了一片蔬菜园。春生夏荣秋凋冬枯,随季节而生、按节令而动。房前屋后有一些不知名的树,树叶自生自落,季节不同则景亦不同。儿子和女儿都在这里长大,我在这个院子里住了整整十年——最辛苦的十年、最幸福的十年也是最有意义的十年。

　　因为在一楼非常方便,所以儿子经常会带妹妹去坐摇椅。儿子懂事,女儿乖巧,我边做饭边透过窗户看到阳光穿过树叶落在孩子们稚嫩的脸上,开着窗子,外面会不时传来女儿银铃般的笑声。儿子已经能体察到我的辛苦,只要功课不多的时候就会带妹妹玩儿。

　　住在高层的住户都知道,即便是有电梯,孩子们出去玩的几率都远远小于低层住户,也正是由于住在底层,孩子们得以度过快乐的童年。

　　虽然生活忙碌辛苦,但陪儿子打球是每个下午的必修课。儿子小时候圆乎乎的,身体好极了,像极了小肉球。为了鼓励他多多锻炼,每天下午我都会陪他在院子里打羽毛球。女儿还小,要么坐在摇椅里看着,要么用稚嫩的声音数着永远也数不清的飞来飞去的球。冬天的日子短，打不成球的时候两个孩子喜欢蹬溜冰鞋。他们左边一个、右边一个拉着我的袖子，犹如我的两个翅膀，可惜我太胖了，始终没有飞起来过。

后来孩子大了都上了学，没有人接送的儿子就自己骑车上下学。每天阳台外停车的声音和车铃声是最美妙的音乐，它告诉我可以开饭了。一听到响动，毛毛也会屁颠儿屁颠儿地给哥哥开门。一进门的儿子总会变戏法似地给妹妹各种玩意儿，棒棒糖、跳跳糖、小公主、小精灵，全是一毛两毛、三毛五毛的小东西，这些是他用攒下的零花钱给妹妹买的，他的宠妹行为像极了他的舅舅——我的哥哥。

有一次三年级的儿子正在写作业，三岁的女儿过来一顿狂搓。等我听到儿子喊叫去看的时候，作业本儿已经散落了一地，还有几页作业给撕破了，儿子看着疯狂的妹妹束手无策。

我说："打呀，为什么不扳过屁股打？"

儿子哇一声哭了，边哭边说："你怎么不打呀？你为什么不打呀？"现在给毛毛说起她的可恶，她还乐得呵呵笑。

县委小区门口有个奶牛场，女儿小时候喝牛奶都是在那里倒，一般是儿子去买。一个夏日的午后，拉着毛毛的小手去倒牛奶，看到奶牛后毛毛一边指着其中的一头白奶牛一边大笑："妈妈，妈妈，你快看那头牛，一点儿也不害臊，它居然不穿衣服。"惹得旁边一起来倒牛奶的人一阵笑。

窗外的世界是多彩的，是儿童的乐园；窗内的生活是温暖的，是孩子的家园。儿子进门第一句话永远是在喊妈妈，这一声妈妈会将所有的疲劳与委屈全部赶跑，让我心甘情愿为他们守候。

后来孩子们渐渐长大，儿子也马上要上初中了，一家人不得不搬到位于学校对面的新房。以前的房子要租出去，看着窗外一片绿意和一室的温馨，真的不舍得离开，但人生总会有得失，不得已写了一则广告招租：

屋在一楼，方便出入。老人居不累，幼儿居不愁。屋内四季如春，屋外一番锦绣。屋前空地种蔬,屋后空地长树。闲来摘蔬入口,静时石机扶树。门口小吃可饱腹,只距超市百余步。出门面对公安局,转身可以见政府。居住安全,办事速度。是您居住的福祉,有意者联系房主。

广告一打出电话蜂拥而至,一天之内屋子就租出去了,大家都说是广告词太好的原因。其实大家不懂,在这屋内屋外,有我和孩子们多少成长的喜怒哀乐,有多少温馨的回忆,所以在广告词里,也弥漫着温暖的味道,家的味道。

吾庐春色

又有人要借书，担心借去不还，解决这类问题最好的办法就是直接说没有。这大概是穷酸文人的通病，嗜书如命。

我对书有特殊的感情，印象最深的是大学毕业时，几位舍友把大学课本全部卖了破烂，所卖的钱刚够买一颗西瓜。我不舍得卖，全部打包，包括笔记本，花了一百多块钱运费，连我的铺盖卷一共三大包，邮寄回家。那时候还没有快递这一行业，东西全部走邮政，特别慢，我回到家近半个月东西才回来。拉上家里的板车，从邮局把东西拿回来，重新将《大学英语》《中国通史》《中国哲学史》《文学概论》等摆在我的床头。这些书里除了大学课本，还有很多是我省吃俭用、用节约下来的钱买的书。

小时候虽然我的学习条件优于周围的很多孩子，但也没有什么课外书。小学的课外读物就是小朋友手里传来抢去的小人书，为了看一本或一套小人书，恨不得把家里最好吃的、最好玩的东西给别人，以换得酣畅淋漓地看一会儿。

犹记得一个下午，我不敢出去玩儿，等在哥哥的那群小伙伴跟前，为的就是等着他们放下手中的小人书让我一睹为快，那些《岳家将》《呼家将》《杨家将》，那些《封神榜》《三侠五义》，伸长脖子去挤着看一两个字、一两页，实在是着急。

上初中时最惬意的是偷看武侠小说。大概是因为"偷"这种令人心跳的感觉不一般，初中我偷看很多书的情景，至今还记忆犹新。

家里的书房在父母房子的西边，书桌放在窗子边，父亲路过窗前会往里看，看我和哥哥有没有在学习。我会把书放在抽屉里，拉开抽屉偷着看书，听到父亲的脚步声，肚子一挺，关上抽屉，装作学习。这种办法十分隐蔽，一般不会被发现，当然也有沉迷书中忘记观察的时候，换来父亲严厉的眼神，吓得几天不敢再看。偷看最辛苦的是《神雕侠侣》和《复活》。《神雕侠侣》大概是父亲办公室里借宿的学生放的，反正是在父亲的乡政府办公室的柜门里发现的，整套的《神雕侠侣》，厚厚的两大本。从发现有那书之后，我忙活了近一个月的周末，因为平时上课上自习，根本没有时间看，而且因为是偷看，又不能把书带出来，所以周末找各种借口去父亲上班的乡政府。以前母亲让我们去乡政府叫父亲回家吃饭，没有人愿意去，虽然从家到乡政府直线距离不足一千米，但是去了之后他常常不在，要一个办公室一个办公室地去寻。他们有时候是下乡去了，有时候是聚在其他办公室里聊天。下乡的话，会碰个门钉子回来；如果是聚在一起聊天，叔叔阿姨一大群，还要和他们打招呼，这是我们这些小孩子最害怕的，经常会被逗得面红耳赤，因为这些叔叔阿姨最喜欢说这样的话："这个毛女女真亲，把这个小娃娃给我们吧！""这个女女和我们家小子合适，干脆给我家当媳妇"……

所以我们几个都不喜欢去叫父亲吃饭，在偷看书的那一个月，我跑乡政府很勤快，几乎每次都不用母亲指派，主动请缨。跑到乡政府，也并不像以前急着先去找父亲，只要门是开着的，父亲又不在办公室，我就进去偷偷拿出书，在办公室里或门口附近找个地方躲起来看。父亲下班回家前总要先关办公室的门，远远地听到脚步声，我会提前溜进去把书放好，然后和他回家。每次他都以为我刚刚到，所以从来都没有被他发现。以前叫父亲吃饭，最怕他不在办公室，那一阵子叫父亲吃饭，最期盼他不在办公室。当然最郁闷的是父亲就在办公室，或者他的办公室里有其他人，感觉又白跑了一趟，真的是失望至极。

书中内容太精彩，往往让人欲罢不能。有一次母亲擀好了面，让我去找父亲，结果我去看书，忘了时间。等父亲来寻我时，天已经全黑了。那天乡里有会，他是在乡政府灶上吃完饭准备回家时，等上了被母亲派来找我的哥哥，才知道我去找他了，于是他又返回办公室找我。

《复活》是二姐借回家的，她也是偷看，所以书压在睡觉的褥子下边。那是我看到的第一部外国小说。捧在手里，一下就被开头美妙的语言吸引，根本放不开手。白天上学，大家都没有时间看，晚上十点以前，父亲会时不时来查看我们的学习情况，姐姐也不敢看，只有到了十一二点，父母睡熟了之后，姐姐才起来在被窝里打着手电筒看书，不用猜，如果我要看，一定是在姐姐看完睡着了之后，再接着看，我就是"螳螂捕蝉，黄雀在后"中的那只"黄雀"。在姐姐的影响下，我看完了《基督山伯爵》《穆斯林的葬礼》《红楼梦》……现在回过头来看，姐姐的书单还是挺高大上的。

高中的时候学习负担加重，偷看小说变成偶尔的事，也是在那个时候我喜欢上了散文。第一次真正接触散文，是在高一时，同桌拿来一本《散文》杂志给我看。拿到手里就着迷了，发现读它的感觉，居然和读小说不同。读小说一旦上瘾，日夜兼程，焚膏继晷，不管不顾，必须知道究竟，读之而后快，而读散文要随性一些，自由一些，从容一些，可以不慌不忙、不紧不慢地读，即使是一时半会儿读不完一篇文章，也不着急，作业写完了，再读也不影响。感觉读散文的副作用似乎要小一些，不会被作品追着跑，也不会追着作品跑。就在这种不紧不慢的阅读中我认识了汪曾祺、林清玄、周作人……于是我买了高中阶段最喜欢的书《中外散文精品》，捧着几块钱的书在手里，如获至宝，给它精心地包了书皮，每天早读课都会读上一两篇过过瘾，很多名作就在这样日复一日的诵读中，居然背会了。有时晚上睡在被窝里，偶尔会冒出一两篇文章来，如牛的反刍，在寂静的夜里，反复品味琢磨。

上大学时读的书也大多是借来的，最奢侈的购书是上大一不久，新华书店在学校推销书，我看上了人民文学出版社出版的《红楼梦》，来来回回跑了四趟，想买，但囊中羞涩；不买，实在又放不下，后来咬咬牙，狠心买了。三十九元的书，一个月的生活费就这样没有了。这本书至今依然是我的最爱，永远放在床头离我最近的地方，随时拿来看看。那时最惬意的时光是傍晚时分，和同学去逛旧书摊，书摊上会有很多书，好而不贵，在这样的书摊上，我买了好多《读书》。《读书》实际是一本专业性较强的杂志，当年是一本七元，对我来说这个价钱贵得要死，但贵贱架不住喜欢啊，后来干脆在旧书摊上去买，一本五毛，最贵的时候是一元。五毛也是钱啊，不如就蹲在书摊边看，看完一本再换一本。地摊老板见我们是学生模样，也不去催促。旧书摊，黄昏，一两好友，成了周末下午的标配。第三季中国诗词大会上，来自杭州的外卖小哥雷海夺冠时，主持人董卿说："我觉得你所有的日晒雨淋，在风吹雨打当中的奔波和辛苦，你所有偷偷地躲在书店里背下的诗句，在这一刻都绽放出了格外夺目的光彩。"我也觉得自己蹲在旧书摊边看书的日子，在我的生命里熠熠生辉。

上大学时还买过一本《三毛全集》，那时候特别喜欢三毛的作品，无奈太贵，买不起。后来在学校门口遇到有人卖盗版书，砖头一般厚的书，卖十元，翻开书，字小而细密，印刷质量极差，但实在是太喜欢了，就买了一本，可后来看书的时候实在受罪。那时盗版的技术尚不高，盗版书质量太差，除了纸质和印刷质量差之外，最大的问题就是错别字多，并且成串出现。本来读散文是享受，谁知读盗版书让我如临大敌，全身戒备，需要手中拿笔不停地改字，对于有错别字强迫症的我来说，实在是太痛苦。有一次读书读得险些跳起来，发誓再也不看这本破书，但没过两天又禁不住三毛的诱惑，再次正襟危坐，细读三毛。

参加工作后的第一件事就是花了九十九元给自己买了一本心仪已久的《古代汉语大字典》，装在包里沉甸甸的，感觉自己特别富有。再以后除了借书来看，很多书就直接买来看，因为喜欢在书上写写画画，随意涂鸦，享受我写的文字和作者写的原作之间不同的这种乐趣。读借来的书看起来如急行军，生怕别人催促而尴尬，所以往往囫囵吞枣，如猪八戒吃人参果，不能体味到文章的妙处，不如省吃俭用多买点书来读。后来买书上瘾，甚至以前买的书还没有读完、读透，就又去买一大堆书回来，只是因为特别喜欢打开新书时书中散发出的油墨味，这大概就是人们说的书香吧。

因为自己的书中有批注，所以我一般不会借书给别人，偶尔借出去几本，借的时候也是千叮咛万嘱咐，生怕弄丢，但借出去的书大多还是"黄鹤一去不复返"。如果借单独一本还好，若是借走了一套中的一两本，那感觉比割肉还难受，牵肠挂肚，魂驰梦想，什么时候不还回来，什么时候觉都睡不安稳。后来实在因总有人借书，不胜其烦，干脆他借什么我就直接买一本送给他，或者干脆拒绝。

2015届学生毕业，他们要送我礼物，问我想要什么，我说什么都不要。他们说必须要买，与其买不称心的，不如我挑东西，他们付款。如此客气推诿了几次，干脆就钦点了一套《金庸全集》。对于这套书，我垂涎已久，无奈价钱一直居高不下，学生们既然一定要买，就不如买这套书吧，既不过时，又有纪念意义。送书的时候，学生已经毕业，班长朱瑞亲自给我搬到家里，三十六本书，好大一箱。那天天气极热，累得他每一个毛孔似乎都张大口在喘气，大汗淋漓。时间好快，今年已经是2021年了。

我拿到这套书之后，迫不及待地打开，根本没有上架，抱住就读。一个星期重读金庸，有一天一不小心读了一个通宵，那感觉真的太爽了。儿子很好奇，他问："妈妈，您看什么书这么废寝忘食，这几天饭都没怎么做？"我说武侠，把儿子惊得目瞪口呆，嚷嚷着说："妈妈，您还有这个爱好，怪不得这几天家里刀光剑影，剑拔弩张。"

原来我看武侠看忘了，以为我这高三老师放假，大家就都放假了，忘了上学的孩子和上班的孩子爸爸，结果搞乱了全家人的生物钟，打乱了家庭秩序。

家里到处是书和花，书多花多，儿子说："妈妈，把书和花清理一部分吧，家里太挤了，看看别人家多清爽，什么都不放，干干净净，再看看咱们家，到处都是东西。"我说儿子坚持坚持，马上就不挤了。儿子问为什么？

我说："你马上上大学，上大学走了，家里就不挤了。"

儿子问："说了半天就我是多余的？"

我笑着说："你以为呢？"

今天翻开朋友圈看到一则消息，是市里又要举办"最爱读书的榆林人"的活动，想起了我的糗事。

去年有同事提醒我："高老师，您那么爱读书，为什么不申报一下？"我问为什么，她说有两千元的赠书。说实话，荣誉是次要的，这样的奖励对我实在是不小的诱惑，终究想要贪这便宜，便上报了，没承想第一次居然没有通过，我想大概是读书的人太多，我不算是最爱读书的人。后来工作人员打来电话，好心地让我再次上报，但似乎还是落选，石沉大海。孩子的父亲笑话我，读书人为书这般，也算是斯文扫地。算了，收拾起我的小心思，不再奢望有人赠书。看来这书是白得不来的，还是老老实实地自己买书看吧。

现在年轻人读书，多喜欢手捧电子书和手机不停地刷屏，于我来说，这种方式并不合适。一则多年当老师，颈椎不好，长期看手机脖子疼；二则眼睛看手机，屏幕太小，时间久了眼睛也受不了；三则我读了书便要动笔，如孙悟空在如来佛手掌心撒泡尿还要写上"孙悟空到此一游"几个大字，书上不留一点痕迹，感觉这书似乎没有读过一样。不管时代怎么发展，我还是喜欢读纸质书，读书做学问还是应该脚踏实地，一步一个脚印来才好，才踏实。

多年来，读书、买书、藏书已成为习惯，其中乐趣难以尽言，知我者懂我读书的快乐，不知我者难解我读书的癫狂。用母亲的话来说，聪明伶俐的孩子，念书念傻了。倒是谨遵了父亲的教诲："好好读书，没有无用的知识。"

引用明代于谦的《观书》来表达一下我读书的感受：书卷多情似故人，晨昏忧乐每相亲。眼前直下三千字，胸次全无一点尘。活水源流随处满，东风花柳逐时新。金鞍玉勒寻芳客，未信我庐别有春。

我庐之中四季如春，徜徉书海，自得其乐。

福　蛙

"福蛙"是什么? 福蛙就是福蛙呗! 对于这个定义你满意吗? 当然不满意, 因为说完了你也不知道福蛙是个什么东西。"福娃"不应该是吉祥物吗, 怎么会变成"福蛙"? "福蛙"是母亲用布做的青蛙, 是农村人给孩子用的辟邪的枕头。这次你知道它是什么了吧? 是不是感觉自己都没有听说过, 更不要说见过了。

上大学时, 有一次辅导员到宿舍看望女生, 坐在了我的床上。当时住宿条件简陋, 宿舍里也没有多余的凳子或椅子, 来的人大多都直接坐在下铺的床边, 我的位置正好在窗子边上的下铺。辅导员是位男老师, 当他看到放在被子上的福蛙时, 吓得大叫一声, 说那是个啥子东西, 逗得我们哈哈大笑。因为是绿色的枕头, 而且做成了青蛙的模样, 所以他被吓着也是正常的。我说那是我妈妈给我做的福蛙。他问什么是福蛙? 我说就是枕头, 枕头就是福蛙。他拿起来仔细地端详半天, 然后又放在了一边, 后来大家七嘴八舌, 也就把这个问题给搁置了, 再后来也没有人问我那是什么, 也就没有给它下一个确切的定义了。对于我来说, 这就是生活中的一个常见物件, 解释它就好像解释什么是桌子什么是椅子一样, 没有必要。

直到今年, 实在不知道送给朋友什么礼物, 就给她送了一对福蛙的时候, 她问我什么是"福蛙"? 我认真思考, 不得不给它下一个界限清晰的定义。

福蛙是用布缝制的一种民间手工艺品, 外形为青蛙模样, 外围全部是手工缝线密密制作,青蛙的眼睛多为手工刺绣,凸起可感。福蛙口含五谷,尾坠雄黄,肚子里面多装荞麦皮或者糜子。制作选布多为纯棉粗布,颜色以红色或绿色为主,大小不一,最大可缝制六十公分左右,小的可缝制五公分。"蛙"谐音"娃",寓意贵子临门、子孙满堂,寄托人们多子多孙的美好愿望,所以福蛙最早是用来压婴儿被角的压枕,后来因青蛙还有呱呱来财、财源广进的寓意,商人也用来当护身符招财。福蛙内有五谷和雄黄,可随身携带或者当作枕头来辟邪。

我想,我大概是第一个给"福蛙"下定义的人,因为它只是地域性极强的手工艺品,即使是在本地,流传也并不十分广泛。它的作用大概与老虎枕头相似,但又不完全相同。

福蛙极其难做,主要是因为它的边缘几乎没有直线,全是弧线,需要一针一线地缝制,而且针脚要细密,几乎是一丝不漏,这样装在里面的糜子或者荞麦皮才不会漏出,不然压枕时漏出的小灰尘会落在孩子眼睛里,所以即使是成年女性在手工非常熟练的情况下,一个星期也难能做成一只。而且它的眼睛特别重要,需要用绣花针一针一针地绣,绣好之后,用剪刀剪开线,毛茸茸的,眼睛才会有神,所以以前一户人家里做的福蛙并不多,也就老人和小孩才给用,要么有人要出门远行,才给带一个福蛙。当年我上大学前,母亲几天连夜赶制,才给我缝制了一个福蛙。

缝制福蛙的布很难选,特别是颜色。老粗布很多,但是适合做福蛙的不多,不论是颜色还是花纹,都要反复比对选择,不然做出来就不是青蛙的气质,会变成癞蛤蟆的。红色的福蛙,母亲多用暗红细密的条绒布来做,那样做出来的福蛙又多了一些庄重。

以前母亲很忙,没有时间做福蛙,后来上了年纪,不务农了,感觉身体尚好,就想做一些福蛙给孩子们留个念想,结果一做而不可收拾,因为来家里的七大姑八大姨都恳求母亲做。母亲曾经也拒绝过,甚至不惜花费大量时间教她们如何做,而且把图样剪好了送给她们,可她们总是做不好。后来母亲干脆把布剪好、线选好，让她们做，她们还是做不好，做出来的福蛙不是嘴歪就是眼斜，要不就是针脚不齐，反正是怎么做都没有母亲做得好。

母亲的手艺不是每个人都有的。母亲的手很巧，可以看到什么就剪出什么来，而且针线活儿尤其好。上初中时，我穿的母亲做的布鞋，是班级里最漂亮的，下课了出去在沙子上踩出的鞋印都是最好看的。母亲会很多种绣花的手法，绣出的花鸟栩栩如生。绣花需要很多的丝线，小时候最愁的就是给母亲缠丝线，那又细又长的线，感觉怎么都缠不完，时常被等在窗户外面的小伙伴们埋怨。

在晚年，母亲把这一把好手艺都用在做福蛙上了，即使每天做，家里也没有多余的福蛙。姑姑家的孙子，姨姨家的外孙，单是每年出生的小娃娃的压被枕头就够母亲做的了。母亲身体不大好，特别是眼睛越来越不好，后来糖尿病引起的很多并发症也不允许母亲长时间坐着，她更需要多走动走动，所以哥哥就委婉地推掉了很多亲戚的要求，这样，母亲也就渐渐不怎么做了。

三年前，母亲有一次住院回来，又开始买线、买布，开始张罗着做福蛙。我们几个说，现在孩子们都大了，做那干什么。母亲说，给重孙子做一点放着，这些活儿，我们谁都不会，等她走了以后，谁做？再说了，给孩子们做得留下一点儿，以后当念想。就这样，母亲给我们兄弟姐妹四个，又做了不少，每人一小包袱。

小包袱拿到家里，打开一看：大的、小的，红的、绿的，有十多对，大的可以当枕头，小的可以装在钱包里随身携带。母亲说，这些福蛙可以用到儿子的孙子。

母亲这几年再也没有做，因为身体原因，她的眼睛连线也穿不过去了，更不要说一日三五个小时静坐着不动去做这些针线活儿，母亲的手艺真的是要失传了。后来在亲戚家里，偶尔也曾见过福蛙，但不论是用料还是手工，比起母亲做得都差远了。

每年收拾东西，都会翻出母亲做的这些花花绿绿的福蛙，似乎能看到，灯下，母亲穿针引线的情形。密密的针脚随母亲的这门手艺，也越走越远……

余 香

"高老师，您闻一下茶杯，闭上眼睛，仔细闻一闻。"白茹的纤纤妙手优雅地将有温度的茶杯递到我的手里。接过茶杯，学着他们几个的样子，我也把鼻子凑到了杯前。

这是闻香识茶吗？我知道"云来常带雨，花润暗闻香"，却不知闻香识茶、品茶。

虽然仰慕琴棋书画诗酒茶的雅士，可自己终究是一个只知柴米油盐的俗人，哪里能闻香识茶。不过好东西终究是好东西，哪怕是个乡野村夫，听到李太白的诗也忍不住抚掌高呼好诗好诗，我亦是如此。虽然不识茶，但这空无一滴水的茶杯里，居然萦绕着难以描摹的茶香，似浓似淡，似浅似深，茶香随着茶杯温度的下降而变化，心下惊觉妙哉妙哉，果然应了那句话：茶叶的生命复活于遇水的一刹那，这萦绕的余香莫不就是茶的魂？

这只是第一泡的余香，我终是耐不住诱惑，请茶师再赏我一杯，让我与这来自台湾的千年老茶树进行深度的交流。

茶是树的叶，落叶本该归根，而茶叶却锁住了树的精魄，成了树的灵魂。当茶叶遇水的一刹那便有了生命，变得鲜活灵动。

能与老茶树相见于大西北小县城的一隅，也是一种奇妙的缘分。东哥今天就用它——老茶王给我们压惊，想起今日的经历确实是有惊有险。

大雪过后已经两天，天气尚未放晴，路上有结冰，远眺山宇依旧莽莽。偷得浮生半日闲，约了朋友准备去北边的红柳滩去赏雪，不想她早已按捺不住，一早便独自前往红柳滩，我的红柳滩之行被她放了鸽子。她说红柳滩的风景差强人意，但肯定远不如在县城南边烟墩山上登高远眺，于是她中午开车接我，一起去烟墩山。

烟墩山位于县城南八公里处，海拔1763米，山上有烟墩山烽火台遗址，相传为北宋陕西经略副使范仲淹为抗击西夏亲临抗击前线时所筑，是县城周边最高处。大雪过后，登高俯瞰县城全景是一个不错的主意，有人陪赏雪，如苏轼夜晚难眠有人陪着赏月般难得，为不辜负这美景美意，我俩便驱车准备上山。

前半小时车行顺畅，国道上积雪成泥，但并不难行，半小时后折向南，进入乡道，路过雁山公墓便要爬山了。目之所及皆为缟色，记起上次来这里还是好友去世大家来此吊唁。生命到后来不过是尘归尘，土归土，想到这里兴致顿时减半。

这里已属乡村，附近本无住户，车辆很少，因不远处有一家工厂，所以有大型卡车出入，积雪被压，路面极其光滑。车子越开越慢，总感觉动力不足。朋友说："别急，咱们慢慢来，上坡有点难。"我虽然也会开车，但实际上是一位持照多年却极少开车的新手，并不懂得车在雪地爬坡的难处。

坡越来越陡，车速越来越慢，车轮开始打滑，我正准备说什么，朋友先说了："你坐好了别害怕，我们可能上不去了，需要后退一点，找一个车轮可以抓地的地方。"

车子慢慢停了下来，停下不足三秒，又开始后退，虽然速度很慢，但感觉非常不妙。车刚才是在爬坡，我们要去的地方是县城周围海拔最高的地方，视力所及，不是在我们的高处，便是在我们的低处，我们就在坡的正中央，车子有些不受控制，所有制动不敢用，稍有不慎，车轮就会滑出道路，我们只能让车顺着坡往下滑。

值得庆幸的是车速并没有越来越快，朋友安慰我，别害怕，后面有个土坡，再不行，就退到坡底，叫人来救援。说来惭愧，朋友小我不止三五岁，但却表现得极其沉稳，给足了我安全感。她说得风轻云淡，我却听出了惊心动魄。幸运的是就在车子完全失控期间，前后都没有车，就这样，我们无奈地顺着路倒着往下滑。在一处较缓的地方，车终于稳住，朋友打量着周围，看我们接下来该怎么走。这时我们身后过来一辆黑色轿车，司机探出头问我们为什么不走，我们说路太滑上不去，司机再没有说什么，开着车轻松地从我们旁边过去，车上载着三位年轻人。这时的路稍微平缓，他们还感觉不到路滑，所以似乎也并不在意我们说的话。

朋友和我坐在车里自我宽慰，我们先看看他们怎么上坡，然后再决定我们怎么办，待在车里，让车缓一缓，也是让自己缓一缓。朋友笑着说："我就不信我的雷克萨斯还不如他们的途观。"果然，他们的情况还不如我们。

我们是在爬前面最大的坡的时候才退了回来，他们在较近的小坡处便上不去了，但他们似乎并没有打算退回来，车上下来了两个年轻人，开始推车，硬是把车推上了小坡。

这时路边又来了一辆车，司机是一位五六十岁的大叔，车上有两个女人，其中一个手里抱着个孩子。他降下车窗，问怎么停在这里，需要帮忙吗？我们说不用了，只是前面坡陡上不去，路又太窄，车头调不转，准备倒着下去。

大叔看了一下周围，毫不犹豫地先倒着退下去，在一个地势稍微开阔的地方，掉头走了。等我们再回头看那辆"推行"的小车时，它已经在离我们三百多米的地方抛锚，车身已经打斜，前不得行，后不得退，车头也掉不转，陷入了困境，推车的几位小伙似乎束手无策，在等待救援。

同样是爬坡，不同年龄段的人表现也各不相同，年轻人意气用事，仗着人多势众，蛮干胡干，置自己于困境。赠人玫瑰，手有余香，年长者本想帮助我们，却意外获得信息，凭借丰富的经验果断后撤。而我们这两个中年人，瞻前顾后，患得患失，既想到最高处一览众山小，又担心车到险处，置自己于险境，于是前后观望，畏首畏尾。

在后面再没有其他车过来的空隙，朋友也将车倒到了稍微宽阔的地带，这时车的制动也已经恢复，我们调转车头返回。朋友说："今天最遗憾的是没能让你到最高处赏得美景。"我说："人生遗憾事多了，这算什么遗憾？顺应老天的安排，也未尝不是美事，我们今天学会了审时度势，学会退的智慧。'手把青秧插满田，低头便见水中田。六根清净方为道，退步原来是向前。'倘若一定要去，说不准我们这会儿也如那几个年轻人等待救援。"

回到县城之后便直接到了"东哥"家（"东哥"是她的网名，她是一位美女），刚才就是准备向她求援，所以她知道我俩险些被困，说要给我们两位踏雪寻景的人压压惊，于是捧出了一个黝黑的罐子，罐上有刀刻的"台湾老茶王1995年"几个大字。罐子密封很好，红布覆顶，朋友慎重地取过红布，打开罐子，从里面取出茶来，用茶则量好，递给茶师白茹，这便有了今日品茶的一幕。

东哥边准备茶具边介绍这罐台湾的老茶王如何辗转落入她手，又拿来已泡过晾干的茶叶给我们看，泡过的茶叶居然依旧黝黑发亮。白茹边泡茶边介绍老茶王独特的香气，热香、温香、冷香均有不同，所以她便将热茶倒出，递给我让我闻这茶底之香，品味这香气随外界温度的不同而散发出的余香。

她说："茶泡十杯，杯杯不同，连续十泡，汤色、味道也各不相同，你一杯一杯慢慢喝，一口一口地品，不要着急。"

于是我一口一口品，一杯一杯喝，每喝完一杯，我便如深谙茶道之人，递杯于鼻，细嗅着余香。果然，起初并不觉有什么不同，细品却又感觉各异。喝茶已经不是简单地喝茶，而是两种生命的交融，两个灵魂的对话。

老茶树饱经沧桑，经千年风吹雨打的叶片凝萃了天地的灵气、日月的精华，它们用飘散的香气告诉我这凡夫俗子生存之道：遇热便有热香，遇温则有温香，遇冷则有冷香，不论外界温度怎么变化，始终散发袅袅清香。

我不知道这是不是佛家所讲的"过去心不可得，未来心不可得，现在心不可得"；我也不知道这是不是道家所讲的"顺势而为，无为而有为，无所为而无所不为"；我也不知道这是不是儒家所讲的"达则兼济天下，穷则独善其身"。这种感觉若水德，遇冷成冰，遇热成气，当温度不冷不热之时便为水。散变为雾，凝则成雨，少聚为潭，多积成渊。山中为溪，出山为江，平缓处为河，陡峭处为瀑，有时静水流深，悄无声息；有时激流喷涌，咆哮如雷。时不同，势不同，则形不同，状亦不同，但永远不改它水的本质。人生际遇各不相同，谁为水，谁为冰，何时为雨，何时又化而为雾，着实讲究天时地利人和，但不管冷雨如何穿林打叶，只要内心抱朴守拙，依旧可吟啸徐行，烟雨平生。

人生倘若顺达，便顺着热气腾腾的形势，勇往直前；人生倘若多舛，亦可认识这真实的世间，砥砺前进；若是行到这温温吞吞、不上不下的半坡之时，也不必沮丧，不必忧伤，走过一程，回头再看，定然也会"回首向来萧瑟处，归去，也无风雨也无晴"。

吃过、喝过，爱过、恨过，努力过、失望过，痛苦过、狂欢过，这个世界我们曾经来过。

中　盅

我中了朋友的盅。

我割香菜时，就在想：她不吃香菜。

我拣香菜时，也在想：她不吃香菜。

我切香菜时，还在想：她不吃香菜。

她不吃香菜，尚静不吃香菜。

她胜利了，她成功地把自己种在了我的心里。

这件事还得从昨天说起。

生日的第二天，朋友就嚷嚷着要给我补过生日，说生日当天，知道我忙，这已是第二日，应该可以抽出时间，本打算吃饭唱歌一条龙服务，无奈，大家都拖家带口，身不由己，便作罢，另择日安排。

尚静说，天气这么好，亲戚家里种的苹果熟了，带我们去摘苹果。我与另外一位朋友赵还有两个孩子欣然前往。

看到挂得如葡萄般稠密的苹果，满载而归是必须的。摘完苹果，我就无意多待了，着急想走。尚静说，今天周末，忙什么？

"这家亲戚那么忙，又好客，咱们不走，老是打扰人家，咱们在，他们就要招呼，害他们什么都做不了。"

尚静说，人与人之间还是要互相打扰，而且还要经常打扰，不然就生疏了。

在用大包小包装满了后备箱后，我们与主人道别离开。

一路上，我还在琢磨尚静的话，人与人之间如果只是因为害怕打扰而不联系，那岂不是没什么关系了，各自安好就可，那人与人之间很有可能就只能是普通关系，没有什么深层交往了。再想想也的确如此，我在父母兄弟姐妹以及亲密的朋友之间，从来没有用过麻烦您、谢谢您、打扰您了之类的客套话，只有在与自己还有距离的人面前才会客套。到父母家，我不会说"麻烦爸妈给我弄点吃的"，在得到朋友的帮助之后，不需要道谢，也从来没有想过自己会给他们带去什么麻烦。总而言之，找他们帮忙是一种自然的状态，不觉得自己是别人的负担、累赘。

我这一想，着实把自己吓了一跳，反观自己这些年，生怕麻烦到别人，生怕打扰到别人，能自己做的事情尽量自己做，能不打扰别人的时候，尽可能不打扰，我这种心态，拒绝了多少善意的手，多少可能走近的朋友？尽管后来我还是被帮助，被宽容，被原谅，但我对周围的人，总还怀有深深的歉意，甚至觉得尽可让天下人负我，也不可我负天下人。我警觉地活着，蜷缩地活着，拘谨地活着，很少去享受生命舒展开的感觉，偶尔打开窗户伸出枝丫，都觉得会打扰到屋外的清风，或许，万一清风愿意被打扰呢？

从亲戚家离开时间还早，尚静便问："你们还想去哪里，我带你们去。"我和另外一个朋友都没有提议，孩子们也说随意，总之一句话，她是司机，她去哪儿，便去哪儿，又是一次随心所欲的游玩。

于是她便要带我们去她"刨了"几次的红薯地里去。

"刨了几次了，你还去干嘛？"

"你去了就知道了。"

车子依然行驶在她认为无比正确的道路上，随便又聊起了天，赵比较安静，一句话不搭，盯着窗外深秋的景色。

我坐在副驾，看着延伸的远方。

上一秒还在说什么,下一秒就忘了,我聊天永远都是这样,有一句没一句,如缺了墨的打印机,时而清晰,时而模糊。

"我吃东西不挑,吃什么都行,你说吃啥就是啥。"

大概,我们已经在商讨下午吃什么了。

"以前,没条件挑;后来,没理由挑;现在,懒得挑。只要你给我吃,不让我做饭洗碗,怎么都行。"

尚静看着前方的路,斜着瞄了我一眼,没好气地什么都没说。

我如老太太般喋喋不休。

"我最讨厌做饭,不对,应该是洗碗。我曾给女儿说,我下辈子一定要找个不让我洗碗的男人。女儿说,那你买个洗碗机就得了,何苦要等到下辈子。后来洗碗机也买了,可还是讨厌用它,因为伺候它那会儿,我可能已将寥寥几只碗洗完了,收拾它比洗碗更痛苦……"

她沉默不语,继续开车。

她说的红薯地还没有到,赵在后座昏昏欲睡,估计是她刚才爬到高大的树上摘果子,累着了,空气暂时安静了一会儿,因为我怕我的话,吵到后座的孩子们和小赵。

红薯地终于到了。

在一条一边只有沙石和沙柳、另一边空旷的地方,尚师傅终于找到了"她的"红薯地。

她说她连续来了两三年了,每次来,都是在人家把红薯挖了之后,带个小袋子来捡别人遗漏或者是不要的小红薯。

"你不知道那捡来的小红薯有多好吃!"她的眼睛里都闪着星星。

"太香了,真的,不信咱们今天拾一些回去,你尝尝。"

我呵呵一乐,心想这个开着豪车、住着豪宅的千金大小姐,为了捡几个小红薯,不惜驱车几十公里来寻,有那油钱,估计超市里的红薯可着挑,服务员还一脸笑意呢。

想是这么想，还是下车随她到了地里。

地里的土看着像被翻过不久，我们踩过的地方都会凹进去大大的坑。搜索的结果并不美好，除了一个小半截的红薯，没有找到一个完整红薯，哪怕是小的。

我笑着说："会不会在你之前，已经有人发现了这个天大的秘密，所以赶在你之前把别人挖过的红薯地又刨了一遍，所以连一点点都没给你留下？不就是一点吃的吗，咱们不讲究，回去了超市买去。"

"吃的东西怎么可以不讲究呢？算了，我带你们到丹霞玩去，反正还早。"

上车后，赵和孩子们精神了，两个小孩子也不如前时那般沉默，叽叽喳喳不知在说什么。

我和尚司机继续聊下午吃什么。

"我对吃不讲究，只要填饱肚子就行。"

"那不行，吃一定要讲究的。"

"我在生了儿子之后，饮食习惯就改变了，以前是想吃什么才吃，后来有了儿子之后，哪有时间挑挑拣拣？只要能填饱肚子就行了，现如今，儿子、女儿，还有爱人，他们喜欢吃什么就吃什么，我自己没有要求。"

"那不行，那怎么可以呢？时间一长，大家都把你忽略了。我不行，我必须要让所有人都知道，我不吃香菜，一丁点儿都不行，所以后来包括我经常去的饭店，服务员都知道，我不吃香菜。"

我终于知道，我是在极力隐藏自己，而她和我恰恰相反，她一定要是一个大家都注意的存在。

聊天因为到了目的地而中断，后来怎么玩、怎么回家都模糊了，只有她说她不吃香菜这句话，居然如刀刻般印在了我的脑海里。

今天早晨去老妈家，天凉了，香菜要收割了，我脑子居然全是这句话，如中蛊一般。

提着香菜准备回家时，老妈喊住了我，然后冲着在厨房的爸爸喊："把冰箱里装好的黄米馍拿来。"

老爸从屋里出来，给我递过一袋米馍，黄簇簇的。

"前几天做的，天天等你来，你一直忙，我们也腿疼，给你送不去，所以就放在冰箱等你，拿回去，热热吃，别冷吃，你从小就爱吃这个。"

我愣了一下，顺手接过。

不是爸妈提醒，我险些忘了自己是多么喜欢吃黄米馍，特别是冬天，咬一口冻得有冰碴的米馍入嘴，又香又甜，又冰爽，即使冰得牙疼，我都要吃。

而我当了妈妈之后，只记得我的儿子喜欢吃炒米饭，我的女儿喜欢吃鱼肉，早都忘了自己也有爱好。

原来，孩子是爸妈心头的蛊，爱你的人，在乎你的人，才心甘情愿中你的蛊。

一条死不瞑目的鱼

"外婆，我告诉你，我们家冰箱里的鱼，都三年了，还死不瞑目，每次打开冰箱，它都在那儿瞪着人。"

毛毛又开启告状模式，就因为我没有满足她的一个小要求，她开始在她外婆面前告我的恶状。

母亲把我狠狠地瞪了一眼，我把女儿狠狠地瞪了一眼。

别人家的冰箱是用来暂时储藏食物的，我家的冰箱是用来"雪藏"食物的，只要放进冰箱的东西，下场大多是两种：要么永久性收藏，要么放坏了进垃圾桶。

冰箱冷冻室永远塞得满满的，儿子放寒假回来，帮我收拾冰箱。他直接把垃圾桶放在冰箱旁边往出扔：有大前年猪肉贵的时候囤积下的猪肉，有去年正月母亲蒸的牛肉包，还有毛毛上小学时吵着闹着买回来的棒棒冰，还有不知道什么时候冻进冰箱的羊肉。儿子说，根据他的判断，有的东西至少有三年，因为肉的表皮已经干了……儿子边收拾，边嫌弃我。我站在旁边一边心疼不已，一边也惭愧不已。

"哥，那条鱼也扔了吧，每次打开冰箱，它都瞪我。"

"留着吧，挺有纪念意义的。"

儿子一脸坏笑，不过鱼还是被他顺手扔进垃圾桶里。

我知道他又在讽刺我，每次他要扔东西，我都拦着，口头禅就是"留着吧，挺有纪念意义的。"

家里的东西特别多，大多都没有什么用，扔了觉得可惜，送人又是旧物，关键是我觉得都挺有纪念意义的，有点不舍。

家里至今还保存着二十三年前结婚时穿的衣服，虽然已经很多年了，而且当年也穿了很久，但还是舍不得扔，觉得那么有意义的东西怎么能扔了。因为经常不打理，紫色大衣上已经有了虫蛀的孔眼，整件衣服看起来灰头土脸，如饱经风霜的婚姻。爱人有一件西服都褪色了，那是给他买的第一件品牌西服，那时候一个月工资才六百，那一件西服就花了九百八，后来他也穿了很久，直到穿破了衣领和袖口。衣柜里还放着儿子小时候穿过的肚兜，女儿小时候钟爱的裙子，看到它们，我依然能清晰记得他们小时候脸上洋溢的笑容。

书桌下的柜子里，放着毛毛幼儿园时画的好多小太阳，每一个都不一样，有眨眼睛的，有喝饮料的，有穿小裙子的，有撅着嘴的……表情丰富，神态各异，从中可以看到毛毛天真的童年。后来毛毛上学，画了很多画，但已经没有了那种天真与灵气，大多是临摹。与实物的确很像，但是却缺少了创新与想象。

抽屉里面还有儿子上初中时自制的袖珍尚方宝剑，当初他只是想让这把宝剑保佑他逢考必过。去年上大学的他看到小宝剑，惊讶地说，它居然还在。

恋旧让我的柜子一半用来储藏过去：过去的书，过去的衣服，过去的玩具，过去的录音机，过去的磁带……因为很多东西上都刻满回忆。这些堆放的杂物里面藏着婚姻生活二十几年的艰辛、幸福，还有孩子成长的点点滴滴。

衣柜里的衣服价格相差甚远，风格各异，长短参差。从时间上来看，旧的有二十年前的喇叭裤，新的有早晨才收到的大长袍子；从购物地点来看，有山东买的裙子，有海南买的围巾；从意义上来讲，有爱人送的第一件衣服，有儿子参谋买下的裙子，有女儿最喜欢我穿的风衣……物物各异，柜柜不同。

当然还有很多头脑发热买回的一次都没有穿过的衣服，真不知道自己当时脑子里面在想什么。重金属风格的靴裤，波西米亚风格的长裙，准备放着娶儿媳妇可以穿的大衣……

每次收拾衣服都准备断舍离，但每一次都没断没舍没离。上次和朋友聊天，说她整理衣服得大半天，一件一件试，一件一件搭，试完搭配完，柜子依然如故，什么都扔不了，什么都放不下，我觉得大概所有的女人都是一样的。我收拾衣柜时间最长的一次是在今年的"五一"长假，放假了，由于疫情哪里也去不了，我把衣柜逐个翻了一遍，本来想着，这一次，该要扔一大堆东西，空出地方添一些衣物，没想到，三天过后，我把整理出来没用的东西又放回了柜子。

与过去说再见，真的很难；与回忆说再见，真的很难。

储物间里的东西也很多，其中有一个大箱子，里面全是各种包包，手提包、斜挂包、单肩包、背包，材质有帆布包、牛皮包、人工合成皮革包、塑料包、真丝包，从形状上来看有水桶包、砖头包、短裤包、船包，颜色有黑色、白色、米色、咖色、黄色、紫色……有的包一次也没有用过，当时买，就是因为它与众不同，现在它们大多数成了我的负累，挤在箱子里，扔也不是，存也不是。以前出门，一定会带一个包，里面会装一些自认为一定要带的东西，例如遮阳伞、口红、防晒霜、钥匙，每次都要操心记得带好包包，免得自己又忘了，丢了都不知道要到哪里去找。现在出门，全部精简，只要带着手机就可以了。因为总是丢钥匙，所以家里换成了指纹锁；因为大夫说我缺钙，需要多晒太阳，遮阳伞也下岗了；因为不在乎脸黑不黑，所以也就不必在意唇红不红……

柜子里的东西和冰箱里的一样，很多都雪藏不用。像儿子翻出一年前的酸奶、半年前的油炸食品、三个月前的牛奶，还有超过 24 小时的饭菜，儿子说：怎么，这些也要留着纪念吗？我无言以对，只能任由他对冰箱进行一番扫荡。

冰箱里储藏东西不吃，还有一个原因是我与孩子们的消费观念不同。我们这一代人，物质还不充裕，能吃饱肚子就很幸福了，哪里敢挑肥拣瘦。儿子女儿不同，他们只吃自己喜欢的，很多食物因为不喜欢吃而被放过期。东西买回来，我会习惯性地把他们放在冰箱里，总觉得刚过期或者快要过期的食品还可以吃，但孩子们不认同，他们觉得与自己的健康相比，这点东西不算什么，扔了就扔了，没有必要磨磨唧唧放冰箱里占地方。可我不舍得扔，这么好的东西，包装都没有打开，怎么说扔就扔，多浪费啊。然后我就拦着不让扔，结果冰箱越来越满，过期食品越来越多，再加之我长期不清理，就出现了三年前的酸奶、两年前的酱油、一年前的面包等这样的大龄食品。

当然，这些当初很多舍不得的东西，后来都得扔。开始舍不得穿的衣服，放着放着过时了；开始舍不得吃的食品，放着放着变质了。不同的生活观和价值观让我不得不提前思考孩子们结婚以后，我坚决不能和他们住在一起，不然他们别扭，我也不高兴。我可能会总是拾回他们准备扔了的东西，我可能会总是吃快要过期的食品，让他们觉得我会拉低他们的生活质量。

冰箱里的那条鱼是儿子快要高考的时候朋友送的，朋友送来了三条活蹦乱跳的草鱼，说孩子考试，让我给孩子炖汤喝，当时做了两条，觉得三条太多，一时半会儿吃不了，就冷冻了起来。后来儿子高考完，家里很少做饭，偶尔做一次，也是凑合。再后来儿子上大学，女儿上初中，不回家吃饭，于是冰箱里的鱼就开启了等待模式：等毛毛回来炖了吃，等周末不忙了吃，等买了酸菜吃……后来，时间久了，也就忘了还要吃它，它就一直在冰箱里待了三年，直到今年正月，儿子收拾冰箱，才把它请进垃圾桶。

毛毛称它是"一条死不瞑目的鱼"。

很多东西，该扔的是得扔了，该忘的是得忘了。断舍离的不止有东西，还有那些食之无味、弃之可惜如鸡肋般的人和事。其实，我们真正需要的真的很少，不论是精神的还是物质的。

人生的前半生是加法，后半生就是减法；前半生在拾起、增加，后半生在丢下、删减。

可与过去说再见谈何容易啊，世上死不瞑目的事和人多了，也不单有这一两条鱼。算了，顺其自然，该留的留，留不住的，就让它去吧。

炉　火

生命中的很多时光与很多味道，过去了就是过去了，再也找寻不回。

——题记

　　同学们在考试，我在监考。教室里还没有烧暖气，暖气片不单不散热，反倒会吸热，玻璃上爬满了水汽，太阳虽然上来了，但只有微弱的光尚不足以取暖。虽然电灯还开着，可教室的角落里依然还暗着。灯光，这时似乎可以给人温暖。温暖？如果有个火炉该多好啊！卖火柴的小女孩在寒冷的夜里肯定也是这么想的。脚有些冷，腿有些僵，有个火炉就好了。火炉，在北方以前没有暖气的冬天，是必需品，一家人围坐在火炉旁说说笑笑是这个世界上最温馨的画面。

　　过去的冬天太冷，甚至冷到晚上睡觉不敢伸出头。因为是烧煤火炉，所以时有炉烟中毒的事件发生，一旦出问题，就是一大家子。因此父母特别小心，每晚他们都会检查炉火，等到炉里的火全部熄灭之后才去睡，偶尔实在太累，等不到火燃尽，会不惜在炉里浇一瓢冷水强行熄火。虽然这样做会有刺鼻的气味散出，但不会有什么后遗症，稍微晾一下味道就没有了，总比提心吊胆要好一些。冬天火炉的炉上炉下，总会有些美味。母亲会在炉子上时不时现炒一些薄田里打来的葵花籽或是黄豆。铁锅里倒上毛乌素沙漠盛产的干净的沙子，将要炒的瓜子或者豆子倒进锅里，上下翻炒。用沙子炒的东西不会焦，清脆美味，豆子会在沙里哔哔叭叭地响，炒熟后将沙土与豆子同时倒出，倒在铁笊篱里，将沙子筛去，然后将瓜子豆子盛在盘子里放在炕上吃。

炉子下面会经常烤土豆，以前的家乡不种红薯，自然吃不到，但土豆随便吃，这里盛产土豆。要烤的土豆不宜太大，也不宜太小。太大的外皮烧焦了里面还不熟，太小烤熟又只剩一张皮，没有多少可吃的东西，所以挑选中等个头的土豆，外皮粗糙的土豆才沙甜，表面光滑的土豆水太大，味道不美，不好吃。将土豆放入炉底之后要时不时翻一下，除了前后左右调整位置，还需要上下翻，免得一面被烤焦而其他面还不熟。烤熟的土豆搭配母亲自己腌的酸菜吃在嘴里，那叫一个爽啊。土豆烫口，酸菜里尚夹杂着冰屑，这种"冰火两重天"的酸爽真的是美翻了。倘若母亲生了豆芽，并泡了酸豆芽，在酸豆芽上撒上辣椒面，那真是人间极品，味蕾被极大刺激，甚至都被刺激到麻木。围着火炉，裹上被子，吃着浸在满是冰渣的酸汤里的豆芽、热得烫舌头烫口的烤土豆……

过年前后，火炉上炒着瓜子，下面烤着土豆，火炉的周围，会围着小猪、小狗、小猫，当然，还有我……

晚上浇灭的炉火，第二天父亲会早早地重新生起来的，特别是在寒假。平时上学，早起晚睡的也不能多赖一会儿床，到了寒假父母会让我们多在被窝里躺一会儿的。母亲在炉里倒上玉米芯，烧得旺旺的，家暖了之后才让我起床。玉米芯烧着之后，炉火也有了种甜甜的味道，每每会勾出我的馋虫，缠着母亲在炉坑里再放个玉米给我烤着吃。偶尔我会赖在被窝里不起，被从外面回来的姐姐用冰冷的手吓唬到。她要用我的被窝捂手，吓得我裹着被子一滚就到炕角落，吓清醒之后，也就穿衣服起床了。

冬天有炉火，我会比平日里多很多口福。母亲会在早晨把干羊肉炖在炉火上，下午才吃。等到下午的时候，汤白肉烂，入口即化，实在是香得妙不可言。配上母亲亲手擀的杂面或者剁好的荞面，再在汤上漂上几星葱花，着实让人吃一口能想一年。炉火上还可以放上生铁的鏊子，鏊子里倒上玉米面、黄米面的面糊，摊平，摊出的"摊黄"散发着食材自身诱人的甜味，我就蹲在炉火旁吃。母亲摊一张我吃一张，直到吃饱了才拿盘子端给其他人吃。我因为霸道经常被大姐以白眼视之，但仗着父母的宠爱，经常独享美味，对大姐视而不见。不过一些关于吃的记忆还是让人终身难忘。

照例是一个寒冷的冬天，已经晚上十点多了，炉火已灭，大家都上炕准备睡觉了，我也已经脱了衣服，突然想吃炒土豆丝，嘴里嘟囔了一句："我想吃炒土豆丝。"大姐当时就瞪了我一眼，因为当时已经上高一，脸皮没有小时候厚，能感觉到从大姐那个方向飘来的冷风。父亲二话没说出去找炭生火，准备再生炉子，这时大姐发话了。她是我们家孩子中间的权威，别看她文文弱弱，少言寡语，但她要说话，父母也让她三分，我们几个弟弟妹妹更不敢多言，老感觉她让我们死，装也得装一会儿。小时候我想哭，她一句"憋着"，我就使劲儿憋着，等她走了才敢哭。从小我很怕她，打心眼儿里怕。

她说："这么晚了，吃什么吃？睡觉！"

我没敢说话，乖乖地睡下，但听见父亲下厨房窸窸窣窣削土豆皮，噔噔地切土豆丝，一会儿又听见下油炒菜的声音，十一点多土豆丝好了，叫我出去吃。

一家人虎视眈眈地盯着我看，真的是去吃也不好，不去吃也不好。

起身披了棉衣出去吃，感觉那晚的土豆丝如钢筋棍一样，横七竖八地躺了一胃，终究没有吃出个什么味道来。

现在的九零后、零零后的孩子，没有怎么见过生火，自然不懂得其中的繁琐。抽柴、掰柴、找炭、捣炭，而且柴炭都在柴房放着，柴房一般都在下院，只是生火就得一阵子。炒菜还得等火旺了才好，不然油热不了。父亲的那次宠女行为激起众怒，吓得我再也不敢轻易张嘴。我随口说的一句话，没有让我感受到"万千宠爱在一身"，而是"万千眼神在一身"。大家的眼神能在我身上戳出好多个洞，包括平时最疼我的哥哥那日对我也是冷眼相看。

孩子的父亲经常说起第一次去丈母娘家的情形: 红红的炉火上坐着口铜锅, 铜锅里熬了一锅小米粥, 他坐在沙发旁, 母亲坐在炕上, 我在旁边给他盛粥。一碗一碗又一碗, 他觉得我故意给他盛, 他又不敢把碗放下, 不过那天的粥真好喝, 不知是炉火烧得好还是那套铜锅熬得好? 有一次他喝醉了, 居然说打电话给老妈, 问问那几年炉火上熬粥的铜锅去哪儿了? 他说他想要, 如果母亲舍不得给他, 他就掏钱买……

　　多年前, 家里有两套金灿灿的铜锅, 是大姐参加工作第一年挣钱, 斥巨资买的, 只因为父亲喜欢。这不烧炉火都很多年了, 谁知道锅在哪呢? 再说老妈把女儿都给你了, 还舍不得一口锅吗? 问题是你要那锅干吗? 即便有了那锅, 也必定熬不出那日的粥; 即便是熬出了那样的粥, 也定吃不出那日的味道。

　　寒冷的冬天, 温暖的炉火, 时间过得很快, 马上下课, 该收卷了。祝这些孩子都好运, 希望世界上总有一处炉火, 在这些孩子们寒冷时, 给他们温暖, 为他们守候。

冰箱里的幸福

"把大象关进冰箱分几步？"

每次开关冰箱都会冒出这个奇怪的问题，大概是因为小品的语言太过形象，所以根深蒂固。

今天去老妈家，依旧习惯性地到厨房打开冰箱看看里面有什么剩饭菜，就能看出爸妈今天吃了什么。四季的菜品一直不间断，老妈的冰箱里很少有青黄不接的时候，基本都摆满新鲜的蔬菜，从这方面就可以看出哥哥嫂子的细心和用心。每个周末他们都会给爸妈备下足够一个星期的蔬菜存在冰箱里。冰箱里还有大姐做的牛羊肉，二姐做的杂粮煎饼，唯独没有我的痕迹。我就是那个只带着眼睛和嘴巴进来的人，极其少见为冰箱里添点儿东西。"好吃懒做"是爸妈给我贴的标签，并且他们坚持认为我什么都干不了。

"今天中午，你们吃了什么？"

打开冰箱的同时我问老妈，因为我没有找到什么有效的线索，冰箱里没有熟食、剩饭。爸妈从来不舍得倒饭，所以即便是饭菜只剩一点点，他们也会放进冰箱。

一番侦察之后没有任何收获，我就干脆直接公开审问。

"你们不会是没有吃午饭吧？"

他俩有时候偷懒，随便喝一点儿就不做饭了，因为有这样的前科，所以我怀疑。

"你二姐来做的小米饭，熬了小白菜，吃过收拾好才走的。"

"哦，全吃完了？"

他们两个笑着说今天没有见到剩饭是因为二姐和小外甥也是在这里吃的，吃了"三光"——饭光、菜光、汤光。

老妈自从上次出院，腿脚愈发不利索，一直说腿上没劲儿，医院查来查去也查不出什么病，哥哥嫂子工作太忙，一般是早出晚归，大姐二姐偶有闲暇过来给父母做饭。每天有人能陪着他们吃午餐对他们来说也是很难得的事。

鸡零狗碎是饭桌前的日常话题，有一搭没一搭的聊天是最好的小菜。

冰箱门打开再关上，两三秒的时间就可以知道日常的菜谱。以前总是很纳闷，为什么老妈来我家啥也不看，每次都是直奔厨房打开冰箱看半天，然后就是一通生活教育：埋怨我这个妈妈极不称职，不给孩子们弄好吃的。每次我都不明白，难道老妈有千里眼，能看到我在厨房里如何草草了事，蒙混敷衍？或是我多嘴的女儿还是已与我结下"私仇"的儿子又在背地里向他们外婆说了我的坏话？不然她老人家为何对我在厨房做了什么都了如指掌？时间久了，聪明的我自学成才，终于知道是谁告的密，原来是我的冰箱，冰箱里放的东西让睿智的老妈一眼就能够猜到我的菜谱。当然老妈的火眼金睛里也少不了儿子添油加醋的控诉，他大概是经多年观察发现，能治得了我的唯有他的外婆——我永远不敢挑战的权威。于是各种报复式告状模式开始：我妈不给我做肉吃，还说吃了会发胖；我妈不给我喝骨头汤，说那玩意儿根本不补钙；我妈经常不做饭……

各家孩子不同，揍孩子的原因也不尽相同，但有一个原因，估计每一个家庭都有，那就是总有人说了不该说的话。

家里的冰箱很大，大部分时间东西很多，而且非常杂乱。儿子春节在家打开冰箱，一通神操作，边往垃圾桶里扔东西边说："妹妹，咱们家冰箱里的古董可值钱了，不信你来看看。17 年的酸奶两瓶，18 年的过期豆腐乳一瓶，还有 2021 年 8 月过期的麻辣锅底料一袋。还有还有，天呐，我亲爱的母亲，这条鱼干不知高寿几何? 看这模样, 冰箱里应该待了不下三年了……"

自以为能言善辩的我此时看着逐渐变空的冰箱和变得充实的垃圾桶, 真的也无言以对。

冰箱里虽然有一些东西一直不动, 但有两样东西一直换新: 婆婆的土鸡蛋和妈妈蒸好的肉包子。

冰箱里一直有老妈蒸的包子, 虽然她老人家腿疼, 干活大不如从前, 但是孙子和外孙子们一致认为, 她的牛肉包子味道是天下一绝, 无人能及, 所以她时不时会给孩子们蒸牛肉包子。

老妈蒸牛肉包子, 算是有历史渊源。老外爷 (妈妈的爷爷) 以前经常走西口贩卖牲口, 春夏走了, 秋冬回来, 以此养家糊口, 有时候回来正赶上过年, 要是有的牲口太老, 就会宰杀了吃, 或者 "打平伙" (陕北人先集体买下然后费用均摊, 食物共享的一种消费方式)。因为老外爷是商贩, 经常杀牛, 所以吃不了的牛肉就会晒成牛肉干, 或者包成包子来吃, 后来家里虽然不贩卖牲口了, 但蒸牛肉包子的手艺还在, 到了妈妈这里, 蒸牛肉包子的手艺堪称一绝。她老人家做的牛肉包子油而不腻, 麻辣鲜香, 回味无穷。前一阵子听老妈说, 阳阳 (我的侄子) 从西安打电话回来说, 想奶奶做的牛肉包子了, 能不能给他快递过去。因为孩子们喜欢吃, 所以即便是腿脚不利索, 老妈还是时不时蒸包子, 给孩子们当早餐。

冰箱里另外一样东西永远不缺, 永远新鲜, 那就是婆婆喂的鸡下的土鸡蛋。孩子们小的时候在农村和爷爷奶奶住, 吃的自然是土鸡蛋, 等到稍微大一点, 我带在身边, 给他们吃超市买的鸡蛋, 他们都不吃, 说买的鸡蛋吃着腥气, 不好吃, 而且蛋白不韧蛋黄不黄, 一定要吃奶奶家的鸡下的蛋。婆婆听说孙子们要吃土鸡蛋, 喂鸡的兴致大增, 鸡的数量由开始的三五只, 逐渐增至三五十只, 看来被 "需求" 刺激之后的生产动力才会十足。当然, 这中间也少不了我的 "刺激"。

最开始婆婆给拿鸡蛋, 我想着, 反正我也要买鸡蛋的, 给老太太钱还能讨她欢心, 就给她一些钱, 后来想着她老人家喂鸡挺辛苦的, 就多给一点, 结果老太太就用那钱，不断扩大产业，鸡的数量也不断增加。冰箱里的鸡蛋从不间断，而且越来越多，大有我也要出去卖鸡蛋的趋势。女儿有一天回家兴奋地告诉我：妈妈，我们同学居然有人没有见过双黄蛋，更不要说吃了，你说我奶奶厉不厉害？她喂的鸡为什么会下双黄蛋？她当时骄傲地给同学们说，自己吃双黄蛋都快要吃腻了。

　　我看着幸福的她，笑着说，是啊，数你们两个厉害，一个会喂鸡，一个能吃蛋。

谈好色

　　我好色，"好色"是我的标签，每次自我介绍说出我的这一突出特征时大家都会捧腹大笑，包括女儿都会用坏兮兮的眼神看我，有点像鲁镇的人知道祥林嫂改嫁之后看她的眼神——这是一个坏女人。甚至当女儿寻找我和她爸爸结婚的原因时会坏坏地问一句："您该不会看上我爸的'色'了吧? 您就那么肤浅? "我会毫不犹豫地回答，我就是一个肤浅的人，我当初"一见钟'色'"，然后就没有然后了。女儿眼中一片鄙夷。我还会如祥林嫂说起阿毛的事情一样继续补刀："他当年也算是美人一枚，只是我也没有想过他终有一天会年老色衰。因'色衰'，我对他的爱也会'弛'，这种感觉有点像当年的汉武帝的李夫人的预判，王上如果看到她的病容后，会将以前的恩宠也收回，所以至死也不肯让汉武帝再看到她的脸……"

　　女儿见我又开始絮叨"陈年往事"，迅速逃离现场，因为她知道作为历史系毕业的老妈，一旦开始讲故事，对她来说，将会是一场灾难。

　　我觉得大家对我有误会，有必要在这里澄清一下。"色"作为汉语一级通用规范字，也就是常用字，始见于春秋金文。基本义是表示脸上的声情、气色，特指愤怒的神情，引申泛指物体的色彩，再引申为景色、情景。我是好"万物之色，万物之形"，是"春有百花夏有风，秋有霜叶冬有雪"的"花、风、叶、雪"这样的色，是"阳春召我以烟景"中的"烟景"，"大块假我以文章"中的"文章"。这些"色"与男色女色融为一体，成为世界美妙的构成。

　　"色"的世界是奇妙无比的，世界本来就是奇妙无比的，无数的色相构成了无数幅美景，美不胜收。

　　"色"的世界是干净纯粹的，欣赏一个人如同一欣赏一幅画，心中没有欲念，何尝不是一件美事，甚至是一件乐事。远观与亵玩从来都与距离无关，与心理有关。好色者也应当分为几等几级，不能一言而概之。当一个人对于世间的美全部收入眼帘，不分高低贵贱，不论世俗标准，也实在算是高人了。

　　在古代，"色"也专指女子貌美，由此引申为情欲。食色，性也。食欲和色欲是人的本性，好之也属于正常，只是不知道孔老夫子口中的"色"是不是专指女色。

　　子曰："吾未见好德如好色者也。"从正面理解，世人好德的程度不能使夫子满意，但如果从侧面来看，是不是也可以说明世人多好色，好色者比比皆是，而好德者寥寥无几？爱美之心，人皆有之，这个"皆"字也恰恰是证明了这一点。

　　好"色"就是好"美色"吗？我看也不一定，这"美"也大有文章。《说文解字》中认为美是一个会意字，从羊从大，段玉裁作注认为"羊大则肥美"，也就是羊肉的味道鲜美，但后来人们通过研究甲骨文觉得，大字上面的部分并不是羊头，而是羽毛一类的装饰品，一个人的头上装饰着高耸弯曲的装饰物，自然是美丽的，所以字典给出美的第一个义项就是漂亮，好看，与丑相对。美与丑又是以什么为标准呢？环肥燕瘦，肥瘦的标准不同，大家闺秀，小家碧玉，人的气质也不同，你不能一概而谈，说谁就是美的，谁又是丑的。大家都觉得猪八戒丑，把猪八戒放在猪群里，或许他还是最漂亮的猪，当然这是按照人的标准来看，但倘若从猪的角度来看，或许猪脑子里会想，这是个什么玩意儿，猪不猪人不人的？既然这美都没有标准了，那"好色"中的"色"也就不一定是美色了。

　　"色"还为佛教用语，指精神以外能感触到的东西。

　　看来我又浅薄了，还以为"色"就是长相、外貌、景色，"好色"就是喜欢漂亮的，包括一切风景，岂不知我只知道"色"最狭义的解释，从佛教的角度来看，包括我老公和别人的老公在内，所有的人和物都在"色"之列。这样理解的话，好色不过是被这世界的"乱花渐欲迷人眼"而已，世间所见所感之物皆为"色"。

《见信如晤》中写道："我们所有人共活于世，那些去爱，去感受的人活得最丰盛。"正是因为我的好色，使我能更多地体会生活与世界。

佛家认为的"色"是精神以外的东西，用唯物主义的视角来看，就是指物质，一切物质存在、一切事物存在的模样。《心经》说"色不异空，空不异色，色即是空，空即是色"，世人也糊涂了，色是空? 空是色? 那空是什么? 色又是什么? 佛家讲的"空"是指事物的本性，也即是"空性"，也就是佛教的"无常观"，佛说人生无常，世事无常，世间万物都在变化之中，没有一个恒定不变的存在，世界万物都是因缘而合成的，由于"缘"的不断改变，也就导致事物"果"的变化。"色即是空，空即是色"也就是告诉我们要以辩证的变化的观点去看待事物，有因便有果，不可执着于过去、现在、未来的一切状态，一切随缘。既然要随缘，那活在当下该是世人最容易做到的。那我就单是沉溺于这万物的"色"中，也不为过错。

我就是好色，而且我还骄傲了。

为了忘却的怀念

今天是农历的十月初一，是陕北人祭祀的日子，今天要给去世的亲人去烧纸，焚烧纸扎的衣服鞋帽，叫送寒衣。这让我又怀念起了她，整理出为她写的文章，以寄哀思。

常老师走了，在一个烟雨蒙蒙的日子。天气刚刚入秋，突然很冷，绵绵细雨变成了冷雨，透着沁骨的寒意，这个世界上又一个在乎我的人走了。大家都说她终于不用再疼痛了，终于不用再操心了，终于不用再大把大把地吃药了，终于可以不受罪了……可无论怎么安慰，都不能减轻我内心的一点点悲哀——她走了，永远地离开了我们。她再也不会在半夜说烦心事了，再也不会与毛毛辩论了，再也不会叫我儿子毛腾子了，再也不会坐在家里和我聊天、说人生了，我只知道她这一次是彻底地离开了，带着对人世的无限眷恋与热爱、不舍与牵挂，永远地走了。

她走的当天就有人写文悼念她，文中有怀念，有哀悼，有伤心，我却提不起笔，每每提笔都会泪湿纸巾，故也作罢。以前在给学生讲《祭十二郎文》时引导他们体会为什么韩愈在侄儿逝去多日才提笔开始写悼文，现在明白那其中是难以自禁的悲哀。现如今，我再一次深深体味着这种伤心与难过。

小时候很难理解大人在失去亲人时的嚎啕大哭，总觉得这一声声的嚎泣中多少夹杂了一些表演的虚假成分，甚至在自己三十岁的时候，我仍然不能理解这种悲哀。直到近几年，有几个亲朋好友相继离世，我竟然伤心得难以自持，终于明白，这世上有一种痛叫作死别，这种阴阳两隔的悲哀让人着实体味了什么叫伤心。昨天几个朋友相聚，有一个朋友说，现在的孩子缺乏死亡的教育，我没有做声。说实话，对于死亡我们尚且认识肤浅，怎么来教育孩子？不知死，焉知生？对死亡的思考可能有助于我们理解生的价值和意义，可又有多少人真正地敢于直面死亡、敢于直面人生呢？

太史公曰：知死必勇，非死者难，处死者难。也就是说怎样面对死才是一件难事，而她就是敢于面对死亡的一个人，这种人，至少在我的身边罕见，可以称得上是大勇之人。

常老师已经走了十多天了，市井中一切照旧，生活依然有序，似乎一个人的离去并不会对其他人有什么影响。大街上的吹拉弹唱，迎亲嫁娶，都在照旧。所有的人和事都会成为历史的一粒灰尘，被后来的尘埃埋没，大家终将会忘记。鲁迅曾在《纪念刘和珍君》中写道：忘却的救世主快要降临了吧！我也这么觉得。不写点儿什么，感觉对不起那一段难忘的时光以及时光里的人、时光里的事，还有历历在目的景。

2003 年刚调到母校任教时我二十五岁，灰头土脸，身无长物。物质限定的不仅仅有想象，还有社交。因为囊中羞涩，所以我也很少与同事出去热闹。这里面除了自己性格的因素之外，有很大一部分原因是物质的拮据造成的自卑。

语文组是个大组，组员在两个办公室里办公，两个办公室斜对着门。我在背面，她在阳面。背面阴冷，所以人很少去。我对面的桌子是许建锋老师的，因为他经常来无踪去无影，又高度近视，大家都喊他许大仙儿，他似乎也经常不在，所以我是背面办公室里的看家人。阳面的办公室人气很旺，除了阳光好，还有许多大神、大仙儿以及大姐式的人物，其中称得上大姐大的人物有三个：高如梅高大姐，白青梅白大姐，常风琴常大姐。三位大姐超级有大姐范儿，用我亲姐的话来说：你的这些朋友算不得顶尖的漂亮，但都超级"顺眼"。这些顺眼的大姐会给年轻人很多的帮助。

儿子小时候没有人带就跟着我上班，有时候开会升旗也不得不带在身边。冬天的早晨，带着儿子升旗，儿子经常会被冻得小脸通红。有一次冬天开会，天气太冷，让儿子一个人待在办公室也不放心，所以就带着他开会，因为他和"大姨"们亲密互动让我挨校长的训斥的经历，至今记忆犹新。

我坐在三位大姐的前排，儿子坐在我的旁边。三位大姐极尽挑逗之能力，与儿子开心地玩耍。孩子毕竟是孩子，哪里经得住逗？安静的会场上，突然发出了孩子清脆的声音。校长勃然大怒，呵斥道："谁家的小孩？带出去！"我带着儿子，恨不得找个缝隙钻进去，留下她们三个在那里尴尬。

2004年我为了买房子，欠了一屁股的债，日子过得胆战心惊。每天都害怕手机铃声响起，手机不响的日子便是好日子，只要手机一响，十有八九就是催债的。2004年的夏天，正在装修房子，能赊的赊能欠的欠，就这样摆布着新家。买房子的时候曾借朋友一万元，他打电话突然要，所有能凑的钱都凑了还差五百，我束手无策，果真是一文钱难倒英雄汉。那时候的通信尚不发达，在几次开口碰壁之后，我灰溜溜地坐在办公室一筹莫展，马上放学了，都不知道自己该去哪儿。起身出门，看见常老师一个人坐在阳面的办公室，喊她一起走。她问怎么这么迟了还在办公室，我说朋友催债了，自己不知道去哪凑那五百块钱。她二话没说，拿出一沓钱就准备数，突然停下来问我："钱都还债了，你和儿子这个月的生活费呢？"我没有出声。她数了两千递到我手里说："还五百，剩下的钱是你和儿子这个月的生活费。"我一下子愣在那儿。虽说平时大家同事，关系也不错，但却从来没有金钱上的来往，她的信任与大方让我一时不知所措。

2005年的夏天，房子装修得差不多了，邀请她去家看看。因为没钱装修，房子里就只有墙、地板和窗帘，其他什么也没有。孩子爸爸买了几瓶啤酒，我们和她一起走到了人民路。那时的人民路尚在修建之中，路边有一些大的铺路砖。路两边全是空地，没有一家商铺。路灯很亮，路很宽，中间的隔离带上还未种树种草，是一垄黄土。我们三个就随意坐在大马路中间尚未种树的隔离带上。就着月光、灯光、清风与啤酒，品谈人生。想想也好笑，都穷得叮当响了，还有心情畅谈人生！忘了当时谈了什么，总之是很晚才回去。月朗风清，酒意微醺，后来三个人晃晃悠悠步行回学校。

后来的日子鸡零狗碎，糊里糊涂地过着，少不得问她东问她西。2007年我和三位大姐都带毕业班，常大姐不仅带毕业班，而且兼任了补习部的课，工作非常辛苦。新年过后不久，听说她病了。开始说肚子疼，后来到医院，医生建议她去大城市复诊。我和白大姐和她碰在公寓楼的门口，她笑着对我俩说："你们都要好好的。"

从那以后，她就踏上了漫长的求医之路。

北京、上海、西安、重庆……所有的足迹，是求医也是求生，每每有难处向她诉说，她都会告诉我：这个世界上除了生死，其他的都是小事。她是用行动在告诉我们——艰辛地活着，乐观地面对生活中的所有苦难。

她酷爱写诗，有诗集传世，但她却并不给我看。她总是说："那些诗是写给别人看的，你不要看。"我想大概也是因为我太过浅薄，很难理解她大喜大悲之后藏着的睿智，所以也很少细品她的作品。从这个意义上来讲，我与她是陌生的，甚至我都没有她的一本书。有一次和她要书，她不给。我要买，她又不卖给我，说："看那干什么？好好地管好儿子和女儿才是正事。"她不希望我有才，但她希望我幸福。

确切来说她是一位诗人，诗人总会有一些诗人的特质在。例如她能把一股毛线绳系在脖子上、腰上，系出不一样的文艺范儿；她会把地摊货穿出自己独有的时尚感；她能把字写得龙飞凤舞，自己都不认识；她会把生活过得诗情画意，一束枯死的花，她也要拼凑出诗意来；她会给每件衣服取一个名字，然后按着心情去穿衣服；她会在因病憔悴的脸上细细地描眉；她会在出门前涂上喜欢的口红……尽管生活给予了她太多的苦难，她依然笑着去拥抱生活。

她的诗人气质还表现在对待感情上。每一段感情她都如飞蛾扑火，用尽全力。

她对待爱人倾其所有，孤注一掷；她对待朋友，尽其所能，坦诚热情；她为孩子倾心付出，计之长远。她虽久在病床，但总觉得她似乎已看破了尘世，悟透了生死，对生活对世界报以豁达，总有源源不断的能力与能量去爱这个世界。

在她生病期间，也曾经回来上过一段时间的班。拿她的话来说，无论什么情况，日子总是要照常过的。她就住在我们一个单元的楼上，毛毛很喜欢和她聊天。

毛毛出生四十天的时候，赶巧那时候她也在靖边，曾和另外两位大姐还有叶老师来看毛毛。我问她孩子漂不漂亮，她一个劲儿地说：好丑的孩子。走了之后在电话上告诉我：孩子不能夸好，要夸丑，要说臭，这样才好养活，没有小毛病。

毛毛长大后，也特别喜欢与她一起谈天讲地，讲《论语》，说"毛诗"，两个人凑在一块儿，叽叽咕咕，一会儿大笑，一会儿窃窃私语，活像一个大疯子带着个小疯子。她经常会把毛毛捧得不知天高地厚，曾戏谑收毛毛为她的关门弟子。后来毛毛听到噩耗，躲进自己的卧室里面哭，第二天出来，两只眼睛又红又肿。我想一个孩子怎么装也装不出伤心的模样，她没有白疼毛毛。

以前我常给她说："多给毛毛教些东西，毛毛喜欢与你探讨问题。"她笑着说："毛毛我是教不了的，我说一句，她可在那有十句等着我。是她给我教，哪里轮得上我讲啊。"毛毛在常阿姨家里似乎要比在自己家里还自由，所有的零食她都知道在哪里，常老师家的两个姐姐也都宠着她，所以每到假期，只要她们在，毛毛就一心想着上楼上去和姐姐们玩儿，和她的常阿姨聊天。

高考前一段时间，我的焦虑似乎已经影响到了儿子。高考第一天考完后，儿子的数学考得不好，孩子的情绪极其低落。她发微信说，摸摸儿子的头，啥也不要说，离孩子远点儿，不要在孩子的眼前晃。然后说自己眼睛难受，快要睁不开了，叮嘱要给儿子多加油，她要去吃药了。

7月20号，佳禾发消息说她妈妈几次深度昏迷，担心熬不了多久，如果能醒来，抽空视频一下，见上一面。可后来，也没有能够再看一眼，我们谁都无法预料什么时候是彼此的最后一面。

对于死亡，她曾多次说到，甚至如何安排丧事的细节都曾提到，包括选墓地、买棺材。后来在绵阳医院病重的时候又提到后事。我问她为什么不回来，想办法回靖边来，总有亲朋好友可以帮助。她说没有办法回来，人是回不来了，骨灰送回来吧！她给孩子已经说过回来有什么需要帮助，就找叔叔阿姨。

呜呼哀哉，如她所料，只有骨灰回来了。

人生中的好多悲事、苦事，似乎都让她经历了。佛家讲人有爱恨痴怨念，拿不起，放不下。她是爱而不得，恨而不能，痴而无果，怨而不释，念而不绝。临了，所有拿不起的、放不下的，再也不必去拿，再也不必去放。心心念念的故乡的山山水水，终究是没能再看一眼，没能再回去，承受生命中太多的悲苦，客死他乡。

佳禾说，她走得很安静，眼角流下了一滴眼泪。这滴泪中究竟包含了多少复杂的情感再也无人知晓。

一蓑烟雨任平生，她的笔名是烟雨，不知道当时她是怀着怎样的心情选用这个笔名，如今，烟雨迷蒙的日子送她离去。"文章憎命达"，遍观古今，几乎所有伟大的文人墨客都有相似的遭遇：活着的时候，爱过恨过，被辜负过，被欺骗过，被冷落过，潦倒落魄，沉沦下僚，甚至穷老孤独，但身后却有荣耀非凡，位列仙班，受后人瞻仰供奉。暂且当她是飞升上仙，脱去了人间的悲苦，洗去了凡世的尘埃，于天庭之上，观人间疾苦。

谨以此文献与逝者！

我要把你忘记

好久都没有抬头看天了，再见时，已是深冬，这个冬天很冷，只有蜷缩在爱人的怀里，才会有些许暖意，他要背负很多，所以他时常不在，我要独自取暖。

丽娜发来微信说："准备用文超的手机发个朋友圈，打开才发现，他的好友最近联系的只有我和你。"

"感谢有你，我会替他好好爱你。"

虽然已经过去好多天，可我还是泣不成声，最近我总是默默哭泣，无声地流泪，怀念已成了一种常态，难以自拔。我既无心去看云，也无心去寻花，只是在回忆中，一次次舔舐伤疤。

丽娜说，不要难过伤心，他知道了也会难过，他是足了愿走的，他希望见的人都见了，他牵挂的人都来了。他对这个世界并不留恋，别哭，伤了身子。咱们再哭也哭不活他。

说是这么说，可悲伤还是难以抑制，都说时间是治病的良药，我想那是因为悲痛不够深刻。

闻　讯

知道文超走是在十一月六日的晚上，星期五，照例是忙碌的一天，我要上课和上晚辅导，晚辅导课结束后回家刚好是八点钟，衣服也懒得换，我就瘫坐在沙发上，太累了。

八点零四，手机响了，一个陌生的西安电话，接起来是一个哭着的声音，说高老师，文超走了。我有点蒙圈，谁？谁走了？去哪儿了？

我有点反应不过来，直到电话那头再次重复，她是丽娜，文超走了，我才听清楚，电话是文超的姐姐打来的，她告诉我文超走了。

文超怎么会走了呢？文超为什么要走呢？我的脑子在迟钝了几分钟之后，终于反应过来，是文超走了。文超离开了，她的姐姐通知我，是文超出事了。

爱人坐在沙发上，看着我，我坐在沙发上，不知所措。刚才丽娜说了，他们已经回来了，在某个山上，连夜准备丧事，那我该干什么呢？

"你带我去？"

我询问爱人，他坚决不许："山路难行都是次要的，你的身体不好，不许去。"

我怔怔地望了望他没说话，走进卧室，躲进了被窝里。

我还是觉得哪里不对劲，文超前几天还在和我要芝麻饼吃，怎么就去了呢？不对，不合理，文超他也没有什么病。

我忘了文超有病，他去年十二月份似乎告诉过我，不对，应该是今年春天告诉过我，似乎也不对。他什么时候曾跟我说，说他检查出了淋巴癌早期，还说医生说没有关系，吃药就可以？

是啊，不是说没事吗？而且我当时上网也查了的，早期的淋巴癌治愈率极高，没有关系的，然后我就把这件事情给忘掉了。况且，我有一个表妹夫淋巴癌晚期，现在十几年过去了，人家生活得好好的，什么事都没有。

前一阵子，文超说，他的嘴里感染了，口腔溃烂，吃不下东西，需要吃流食。我还埋怨他为什么不小心，随便乱吃东西。我一直不记得他有病，甚至似乎是刻意地忽略了他病了这件事，我忘了他从高中起就一直生病，我曾只期望他好好活着，就这么以为他就会好好活着。

有一次拜佛，大家说要许愿，我一时不知许什么愿，就说希望大家都好好的，如果是因为这样的许愿不灵验，那我当时该单为他许个愿才好。

我们见过多久了？我什么时候最后一次见他？时间往回倒，年初吗？正月吗？不是；腊月吗？也不是，过年的礼物是他托姐姐送来的，那是什么时候？去年？去年的秋天，冬天，抑或是夏天？

至今，我都想不起来，似乎有人刻意将这段回忆从我脑海中抹去，我想不起来。

我们总是猝不及防地相遇，又默无声息地离别。

天不亮，我就起来了，站在窗前，看着外面黑漆漆的一片。爱人还是不想让我去，怕我伤心难过，知道他会拦着，我便不告诉他，打算自己一个人偷偷去。丽娜说，山路难走，一个人就不要来了，再说来了也没有什么事情，但我还是觉得一定要去。

我一个人，不知道怎么去面对。他们昨天从西安回来，今天早晨入殓，九点钟准时下葬，想着韩愈"生不能相养于共居，殁不得抚汝以尽哀，敛不凭其棺，窆不临其穴"的遗憾，我一定要去送他。曾与他玩笑："如果你来，风里雨里都会等，如果你要走，慢走不送"，却不曾想，真的要送他走了。

送　别

山头上并不是只一座孤零零的坟墓，三五成群的墓碑，看着我们这些突然到来的人。这一片山，大多是墓地，你的墓地是丽娜托人寻的，虽然略远，但应该还合你意：背山面水，空旷寂静。这里，今天，因为你略显凌乱，一个简易的帐篷下，放着棺木, 你就在里面。我刚下车走几步, 就遇到了你的母亲, 她一下抱住我, 嚎啕大哭, 说你在病重之时, 依然不忘给我买生日礼物, 礼物买回来已经几日了, 还放在西安, 等丽娜去给我捎回。我说我要那劳什子干什么? 我只要你能活着, 可让你活过来, 已是痴人说梦。

其他的两位学生在你的灵前烧了纸, 还没能等我前去, 各种仪式就要完了, 你生前最是厌烦这些虚头巴脑的仪式, 但死后, 依旧免不了在这些仪式中告别人世。

有人向亲友们说, 谁要再去看一眼, 看完就要盖棺了, 九点钟准时下葬。

强忍悲痛, 擦干眼泪, 绕着棺材, 我看着里面的你, 病痛把你折磨得不成样子, 我为什么就从来不思考你说的话, 傻得如白痴一般, 你说吃什么都吐, 瘦得没有人样, 我还说, 为什么不好好吃饭, 现在想来, 自己如那个昏庸的皇帝, 大臣报告说百姓没粮食吃时, 他居然说, 那为什么不吃肉粥?

我是第一次看到躺在棺材里的人。爱人爱护我, 从来不让我参加葬礼, 甚至不让我戴孝, 包括他的一些至亲去世, 都是他戴双层孝, 我什么也不戴, 更不要说看棺中之人了。你是我看的第一位逝者。看着你平静地躺在棺里, 那一刻突然觉得, 那根本就不是你, 你根本不是这个样子, 你一定有无数皮囊, 只是遗弃了这个皮囊不用, 又化作了小松鼠或是山鸡, 或是小蚯蚓, 游走在这人间。

你没有妻子, 更不惶说儿女, 三十四岁, 匆匆离世, 按照风俗, 你没有结婚便是没有长大, 没有成年, 本地叫 "小口", 所以只能暂时 "寄葬", 很多仪式也就免了, 不到十点时, 你已变成了一座小小的坟茔。

我抬头仰望天, 硬生生地吞下了眼中流下的泪水。枯枝上, 只有几片叶子, 山野之中一片寂寥, 招魂杆尤其醒目。

家里大人孩子要吃饭, 我, 依旧要上班, 生活还是要继续, 可我依旧忍不住伤心。

下午监考, 我站在教室最后面, 想着十六年前, 也是这般, 你在桌前奋笔疾书, 我站在后面监考, 十六年后, 你大笔一挥, 将人生的试卷提前交卷, 而我依旧站在这里，目送你远去。

悲伤再次将我湮没，我艰于呼吸，不能视听，有考生转过头来看着抽泣的我，他们不知道，我在为我的学生而伤心难过。

回　忆

你曾经是我的学生，那年，你生花的妙笔引起了我的注意，你脸上自带一股孤傲的表情，让很多人敬而远之，所以你的朋友并不多。已不记得从什么时候、因为什么我们变得无话不谈，你乐于向我倾诉，我也乐于倾听，高三那年的一个中午，你说："老师，太压抑了，我想逃课。"

我说："好吧，我陪你逃。"

于是我带上你来了一次说逃就逃的旅程，走到学校门口，校警见我带着学生，并没有拦着，反而是出了校门口，遇到了我的老师，也是你的班主任老师，恶狠狠地瞪了我一眼，吓得我胡诌了一个理由，拉着你一溜烟跑了，都没敢回头。

那个春日的下午，身无分文的我们逃课到冰雪初融的河边转了一圈后，又徒步返回。

以后的生活散散碎碎，就记得你有一年正月和家人闹别扭，要来我家，又担心你找不到，我就站在政府对面的路口等你，很远就看到瘦得好似豆芽菜的你从很远的路上走来，手里似乎提个大袋子，走近了才发现你买了一大袋的零食。你在我家里磨蹭时间，不愿意回家，直到天黑了，你的姐姐来寻你，你才不情愿地跟着她走了。

此后的记忆都断断续续，我不知道你在西安干什么，偶尔你回来，也是一起坐着聊聊天，或是吃点便饭，因为不用客套，所以也尽说些家长里短。

你的身体一直就不好，瘦瘦弱弱，有一次聊天，你说："你知道吗，我高考的时候流鼻血，血染了卷子。"我哪里知道这些，"即便这样，我的语文成绩也很高，还是我的老师厉害！"你不忘给我戴高帽子，我也懒得和你争辩语文成绩好是谁的功劳。

你上大学后，我们似乎有一阵子断了联系，我不知道后来我们怎么样联系上的，反正我的电话里，一直有你的号码，我也总是能收到你的问候，例如在教师节，例如在我的生日。

你大学毕业后就一直在西安工作，具体做什么我不甚清楚，开公司？办杂志？反正，每次说起工作，似乎都很忙，而且你似乎有忙不完的应酬，朋友圈里，经常会在午夜时分，看到你发朋友圈，内容基本无一例外都是应酬。

你可以用聊天治愈我的各种不开心。我说自己太胖时，你会笑话我，"你又不准备重新嫁人"；我说自己太丑时，你会调侃我"你们村已经数你最好看了"；我说自己没本事时，你又说"就你那本事，在靖边养活自己有余了"；当我说自己无能时，你会说我培养了如你般优秀的学生，还要怎样……

我的各种不开心，在你看来不值一提，唯一值得关注的是我的身体。

你会时不时给我寄些书回来，而且既不打电话，也不发微信，直接寄到家。家里有好多书都是你买的，《三毛全集》《从你的全世界路过》《平茹美棠》……成套的书，从你那里发给我。有一次我又收到了书，问是你买的吗，你笑着说，不是我还能有谁。是啊，这世上还能有几人懂我。

有一阵子，我心情低落，你在外地托朋友给我寄回了一瓶雏菊味的香水，里面有一张字条上写：听说雏菊的味道，可以治愈抑郁，平静的生活，极致的幸福。

你能治愈我的抑郁，却不能治疗自己的抑郁，你大把大把地吃抗抑郁的药，你说自己经常会间歇性失忆，忽然不记得自己是谁。站在大街上，突然找不到回家的路，所以都不敢随便出门。

你让我好好吃饭，好好生活，自己却经常不按时吃饭，不珍惜身体。有一段时间，你被医生拘在医院，不让出去。你发微信说，终于逃出去了，太抑郁了。你住的医院，几乎每天都有人被抬出去，实在待不下去了，没病的人，都会硬生生给逼出病的。

因为你经常生病，经常住院，所以每次你说要去住院，我都觉得没啥，过几天就又会好了，直到这次，我依然觉得你只是在医院看病，总还会出院的。

亏 欠

你送过我很多的东西，这十几年，几乎每年的教师节我都会收到你寄来的礼物，从书到包，从香水到化妆品，还说，你要成为我的骄傲。我说，你已经是我的骄傲了，我唯一的愿望就是你能健康平安地活着，如果可以，希望你早点结婚生子。

你一脸正色地说："每一次都说这件事，搞得和我妈一样，不要催婚可以吗？"

我还是后悔，催你不够紧，如果催紧一点，说不准现在你已经儿女成双了。

每次说到这个，你总是说："我这么优秀，什么姑娘能配得上我。"以你的个性与情商，我猜想你定是怕连累谁家姑娘，所以才迟迟没有走入婚姻。

你给了我很多，却很少向我索取什么，唯独前一阵子，向我要吃芝麻饼。

八月十五时，我问你，想不想吃月饼，我给你寄一些过去，你说月饼太腻，不想吃，不要麻烦。可就在你离开的前十天左右，你问我忙吗，你想吃芝麻饼，大大酥酥的那种，手工的那种，问能不能买到，我说可以买到。我出去给你买了芝麻饼，而且把各种月饼都装了一点，给你说尝尝看喜欢哪种口味，我再去买，谁知，我寄去的芝麻饼你也就只吃了一口。

人常说，若无相欠，怎会相见，想想前世该是你欠了我的，匆匆忙忙这世来还我，生怕少给了我什么。

从严格意义上来说，你是一位商人，所有的事情在你眼里都被换算成了成本和利润，我曾在外面上公益课，你直接问，有什么好处，我说要什么好处，是公益课。

你说："就你高尚，一天累死累活的，分文不取，名利全无，你干那事干什么?"

我说:"我就这点能耐,可以上两节课。"

你白了我一眼说,活该我被累死累活。每次上公开课,课件做不好的时候发给你,你都会把我批得一塌糊涂,说把个 PPT 打扮得花里胡哨的,哪里像一位高水准老师做的,整个一村姑——俗气。说归说,每次经你手修改的 PPT,不仅美观大方,而且逻辑严密,非常好用。所以每次我都耐心地听你唠叨,一边批判着我的清高,一边又熬夜帮我修改好文档。你多次说要给我教如何制作高大上的 PPT,我却耍赖不学,我说有你就够了,我为啥要动脑筋学习那玩意儿,人过三十不学艺,我已经四十了。你虽唠叨,但也没有办法,只好一如既往地一边说我臭老九,臭清高,一边又为我改好每一次上课用的课件。

我经常给别人上公益课,你眼红得不行,所以在装修新开的咖啡店时,装了上课用的投影,而且装了一个大大的讲台,说那样的档次才配得上我的课。我也曾说,一定要到你的咖啡厅里讲课,但是我一直很忙。你怕我太辛苦,所以一直没有询问我什么时候去讲,而我也以为我们来日方长,日子很多,总有一天会站在你的咖啡店讲课。就这样,在你开咖啡店的一年半的时间里,我居然没有在那里讲过一次课——这是我欠你的。

你曾说,还想听我讲一节课,我说我那课有什么好听的,不要浪费时间。早知如此,我就该让你再一次坐进教室,让我再当一次你的语文老师。

承 诺

你曾答应陪我去旅游,去我想去的地方,你的承诺成了一句空话。

曾写了一篇《烟花三月下扬州》的文章,文章一发,你的电话就来了。

"你收拾一下,安排一下你的时间,我现在就给你订机票,陪你一起去扬州。"

"我?现在?不可能。孩子怎么办?学生怎么办?我的课怎么办?"

"你总是这样拖拖拉拉，现在就走，来回不过一个星期。下个星期一，保证你能站在讲台上。"

可我还是走不开，儿子那年高三，自己又带着毕业班的课，怎么可能说走就走。我只能说，以后有时间我们一起去旅行。

我还想去西藏，也想再去一次云南。西藏是从来也没有去过的，所以去那里只是一个美丽的梦想，云南虽然去过，但是玩得并不尽兴，还想找一个合适的人再去一次。每次出门都是爱人和孩子们陪同，那样的旅行虽然一家人其乐融融，但实际上基本都是以吃为主。我想去各地看看不同的文化、风俗，找个合适的人去旅行也很难得，你是我结伴旅行的最佳选择之一。因为你去过很多地方，经常出差到外地，很多地方都熟悉。你也有足够深的文化修养，作为旅行的伙伴再合适不过。倘若我一个人出去，定然会"次次都上当，当当都一样。"与你一起出去就不同了，你倘若不去骗别人，就该是别人的幸运了，谁能骗得了你呀。

你说，"我陪你去西藏吧"。我说，"哪儿敢啊，就你那身体，还没到青藏高原，估计就得返回。不过云南可以，我们不到高海拔地区"。

你说，只要我想去，通知你就可以，随时陪我去。

现在，我想去了，可却没有了当年许诺的人。

我们永远也不可能一起去三月的扬州，也不可能再去向往的云南了。

你的行事大有魏晋名士的风度，看不惯世俗礼法，活得自在而任性，丽娜说你是随着性子的，从来都不顾及父母、家人，包括我。就如这次生病，你对这世间毫不留恋，你太无情，丽娜让我不要想着你。

你不是无情，你是太过深情。如魏晋时的刘伶，活在自己的世界里，懒得理尘世的俗事。你讨厌一切的敷衍塞责，你厌恶所有的虚情假意，你活得坦率而真诚。

有一年冬天你回来，我们在阳台上晒太阳，说起另一位学生的事情。那位学生在生病时我曾拜托你给予力所能及的帮助，但后来她还是走了，只有二十岁。我舍不得删她的QQ，所以一直留着，可每次看到，我都很难过。

你说："走了就走了，留着做什么？手机给我。"

我把手机递给了你，你一番操作之后又递给了我，从那以后，手机里再也没有关于那个女孩的所有印记。现如今，你走了，你的微信、你的 QQ、你的电话、你的短信，又由谁来删去？

时间已经过去很久，我一人行走在伤痛之中。

已经是深冬了。

丽娜说，逝者已矣，继续生活吧。

是啊，要走的人，我们又怎么能留得住？来这世间一遭，本来就是一个一个地来，走，必定也是孤零零地走，谁又能够知道自己是以怎样的方式告别人世？

这几年，日子难熬，三年三位好友离世，更是让我一次又一次感受到生命的无常，唯有珍惜这活着的每一天，才能对得起那些已离开的爱我的人。

大家都说，想念谁夜里便会梦见谁，可我的这三位好友离开之后，却一次都梦不到。有一次路遇熟人，他拉着我说，我昨天梦到常老师了，她怎么样怎么样。我在想自己为什么不曾梦到过一次？难道是你们不舍得打扰我，只是希望我能好好地生活？

书上说，有的人出现在我们的生命里，只是为了告诉我们一件事，有的人出现在我们生命里，只是为了给我们一次教训。那么，你们出现在我的生命里，又是为了什么？是不是只想告诉我：好好活着，因为我们爱你。

含着泪，我要把你们全部忘记。

人在旅途

余生很短，请各自珍重

圈里都是关于三月的阳光、风、花朵以及美文，冬天终于要过去。收拾收拾棉衣，拿出三月的衣服，上面似乎还留着去年春天的味道，收拾了大半天，慵懒地睡在沙发上，在洗衣机单调的响声中，迷迷糊糊地睡着了。

电话吵醒了我。朋友面前，永远不需要掩饰我的状态，含糊地应了一声，下一秒我就呼地坐了起来。

"你说谁？怎么了？"

"李，肺癌，已经去世！"

脑袋嗡嗡响，我一时有点儿懵，我需要缓缓……我们的高中同学，好朋友，正月我还微信联系他，他没回信息，以为他忙。怎么会？

这太突然了，让人难以接受。

问了几个同学，才知道大概情况：去年九月份查出肺癌晚期，保守治疗，今年正月初七去世，初九出殡……春节在兰州过的，和父母一起，父母初三返回，至今不知道儿子的情况，大概是这样吧。

难以置信，难以接受。我们去年八月一起吃饭，我还在QQ上发了照片，翻出空间，显示八月二十六日。每次他都要抢着付钱，那次我提前安排好了，他还说下次他请，可是说好的下次呢？为什么我们一群朋友什么都不知道呢？翻出微信，正

133

月的聊天记录还在，只是我问了他在哪儿，他没有回答。

从来不曾想过，一些人会突然离开，总以为他们太忙，所以不好多打扰。

他已经不是第一个突然离开的朋友了。二〇〇九年的八月大学毕业十周年之际，大家商量在母校一聚，可是怎么也联系不到班长，六月份和他打电话，他还笑着说要请我们吃红碱淖的鱼，两个月后就联系不到人了。后来托人打听，消息问到了，班长的葬礼刚在一个星期前举行。同学几个去看了他六个月的幼子和年迈的双亲，然后到了他的坟头。纸灰飞起时，一个女生失声痛哭，凄惨之状，不忍叙之。

还记得大学毕业离校时的情景：大雨滂沱，校车一次一次地把学生集中送往火车站，后离校的送先离校的同学，虽然雨很大，但是到处是人。大家都神色凝重，不知是哪个男生失声哭了出来，集体的情绪一下子失控，摇摆的校车顿时成了生离的前沿阵地，一片凄惨。我是较晚离校的一个，不记得楼上楼下为同学们提了多少次东西，只记得，送他们离开后，我的全身都是水，是雨水也是泪水。一个人茫然地站在略显空旷的宿舍楼前，虽然打着伞，但伞内伞外全都是滂沱而下的雨。

毕业时，我们约好十年后见面。可谁知，那一次不经意的转身，却成了很多人生命中永远被定格了的底片，没有被重新洗印的机会，于是，一转身，便是一生。这次意外的事件完全击碎了同学们重聚校园的打算，十年前郑重的约定，就这样流产了。

今年无意中获得一次外出学习的机会，我想借这次机会，和同舍好友聚聚，大家说好了在西安集合，我期待着这来之不易的重逢，我们分开已经整整十三年了。

先接到的是才女的回复：我不来了，你们都已经成家立业，可我依然在漂，连个伴也没有。虽然我自己赚钱，自己买房，工作成绩显著，但是我还是没有把自己嫁出去，你们好好聚吧，完了把相片发到空间里让我看看。她是宿舍的才女，古人所说的"女子无才便是德"大概是对的，或者说这么说也许有其合理性。她因为太有才，而处在了"恃才傲物"的临界点上，男士多看到品貌端庄且清高有才的女子时便自惭形秽、望而止步了，所以她未嫁，也成了虽不合情却合理的事实。有一次和她聊天，她居然略显出了沧桑之慨，说到我的生活与她截然不同的时候，她说道："我什么都有，能力也不差，找一个人怎么就这么难呢？"我只能说人生际遇不同而已。

紧接着收到"媳妇"和霞姐、刘姐的信息，内容大致都一致，星期六、星期天孩子要上培训班，上班时间，学校走不开，假实在不好请。我看了信息后，心中反而觉得轻松了。出来学习的目的之一原是与同学相聚，现在聚不成，反倒觉得任务完成了。其实对于她们的成行问题，我早有预感，因为我和她们一样。毕业这十三年来，从没有为自己活过。家庭、社会、老人、孩子、工作、应酬，干不完的活儿，操不尽的心。对于我们这上有老下有小的中年人来说，老人健康、孩子茁壮成长、工作顺利已是最大的奢求了。她们就是我，我便是她们，我知道每个人都期待重逢，可是重逢却遥遥无期，重逢便成了生命之书中的一小部分空白，在这里我该写什么，怎么写，仍然是未知。生命中不经意的一个转身，就会让我们与很多人擦肩而过，但愿我们能够珍惜今生。

我的高中同学，老公的大学同学，心脏病骤逝。出殡那天，同学们去送他，子幼父迈，家里的顶梁柱断了，这一家人该何以为继。

朋友圈被各种各类信息铺盖，广告占用大量空间，各种各类鸡汤撒得满满当当，各种要求点赞，各种要求转发，各种要求购买，各种要求参团……只有信息，我们关心的人呢？从今天起，我决定屏蔽所有的广告。

我们的朋友多久没有联系了，多久没有聊天了，多久没有更新了，为什么我们都不知道呢？我们每个人都很忙，每天都很忙，可我们在忙什么，为什么忙？忙到最后，亲人不见了，朋友不见了，最可怕的是健康也不见了。

辛苦学习了很多年，辛苦工作了很多年，到后来才发现，四级六级，没有健康，等于没级；博士硕士，没有身体，什么都不是；局长处长，命不长，什么长都不长。

总以为余生很长，我们可以慢慢变老，可余生究竟还有多长，我们谁也不知。

所有人都知道人生是怎样开始的，却没有人知道人生是怎样结束的。突然记起了海子的诗，喂马、劈柴、关心粮食和蔬菜。这些，大概才是我们应该真正去关注的……

朋友，或许我们很忙，忙到很久没有联系；或许我们很累，累得不想张开嘴。可是不管怎样，无论如何，请好好爱自己，照顾好自己。

因为，余生很短，请各自珍重！

遇贼记

本写《捉贼记》，但又觉得我似乎没有那么大能耐也没能捉得贼，充其量是遇贼，故题为《遇贼记》。

——前言

小时候，对"贼"这个字，非常地害怕敏感，因为这是母亲嘴里偷孩子的人的专称。所以小时候玩耍不会跑远，不然怕被贼偷了去。长大后才知道，贼大多是偷东西的，当然也有一部分偷其他东西，比如"偷心贼"。"贼"也不只是偷盗这一个意思，还有很多，例如：害良为贼，杀人不忌为贼，毁则为贼……当然这是后话。

上小学二年级的我，完全没有见过贼，虽然经常听大人说起，但是我还没有真正见过。农村人家家都养狗，我家住在大路边上，篱笆的院墙和大门是挡不住贼的，自然是养了一条大黑狗，但不知道为什么，狗莫名其妙不见了。那时候农村人养的都是土狗，体格健硕，会时不时被一些不务正业的二流子偷去宰杀了吃。农村人一般是不缺狗的，因为几乎每年都会有很多的小狗出生，自然不会缺着，即便有人偷狗，从总体数量上来讲，还是挺多的。偏偏那个夏天，我家的狗"青黄不接"，大狗丢了，小狗也没有。

家里大人要带姐姐哥哥到地里干活儿，我照例待在家里看门，写作业，喂鸡。家里的房子一共五间，一间靠东，另走一个门，房子里放些杂物。另外一个正门一进两开，左手拐进去的一间房子奶奶住着，邻着的房子割出半间是厨房，左边隔墙有一盘大炕，爸妈住着，再向西有一间房子，我们几个孩子住，放了两张大大的写字桌，我们叫书房。书房外的门看起来像是上了一面镜子的柜门，外人不易察觉，以为那就是柜子。房门的左边，挨窗户的地方放了一个早年木匠打的六斗橱柜，两侧开门，中间有一个大空格，下边有三个抽屉，抽屉里放了一些杂七杂八的东西。柜门里放着妈妈补好的袜子围成的袜子团，大空格里放了一个柳编的筐子，筐子里垫了草，以供母鸡下蛋。因为冬天太冷，鸡蛋在外面会被冻破，而且老鼠又多，鸡蛋老被偷吃，放家里保险一些。母鸡下蛋，总会折腾出一些声音，但谁也不放在心上，因为相对于喧闹的院子，这点声音可以忽略不计。

那日晌午，我就在书房看书。

太阳特别大，黄土高原的夏天，一般会有点儿风，可即使是这样，日头还是毒得让人害怕，下地干活儿的人早早就走了，这样赶到三四点就能回来。母亲做的捞饭（米饭煮至半熟，捞出上锅蒸的饭）米汤还在大锅里，那可以让午后回家的劳动者解乏狂饮。

这样的天气，待在房子里看书是很惬意的，陕北的夏天房子里特别的凉快。微微感觉到前面的柜子似乎有声响，又是哪只母鸡进来工作了，见怪不怪，不理它。十分钟过去，柜子还在响，而且没有听到母鸡邀功的咯咯声，这不合理呀。放下书，打开门的一瞬，我愣住了：地上全是破袜子团，有个人直接坐地上在翻柜子。已经忘了那个人穿了什么衣服，只记得他大概有三十几岁。

"你在干什么？"我天真地问。

"我讨口水喝。"他边往起站，边拍身上的土。我们的地是土铺的，既没有砖，也没有水泥。

"你喝米汤吗？"

"喝。"他似乎有点诧异。

"好,你等一下。"

我拿一个大蓝碗沿的吃饭碗,给他满满盛了一碗米汤。他一口气喝完一句话没说,把碗放在桌子上,直接转身走了。

看他离开,我开始捡地上的袜子,边捡边想,讨个水喝为什么要翻柜子?

下午母亲从地头里回来说,刚才前面方叔家捉住了一个贼,被捉送到派出所了。他偷了王叔家的一条新裤子(王叔家阿姨是裁缝),出了门就迫不及待地穿上,正好被叔叔阿姨回来时路上给碰上认了出来,叫人一顿暴打……

我这才知道,来我家的居然是贼!

现在想起来也佩服我自己,大概是天真无邪救了我,或许是母亲教的与人为善救了我,又或许是那碗捞饭米汤救了我……

总之,七岁那年的夏天,当我一个人面对贼的时候,他居然就那么走了,不知是那时候的贼淳朴,还是那时候的我厚道。

再次遇到贼,就是十七岁的冬天了。那时候在上大学,汉中的冬天有些冷,只有单鞋过冬还不行,我得给自己买双暖鞋。可对于月生活费六十元全靠国家补助的我,能省出来多少钱买双鞋呢?狠狠心,带了六十元钱装兜里,和同宿舍老乡兼闺蜜的姐姐一起出了门。

走出了冗长的小关子街,来到了汉中最繁华的十字路口,左拐就有鞋店,店里非常冷清,除了女老板再连一个人也没有。

我刚进去,一位小伙子尾随而至,他也看鞋。忘了他的模样,感觉裤兜似乎动了一下,我下意识地摸了一下兜里,两张钱只剩一张了。我带的钱,一张五十元,一张十元,现在只剩下十元的了。

"我的钱丢了。"我嚷道。

舍友一脸关切地问:"什么时候不见的?"

"就刚才。"

老板娘没有说话,一脸的欲言又止。

那个人准备要走，我站在了门口，伸开胳膊一挡。

"这里的人谁都别想走！"

"姐，你去十字路口叫警察，我在这里看着，看谁还敢走！"

我也不知道哪里来的那么大的勇气，大概是因为贫穷吧。

我们离十字路口不足三十米，就几十步的事，舍友果然直接往外走。

那个年轻小伙子见状乖乖地从兜里掏出五十元给我，趁我看钱的那一瞬，一溜烟不见了。

我和舍友、老板娘都松了一口气，但不知道为什么，老板娘自始至终没有说一句话。

后来我的鞋也没买成，因为我们俩的后面不知道从什么时候开始一直跟着三个年轻人，我们走到哪儿他们就走到哪儿，后来还是回到校园后我俩七拐八拐把他们甩掉的。魂儿都快被吓掉了，哪里还有心思买鞋呀。这才明白老板娘为何不敢说话了，我们这些和尚可以走，她的那庙可挪不动。

好在钱没有丢啊。

回到宿舍，说起经历，舍友们被惊得目瞪口呆，被偷走了的钱居然还能要回来。不过那天下午，我俩也吓得没有下楼去吃饭，怕被那些贼认出。原来贫穷有时候也可以激发一个人的无限的勇气和斗志。

时过境迁，数年后站在讲台上的我，历数当年我的丰功伟绩的时候，收获了一批又一批的小粉丝，他们哪里能体会得到贫穷与苦难给人的印象会刻骨铭心。

偷炭记

今年冬天是暖冬，让人感觉不到多少寒意。偶尔的一次降温幅度也不大，零零星星不成系统，像老天闹着玩似的。这两天气温骤降，像是慈母突然变成严父了，要给孩子们一些颜色看看。

烧着暖气，窝在被子里看书，好不惬意。突然收到高中舍友的一则微信，一看内容我乐了。我和她之间的故事多与炭有关，她让我帮忙问问今年的炭价，因为我的公婆在集镇上住着，方便问到价钱。这家伙，怎么会想到这个？现在不是都烧天然气吗？哦，我记起来了，她的爸妈还在农村。这让我想起了和她在一起的特殊经历——偷炭。

上高中的时候天气真冷，我们女生宿舍在西楼，坐西面东的窑洞式建筑。最初的宿舍里有一盘大炕，一个宿舍住着六至八位女生，究竟是几个都记不清了，就记得满满一炕，挤着住尚且暖和，但是这些炕下面大多有老鼠洞，所以炕洞不通烧不上火。每次开始烧火，宿舍里面全是烟，熏得没法住人，后来姐妹们干脆不烧火，反正大家挤挤睡下，互相取暖也可以凑合着过冬。唯一不足的是早晨起来地上洗脸盆里的水会结冰，倒也倒不出来，用又用不成。后来学校周边老有人一氧化碳中毒，为了安全起见，学校把炕打了，换成了上下铺的床。

这下宿舍分到的二百斤炭就严重不够烧了。

宿舍上下铺比以前省地方了，一个宿舍住六个人觉得清冷。被改造之后的宿舍需要烧火炉，但因为烟囱是直的，炉筒又短，所以炉火特别旺。房子还没有温气儿，一炉子炭就烧完了。学校分给每个宿舍的炭，只在墙角堆了两三块大的和一些小炭渣，如果不省着点儿烧，三天都烧不过就没了。又因为同学们分开睡，所以互相不能取暖，一晚上冷得哆哆嗦嗦难以入睡。后来同学们发明了"同床异枕"的睡觉方法，两个人的褥子和被子合起来铺盖，打颠倒睡，也就是"互捧臭脚"，但即使这样也还是冷。房子里冻得伸不出脑袋，晚上睡觉要戴上帽子。想要买炭，那时的学生大多比较穷，也没钱。那时一顿饭钱也就几毛钱，一百斤炭得六七块钱，整个西楼上下几十个宿舍，只有二楼南角的三号宿舍能买得起，同学们只好到那里蹭火，尤其是洗完头发之后的长头发女生。那时候也没有吹风机，零下几十度，湿的头发出去，马上变成了冰棍，但是那个宿舍平时人都多，大家也不便多去，既然这样，就只有一个办法——去偷炭。

在学校院子的最中央，有学生灶。学生灶的后面有院子，里面堆了小山一样的炭，外面有一个大铁栅栏。平日里锁着，里面通往学生灶的后厨。偷炭的一般是男生，所以早晨来到教室，他们总是吹嘘宿舍里热得不行，得开窗户，这可羡煞了女生，但女生胆小，一般这样的事儿想都不想。我们宿舍稍有不同，因为我们宿舍有一位体育生，气力大、胆子大，就多了些豪气。几个女同学相约晚上熄灯后去偷炭，我本不敢，但在集体力量的感召下，我也成了其中的一分子，负责照人放哨，她们负责搬炭。

寒冷的冬天，黑漆漆的夜晚。她身形矫健，翻进了栅栏，从栅栏下面递出炭，有三四个女同学负责往宿舍搬，我就跟在她们后面，手里拿最小的一块一路小跑。回来一看战利品，其实并不多，除了她搬的最大的一块，其他的相对都小，总共也就两三百斤的样子，这也比其他宿舍多多了。等大家点起蜡烛，互相看着乌黑的手和花猫般的脸，指指点点笑作一团，我照例是被嘲笑的对象。因为逃离时路边蹿出一只猫，吓得我屁滚尿流，不单摔了一跤，还险些叫出声来。后来各位舍友嫌我坏事,干脆不叫我去,就让我在宿舍里码那些搬回来的炭。因为这位可爱的体育女生,我们宿舍过冬,比别的女生宿舍多了一些暖气,多了一丝热度,也多了隔壁的长头发女生。每次靠在她坚实的背上,打心眼儿里觉得温暖与安心。

整个读书期间,对于炉火的记忆尤为深刻。小学时的温暖是妈妈烧热的炕头。初中每到初冬,和哥哥姐姐到山里去捡柴火,更像是集体的狂欢。高中的偷炭经历,让我真真切切地感受了一把什么叫"做贼心虚""鬼鬼祟祟""夜黑风高"……

今天,她的一则微信,勾起了我的回忆,寒冷的冬天又多了一丝独特的源自她的温暖。

拦鸡记

大家听说过猪倌、羊倌、牧童，但大家听说过"鸡倌"或者"拦鸡"吗? 估计是没有，因为我也没有听说过。但着实，我就做过这样的事情——拦鸡。

陕北的孩子都知道，大家对"放羊"称之为"拦羊"，与之同理，我便把"放鸡"称为"拦鸡"。

为什么"拦鸡"呢?

小时候家里经济并不宽裕，母亲每年要喂一头猪，等到年底杀了过年。喂一些鸡，公鸡会卖掉一些，留一两只过年吃，一群母鸡下蛋，除了供给奶奶一天吃的一颗蛋，大多数鸡蛋拿到集市上去卖，我就是家里那个专职卖鸡蛋的。乡里五天一个集，一块钱十五颗鸡蛋，后来十三颗，十颗。现在买鸡蛋，一颗一块五，好贵，觉得当年鸡蛋真的好便宜。偶尔一次，卖贵一点点，我能兴奋上三五天。不要看鸡个头小，它们挺能吃的，粮食紧着喂猪，夏天、秋天鸡主要吃各种菜叶子，或者吃我和哥哥从地里拔回来的草。春天青黄不接的时候，就会出去拦鸡，因为空地上会早早冒出一些野草，而且会有许多的小昆虫，各种叫出名叫不出名的。它们大多是爬行，偶尔会飞起，也不十分高，鸡完全可以捕捉。而拦鸡这项艰巨的任务，一般由我这个专职盯鸡蛋的孩子来完成。

鸡该怎么拦呢? 羊怎么拦，鸡就怎么拦。不过是拦鸡要受到的限制性条件较多，一年只有那么一两个月适合，其他时间都不可以。

拦鸡只可以在春季。冬天的荒漠一片冷寂，自是不可；夏季秋季，地里都有庄稼，草也长得肥，一般会把草拔回来喂它们；只有春季，小草刚露头，拔着太费力，而且遍地是营养丰富的"大红牛""黑豆牛牛"（陕北人叫各类昆虫为"牛牛"），这是大鸡们的最爱，自然只有春天才可以拦鸡，而且要赶在田里尚未播种之前这段时间才行。

拦鸡最好在每天的下午进行。早晨起来，鸡太饿了，拣地里的野味根本不足以填饱它们的肚子，更何况早起的虫子被鸟吃，那些虫子也不傻，况且我还要上学，也没有时间。中午大多数鸡是需要休息的，慵懒地躺在土坑里，晒着太阳，它们对玩的兴趣远远大于对吃的兴趣。只有到了下午，天气微凉，午后晒过的土地散发出泥土的芬芳，小虫子们都三三两两出来活动，地上爬的、空中飞的，小鸡们对这个更感兴趣。这些小虫子，也算是以素食为主的鸡们的荤菜了。放学后的我带着它们出去吃虫、散步、玩游戏，这大概是小鸡们乐意被我带出去的"信可乐"之处吧。

拦鸡有诸多前提。第一条便是鸡群的组成。成年鸡是不适合拦的，它们一旦出去，既兴奋又激动，恨不得能展翅高飞，认得你这"鸡倌"是老几啊？太小的鸡仔也不可以拦，它们的速度太慢，在这地广人稀的大西北，走不到几步，就该天黑了。鸡群的数量也不宜太多，二十多只或三十只左右最好。太少，支零散碎；太多，又会一盘散沙。选择一只成年的大母鸡，带上一只大公鸡，然后再带上二三十只四十天左右的半大小鸡，这是拦鸡队伍的最佳搭配。虽然在院子里显示不出大公鸡的号召力，但一旦出了院子，雄性的魅力就立刻展现了出来，的确有"领头鸡"的魅力和效果。

第二点是拦鸡的地点要选好。首先应当是沙地，周围没有住户，这样免去了不懂事的鸡吃了人家蔬菜的麻烦。其次是这块荒地不同于普通的光秃秃的沙地，需要长一些草的。因为只有这种地方，才会有嫩嫩的青草芽和昆虫。

万事开头难。第一次出去拦鸡，我挑了一根最长的向日葵的秆子拿着，虽然有大公鸡、老母鸡带着，鸡队伍也难免会出现纪律不严明的现象，在往目的地走的路上，稍微有风吹草动，鸡群就会溃不成军。好在目的地在离家不足百米的地方。后来每一次出去，都算是短距离的急行军，少了很多麻烦。

第一次郊游的小鸡好奇心太强，扑腾追逐、嬉戏玩闹，对啄食的兴趣并不大，偶尔听到老母鸡咕咕的叫声，它们才一窝蜂似地往一起凑。后来玩闹够了，便学大鸡的样子，歪着脖子、斜着眼睛看沙子，只要有小虫子飞动，它们就会迅速地下嘴。

后来鸡队伍习惯了出去，便偶尔走得稍远一点。它们玩它们的，我玩我的，不过是互相搭个伙同行。沙梁上暖暖的，晒了一天的沙子，到了下午舒服得如一盘大炕。坐在沙堆上玩玩小虫子，吹吹风，很是惬意。

沙地的坑洼处长了些小草，小小的，有的开着黄花，有的开着蓝花，时不时会有蝴蝶光顾。有兴趣时就起来追蝴蝶玩，没兴趣时就坐在沙地上看虫子，偶尔跑来的小蜥蜴好奇地看着我，然后如鬼魅般迅速离开。或者我也如同小鸡般，去扑大虫子、小虫子，红的、黄的、白的……偶尔还有透明翅膀的，装在瓶子里带回家去喂鸡。回家的路上，会拽几根柳枝回去，让哥哥给我拧"密密"（普通话应该是柳笛）吹，可以响大半个春季。"密密"有长的、短的，声音各不相同，长的低沉，短的嘹亮。有时候偶尔得一只特别喜欢的，怕放到第二天失去了水分，变了声，就直接泡在水缸里。短"密密"经常会被忙碌的母亲和水一起下到锅里做饭，招来姐姐们的白眼。

被放养的小鸡长得很快，如疯长的我，童年的日子也过得飞快，什么时候结束的已经记不清了。现在回忆起来反倒觉得清贫的生活给我的乐趣，远远地多于现在生活富裕的孩子。也正是这样的生活经历，带给了我们更多面对生活的勇气。

养鸟记

人生中有很多经历，如长在生命深处没有痊愈的伤疤，一碰就疼，所以很多事情不愿意再去触及，很多经历不愿意再去提起，例如养鸟。

哥哥喜欢小动物，天上跑的，地里爬的，水里游的，他几乎都养过。我是他带大的，他走一步，我跟一步，被他的玩伴称作"肉尾巴"，所以他的喜好就是我的喜好。

哥哥小时候养过很多鸟，但在小学四年级以后再也没有养了，直到近几年怕老父亲待在家里无聊，哥哥又给他买回一些鹦鹉喂着玩儿。那时候养鸟，纯属偶然，并不是现在意义上严格的养鸟。小时候家里的房子都是土坯的，老鼠很多，所以几乎家家都会喂猫，猫来治鼠，猫的待遇要比狗的好，因为它可以堂而皇之地登上土炕，卧在炕头。孩子们也乐意逗它们玩儿，给它们寻觅食物，所以鸟只是猫食之一。孩提时淘气，会跟在哥哥屁股后面掏鸟窝，捉那些小鸟回来喂猫。那时候并不懂得什么是生命，什么是活物，只觉得好玩罢了。因为掏鸟窝，戳烂了别人家屋顶上的瓦，被人家的狗追着跑的经历虽然不多，但也是有的。鸟蛋、没长毛的小鸟、长了稀疏几根毛的小鸟、嘴岔全是黄的小鸟，全都"鸟入猫口"了。而羽毛已经长齐、嘴角微微有点黄的鸟，大多已经学会了滑翔，所以一般会飞走，抓不住的。当然偶尔也有呆鸟，忘记飞走，便被我们带回家。这么大小的鸟，会被我和哥

147

哥放在家里养着，给它们的脚上拴上一根长长的线绳就可以了。它只会在家里飞，一般也活不久。因为太小，它们还要人喂食。把小米泡软，把小鸟的嘴给掰开了小心地喂，难度很大，而且吃得多少不好把握，吃了米之后的小鸟，肠胃一旦不能适应便会拉稀，所以小鸟大多数会夭折，偶尔有一两只喂活的，独自可飞翔之后就放了，它们也都是一去不复返。我们捉回家的鸟，普通的麻雀居多，因为只有麻雀才会在较低的屋檐下筑巢，其他的鸟会把窝建在高一点的树枝上，我们也够不着。当然也有例外，会偶尔捉到黄鹂，例如四年级时喂养的小黄。

小黄就是一只小黄鹂，而且它到我家正值其时，小黄是用小虫子喂大的。春天来了，家里的米起虫子，没有出窝的小黄被我和哥哥从鸟窝里带了回来，没有给它吃小米，直接喂虫子。米虫很多，小黄长得很快，而且吃虫子似乎营养均衡，类似婴儿吃母乳。小黄健康长大，而且能认出人，一看见我和哥哥，就快乐地叫着并飞到我们身上来，见到家里其他人也不躲，一副"我就是家里人"的感觉。

它很快可以独立飞翔了。我和哥哥每天要上学，没有时间好好养它。一天早晨，我们打开窗户让它飞走，它开始还犹豫了一下，后来发现可以飞出去，翅膀一扑腾就飞走了。放学回家，看着开着的窗户和书桌上独自开放的水灵灵花，一阵难过。前一段时间，吃完虫子的小黄时常会唱歌，或者趴在我手里闭目养神。它睡在我手里，我趴在桌上，看着水灵灵的花儿在太阳的照耀下慢慢地打开，神奇而美好。

傍晚时分，听到窗外熟悉的声音，打开窗户，小黄突然飞了进来，它居然飞回来了。后来等我读到陶渊明的"鸟倦飞而知还"的时候才明白，小黄早就把这里当作家了，既然是家，它自然会回来。

后来，它成了我们行走在空中的家人。

走在田野的路上，身边跟着大黄狗，它在天上时而前时而后，时而隐时而现。那时候北方农村很少有人养鸟，它成了我在同学面前炫耀的资本，动辄就会说，我们家的鸟……

很神奇的是它不论飞多远都不会走丢。我们回家时，它肯定已经先到家了。院子里的石台上，晒着一些长虫的米，麻雀总来吃米，我的小黄站在米上，却只吃虫子，不吃米。

快乐的日子终于腊月。

腊月我们几个放寒假了，母亲又开始要做年茶饭，会忙一阵子。炸油糕、油馍，生豆芽，做浑酒，杀鸡……其中还有漏粉条。我们这里盛产土豆，所以每年秋天土豆挖回来后都要挑拣，大个儿的下地窖，小的会打磨析出淀粉，冬天把淀粉做成粉条晒干了供一年吃，剩下的土豆渣滓捏成团，晾干后喂猪喂鸡。漏粉条是个大工程，一般从早上起来一家人要忙到下午，如挂面一样挂出好几架子才完。

做粉条需要一家人全部上手，从厨房到院子都在忙。和面的和面，压面的压面，有人捞粉，还有人要往架子上搭粉条……全家总动员。可偏偏那日早晨，小黄很不安生。它老是追在从厨房往出端粉条的二姐身后，低低飞翔，来来回回，不知疲倦。我在外面的大盆边上捞粉，哥哥往架子上搭，突然听见二姐叫了一声"哎呦"，再不说话，我和哥哥冲进屋子时就看见她手里的小黄，脑袋已经耷拉了，小眼睛半闭。它被二姐一不小心踩到，伤重死了。

我和哥哥用捡来的玻璃给它制了一个小棺材，把它埋在了院子门口西边的大树下，让它能听到树叶的沙沙声，也能看到进进出出的我们。

时过境迁，当年的老屋已几易其手，当年的大树早已不见。回忆往事，依然会清晰地记得小黄的叫声和水灵灵花绽放的声音。城市喧嚣，已经很难再去安放一颗不染纤尘的心。人生匆匆，回忆往事，多少人都成了生命中的过客。由衷地说一句，感谢你曾出现在我的生命中，陪我度过一段快乐的时光。

梦里沙枣飘香

　　我现在很少和孩子们提起沙枣，因为孩子们已经不知道什么是沙枣了，可对于我来说，沙枣飘香的童年，是我最难忘的岁月。

　　"小时候家里孩子多"这个反复在影视和文学作品里出现的句子，对我来说的确是事实。小时候家里的孩子真的不少，我们一共姊妹四个，我最小，所以大家一般都惯着我，即使这样，一年也很少有糖吃，因为那东西是只有过年才会有的。

　　每年过年妈妈总会有一个固定的程序——分糖，她总会给我和哥哥多分几颗，其实最多也就能分十来颗。两个姐姐舍不得吃，最后都到了我和哥哥的兜里，哥哥舍不得吃，最后糖都到了我的兜里。那种感觉总是甜甜的，可再甜的感觉也不如糖的味道，糖最后都到了我的肚子里。正月完了，糖也就没有了，看着别人吃糖，咽口水都能咽饱！过完年，我就很少能吃着糖了。

　　奶奶有糖，是冰糖。奶奶的冰糖是被锁起来的，一个特别大的木头箱子是奶奶的"百宝箱"，里面有很多的新奇玩意儿，让幼时的我对每一次开箱子都充满了期盼与好奇。里面有红色的小玛瑙珠子，有银质的小小的"十八般武器"，有各种形状的"针扎扎"……最吸引我的，当然还是被奶奶用白布裹了一层又一层的冰糖。冰糖有两大块，每块大概有爸爸的拳头那么大，似乎很硬很硬，因为每一次奶奶给我吃，似乎都敲不碎，每一次我都只能贪婪地看着冰糖，吃到一点点的糖渣渣，根本就不能解馋。记得只有一次，我生病了，什么都不吃，急坏了一家人，就那一次，奶奶打开她的大木头箱子，给我敲了一块拇指大小的冰糖，可是因为生病，我居然没有吃出甜的味道，后来病好了，为此懊悔不已。

二姐在旁边的小学读书，很难得有一半次会拿一颗同学给的糖回来。她会把一颗糖放在嘴里，一咬两半，大的一半给我，小的一半给哥哥，自己只能品品嘴里还剩的那点儿糖的小碎屑，然后就站在一边看我俩吃糖的高兴劲儿。那时候的糖可真甜！童年记忆中的二姐的笑容，深深地定格在我的心中——傻傻的、黑黑的、缺了门牙的、扎着两个小牛角辫子的、穿着小花格子的女孩儿，她笑得比糖还甜。

爸爸那个时候是农场的文书，妈妈是文盲，没有工作，家里也没有地，所以要供养四个孩子，非常难。后来妈妈就借了亲戚的三亩荒地，种了一些旱地长的农作物。荒地离我们家很远，路也不太好走。在大姐的带领下，我们这串小孩儿可以帮妈妈做一些力所能及的事情。我特别喜欢去那里，因为在荒地的地头，有两棵高大的沙枣树，还有一些野生的沙棘。每年沙枣开花的时候，空气里弥漫的都是甜甜的味道，这种味道如糖一般甜蜜，让我早早开始馋沙枣的味道。

很快，夏天来了，姐姐带着我们去锄地，实际上是我陪他们去锄地，因为我太小，根本锄不了地。睡在大大的树荫下，看着树上结出的小小的沙枣，想象着秋天的枣香，满脑子里、嘴里、肚里全是它。

初秋，沙枣开始成熟，特别是向阳的地方，早早就由绿变白，由白变黄，如果黄里再透一点微微的红，那就更好了。这样的沙枣既不酸也不涩，是最好吃的。沙枣树太高，我够不着，所以要会爬树的哥哥去摘，他总会折一大枝，挑最黄的枣子给我。沙枣树不像一般的树，树上会有很多的枝杈，哥哥的裤子经常会被挂破，被妈妈骂，甚至会因此而挨打，可哥哥从来都不拒绝我的要求，总会尽自己的努力满足我所有的要求。

后来哥哥上学了，我也上学了，他高我一级。

我没有小女孩们戴着的美丽发卡、绸布、小徽章，大多数小女孩儿拿着的美丽的贝壳油，我也没有。少不更事的我总想拿一样只有我有而她们没有的东西。

一次，妈妈不在家，哥哥给我梳小辫子，我嫌不好看，赌气不去学校。哥哥哄我说如果我去学校，他就给我弄条沙枣核项链，我兴奋极了！

哥哥用沙枣核给我制了一条项链。那是一个刚懂得爱美的虚荣的小女孩儿收到的第一份礼物。

沙枣核略小于普通的枣核，它的两头椭圆，不像普通枣核那么尖，中间也没有枣核那么鼓，表面有天然的纹理相间，一道深一道浅，很是好看。哥哥把线搓成细绳，不知用什么方法从坚硬的沙枣核中间穿过，给我串了一条项链。

项链做好，我就兴奋地戴着项链连蹦带跳地给小伙伴儿们显摆去了。

我永远不会知道，八岁的哥哥费了多大的劲儿给我做了这条项链。

童年在我渐渐变短的裤腿里消逝，不知什么时候我们已为人父为人母了，每次给孩子买衣服，总会觉得孩子长得真快，裤子又短了。这时才想起小时候妈妈常唠叨的一句话——裤子又短了！

原来童年离我们已经那么遥远了。

那天与同事们出去吃饭，饭店是一个宁夏人开的清真餐厅，进去之后服务员为我们每人泡了一杯八宝茶，这时候突然有一股熟悉的味道飘出来，仔细一看，八宝茶里居然有沙枣！一瞬间，我仿佛又回到了童年，回到了那段沙枣飘香的岁月。

赶 集

集，是农村最热闹的。

"赶集"是家乡当年商品经济不发达时候遗留下来的一种贸易形式。每隔五天一次的集，宛如农村人的节日，是最热闹的时候。

我住的小镇以前叫乡，乡镇向北不足 10 公里就是内蒙古的地界，而且这 10 公里全是毛乌素沙漠，我们就住在沙漠的边缘。平时大路上行人并不多，只有在集市上，才能看到从四面八方赶来的人。大多数人来的时候都是带东西的，以便互相交易。你的二斤茄子换我的三斤豆角，你的三个鸡蛋换我的一绺粗麻线，大家偶尔也会有现金交易，但是非常少，大多数还是物与物互换，以致我在上大学之前一直认为别的地方也是这样的。有一次大学同学聊天，说到鸡蛋的价格，我说我们那里十颗鸡蛋一元钱。有同学就说，你们那里怎么那么落后？我们的鸡蛋都是称斤买卖的，哪有数个儿卖的？吓得我再没有敢说话。

因为我们这里地广人稀，只有在赶集的时候才能见到很多人，平时左邻右舍就十多户人家，所以小时候即使不买东西，也特别喜欢去赶集，因为在集市上，能看到很多的人，能见到很多平时不能见到的东西，比如骑着马的蒙古人或者是赶着骆驼的"沙里人"。"沙里"是指住在毛乌素沙漠深处的人家，外表上看不出他们是什么民族，只从赶着骆驼可以约略判断出他们大概是蒙古族人，因为地"滩"

的人是很少赶着骆驼来的。这里的集市上经常会看到蒙古人骑着高头大马来赶集，他们的马可漂亮了。

除了赶集，他们也会在每年春秋两季进行赛马。

蒙古人把马打扮得非常漂亮。马的打扮要从马嘴开始说起，辔头、鞍鞯全副武装，特别是马身上色泽鲜艳的配饰尤为抢眼。马鬃毛和马尾大多会扎起来，像小姑娘满头的小辫子，上面扎上红色或暗红色的绸带，马鞍下垫着的是用各色花布拼接而成的垫子。马鞍的两旁会点缀一些小铃铛，特别是马的脑袋上，也会盘一圈。马的主人牵着精心装饰过的马在集市上走过，是极有脸面的一件事，特别是马身上铃铛发出的声音煞是响亮，很显派头。

参加比赛的马就是这样装饰好的马。

没有专人组织，也没有什么奖金、奖品之类的东西，赛马的目的只是为了博大家一乐，大家想玩就玩。

有赛马的时候，大家都像收到了通知似地集中在大路上，也就是我家西边通向沙漠的那条南北大路。人们早早等在路两边，路两边的树上、土墙上，甚至路边人家的屋顶上都会站满、坐满了人。四面八方熙熙攘攘的，还有不断聚来的人，远远看，只见人头攒动。树上、墙上、屋顶上的大多是孩子，老人们会坐在离大路稍微远一点的大树下拉家常。

赛马从什么地方开始的我也不知道，只是远远地看见尘土飞扬，听着鸾铃的声音越来越近，就知道马快要过来了。不赛马的话，鸾铃的声音不会那么响，节奏也很慢，而赛马时鸾铃声又响又亮，能感觉到节奏的迅疾。远远听到声音，大路上的人就会向大路两边退开，尽可能让大路宽一些。远远看到马蹄扬起的尘土，迅速往这边滚动，如一阵疾风，眨眼就到眼前了。路两旁人声沸腾，大人的呵斥声、孩子的哭闹声、少年的呼哨声、壮汉的吆喝声响作一片。只在一刹那间，几乎看不到马的具体模样就一闪而过了。马奔腾而过后，空气里弥漫着一种膻腥味，搅和着尘土味和马粪味。紧接着就会在不远处的十字路口传来呐喊声，因为胜负已定，大家一欢而散。由于这种比赛路径不确定，而且也没有严格的时间限定，经常会听说谁家的孩子没来得及躲开，被马踏伤或者是马惊了之后伤到人的事情，所以每次集上，妈妈都叮嘱我要靠路边走，如果有赛马的话，一般就不让我到大路上看，就在家里的墙边支一架梯子，站在梯子上看。

小时候的集市上除了有蒙古人，更多的是十里八村的普通汉族人，偶尔会有回族女人包着头巾来集市上，也会有人赶着骆驼来赶集，所以小时候的集市上很热闹，但这种热闹的时间很短，大概就两到三个小时，因为路远，住在沙漠深处的人如果要来赶集，早晨要早起做饭，早早吃了然后出发，到集市上也就中午了，买好了东西返回家，太阳都快要落山了，所以都不会逗留太久。

起集的时间大概在中午十二点，地点就在乡政府面前那条东西的大路上。大路两边有些平房，有几家商铺，最气派的商店是农场的百货商店和供销社。百货商店和供销社屋檐下大概有两米宽的水泥台，大家都喜欢买卖或是交易完东西之后坐在那里乘凉。小商贩的东西大多就直接摆在黄土地上或者在地上铺一块塑料布，会有新衣服、旧衣服、玩具、农具……五花八门，应有尽有，奶奶叫这些人是挑货郎，我想这大概是对小商贩最古老的称呼吧。

那时候最好的交通工具就是驴车或者是马车，因为要购东西回家，或者赶集会带老人孩子，所以大多赶集的人不会骑着马来，而是给驴或者马套上车子，这样马车上就会坐着一家老小。骑马的蒙古人一般是一个人来赶集，马背上会搭个褡裢，回家的时候褡裢会变得鼓鼓的。偶尔，他们的马背上会带着小孩子，小孩子的脸蛋儿红红的，与汉族的小孩有些不同，他们说蒙语。曾记得小时候班里也有过两个蒙古族的同学，他们教我简单的口语，例如：你好、吃饭、谢谢等，还似乎记得有个发音是"它拉而盖"（音译）。来赶集的蒙古人一般都会一些汉语，用汉语交流基本没问题。

如果是在平时，大路上走的人经常会来家里要水喝，但是到了有集的那一天，人太多，只有熟人会来要水喝，大多数的过路人是不会随便来家里的，所以集市上就有卖水的生意。邻居家的孩子要大我几岁，他们经常会抬一桶水出去。水就是从水井里打上来的井水，里面加入糖精，糖精很甜，一桶水放四五粒黄米粒大小的就可以了。桶上搁上一块玻璃，玻璃上放两个大小不一的水杯，一大杯水二分钱，小杯水一分钱，站在树荫下，一桶水一会儿就卖完了。

奶奶特别喜欢赶集，除了喜欢到人多的地方去和老头儿老太太聊天外，还喜欢吃集市上的荞面凉粉，她几乎每个集都去。后来奶奶瘫在了炕上，行动不便，到了有集的时候，我和哥哥或者姐姐就会拉着板车把她送到供销社面前的树荫下坐一会儿，吃碗凉粉再拉回来。

记得有一次，哥哥和姐姐也禁不住诱惑去卖水，两个人抬了一大桶水到集市上，一路上走走歇歇好几次，终于到了人最多的地方——供销社门口，在那里开业。那时候奶奶还能自己走，就跟着我们一起去，我们卖水，她在旁边和老太太们聊天。如果生意好的话，一桶水会换回来好多东西，例如冰棍、杏子、毛桃还有瓜子等。特别是瓜子，不知道为什么，集上的瓜子味道特别好，一粒瓜子在嘴里的香味能留老半天，特别是沙里人拿来的五香瓜子，能含在嘴里猛咽几口口水，据说五香瓜子是用调料水煮熟了放在太阳底下晒干的，所以特别脆。卖水的生意也不是一直很好，如果正好赶上有好几个小孩卖水，或者是别人家的水杯比自己家的大，水就会卖得极慢或者干脆要重新抬回家。夏天天气太热，如果水被太阳晒得时间久变温了，也不好卖，所以哥哥姐姐们似乎也没有经常去，只是偶尔去一两次。后来他们都上学了，怕碰上同学被人家笑话，也就没有再去。

骑马的蒙古人在集市上很少买水喝，因为他们自己带水袋，汉族人大多没有这样的习惯。下午两点一过，三三两两的人就开始返回了，骑马的蒙古人也会缓缓离去。虽然水卖得好不好不一定，但是肯定会有"寻吃的"要水喝。他们是类似现在乞丐或者流浪汉之类的人，但是又不相同。奶奶不让叫"讨吃的"，说这些人是可怜人，不要说"讨"，要说"寻"，寻吃的也是一种谋生活的办法。这些人一般穿得比较破旧，补丁摞补丁，但是大多数会弄得干净利索，而且都是上了年纪的老人。不像现在的流浪汉，穿得虽然不破烂，但是油污满身，很多都是青壮年。家里来"寻吃的"如果遇到饭点，大人就会给他们饭吃，如果吃过了或者没有饭，就会给他们肩膀上搭的褡裢里装一勺小米或者黄米，给他们喝点水打发了。

夏天门外的西边有一排大杨树，树荫一大片，会有赶集的人坐在树荫下歇歇脚，奶奶腿脚不利索之后，有时候从早晨十点就坐在树下了，就为了和来来往往的路人拉拉话，有时候拉话拉到饭熟了还叫不回去。平时家里大人要干活儿，孩子们都上学，也极少有人陪奶奶聊天，只有在有集的时候，奶奶才能见到那么多的人，也只有集上才有那么多的人和她拉话，所以她如果不去赶集就一定会坐在门口的大树下和路过时歇脚的路人聊天。

大杨树就长在大路旁，哥哥爬到高高的杨树上，把绳子绑在两树之间，把家里的小板凳架在绳子上就是一架秋千。每次集散的时候，我都会拿着小板凳架在绳子上去荡秋千。秋千会荡得好高好高，甚至高到可以看到沙梁那边骑马返回的蒙古人。返程的人们总会诧异我的玩法和胆量，我也很是享受大家的评价："看那个孩子厉不厉害，能荡那么高……"

夏天日子长，赶集的人多；冬天日子短，赶集的人也少。小时候的冬天特别冷，但自有冬天的乐趣。冬天的集市上最诱人的就是卖羊杂碎的小摊儿，那香味能飘十里地，实在香啊。现在想起都口水直流，一毛钱一碗的羊杂碎能吃出年的味道。那时候的羊杂碎和现在街上的羊杂碎不同，没有其它辅料，就是纯粹的羊杂，汤浓味美，只在最上面漂一点点的葱花，味道实在是现在的羊杂碎难以企及的。冬天的集上会有说书的老艺人说书，据说现在的说书已经成为非物质文化遗产了。那时候说书的人一般都是瞎子（方言里对盲人的称呼），就记得当时说书最好的是谢瞎子，奶奶搂着我坐在洋车车（奶奶对板车的称呼）上能听几个小时。不知道那些艺人靠什么生活，反正是没有人给钱，也就这个给一颗梨，那个给几个枣。一般说书的都是一个年老的瞎子带一个十五六岁的姑娘，瞎子腿上绑着快板，怀里抱着三弦，边弹边打边唱，小姑娘手里拿个什么东西，偶尔发出清脆的声音，然后和老者对唱。

奶奶的脚是标准的三寸金莲，站不了多久，所以我们经常会拉个板车去听说书，大家挤在一起暖暖和和坐着听。最先开始听书时，对于三四岁的孩子来说，实在不是什么好玩的事情，所以老想着溜，奶奶说，如果我溜了，被谢瞎子看见，就会被他带走，吓得我乖乖地靠在她怀里。时间久了，居然觉得三弦的铮铮声很好听，至于那些人的唱词是什么，一句都听不懂。就看着奶奶笑的时候，我跟着笑，奶奶哭的时候，我跟着哭。偶尔，也会窝在奶奶的怀里睡着，什么时候回的家，自己也不知道。姐姐哥哥估摸着集快散的时候会来找我们一老一小，一般情况下，我会蹭奶奶的专车回家，如果只有哥哥或者一个姐姐来找时，我就得自己走回家了，因为街道都是土路，凭哥哥或姐姐一个人，是拉不动我们这一老一小的。

太阳偏西，哥哥和姐姐一个拉车一个推车，影子，会拉得很长很长……

奶奶去世已经二十七年了，当年的土路早已经变成了柏油马路，两边的大杨树被砍了，取而代之的是一幢幢楼房。以前的房子也卖掉好多年了，大路上再也听不到鸾铃声了，也鲜有马匹经过。童年早已成为了遥不可及的回忆，偶尔在某个夜晚，闯入我的梦里……

豆腐巷的豆腐

昨天晚上十点，楼上芬芬送下来一块榆林豆腐，说他爸爸去榆林刚回来，带回来了榆林豆腐。在沙发上躺着的孩儿他爸突然就坐了起来，忙忙地去切了几块豆腐放在蒸锅上蒸，刚几分钟就开始吃了，豆腐蘸着醋蒜吃，吃出了豆腐巷的豆腐味。

榆林的豆腐驰名已久，据说榆林的豆腐是用桃花水做的，所以鲜嫩无比，吃了榆林的豆腐，榆林姑娘也就长得妖媚动人，皮肤嫩得如榆林的豆腐，所以榆林也盛产美女。

我和哥哥补习的时候就住在豆腐巷，豆腐巷的巷口有两家很大的豆腐坊，每天早晨天还不亮，豆腐坊就已经热气腾腾的，远近弥漫着浓浓的豆香味。我和哥哥经常买二斤豆腐，水煮着吃，放上一包在巷口买的一块钱十包的调料包，再蒸一点米饭就是一顿美餐了。这样的饭我们经常吃，而且都是哥哥做的。

豆腐巷离我们上学的地方五百多米，旧榆林一中就在北大街的旁边，豆腐巷就在城墙根儿下，走几分钟就到了。

第一次到榆林时，我们带着铺盖卷儿无处落脚，就把行李放在了榆林师范，那里有父亲的同学，然后出去租房子。榆林街巷七拐八弯，巷道幽深而繁多，在我们看来这些巷道名字叫得更是离奇古怪。米面巷、挂面巷、砂锅巷、曹腊肉巷、豆腐巷……到榆林算我和哥哥第一次出远门，那时候从榆林到靖边的车得走上四个半小时，而且一天只有几趟。到了榆林之后，人生地不熟，一切都得自己来。联系好了学校之后，学校不安排补习生住宿，我们需要在学校周边租房子住。如果只是几位女同学住的话，担心有安全问题，所以不得不和几位男同学租在一起，这样方便照应。

找了好多家都不合适，不是价钱太贵就是房子全是南房，阴暗潮湿。对于北方人来说，南房在冬天是不行的，太阴冷。找来找去，后来找到了豆腐巷的四号。房子的主家是一对老夫妻，他们要出租的房子面向东，在一幢两层楼的二楼。老夫妻两个住在一楼，二楼有四间房子。其中有两间一套，是他的儿子在住，还有两间是独立的房间，平时就租给来这里学习的学生。说好了价钱之后，我们匆匆入住。到了下午大家饿坏了，就去市中心吃饭。

大家来到塞北饺子馆，第一次买饺子吃，不知道一斤有多少，以为一斤饺子就是一盘，所以我们六个人要了六斤饺子、六碗粉汤。当服务员把饺子端上来之后才发现，一斤饺子是两大盘。我们六个人根本吃不了那么多。但是已经端上来了，没有办法，只好在服务员疑惑的眼神下硬着头皮吃。那个时候既没有塑料袋，也没有打包盒，要么吃掉，要么扔掉。大家都是从农村出来的孩子，哪里舍得把饺子扔掉？所以只得把它们全部吃掉。可是实在太多了，怎么吃啊？后来大家想到了一个办法——玩老虎、杠子、鸡的游戏，谁输了谁吃一个饺子。就这样，边玩边吃，最终把六斤饺子吃得一个不剩。

出租屋的两间房子，一间住了四位男同学，另一间住四位女同学，大家每天一起上下学，非常方便。

补习的日子非常辛苦，我和哥哥在一个班。哥哥因为英语学得不好，经常被老师为难。开始他还耐心地听课，后来干脆到了英语课就逃课。只要他逃课，就会在豆腐巷口买上二斤豆腐，提前回到我们的出租屋中生火做饭。那个时候宿舍里烧的是火炉，火炉上放一个饭盒就可以煮豆腐吃。在每个哥哥逃课的日子里，我都能远远地就闻到从出租屋里飘出的豆腐清香。

如果哥哥不逃课，中午的时候我们就在学校待着，瞌睡的话在桌子上趴一会儿。冬天实在太瞌睡的时候，就用冷水洗洗脸，清醒了继续学习。从那时起，我养成了早起晚睡的习惯，一直坚持到现在。大多数人是从晚上十点开始上床休息，而我从晚上十点才开始工作学习，不论多晚休息，第二天早晨，我都会五点半起床，锻炼之后，开始一天的生活。

豆腐也不光是煮着吃，偶尔也会炒着吃，但做法奇特。因为是学生，没有灶具，用铝饭盒能勉强煮饭，用它炒菜就有些为难了，不过炒豆腐可以。铝盒里倒上一点油，放点蒜，炒一下，豆腐放里面，倒一点酱油，炒热了之后，将蒸熟的米饭拌进去，一道独特的便利餐就做好了。

楼下的房东是一位精神矍铄的老头和一年四季病病殃殃的老太太，老头脾气不好，经常骂骂咧咧，但老太太一脸和气，很少言语。他们有一个儿子，经常不在家，就住在我们的隔壁，偶尔会带一些同龄人回来，穿着花里胡哨，惹得老头站在楼下一通大骂。老头虽然脾气不好，但心地不坏，老太太特别善良，经常会给我们借一些急时之需，蒸饭用的锅就是她借给我们的。

我们几个人也不只有我们兄妹做饭，其他的同学也偶尔做一次，不过菜谱大同小异，都是最简单的食材和最简单的烹调，但这些饭菜，在艰难的求学岁月里，给了我们异乡人家的温暖。豆腐巷的豆腐，永远散发着诱人的味道。

去年去榆林联系了大学好友，她想请我吃榆林的小吃，问我吃什么，我说就吃水煮豆腐吧，她很诧异，说那有什么好吃的？她一定要带我去榆林最有名的小吃城吃饭，去了之后，我还是很执拗地要了一份水煮豆腐。水煮豆腐上来之后，果然是"水煮豆腐"啊！清水里漂着的豆腐，像极了钱锺书笔下的"海军陆战队"的"舰艇"，寡淡无味，根本不是当年记忆中水煮豆腐的味道。

后来有一次出差到榆林，一个人偷偷溜出去，打了车，跑到豆腐巷。巷口早已经没有豆腐坊了，以前的豆腐坊成了一排杂货店。走到豆腐巷四号，门半掩着，透过门缝，依然能看到墙上的神龛。路过的行人用疑惑的眼神看着我这个路人，我终究没有勇气推开那扇门，含着泪转身匆匆逃走。我怕打开那扇门，所有的记忆一涌而出：飘着清香的豆腐，玩游戏时头上贴着的纸条，备战高考时夜晚两点的灯光，还有年少时心怀梦想憧憬未来的我……

求学记

匆匆的一段行程即将结束，写下此文，以作留念。

——题记

犹记得第一次上学的情景，嚎啕大哭跑回家，灶台边的妈妈慌乱中用围裙擦了擦手，弯下腰将我抱起。

我是家里的老幺，据说出生时，因为是女孩儿并不被待见。满月时长得粉嘟喜人，才博得众人欢心，尤其是父亲的钟爱，从此之后便占了独宠。因为姐姐到了上学的年龄，父母太忙，我没人照看，所以才被塞到学校，越过幼儿园、学前班，直接上了一年级。第一次拿笔就写"a"，因为不会写被老师批评，所以出现了开头的一幕。母亲是不识字的，姐姐哥哥虽然识得，但还没有放学。那我怎么就回来了呢？

我的家就在学校对面的农场家属院里，学校是农场附小，从小在院里长大，出入学校如出入家门一般，无人拦我，也没人管我，而且老师也知道我只是在学校混着长大而已，也并不在意我的学习，跑了就跑了，回家就回家，反正也丢不了，所以我就自己逃课回家哭鼻子。

妈妈听完我的哭诉，拿来小板凳儿，把作业放在小凳上，自己蹲在地上用左手拿起笔开始写"a"，我只负责站在旁边哭。一个不行，两个，两个不行，三个……

只要她写得不好看，我就说不行。一张纸写完了，歪歪扭扭的"a"似乎在嘲笑她。终于写出一个我认为满意的"a"时空气才安静了下来。满头满脸满手心都是汗的妈妈又继续添柴做饭。

北方的冬天真的很冷很冷。时光倒流三十几年，那个急急从学校跑回家，一刹那放声大哭的小孩，估计就是我了。教室里几乎没有玻璃，门上有一个特别大的洞，教室内四处窜风。冬天虽然有炉子，但烟囱经常不往出去冒烟，烟都从炉口倒着出来，熏得满教室都是黑煤灰，所以炉子经常闲置。即使有火炉也温暖不到我，因为个子太小，常常坐在教室最前边，而火炉又安置在教室的最中间，上课时手冻得伸展不开，握不住笔，也得忍着，忍到下课铃一响，迈开几乎冻僵的双脚拼了命地往家跑。路上是不能哭的，天气太冷了，眼泪挂在脸上会瞬间变成冰，更何况哭也没有人心疼，所以看见家门的时候，便开始酝酿哭了，一进家门，眼泪正好刚刚挂到脸上，表情最为可怜。母亲一把将我抱起，像老鹰抓小鸡一样把我拎到早已揭开褥子的火炕头边，用被子把我裹好才去盛饭。所以好多年之后，当给学生讲起"母爱的温度"时首先想起的就是火炕头的温度，那种钝钝的、暖暖的、并不耀眼的温度，微微的、舒适的、并不灼热的温度。天气太冷，棉袄棉裤也很冰，难以上身。早晨洗脸，水缸里全是冰，有时候得用马勺敲碎了上面的冰，才能舀出水来。冬天的早晨，母亲总会先我们起身去点燃灶中的火，把孩子们的衣服一件一件烤热乎。当此时坐在这里写着这段人生经历的时候，依然能清晰地想起母亲那张在火光映衬下，红红的闪着火光的脸。

学习也并不全是枯燥乏味的，例如写作业挣冰棍儿就是一件快乐的事。父亲非常注重我的学习，在同龄人还不知道书为何物的时候，我已经有了课外读物《学与玩》了。他一直想培养一位大学生来弥补遗憾。父亲是"老三届"，特殊经历让他与大学无缘，虽然后来上了中师，但大学梦却成了父亲一生中一个遥不可及的梦想，所以在学习上他对我们姊妹几个很严格。数九寒天的早晨，我和哥哥在门外背诵《唐诗三百首》，每天任务完不成不准回家，要不然就回家被戒尺打手心。哥哥的手经常肿得老高，而我常是在旁边那个得了便宜又卖乖的小女儿，如父亲所愿，我的成绩一直很优秀。而这后来也成为资本，成为我代写作业的招牌。同班的孩子都大我很多，今年夏天小学同学二十七年聚会，相互聊天才知道，班里最大的同学居然比我大了八岁，孙子今年都六岁了，大家唏嘘不已。特别在互相敬酒的时候，一位大哥说要感谢小妹妹，因为小学作业都是我代写的，他后来读书无望，只好当兵，现在在公检法工作。我回答他，要感谢大哥，因为替他写作业，当年吃了好多冰棍儿，也是因为好（hào）写作业，现在每天都要面对改不完的作业。听完我说的话，大家哄堂大笑。想想那时的作业费，其实一点儿都不低的，我替他们写作业，他们给我买冰棍儿，一次一根冰棍儿，一根冰棍儿三分钱。生意好的时候冰棍儿我一个人是吃不完的，还会请哥哥帮忙吃。

小升初，正赶上小学五年制改六年制，初一空一级，成绩好的学生可以自愿报名参加升学考试，我就这样跳级上了初一。初中的记忆并不多，就是在那个时候认识了我的爱人，他是我的初中同学——那个只要与女同学一说话，耳朵就会红到耳根底的男生。记忆最深的是我的语文老师，是他教给了我不论在做什么事情的时候，都必须要有认真严谨的态度。记得有一天早晨第一节是语文课，老师在上课之后叫我站起来回答问题，是要求预习的内容，给生字注拼音。我当时弱弱地说我忘了，老师什么话都没有说就让我坐下了，可是在疯玩儿的年纪总会忘记老师的作业，那个拼音早就被我抛之脑后。第二天，上课前还在唱歌，老师还在门外，就开始叫我的名字，等老师进来之前我已经站了起来，老师还是问我那个字的拼音，我依然不会，羞红了脸，又囧又害怕，眼泪吧嗒吧嗒地掉在课本上。老师依然什么都没有说，但这一次，他并没有让我坐下。就这样，一个被大家公认为的优等生，在课堂上默默地站了一整节课。从那以后，不管老师有没有布置预习的任务，不管老师有没有强调复习的内容，我都会回到家里把它认真地完成，这一习惯一直坚持到我完成了整个学业。

高中的语文老师总会顶着一头像鸡窝一样乱的头发来到教室里，然后重复一

165

句经典的台词:"昨天晚上又喝大了,大家自己看书吧。"他给我们代了一年的课,但是正式上课的时间寥寥无几。那一年我没有写过一篇作文,他也没有改过一次作业。大多数语文课是在上自习,偶尔一次他会上课,但他一节课就会讲一个单元的内容。其实他非常有才华,只是不喜欢上课而已。他上的《荷塘月色》无人能及,他能将课文从开头一口气背到最后一个标点。上完课后,下课铃响了,他离开教室,六十几个同学一动不动,后来不知哪个同学"啊呀"一声,大家才恍若从梦中醒来,那样的课实在是太享受了。后来听说他下海经商了,多年未再见。

高中时的青春岁月在动荡中度过,后来我不得不和大多数的靖中学生一样选择复读一年。

复读的日子是非常辛苦的,十二点以前很少睡觉,也很少在五点以后起床。中午瞌睡得实在不行的时候,趴在桌子上小憩十分钟,便是最奢侈的事情了。有时候上课在听老师讲课,下课老师什么时候走的都不知道,早趴桌子上睡着了。日子过得虽然很苦,但是却很充实。有时候我在想,人生是不是已经被制定好了轨道,我们只是去走罢了。那时候,农村的孩子是不知道如何去报志愿的,而那一年,哥哥与我同时参加高考,而且成绩并不理想,爸爸辛苦地为他奔走,根本顾及不到我的志愿问题。稀里糊涂报了几个志愿,后来才知道我所报的第一、二志愿的那几所学校,那一年在陕西是根本不招生的,结果我因为服从志愿调配被录取到了一个边远的小城市,上了一个当年较为冷门儿的专业——历史系,而且虽然我的成绩已达到了本科线,但最终只就读了一所专科院校。

上大学走的时候,爸爸告诉我努力多读一些书吧,读书没有坏处。也是与读书有缘,刚上大学那年,军训刚刚结束,我捡到了一个钱包,钱包居然就是图书管理员的。后来他总会给我开很多后门让我能够看到许多其他同学并不容易借出的书。我忘了自己究竟看了多少书,只记得凡是图书馆里我想看的几乎都看了。后来学校门口租书处的书我也看了大半。很多日子就是在这样摸爬滚打的读书的日子里度过,时光飞逝,岁月静好。

毕业后我回到生我养我的故乡当了一名语文老师。第一年的工作异常辛苦，记得第一个学期检查教案，别的语文老师只有三本，我足有厚厚的八本。上课第一个月，教育局的教研员便来听课，当我忐忑地讲完一节课之后，教研员只留下一句话：这是一位很好的语文老师。不忙的时候还是使劲地读书，拼命地读书，想办法考专升本。专升本考试后陕西师范大学寄来了录取通知书，可是学校太远，我的经济情况和当时的生活情况根本不允许我再出去读书，只好就近选了一个学校学习。参加工作的第二年，我获得了县级赛讲文科组第一名和教师业务水平测试第一名，在欣慰的同时，我也觉得这是对自己最好的交代。我终于可以在教师这个岗位上站住了。后来随着孩子的出生，我能用来学习的时间越来越少，每天看书的时间都是在家务做完孩子睡着——晚上十一点之后。心中还是有很多的遗憾——辛苦地学习，却没有到我理想的大学学习，没有获得我想要的文凭。

　　大学毕业十五年后，儿子上了初中，女儿上了小学，为了让人生少一些遗憾，我想试一试去考研究生。很多学校离我太远，我既要照顾家庭，又要学习，很显然是不现实的，于是我选择报考延安大学中文系。有位好友劝我，如果只是想拿文凭，不如报简单一些，我说："既然要学，就想要学我喜欢学的。"在每天安顿好了孩子、等他们睡着并且备完了第二天需要课之后，我才能够安静地坐在书桌旁学习，基本都是在晚上十二点之后。最痛苦的是学习英语，上学时英语成绩就不好，大学毕业好多年，当初学的那点知识早就忘得一干二净，现在又要去攀这一座高山，难度太大。考试的那天，我很紧张，英语考试还是出了状况，头很晕很疼，浑浑噩噩坐了三个小时，不知道自己在干什么，甚至将阅读中的几个最关键的词语、翻译中的几个最关键的词语全部理解错误。当成绩公布的那一刻我觉得既在情理之中也在意料之中。我考了362的高分，300分的专业成绩，我考了258分，但是英语成绩只有40分。而这个专业英语要求最低要达到58分。后来，招生办的老师说如果专业成绩特别优秀可以降低对英语的要求，最多可以降低10分，可是降了之后我还是够不着。就这样，我再一次与我的理想失之交臂，那一段时间我很消沉。好在时间有特异功能，迅速流逝的时光，总能够抹去人的一些记忆。

收拾收拾行李，我继续上路。

每次看到儿子辛苦学习的时候，都感觉到特别的欣慰。我想要告诉他多一些努力，人生就会少一些遗憾。

我很珍惜每一次学习的机会，不论是去哪儿，不论是在哪儿，不论是学什么，我都认真对待，全力以赴。去年有机会到上海听几位名家的讲座，同事说我们出去转转吧，好不容易来到了上海。再三衡量之后，我告诉她上海以后我们可以再来，可名师我们下一次不一定能见到。看着那些已经年过七旬八旬，甚至九旬的老人，在报告台上依然严谨治学的时候，会产生由衷的敬意，这就是人生啊，只要我们做的是愿意做的、喜欢做的事情，苦一点儿累一点儿又何妨呢？我们不必羡慕别人的生活安逸与闲适，走自己的路，与他人何干？

这一次，当听到领导说让我去北京学习半个月的时候，其实我还是有一些犹豫的。儿子正在上高二，女儿在小学五年级，爱人的工作实在太忙，家里很少能够顾及得到。且不说学校的一摊子事，只家里的事，就放不下。征求了爱人的意见，他说去吧，来之不易的学习机会。

感谢生命中出现的贵人总是为我提供很多求学的机会。虽然人生还有一些遗憾、还有一些梦想没有实现，但只要踏踏实实，勇敢向前，未来可期。

我在拉卜楞寺看大门

人生如逆旅，我亦是行人。

——苏轼

旅行，是个永恒的话题。

当看到"人在旅途"这个话题时，立刻想到了苏轼的这首诗。对于世界，我们都是匆匆过客，我们一直在旅途中，也许我们走过相同的路，也许我们去过同样的地方，但是我们从来都不曾相遇。每个人都如星际的一颗行星，按照各自既定的轨道前行。

犹记得四年前，我在拉卜楞寺看大门。

那不能叫作是一次真正意义上的旅行，出门的初衷是给父母看病。

父母亲随着年龄的增长，身体的毛病越来越多，尤其是近几年腰腿疼得厉害，后来听一位远房亲戚说，拉卜楞寺的藏医尤其擅长治疗老年病，故千里寻医。

到拉卜楞寺需要路过兰州，兰州有我的一位高中好友，现在西北民族大学当教授，虽然这些年联系不多，但这并不影响我们之间的感情。

中午十二点半到兰州下高速时，他已经在高速路口等着了，如一家人一样，没有客套和寒暄，直接带我们到兰州最有特色的清真餐厅用餐，去了才发现，他的妻子和女儿已经等候多时。行程安排非常紧张，席间，他笑道，自己虽然学医，但并不是临床医学，也没有听说拉卜楞寺有何神医，既然已经来了，先安排到兰州人民医院给老人看看吧。至于到不到拉卜楞寺，看老人的意愿。到了他的地盘，就全部听他的安排。到兰州的第二天，他便请得骨科专家帮父母看病，当天下午，他实在太忙，脱不开身，就让他的妻子和三岁的女儿陪我们到黄河边上转了转。第三天早晨，我们就踏上了前往甘南的行程。

拉卜楞寺，一个陌生而遥远的地方。六点从兰州出发，兜兜转转，十一点半才到寺院门口，可是到哪里去找那些神秘的藏医呢？第一个问题出现了：突然发现我这流畅的汉语和蹩脚的英语全都用不上，那里的人多说藏语，我根本不会。我们不知道该把车停在哪里，只好下车去问路，没有一个人能明白我的意思。功夫不负有心人，最后满头大汗的我终于找到了一位听得懂汉语的人，拉卜楞寺后面看大门的看门人。他告诉我，车应该先左拐，在第二个路口的地方有个著名的藏医。我是个没有方向感的人，哪里分得清什么东西南北，在那个时候，我甚至怀疑自己连左右都分不清。无奈之下和他商量，我看着大门，让他带着哥哥他们去寻医。

就这样，我成了拉卜楞寺的看门人。

看门期间，有几个藏族小孩用乌溜溜的眼珠盯着我看，我看着他们黑里透红的脸蛋，冲着他们一笑，他们也冲着我一乐，露出白白的牙齿，这时我才发现，原来表情也是一种非常有效的语言。

哥哥不久后和看门人一起回来了，说那位藏医每天只在中午十二点前看病，他今天已经下班了。爸妈并不想因此再耽搁一天，于是当此行是一次普通的旅行，我们一行人晚上就赶到了青海湖。

神经放松下来之后，才有心情欣赏高原的美。寺院周围远处山上五颜六色的经幡随风摆动，近处被藏民转动的转经筒上寄托了今生来世的祈求和愿望，身边四肢匍匐在地上虔诚叩拜的信徒让人不由得产生一种对于信仰的敬畏感，蓝天下渐渐远去的褐红色的寺院更加的庄严肃穆。

兰州之行第三天晚上我们住宿在牧马河边藏民的帐篷里，藏民在湖边搭了帐篷，条件极其简陋，只收床位钱，一张床五十元，但是为了方便第二日的行程，也就住下了，好在还没有到暑假，游客并不是特别多。帐篷是临时的，床下就是草地，这样的住宿给人带来一种奇异的感受。虽然已经是阳历的六月，但湖边还是冷，穿上了所有带着的衣服还是冻得瑟瑟发抖。虽然我是北方人，对于北方的温差有足够的心理准备，但是，天气还是冷得出乎我的意料。站在湖边等太阳从湖水中涵澹而出时，内心非常的激动。爸妈身体不好，怕冷，所以待在帐篷里没有出来，哥哥说他已看了几次，并不感兴趣，湖边就我和大姐两个人，与太阳合影。那天的太阳很给面子，非常配合。听一个会讲汉语的藏族小女孩说，青海湖边的日出要有缘分的人才能遇到，因为天公经常不作美。

爸妈出门吃不好，特别是在这里，海拔高，所有的饭感觉都是半熟的，老人家的肠胃有些不适，虽然出门时带了很多的常备药，但是带着老人上高原还是让人心惊胆战。百密一疏，就如昨天，在拉卜楞寺观看寺院建筑的时候，妈妈突然出现低血糖反应，脸色煞白，大汗淋漓，平时包里都给她带零食，昨天一时大意，把包放在车上忘了带，吓得我恨不得有点土为糖的本领。好在不远的地方有个卖饮料的小店，买了一瓶带糖的饮料暂时稳住了血糖。所以此次出行并不敢跑太远，出门时间也不能太长。

青海高原以其独特的美给不同的人以不同的震撼，我们并没有听同学的建议等他一起去九寨沟，两天后就匆匆返回了靖边。此行虽然匆忙，但因为与父母同行，居然生出了许多以前旅行中没有的感慨：父母在，家就在。身体略显疲惫，但心里感觉特别踏实。

今年春天，突然听到噩耗，听闻好友已经离世，除了伤心，心中居然生出几分恼怒。医学教授自然是知道自己生命还有几何，居然没有给几位好友打一声招呼，再见一面，就匆匆离世，于活人来说这也是一种莫大的遗憾。可再转念一想，对于人世间，我们不过是匆匆过客，他不过比其他人更早结束了旅程，从这个意义上讲,死亡或许也不见得是一件悲伤的事。庄子鼓盆而歌,大概就是源于此吧,这样想,多少也可以安慰活着人的心。曾有人定义"死",说一个人真正地死去,并不是肉体离开,而是这个世界上最后一个知道他的人离开。这样想来,他还算活在人间,至少这些亲人和朋友还记得他的好,"亲戚或余悲,他人亦已歌。死去何所道?托体同山阿。"用陶潜的诗以寄哀思,也只能如此。

　　人生天地间,忽如远行客。人生如逆旅,我亦是行人。生于天地,归于天地,是人生的宿命,既然是宿命,为何要逃避,怎么可能逃避?无须逃避,也无法逃避,还不如干干脆脆、坦坦荡荡地离开。以后走兰州或许要绕道而行,因为那里已经没有什么牵挂,但只要想起,依然有隐隐的痛,不知他的妻儿可好?

　　那一次出行,五天走了几千公里的路,风尘仆仆,有父母相伴,少了许多旅途中的困顿之感。旅途中,要去哪儿,去了哪儿,根本不重要,重要的是我和谁在一起。希望以后能多陪陪父母和孩子,于父母而言,他们就是我的家;于孩子而言,我就是他们的家;于生命而言,归于天地才是我们的家。虽然只是过客,但我依然想陪你们走过一段幸福的时光。

　　现在想来,在拉卜楞寺看大门也是一件幸福的事!

人在旅途之汉中行

汉中是我的第二故乡，我曾在这里度过大学时光。当年在校园的时候，并未觉得岁月静好，后来出了校园，体会到人间纷纷扰扰之后，便经常会想起那段静好的岁月。也许是很多东西太在意了，反而想刻意回避一样，大有"近乡情更怯，不敢问来人"的感情。所以这些年虽然东西南北经常跑，但总是有意或无意地绕过汉中，直到这次"五一"放假。

行程是提前规划好的，经西安到宝鸡，和大学的同学聚聚，爬爬太白山，然后返回，而这一切都被爱人任性的一脚油门改变了。车到西安，稍作休整之后，第二天一早准备出发到宝鸡。上次到宝鸡上课，这座城市给我留下了深刻的印象，街道干净卫生，人民淳朴热情，所以这次放假怂恿孩子们到周文化的发源地看看，感受一下凤鸣岐山的青铜文明。因为是"五一"假期，考虑到住宿紧张，提前订好了酒店，联系了同学，一切安排妥当之后上了高速，就等待一个半小时之后的故地重游了。不料爱人在高速路岔路口时，方向盘一打，一脚油门，把我们带向了汉中方向。

他问我："到宝鸡多远？"

"导航显示160多公里。"

又问："汉中呢？"

"180多吧？"

173

"那我们干脆到汉中去看油菜花！"

就这样，我们来了一次计划外的旅行。

说实话，对汉中的油菜花，我并没有多么心驰神往。上学的时候，学校的东边就是农田，每年春天，油菜花都会盛开，一大片一大片的金黄色，看着是好，可恼人的是蜜蜂也多，嗡嗡嗡嗡，到处都是。汉中人家白色的房子星星点点坐落在油菜花丛中，也别有一番风味，可是熟悉的地方见多了也就不觉得新奇了。

曾经想过多种回汉中的方案，但没有一种是现如今这般匆忙的样子。

听同学说起过，五月份是油菜花盛开的时候，也是汉中的旅游旺季，住宿会非常紧张，先不去想汉中的事情，先赶紧找住宿吧。打开手机旅行App，搜索汉中住宿，已经全部没有房间了，搜索周边，记忆中大河坎、集镇、洋县、勉县、城固似乎都不太远，这就是陕南与陕北的区别。就界域而言，陕北的广袤是其他地方难以相比的，乡镇与乡镇之间往往要走几个小时的车程，而陕南的县城，似乎离汉中大多也就是一个小时左右的车程。

爱人的任性可能会害得我们无处落脚。

汉中、洋县、城固、勉县……网上预订显示均已无房，没有办法，只能寻求援助。——一级的一位学生就在我的母校读书，平时节假日兼职带旅行团，看看他有没有办法。

其实也可以找大学同学帮忙订房间，但是我没有，来得匆忙而且偶然，还没有充分的心理准备来见阔别的朋友，总觉得多年后的重逢，我应该更慎重一些。而且老师们也是多年未见，没有给他们带任何礼物，我怎么去见？这个任性的孩儿他爸！

学生接到电话后非常热情，当即联系住宿，他自己带四十几人的团，后来经过协调，终于在这个团队住宿安排里为我们挤出了一间房，住宿在城固。

车近城固的时候，天开始下起了小雨，路面湿滑，车速很慢，到城固时已经是晚上十一点半。见到学生我很激动，这也是人生一乐——他乡遇故知，虽然是大三,一别只有三年,他的变化巨大,勤工俭学、辛苦工作已经让他多了些成年人的成熟与稳重,完全不像三年前毕业时的那个毛头小子。寒暄后因时间关系匆匆入住,第二天与他去看了洋县的油菜花和朱鹮。女儿一路很激动,不是因为成片成片的油菜花,而是因为遍地的石头。她爱极了石头,恨不能将所有的石头捡起来装到车上。我惦记着回趟母校,所以近中午时和学生暂别,驾车驶向汉中方向。

听说校园的变化很大,但这么多年了,从来没有回来过,经常会梦到同舍好友,但梦中校园的影子总是很模糊,不那么真切。当我再一次踏进校园的时候,还是忍不住内心的激动。当年毕业的时候我二十岁,孤身一人,如今回来,我已是不惑之年,带着一儿一女,还有那个携手走过二十年的他。

这次回母校太突兀,我还没有整理好回来的心情。

寻找着一切一切曾经的痕迹,过去的影子。

学校的变化真的好大,以前的油菜地已经全部成了校园的一部分,现在的校园面积大概是以前的二倍还要多,可我对这些都不感兴趣,我只想寻找那个少年的我曾经的身影。

以前的宿舍没有变化,看起来旧了些,当年的阳台上,我曾经在八月十五因为想家而独自一个人放声大哭……

大礼堂没有变,当年的我曾在这里每顿只吃二毛钱的米饭、六毛钱的菜,或者是八毛钱的一碗面……

图书馆没有变,由宿舍通往校图书馆的香樟路是我走得最多的路……

实验楼没有变,每天清晨,我都会在迷蒙的雾中到实验楼前的梅树下读书,腊梅的香会浸染我的每一寸肌肤……

写字楼没有变,行政楼下的那个大厅,曾经是我们为辞旧迎新排练舞蹈的地方……

教室没有变,就是在这古老的中文楼西边的角落,在这个略显幽暗的教室,我度过了最美好的青春岁月……

　　教室面前的紫藤萝依然盛开，教室前面的松柏依然苍翠，教室面前的枇杷树已经长得非常高大……

　　枇杷树当年如我一样高，结了些如杏子般的枇杷，开始不认识，后来同学告诉我那是枇杷，可以吃，摘它入口，有一点点微酸，但并不影响它的美味。如今枇杷树已经长得好高好高，就是搭着梯子也不见得能摘到枇杷了。十几年过去了，它是否已老得不再结果？如陆游诗句"梦断香消四十年，沈园柳老不吹绵"里的柳树一样？抚摸着它，突然想起《项脊轩志》中归有光的感慨，"庭有枇杷树，吾妻死之年手植也，今已亭亭如盖"。果然，人的感情是相似的，此时也就理解了为何桓温大将军抚树泫然而长叹"树犹如此，人何以堪"，没有谁能禁得住时光的流逝！

　　还记得教室的对面是体育系的一个班，他们上文化课的时候，下课偶尔能遇到，班上有一个佳县的陕北老乡，话不多特别喜欢笑，上次和另一个老乡说起，说他自挂在了单位宿舍架子床的栏杆上——自缢而亡，原因不清楚，大概是工作……也许是情感……或者是家庭……大家都很忙，很少关注到别人的生活，所以也不了解其中的原因……听了让人十分的伤感。

　　学生的旅行团到中午三点返回汉中交给其他的导游带了，他要请我吃饭。非常惭愧，二十年后重回校园，本应该是我请我的恩师吃饭，无奈行色匆匆，恐时间不与，又觉自己数十年来，一事无成，愧对恩师，所以也只当是偷着回来瞄了一眼就离去。

　　学校在我们离开的第二年就与陕西工学院合并，名称也换了，找了一大圈，没有找到"汉中师范学院"的字样，去吃饭时，我们走的是以前的旧大门。门面向北开，当年懵懂的我第一次来学校，看到这个大门，失望至极，以为我来到了一所破旧的工厂。现如今，旧大门依然还在，在通往大门的路上，我终于发现了一个下水井盖上印着"汉中师范"四个字，那种感觉像《步步惊心》中的女主角在故宫博物院发现自己当年的画像一样——原来我真的来过。

　　校园后面依然是熟悉的小关子街。古老的巷道，破旧的屋檐，看着它们，有一种莫名的亲切感,这里的早晨,曾经的叫卖声,曾经的撸串串,曾经的热面皮,曾经的刀削面,曾经的小书店……

校园的门口有一家冷饮店,冷饮店的墙上,贴了好多花花绿绿的便利贴。给孩子们买了两杯冷饮,女儿取过纸笔,写下"我是罗毛毛"贴在了墙上,我也郑重地在便利贴上写下"我回来了——2017.5.2"。

当写下这几个字的时候,人生匆匆二十年已逝去。

饭后,坐在车上回望越来越远的小关子街,感觉最大的遗憾是没能与恩师同学见上一面,一叙别情。总觉得我们还会后会有期,谁知道好多人,此生的一个转身可能就是永远,例如当年唱民歌的班长,当年爱笑的体育班的男生……此生已无望再见了。

别了,母校!

人在旅途之宝鸡行

念书的时候从汉中到西安，坐火车需要十六个小时，慢慢悠悠的火车一定是要路过宝鸡的，火车在西安与汉中、汉中与宝鸡、宝鸡与西安之间画了一个三角形。所以宝鸡，我坐火车去汉中时无数次地路过过。

今年，机缘巧合，我居然要到宝鸡高新一中来上一节课，于是神奇的事情发生了。

在宝鸡，我的高中同学、大学同学以及后来学习的一位舍友聚在了一起，果然是"人生何处不相逢"。犹记得高中时的她，黑黑的，特别爱笑。高三的日子太苦，暗无天日，乐观的她给了我无限的快乐。她喜欢唱当年流行的《春水流》，"春水流春水流，别把春天悄悄地带走，想你在心里头，想你在梦里头别让风把情吹走"。这首歌曾经伴着我们度过了无数个阴暗的日子，为高三的生活带来了一缕春光。高三毕业后，大家各奔东西，未能再联系。

人生就是这样，我们如一株蒲公英上的无数把小伞，有各自的人生方向，再无交集。后来偶然的机会在同学群里加了她，一番激动之后，我们复归于平静。因为忙碌的生活让我们没有时间一叙别情，只得忙忙回到自己的生活中各自去念属于我们的人生经。见面之后废话先不多说，先干了这杯异地的酒，为了我们共同走过的青春。

大学同学小鱼儿是个开朗活泼的人，上学时就活得任性、率性，像个女汉子。只有见到她的薛哥哥的时候才发现她居然可以千娇百媚、柔情似水、善解人意、风情万种，不得不感慨上帝造人果然是有预谋有规划的，定是一物降一物才好。哪怕是上天的猴子，还有个如来拘着，不然的话就果真无法无天了。她本不和我一个宿舍，虽然关系也不错，但不敢奢望她能来到宝鸡见面，毕竟她在眉县。有一年有同学到延安，想要前去一见，但因孩子太小，自己又不会开车，受制于人，几番犹豫之后终于无缘相聚。对于这次与她的相约，我是不抱多大希望的，因为相见，真的需要天时、地利、人和的。

她居然来了，她的薛哥哥驱车带她应约而来。先干了这一杯，为我们十几年后的重逢。

慧是舍友，确切地来说，是在西北大学培训时认识的舍友。上天的安排真的好奇妙，包括安排宿舍似乎都是提前规划好的。去学习报到的时候我去迟了，宿舍差不多已经住满了，我面临无处可住的困窘。和慧一个宿舍住着的李大姐，是西安人，她一般不怎么住，就这样，我被塞给了她。

她清秀可人，性格活泼，与温婉知性的李大姐形成对比，她最大的特点是谦虚，不是一般的谦虚，是五般六般的谦虚。她与我在生活上的观念应该是互补型，我的节约观和她的"月光观"形成反差，而我只大她两岁，差一点怎么就差那么多呢？虽然生活的观念不同，可不影响两个语文老师的交流，真是顾恺之遇到阎立本——全是画（话）呀，以至于夜夜秉烛夜谈，严重影响到睡眠，十五天的培训结束后匆匆分手。想这一生我们想要再见，真是渺远如彗星扫月，没料到我们居然会在宝鸡重逢。真的是缘分来了挡都挡不住，再干一杯酒为我们这奇妙的相遇。

在异地，青年到中年，偶遇到相知，这匆匆几十年的时光，浓缩在了宝鸡的一家火锅店里，奇异的四个人，因我而组合。说不尽的激动，道不完的别情，端起酒杯，共同致敬老天的安排，为我们匆匆的人生致敬：感恩生命，感谢遇见。

人在旅途之白银行

"后面的路该怎么走？"

"跟着导航走。"——这就是我们去白银市的原因。

从西宁返回兰州已逗留多日，实在不愿意再绕几十公里进城，于是我们就跟着导航走，想找一个城市歇歇脚，再返回靖边。导航把我们带到了白银市，因为导航上显示白银市可住宿，或者说住宿条件要好一些，事实证明的确如此。尤其是对比住宿比较紧张的兰州市，白银市的住宿既便宜又舒适。休息时用手机查找附近景点，黄河石林第一个跳了出来，这个景点是白银市最著名的景点，是国家AAAA级旅游景区，也是西北著名的十大景点之一，距离白银市七十公里。从数字上看感觉不算遥远，以一百码每小时的车速，应该很快就能到。但实际上，远远不是预想的这样。我们去的时候正赶上修路，好走的路没有多少，国道省道不通，甚至有的乡村公路都不通，只能走土路，崎岖拐弯，只是去就走了三个小时。

这一段路线的荒凉超出了我的想象。看到外面的风景，让我想到的是火焰山，想到的是孙悟空，想到的是赤地千里，想到的是童年：路边偶尔闪过村庄，鲜有砖瓦房，还是以前的土坯房。土坯房的墙上居然还写着"人民公社"的字样；站立的电线杆还是20世纪70年代的那种松木杆。如果不是有人同行，我都怀疑自己穿越回了童年。路上几乎没有人，让我们怀疑走错了路或者是走错了地方。如果不是亲自路过，我都不会想象到中国如今依然有如此贫穷的地方。

如若这一路全是荒凉，也就没有后面的震撼了。这一路不只有荒凉，还有惊艳。

快到景点约四十公里的地方，出现了一段彩色的公路。褐红色的路面和路上时不时装饰着彩色的条纹，让这条路如彩虹般舞动，与荒芜的四周之景形成了奇妙的组合。八月的甘肃天高云淡，天空如悬挂的幕布，上面有白云在徜徉。湛蓝的天是高原的蓝，云朵出奇的静谧。路面宽而有起伏，两边的花组成的标语，时不时引来女儿的惊呼。时而车窗边闪过怒放的一簇或一株的格桑花让高原的旷野多了一些妩媚。这里似乎将要举办国际滑轮赛事，甘肃花巨资打造了这样一条二十公里的彩色大道。这里的惊艳与前面的荒凉形成了巨大的反差，让人有一种蹦极的感觉。在心脏将要受不了这样刺激的时候，黄河石林到了。

大自然再一次在我们面前展现出它独有的气魄，这大约是当年盘古开天辟地时的杰作吧，真的是让人叹为观止。

除去雄奇险峻的自然景色给我的震撼，这里的人给我的印象颇深。刚入景点的大巴车将我们送到谷底，然后是村民们自发组织的运输队——驴队和电瓶车将我们送到核心景区。其实这里只要一类运输工具都可以到达，但似乎是为了增加游客的民风体验，活生生多出了这一路奇异的传统与现代相结合的刺激的旅程，也生出了最离谱的费用。驴车的费用加上电瓶车和丁克车的费用，让人感叹黄河孕育两岸古朴的文明和当地步步收费的风气难以挂钩。桃源依旧是桃源，而源中人已经与外界无异，沾染了太多的"商业气息"。这样的经历成为这次旅行中的最大遗憾。

返回时天色已晚，暮霭沉沉。回望笼罩在黄河雾霭之中一片安详的饮马沟，尤其是站在黄河岸边，看着被河水怀抱的龙湾村静穆安详、古朴典雅，如婴儿睡在母亲的臂弯之中。幸福就是这个样子吧！又禁不住羡慕起这里的人们：得天独厚，独享这一片沃土。

返回白银市已经是晚上九点，简单收拾之后出去吃饭。市里的一家烧烤店非常适合我们这些北方之人。啤酒、烧烤照例是必备的，孩子们玩累了，每样都上双份也是风卷残云。晚上十二点回宾馆时才发现外面在下大雨，好在离住宿的地方很近，一觉起来已经是第二天的上午九点。

醒来打开手机，首先跳出来的就是好友的问候："到哪了？昨天晚上白银市出现泥石流，有六人死亡，看到请回复。"

瞬间心里感觉暖暖的："平安，准备返回。"

人生有一种幸福是来自于朋友的，向西行驶千里，有好友相伴；离家也有友人牵挂——信可乐也。

望着渐远的黄河水，我们一路向东，离家乡越来越近。每次远行都让我更热爱我自己的家乡，珍惜我身边的亲友。

是日晚，东归家中。

老　屋

老屋去年卖了。

父母老了，而且多病。我们都在县城，觉得父母住在乡下多有不便。于是由大姐提议大家以表决的方式把老屋卖了，把父母接到了县城。

父亲很多年前就和好友在县城里买了一块儿地，盖了几间简易的房子。父母到县城后，哥哥把那房子翻修了一下，让父母住在那里，感觉挺好的，可父亲总是念叨农村的老屋，后悔把房子卖了，每每说起老房子，他总会有一种留恋的神情，这让我很难受。其实，如果我能早点事业有成，父母或许早就把老房子卖了，母亲也不用在农村一个人孤独地住了那么多年。我知道他们说起房子的事，就想说说其他的，但我不忍心听，所以父母每说起这事，我都会把话题岔开，免得引起老人家的伤心往事。

老屋的地基最早是一个大沙坑，坑里有农场的一个公共厕所，在我的记忆里那个坑好大，好像永远也填不平。

我很小的时候住在新桥农场家属院，最开始那里是工人们的集体宿舍，后来分到了各家。随着家里孩子越来越多，两间平房住祖孙三辈七八口人就显得特别拥挤。随着政策的变化，农场又给各家分了一块儿宅基地，位置偏南，离学校很远。父亲嫌那里太偏，孩子们上学不方便。农场场长说：如果你不嫌弃就把农场公厕的那块大沙坑给你吧。于是那里就成了我们老宅的宅基地。

从那以后，我的记忆里就有了每年春天和大姐、二姐、哥哥拉土的经历，那个坑我们不知道花了几年才填起来。20世纪80年代初，陕北人运输多用牛车、马车、驴车，可我们家没有这些，只有一辆破旧的木板车，又笨又重，就是空车走在当年的沙路上，都实在难行，更不要说拉上东西了。

盖房子的时候，父亲在不远的一个乡上当副乡长，房子是他和他的同事以及我的舅舅们帮忙盖起的。后墙完全是土夯的，前面的墙是砖墙，其他的墙是土坯和砖混着的，那样可以节省钱，我到现在还记得父亲和他的同事们夯土墙时唱的号子。盖房的时候，后墙刚刚打起来，陕北突然下起了罕见的连阴雨，断断续续地下了一个月，很多人家新修的房子都塌了，唯独我们的墙没有塌，大家都惊叹我家墙的结实。再后来我就记得住新家了，搬家那天是六一儿童节，我得了好几个奖状拿回家，奖品里有一个文具盒和几支铅笔，在那个恨不得把木柴棍儿都当成铅笔使唤的年代，这奖品实在是太丰厚了。我把奖品拿回家，父亲高兴地把我亲了又抱，抱了又亲，家里帮忙的亲朋好友都夸我聪明，那年我七岁。

房子是修起来了，院子里的大坑却老也填不起来。冬天，母亲让我和哥哥姐姐，拉着木板车到北面的几个砖窑去捡烂砖头。等天暖了，地消开了，她就又和我们一起去离砖窑不远的地方去拉土垫院。那个时候，大姐已经去县城读书，家里只有我、哥哥和二姐差不多大的几个孩子，实在顶不了多大的用处。

拉土的地方离家很远，要过三个高高的沙丘，其中有一座沙丘尤其高，当年的毛乌素沙漠还没有怎么治理，全是沙路。有生活经验的人都知道，沙路要比土路更难走，木板车走在上面如蜗牛爬行，极其缓慢。木板车上套了一根很宽的带子，拉车的人要把带子套在肩膀上，两手拉着两边的车杆，深度弯腰低头，才能使上劲儿。每次母亲把车拉上那个长长的坡后，都会把肩膀上的带子放下来，伸直腰，长长地吸几口气，擦把汗，再继续走。我们几个跟在木板车后面推车的孩子这时也有机会稍微地直起腰，使劲儿地呼吸几口空气。下坡的时候得快速跑，好利用惯性去冲上下一个坡，不然的话，靠我们这些妇孺，休想把车顺利地拉过沙丘。如果走到半坡上不去，车子会自己往后倒，那样就糟糕了，因为车子后面是我们几个小孩子，实在是太危险。所以不管怎么难，母亲都要用尽全力把车拉上沙丘。运气好的话，偶尔会遇到路人，搭把手。小时候总觉得那条路真是太难走了，好像怎么也走不到家，走这样远的路程去拉土，一天最多也就两趟，所以我们的院子断断续续地垫了三年才垫平。母亲就像是拉木板车一样，拉着我们那个贫困的家好多年。

再后来父亲调回了我们所在的小镇，母亲的负担也轻了一些，而我们也渐渐地在长大。院子的沙柳栅栏后来变成了木栅栏，再后来也变成了砖砌的围墙，院子也有了大门。

老屋见证了艰苦岁月里我们一家大小齐力一心、奋斗创业的历程，也见证了我们一家虽艰难但其乐融融的生活。因此，在老屋的生活成为我最深刻的记忆。

就在我上初中的那年，一个乞丐来到我们家。

母亲说，他是个精神很好的老头，有六七十岁。他看着像是乞丐，可他不要钱，说有饭给碗饭吃，没饭给碗水喝就行。他打量了我们的院子周围说，这是个好地方，你家几个孩子，将来肯定都是吃"皇粮"的，一个人都落不下。我们这里说吃"皇粮"是指吃公家饭，也就是有个固定工作的公职人员。母亲将信将疑，因为那个时候我们都在读书，看不来以后会怎样。我们这个地方，别说上大学，就是考上中专的孩子，也是十里八村才会有一个，家里如果没什么富贵亲戚拉扯一把，想要"吃皇粮"实在是太难。他又说这个地方如果不离人，可是要出一个文人。母亲是文盲，不懂什么是文人，但她明白，这可能比"吃皇粮"更光宗耀祖吧，所以就给那个老头吃了一顿饭，客客气气地送走了。母亲把话说给父亲听，父亲也是一笑置之，老头的话，再也没有人提起。

后来我们都长大了。大姐高考只差七分，因为家里实在太穷了，爸爸一个人的工资供我、二姐、哥哥三个高中生，没有钱供她复读，所以她只能委屈自己上了中师，成了一名老师。二姐后来上了财经学院。

1996 年，我和哥哥同时考上了大学，父亲的工作也由农村调到了城里，老家就剩母亲一个人，父亲想让她搬到城里住。那时候，城里的简易房子也有了，可无论谁怎么劝，母亲就是不搬，不想离开老屋。现在，四个孩子都参加了工作，也就是当年老头所说的"都吃上皇粮了"，那老头说的话前半部分应验了，那后半部分呢？所以母亲不搬，不想离开老屋，我猜她大概还是惦念那个老头说的后半句话。

就这样，母亲守着老屋，一守就又是十年。

在这十年期间，我们四个都各自成了家，有了自己的生活，再后来，又有了自己的孩子，可就是没有一个成为文人。再后来，父亲也加入了母亲的守房行动。由于种种原因，他提前离岗回家，干脆自己也从县城撤了回来，住在老房子里。我们房子周围以前的空地，后来都纷纷盖起了楼房、楼板房，夹在这些房子中，我们的半砖半土的老房子越显得寒酸、破旧，可父母坚持要住着。

其实，说实话，我们兄妹几个虽然没能成名成家，但都有公职，有稳定的收入，家庭幸福，生活安定，只是谁也没能达到父亲的标准。所以父亲说起几个孩子不争气时，我们几个都会像做错事一样一声不吭。

前年，父亲大病一场，引发了休克，吓得母亲大门都开不了，邻居是翻墙进去帮忙把父亲抬到医院的，而我们几个接到通知往家赶的时候，恨不得汽车能变成飞机、火箭，一瞬就到家。也就是那次让大姐下定决心，要把父母接到县城。

老房子的旁边是大路，近几年经济发展快，这样，大路成了城镇建设的主街道之一，父亲舍不得走，也舍不得卖，但是我们几个工作都忙，又都在县城，父母在农村，尽管交通方便，可毕竟没有在儿女身边方便。就这样，在大姐的带领下，我们几个"不孝"的孩子把父母"请"到了县城。因为大家都忙，老院子地处闹市，没人管理，所以去年干脆就卖了。从此以后，父母的嘴里就多一句口头禅："唉，那房子卖得可惜了！"

随着年龄的增长，我越来越能理解父母，也越来越能体会到父母的心情。我也已为人母，有时候甚至也想让我的儿子去实现我未尽的理想，从这个角度来看，他们坚守老屋有什么错呢? 我们几个, 不论是谁, 也在他们的有生之年成名, 不为别的, 就为我们深爱的父母, 为了让自己能成为他们的骄傲。在我们的心中, 他们才是我们永远的老屋。

回家的路

二十多年前的印象中，横山是一座温暖的城市，我曾因为灯光而爱上这座城市。

每一次匆匆的脚步，都是去赶赴一场前世的约定。横山中学的灯光，曾给回乡的我无限的希望。过了横山就离我的家更近，过了横中下一个温暖的灯光，就是家。所以，回来，是因为年少时的我曾受的恩泽，怀着无比感恩的心回到这里。横山中学，曾给我这个路人以温暖，多年不见，她依然在这里。

上学时，家里给的钱仅够维持最基本的生活花销，所以很少在一个学期中间回家，基本上不到放寒暑假是不回家的。那时靖边到榆林的路费来回需要三十块钱，差不多相当于一个学生一个月的饭钱。因为条件有限，所以父母会把半年的学费和生活费都给带齐，这些都由哥哥来管，我从来不过问。

有一年冬天天气特别冷，想家的程度，如这寒冷的天气，实在让人难以忍受。出去送了一天报纸，挣得十四块半，以此为理由，要求回家一趟。哥哥自然是不允许的，因为他实在不放心我一个人乘坐将近五个小时的车。但最终拗不过我，下午三点半把我送上了回家的客车。上车时激动的心情似乎都与发动机突突的声音都产生了共振，甚至觉得汽车的尾气都透着母亲饭菜香甜的味道。冬天的天色在下午五点就开始转黑了，而车依然在曲曲折折的山路上穿行。

以前从榆林到横山需要先向东南方向驶到渔河，然后再折向东北，经过党岔镇、响水镇、波罗镇、塔湾镇，过了贾家湾大桥，就是靖边县的杨桥畔镇了，杨桥畔镇是车从横山行至靖边的第一个乡镇。车到杨桥畔，连枝枝叶叶虫子鸟儿似乎都开始在叫"靖边到了"。到了长途车站，冲下车，再上短途客车，再坐一个小时的车就到家了。堵在车门口的售票员慢条斯理地拿出票本，抽出小钢尺，压在票本上开始卖票，磨磨叽叽，感觉这一系列的动作都是八百倍的慢放，包括她的声音，似乎都令人生厌，恨不得一脚把她踢下去好让车快点出发。晚上九点半终于回到家，冲回家抱住惊愕的母亲，放声大哭。哭完父亲已将热水盛好，洗脸、洗手，洗去一路上的担惊受怕，开始享受家的温馨。吃饭后才说起这一路上的波折。

下午坐的是榆林发往靖边的最后一趟车，只要坐上这趟车，就存在着回不去家的风险。这趟车人不多的话有时候只到横山，或者倒客到其他车。因为出发太迟，时间紧迫，又着急回家，哪里还有心思吃饭，哪怕是一碗凉面都没有来得及吃。早晨吃过的饭，到年轻人精力旺盛的胃里，哪怕是石子儿，到下午三四点，估计也不余什么了。就这样肚子空空，迫不及待地钻进车里，和哥哥潇洒挥手，离开了榆林南客站。

由榆林南客站走渔河的路是非常平坦的，路两边有高大茂密的杨树和整齐的稻田，安静地欣赏路边飞过的冬日荒凉的田地和萧条的树干，也是一种享受。到渔河上车叫卖的小贩，勾出了我的馋虫，空空如也的胃被粉条火烧散发着诱人的香气挑逗得无法安稳，着实让人烦恼。但囊中羞涩，只有五块钱。回家的路还很远，尚需再付三元的路费，硬是忍了过去。

车过渔河，折了一个大弯之后向北行。天越来越暗，路越来越窄，人越来越少，空气越来越稀薄，温度越来越低，心情也越来越紧张。

走靖边的车上坐了很多去横山的人，在党岔、响水等村镇不停地会有人下车，还没到横山，车上就只剩下几个人了。夜幕下，外面的路边一片漆黑，既看不见也听不着，偶尔有露出的一两点昏暗的灯光，时间在流淌。反着车灯闪过的白色，是从石缝间流出的水被冻之后形成的悬冰。我看了一下，车上连司机共有七个人。一个坐在最前排的副驾驶上，与司机隔着发动机的盖子，看不见他的全态，也看不到他的长相，只能看到鸡窝般的头发。我在车门对着的第三排坐着，我前边靠着窗户的地方坐着一位须发茂密的中年男子，手里拿着一个尼龙袋子放在脚上，感觉应该有三四十岁，也是闷不作声。在我的右手边上，坐着一位三十多岁的中年人，穿着蓝色的呢子外套，拉了一个皮箱，看着是个文化人。最后一排大座上坐了一位老大爷和一位小伙子。老大爷长着山羊胡子并不说话，小伙子一路呼呼大睡，两条腿恨不得伸到司机的位置上去。

大概是我焦虑的表情引起了那位呢子男的注意，他开始主动和我聊天，问我去哪儿，干什么，我一一作答。只是记得临上车时哥哥叮嘱，不要说出自己的家在哪儿。所以我撒谎说我的家就在靖边县城，那个呢子男似乎一下子变得极为熟悉靖边县城一样，甚至靖边县城周围的地形地貌、周围的农田水渠都清清楚楚。好在，我在靖边县城已生活了三年，虽然不够熟悉，但大概位置和建筑也是清楚的。一路絮絮叨叨，也似乎略微缓解了我的焦虑。但这难得的轻松感马上就被呢子男的另一番话带来的恐惧和不安代替。他说这车到横山肯定是不走了，到时候你到哪儿去？

一句话，说得我当时就傻了。

天寒地冻，天色已黑，我一个姑娘家，能到哪儿去？那时候没有手机，也没有电话，异乡的街头，我该到哪儿去？

看着我紧张的模样，他说："这样吧，你和我下车，和我到山上去要债。要到了之后，咱们再返到路边，我陪你一起等车。"

当他说出这话时，我旁边坐着的全脸胡的中年男人什么话都没说，只是抬头看了我一眼。我犹豫不决，后来反复问呢子男："你还会来等车的路边吗？"

呢子男信誓旦旦地说："肯定会的，我就是靖边人，我不回靖边去哪儿呢？"

我想了想，和他下车去，然后返回来，万一错过了车怎么办？所以我还是决定不随他去。车到横山呢子男悻悻下车离去。横中就在大路的右侧，西北的方向，我坐在车里往外看，"横山中学"四个大字镶在一个铁大门的上边。教室里的灯光透过大门的栏杆，映在了车里。已经快晚上七点了，哥哥也应该快上晚自习了吧？

长途汽车并没有像呢子男所说停下来不走，而是站在路边稍作停留之后就上路了。其间有一位大妈拿着热气腾腾的火烧上来卖。得知车会继续前行的消息后，我瞬间饿得难以自持，两毛钱买到一个火烧，狼吞虎咽地吞下，车继续驶往靖边的方向。

路上那位沉默的全脸胡终于说话了，说他是绥德人，往返于榆林和靖边之间卖鸡，今天刚在榆林卖完，准备回靖边再买一些。当我叫他"叔叔"时，他说他二十四岁，我再没有敢搭话。

过了横山最险的路就是贾家湾了。贾家湾弯多路窄，道路难行，特别是公路两边，一边是高山，一边是深沟。因为山高，所以拐弯处的积雪整个冬天不化，道路上处处是暗冰，即使不曾下雪，开车的师傅走这段路时依然要先停车，在车轮上上好防滑链，车才能继续前行。这里是由横山通往靖边的必经之地，有一个又长又陡的坡，以前叫贾家湾大桥，坡上经常肇事，几乎每年都会有车因为刹车失灵冲入深沟。车爬到半坡时，坡太长上不去，倒到深沟里去的祸事时有发生。所以这道坡对于走这段路的人，无异于鬼门关。过了横山县城又下了两个人，车里人更少了，空气也更冷了。车速很快，忽左忽右的摇摆让本来就晕车的我眼冒金星，不堪忍受。当车辆放慢、发出老牛喘气般声音的时候，就知道贾家湾大桥到了，揪着的心瞬间又悬了起来。父亲曾经说起过当年他们开路时的艰难，如何挖土，如何炸石，如何运料，如何铺桥，几经艰难，历暑往寒来，才修得这高高低低、七拐八折的路来。不想修路难，行路也难啊。

坚持爬上山顶的人都知道登顶时那一瞬间的心情，那时的我也一样，当感觉到车已爬到山洼时，感觉心一下子脱离了地球的吸引力，倏地一下升空而起，终于到杨桥畔了，终于快要回家了。

回家的心情有多迫切，回家的脚步就有多疾。车到杨桥畔，也就到了靖边境内。地势高而平坦，道路稍微宽了一些。司机似乎将油门一脚踏到了底，汽车也发出了酣畅淋漓的喘息，不如先前那般遮遮掩掩、窝窝囊囊，车门车窗也呼呼啦啦作响，半个多小时之后车就抵达了靖边站。冲下车又冲上回家的最后一趟短途汽车，一个小时后，我推开了熟悉的家门，扑到妈妈的怀里，放声大哭。

洗完脸，踏踏实实地坐在炕头，吃一碗妈妈做的干羊肉炖粉条。

多年后，与母亲说起往事，她说，那日我离开，急得哥哥一夜没有合眼，直到第二天，我安全返回他才放心。少年时，执拗的我，曾惹了多少人为我担惊受怕。好在老天可怜，并未让我头脑发热地和那个陌生的男子下车。以后才听说，那条路上，有很多拐卖妇女儿童的人贩子，每每想到这儿，都后背发凉。

后来读书求学，也多次走过这条路，横山中学的灯光照亮了我回家的期盼，直到 2003 年榆靖高速通车。榆靖高速并不从横山城中穿过，也不会故意绕道到横山中学，所以回靖边再也不必经过横山中学，但横山中学铁大门上的"横山中学"四个大字却一直深深地烙印在我的回忆深处。

再见横山中学已经是多年后的今天，横山中学仍然安静地坐落在无定河畔，静静地为无数学子点亮前行的路，指引前行的方向。

横山，一座温暖的城市，我是过客，不是归人。

2019 年关键词

2019 年可以浓缩在几个词里。

第一个关键词: 健康。

当别人在欢度元旦的时候, 我在灯下, 书写着这一年坎坷不平的经历, 我总要拿什么东西来给自己的 2019 一个交代吧。2019 年, 从医院开始, 这一年, 又将在医院中结束, 我想珍爱生命、珍惜身体、重视健康应是最重要的。

人到中年真的好难。

父亲母亲似乎在一年之间苍老, 身体感觉随时会倒下, 最害怕听到的消息就是亲人离开人世。这一年, 爱人的二伯、小舅, 我的五舅相继去世, 真真切切地感受到来自死亡的威胁。虽然悲痛, 但还需要忍着, 因为一旦开始哭泣, 场面将难以控制, 担心年迈的父母伤心过度, 所以第一次体会到最难的事不是哭泣, 而是需要哭泣的时候不能哭。

第二个词: 陪伴。

父母老了需要陪伴, 儿子上高三了也需要陪伴, 于是我如一个永不停息的陀螺, 不停地旋转, 当有人抱怨朝九晚五的生活的时候, 我却不得不强打起精神, 过朝五晚十二点、凌晨一点的生活, 我多么渴望有一个可以让我埋头大睡的日子, 我多么渴望让我有一次一吐为快的机会, 但是不能, 我要小心翼翼地陪伴父母,唯恐他们发现了我生活中遇到的困难，免得他们瞎操心，还要小心翼翼地陪伴处于青春期的儿子，唯恐他思想跑偏，影响高考。爱人的工作也处于低谷期，情绪沉郁，脾气暴躁。我日日如履薄冰，胆战心惊，生活中的一点小事就可能打破这貌似宁静的湖面，掀起轩然大波。当同事们羡慕我的生活一片阳光的时候，何曾体会过我的辛苦，我深深地体味着中年人的悲凉。

第三个词：意外。

当有人说意外和明天哪一个先到的时候，老天给我的意外已经等不及明天，分分钟就砸到了我的脑袋上，想想真是玄而又玄的意外，但仔细想来，似乎所有的意外都是在意料之外、情理之中。家庭中的意外和事业中的意外早就有了预兆，只是不曾注意到而已。防患于未然和猝不及防同时出现，貌似偶然的情况就出现了，而这些其实可以避免，再多一些信任和宽容，或者再多一些努力与自制，可能会好一点，可谁又能知道这命运的安排。当我们把一切归咎于命运的时候，其实心里是明白的，这不过是想用心灵的鸡汤来治疗病入膏肓的躯体，谈何容易，于是就有了意外。

最后一个词：感恩。

感谢命运在夺走了一些东西的时候，没有忘记赐予我一些东西，例如机遇、健康、希望、梦想……

命运总是如此的奇妙，曼妙的风景往往出现在迎难而上的时候，当它教会我什么是失去的时候，也教会了我什么是珍惜；当它教会我什么是痛苦的时候，也教会了我什么是放手；当它教会了我什么是意外的时候，也教会了我什么是忍耐。我如一条鱼，潜伏在时光的海洋之中，慢慢长大，计算着腾飞的日子，等待着六月的海风……

常回家看看

又是一年将近，簌簌而下的雪花也未能阻挡得住年的到来，不管愿不愿意，年还是来了。

操心的事儿太多，无暇顾及年的存在，就如生活中的事儿太多，无法顾及父母的感受一样。

大姐二姐相继住院后又相继出院，母亲住院已经十多天了，儿子高三……中年人似乎都没有时间矫情，于家与医院的缝隙中偶尔扒开一条缝吸一口气，就算是放松了。

高三的课好不容易上到小年放假了，可家里的教学还在继续，给女儿上国学，陪儿子做高考模拟……总有干不完的活儿、讲不完的课、操不完的心。

母亲的病在县医院治疗的效果并不好，出院回家之后总闷闷不乐、唉声叹气，吃饭也无食欲。二姐在西安住院的那天，大姐也在县医院办理了住院手续，姐姐们不让我告诉父母，怕他们担心，可他们终究还是要担心的。

"你姐就知道哄我，昨天还说在西安，今天又说在家里，听着声音不太对劲，不知道哪句是真话，哪句是假话。"

很多时候，我都希望父母是愚钝的，而这种愿望一般都难以实现，他们表现出一些异常的敏感与精明，让人不得不防。

"嗯,在家,我姐感冒了在家休息呢。"

和稀泥,将大事化小、小事化了是我擅长的,让父母打消疑虑是我的责任。

"不知道一天在忙什么,也不说来看看我。"

"大家都过年了,忙得什么似的,不要添乱。"

怀柔加大棒,是我惯用的伎俩。母亲欲言又止,终于不说话了。

"过年了事儿多,我也忙,顾不上就不过来了,要什么打电话吧。"

"什么都不要,都有。"

在母亲失望的语气中,终于把她老人家搪塞过去了。

大姐终于出院了,其间我只去了医院三四次,去了父母家两三次,事情真的很多,终于明白哪吒有那么多胳膊的好处了,只恨不得自己也生出三头六臂来。

坐在父母家炕上等大姐来,终于来了,脸色很白,手肿得老高,寒暄了几句,我有事骑车匆匆离开,等我再返回去时,姐姐已经走了。

今天阳光很好,二姐在西安出院,手续办完了,已经在回来的路上,我也心里感觉轻松了一些,带了一点小枣去父母家。

沿途见路边有很多卖年货的摊点,年味越来越浓。

回到家,母亲很高兴,孩子似的向我炫耀她的新衣服。

"你嫂子昨天下午给我买的,好不好看?"

"好看,真好看。"

"你看我的,我都已经穿上了。"

爸爸抬起腿,让我看他的新棉裤。

"好,真厚实,我嫂子真好。"

我真心夸赞,他们的好心情也感染到了我,让我也有了过年的感觉。

过年穿新衣,多熟悉的场景啊,而且穿了新衣就要得瑟,现在生活条件好了,谁还稀罕这个,难得父母高兴。在我小时候母亲经常会做一些小孩穿的漂亮衣服,拿到集市上去卖,母亲的手巧,会在衣服的领子和兜上绣许多漂亮的小动物和花，小衣服卖得很快。如果她做得特别漂亮时，就不舍得卖了，给我穿在身上。听说我小时候长得特别可爱，穿上新衣服之后就不会在家里待着，一定要闹着让爸爸抱着我到集市上去转一圈，被无数的人夸赞"这个小姑娘真漂亮"之后，才会高高兴兴地回家。现在的孩子都不缺衣服穿，也就没有了这种穿新衣的兴奋与激动，没有了这种生活体验。可父母喜欢，他们虽然不缺钱，更不缺衣服，但是喜欢这种过年穿新衣的感觉。

"昨天下午你哥和你嫂子带我们买的。"

"挺好的，衣服真好看，看把你俩高兴的，你们还需要什么年货？我再去买。"

"什么都不缺，就多回来看看，每天和我坐坐就好。"

"你大姐前阵子不知为什么两个星期都没来过。"

又来了，躲都躲不过，刨根问底儿，一定要搞清楚，老年人难道记性都这么好吗？还是我的父母是个特殊的存在？让他们该记的记不住，不让他们记的他们恨不得用结绳记事的方式把它记住。

他们大概是掐着手指头算的，一天不差，刚好两个星期，大姐就是住了两个星期的院。

人老了，只要他们身体没有问题，唯一关注和念叨的大概就是自己的孩子：今天他来了，你没来；昨天你来了，他没来；今天哪一个来过了，明天哪一个会不会来。我经常不按规律去，不然他们会如数学家一样，演算出我的轨道，早早就计算着今天小女儿会去，就如二姐每天送完孩子去家里坐一会儿，如果偶尔单位有事情，一天不去，他们就会担心地询问，今天怎么没有来啊？受不了他们这种盯梢式的盼望，但这盼望里，有着多少爱与牵挂？

算了，还是让他们盯着吧，不然他们无聊得干啥？吊一吊他们的胃口，他们猜我中午去，我偏偏要早晨去，他们猜我不去，我偏偏一天跑三回，常回家看看，顺便给他们带去一点小惊喜——你怎么又来了？

骑行偶得

人生如骑行，回首才知道这一路的旅程和风景。

快要入伏了，陕北的夏天，中午炙烤得厉害，平地上炒鸡蛋绝对不是传说，虽然天气预报说最高温度三十二度，但地表温度绝对不止。早晨一上秤，吓得自己一个激灵，不会吧，难道秤又坏了？这体重真对不起千辛万苦锻炼的自己，我不过休息了三五天，体重怎么可能飙升起来？当然我也反思了这几天人生观的跑偏情况。昨天还在给好友说，就这几天，大脑不运行了，四肢不动弹了，吃了便睡着，醒来便躺着。开着电视，眼睛盯着屏幕，大脑不用动，这样的日子真舒坦。

为了达到标准体重，今天去骑车。中午太热了出不去，早晨5:40下楼骑上我的自行车，出了家门左拐，直接骑往去父母家的方向，去那里已经成为一种本能，不能算是有目的的骑行。骑到路口，还不到六点，说不准父母他们还没有起床，索性骑到火车站去玩玩。

一路微风清爽，倒还惬意。去车站的路上只有一个大缓坡，其他的还好，五公里多的路程并不长，一路上时闻好鸟鸣啾。

火车站的花儿已经醒了，明媚鲜艳，看了一下表，时间尚早，返回还是继续前行？稍作犹豫之后，车辘辘一歪就拐到了旁边的红柳地里。今年天气大旱，红柳滩只有红柳，偶尔有点草，也是有气无力地趴在干涸的土地上，虽然是一大早，却看不出一点生机。抬头望了望这茂密的红柳丛中七拐八弯的小路，兴致全无，算了，折回到大路上吧，看来走弯路是难免的。

回到大路上，一直西行，路两边是庄稼地，偶尔有一两户人家。骑行约三公里之后，有一个十字路口，再往前走，就是回老家的路，往北走，是一条断头路，骑不了多远，就没有路了。往南走吧，那是一条从来没有走过的路。骑行五百米左右，遇到一位清秀的女子，便停下车，问她这条路能否通往县城，她热情地说可以，但不远处就变成黄土路了，土大约有一寸厚。她问我是来这里锻炼吗？

我说随便玩玩，如果路不通，我就折回来。告别她之后继续南行七八百米，看到一大片毛头柳树，树干极粗，应该是长了好多年了，它们投下了茂密的树荫，即便是大路中间也看不到一星阳光，真是一个好地方。微风轻拂，地面上有零星的黄叶，这里最美的景色应该是在秋季：树下铺满一地金黄，阳光细碎，散在空中，偶有树叶在空中翻飞……

路的尽头是一条东西向的土路，往东还是往西呢？我一路西行，往东应该离家近一些，车头左拐，走向东边，东行不远，偶遇回家的羊群，小羊蹦跶在最前边，有的已经守在栅栏前，等待牧羊人。从晨光中走来的牧羊女略显疲惫，但掩不住她脸上质朴的美，我就在想，把《射雕英雄传》中华筝的衣服给她穿上，该多美啊！我的车子停在路边，等羊群归去。我站的地方一片尘土，有几只老羊从我身边疑惑地走过，它们肯定在疑惑，这个傻子一样的人，站在这里干什么？为了免得被好事羊围观，我从羊群中穿过，穿过了满是羊粪味的空气。被羊群踩过的路表皮上有土，实际上地是结实的，骑行上去不软不硬，很舒坦。

小时候老家的院子临着大路，不安全，父亲请人用推土机垫了一个高台，起到一个隔离的作用。土台是虚土，靠我们这些孩子要把它踩结实了，实在不易，父亲下班后，偶尔用石碓夯一会儿，但效果甚微。后来父亲和放羊的大叔商量着每天羊群出去和回来的时候从梁上走过，羊蹄接触地的面积小，而且很多羊是七八十斤重的大绵羊，所以踩土功效明显，就这样一阵子之后，土梁被踩得结实平坦。

刚穿过羊群,就听见羊群里有如树枝相碰般咣咣的声音,回头一看是两只山羊干架,尽管没有羊围观,它们依然斗志昂扬。人生贵在折腾,看来"羊生"也是。

继续前行,路越来越难走,原本平坦的土路变成了由碎石铺成的凹凸不平的硬路,上面镶嵌着石子,大小高低不等,路离村子越来越远,树也越来越少,太阳越来越耀眼。我停下车子,回头望了望来时路,骑行太远,折回去恐怕体力不济;往前看,东南面能清楚地看到县城新区林立的高楼,一路向东或向南,肯定没错,继续前行吧。

车子蹦蹦跶跶跳过了一段石子瓦砾的路之后,终于可以歇口气了,路面虽然谈不上舒服,但至少可以平稳下来,这时展现在眼前的是一大片的草场,我应该是到了西草滩了。

西草滩是一片干涸了的内陆湖,水位极低,而且有盐碱,多年以前是白茫茫的一片,只要下雨,雨水不会下渗,积蓄成湖,北方人称"海子"。近几年,随着环境的改善,慢慢地长出草来,夏天远望过去,一片葱绿。往年会有零星的海子,今年因为天气太干旱,没有了水的影子,不见海子,只能看到草场。今天的西草滩安详静谧,有几处羊群散落,很远处有牛和马,未见牧羊人。草滩上空有些黑色的大鸟上下翻飞,偶尔也有不知名的鸟儿在远处发出婉转的叫声。

环顾四周,最高点就是我,影子拖在地上,感觉都是孤单的。停下车,周围连一丝风都没有,草场笼罩在飘散着淡淡羊粪味的空气中,我竟生出了几分害怕。提速前行,一路上遇到了无数个岔路口,弯弯曲曲的小路通向四面八方,面对岔路,我并不犹豫,选择能骑向南或者东的小路,希望它能通往大路。西草滩一片平旷,只要方向对,路也不难选择,几乎不用动脑筋,跟着眼睛走就可以。骑行一小时零六分之后,我终于看到了行驶的汽车,快要到公路了,等骑到乡村公路再回头,望我的来处,茫茫草场已看不清我走过的路了。

一个人的行程暂时告一段落。平时骑车,也偶尔会叫朋友一起,但因为大家的时间安排不一,所以大多时候,我还是一个人骑行。

"生命是什么呢，生命是时时刻刻不知如何是好。"《哥伦比亚的倒影》中这么说。人生也是这个样子吧。

我们稀里糊涂地来到这世上，冥冥之中踏上了一条未知的路，很多时候我们并不知道要去哪儿，会去哪儿，循着前人的路，一路走去，其间会因为选择的错误而走一些弯路，也会因意外的事故而停下脚步，也会因为路程的艰难而心生悔意，甚至畏缩不前，但无论如何，只要向着一个目标前行，总会有到达的时候。或许路上会偶遇一些行人，几个朋友，与我们同行一程，但人生大多时候，终归是一个人的旅程。

骑到乡村公路上之后，一路向东，路两边的树和农家渐渐增多，农家门前种着的各色花儿怒放，环境清雅，景色宜人。没有了内心的紧张与孤独之后，我的速度放慢了下来，边骑边欣赏路边美景。我知道，我马上就应该到县城的主干道了。继续往东，二十分钟之后，我来到了县城的主干路段，然后直接向父母家方向骑去。父母在，人生尚有来路，不管我们走得是远还是近，只要有父母在的地方，永远都是家，不管是从哪儿出发，时间久了，我们第一想到的就是回家。坐在父母的家里，吃着母亲端上来的营养早餐，向父母汇报今天一早的行程，品味着骑行的偶得。

寻找心动的感觉

　　很多年前看过一部外国电影,讲的是一场黄昏恋,当年迈的男主人公亲吻同样头发全白的女主人公时,女主人公并没有像大多数桥段那样激动地说"我爱你",而是说:"天哪,多年来我都忘了它(嘴唇)居然有这样(接吻)的作用。"我当时就被女主人公的幽默逗乐了。的确是,很多东西闲置太久,我们会忘了它的作用功能,就如一些词语的义项太久不用,大家往往会不记得它还有这个意思。

　　马上就要开学了,想抓紧时间再嗨一次,干什么呢? 周末的早晨照例早起跑步,走出家门不远,翻看手机,发现有净水鸟户外组织的徒步。说起来着实令人惭愧,我还有一个不为人知的身份——净水鸟户外运动的领队,已经记不得当时申请加入团队时是怎么想的,但进去之后真的是书生百无一用,本来想退出,但是大家都说进都进了,就待着吧! 用孔队长的话来说,"行万里路"需要领队,"读万卷书"也需要领队。好吧,成长的确需要肉体与灵魂同步,姑且忝列其中,与队友们共同读书,共同成长。

　　我的临时加入,使这次徒步由三位领队变成了四位,领队瞬间多了起来,而我站在领队的队伍里,如假冒的一样,极其不自信。

　　大家在营地集合之后,就乘大巴到徒步的起点处,马队和张队带大家简单地拉伸之后,整理行装准备正式出发。出发前,张心如领队说:"大家遵循只留下脚印的原则，把所有的生活垃圾全部带走，我们要尊重山脉。"

"尊重山脉"？"尊重"这个词好，尊重山脉就是尊重自然；尊重自然，就是尊重我们自己；善待自然，就是善待生命。

我们出发的第一个目的地就是一座山，山坡很陡，对我和其中几位初次徒步的人来说是一个不小的挑战，尽量跟紧队伍，不至于掉队。爬到半山时，累得气喘吁吁，看着有棵大树，就靠在这里歇歇。这时旁边的一位大姐说，每次爬山都能感觉到心动，平时都不觉得自己还长着心，这个时候才感觉明显。可不是吗？平时不剧烈运动，哪里会有这种心动的感觉？相比于运动，恋爱给人心动的感觉毕竟短之又短，正如电影中那位老太太所说，只知道嘴唇可以吃饭说话，好多年不用，居然忘了它还可以接吻。我们太久感觉不到心动，不提醒自己，险些忘了我们还有心。看惯了生活中的浮浮沉沉、纷纷扰扰，心早就变得麻木，突然来到了自然之中，换了一种不同的环境，拥有一种不同的心境，才能感受到身体的变化，例如心动的感觉。

大自然真的具有治愈的功能。当看到梁漱溟在《乡土中国》中提到土地有治愈功能时，颇感陌生，也不能理解，但真的到了土地上才明白，亲近泥土，亲吻山间的风，真的可以让人忘却烦恼。古代的文人墨客不乏在乡间地头寻找心灵慰藉的人，在这里且不说古风中的才子或邻家的女子，魏晋时候的名人雅士，隋唐时的得道高僧、真人道士，单就只说说陶渊明。以前并不觉得他的选择有多明智，古人不是都说了：大隐隐于朝，中隐隐于市，小隐隐于野。只要心中想隐，在哪里都一样，心中有佛，处处皆佛，何必选择躲到山野之中？就连陶渊明自己都说：心远地自偏。那么既然心远地自偏，那何苦要辞官归隐？后来从陶渊明的"桃源"我才看出，山野与朝堂还是不同，到田野之中才知其中味道，朝堂之上哪有"云无心以出岫，鸟倦飞而知还"的恬淡，朝堂之上哪有"既窈窕以寻壑，亦崎岖而经丘"的洒脱，朝堂之上哪有"登东皋以舒啸，临清流而赋诗"的自由？

还是回到我们的徒步上。起初的山虽然陡峭，但徒步才刚刚开始，有的是力气，尚且能应付，可以跟得上队伍，等到爬第二座山时，就显得十分吃力了。本来体力已经有些不支，再加上穿的是跑步类型的运动鞋根本不适合爬山，它的缺点在爬第二座山的时候暴露无遗，渐渐地，我落在了队伍的后面。

今年天气太旱，山坡上一片荒芜，偶尔有几丛荆棘，山路走起来十分滑，我四脚着地，几乎是匍匐前进，干涸松软的土随时滑落，一不小心就有滑下山去的危险，有的地方异常难走，如中年人的生活，战战兢兢、举步维艰，上也上不去，下又下不得，只能硬着头皮往前爬，太累太紧张时，竟然忘了抬头看路，等意识到时前方已几乎无路可走，这时的"心动"更有了几分恐惧。好在张心如领队一直在左右，徐乐声大姐和双静娥队长时不时地用爬山杖人为地给我制造发力点，助我攀爬。爬到山顶的那一刻，并没有"山凌绝顶我为峰"的豪迈，而是生出了深深的谢意，没有他们，我一个人，断然是走不过这一程并没有路的路来。

下山并没有想象中的容易，山的坡度已经远远超出了我的认知范围，不合适的鞋根本抓不住土地，脚底似乎是抹了油，怎么都踩不到实处，稍有不慎，便会连人带土给滚下去，临深渊、履薄冰般一寸一寸往下挪。北方的山与南方的山不同，上学时曾爬午子山，山上全是石头，虽然道路陡而险，但路边有大石，有树，不时还可以助力，而北方的山植被少，没有石头和树借力，一路几乎是背贴着山、手扒着土、倾斜着脚往下挪，有几处十分陡的地方，需要身体全部紧贴在土壁上慢慢挪动，走过去到稍微能平缓的地方，长长地舒口气，深深体会了一把《蜀道难》中"以手抚膺坐长叹"的感觉。

终于到山脚下了，浑身是土，如泥猴子一般，与队友相视而笑，开玩笑地说，四脚着地的感觉还是踏实一些。走出不远，回头望去，山还在那里，静默如初，有几片云在山顶上飘荡，以前熟读的诗词，这时，也如这几朵白云一般，飘浮在眼前：回首向来萧瑟处，归去，也无风雨也无晴。苏轼也应该是经历了如爬山这般人生的起伏、心境的跌宕之后，回首风雨之中走过的路，心生感慨才能写出这千古名句的吧。

路虽然艰难，但不虚此行，对于生命的热爱，千年如斯。如王羲之所说：后之视今，亦如今之视昔。

我一路并无多少负重，只背着自己要喝的水，其余的三位领队则不同，每位领队都背了很大的一个爬山包，包里装着食物的补给，除此之外，张队和马队还背着两个很大的绿色布袋，用来装路上遇到的以前行人或游客留下的垃圾，这一路下来，每个袋子里居然也捡到不少塑料瓶、牛奶袋等垃圾。尊重山脉的人，值得我们每个人尊重，热爱生活的人值得拥有更好的生活。

默语山房在滨河路西的一幢东西向的二楼上，那是一座复古风格的三层楼房，有着红色的门窗和琉璃色的屋顶，入口夹在一些阔大的门面之中，一点都不显眼，若是没人带着，很难找到。上了二楼之后，便如渔人到了桃花源般眼前一亮，古色古香的中式装修使这里与外部环境浑然一体，让我这个只知柴米油盐酱醋的俗人顿觉"琴棋书画诗酒茶"之雅。主人对于这里每一件物件的热爱令人动容，虬曲苍劲的枯枝上，爆米花开出了腊梅的味道。花树下的古琴前摆放的香案上，《道德经》尤为醒目。大大小小的石狮子被放在不同的角落：有的堂而皇之地摆在正位，有的被放在琴前，有的被搁在案几上，有的被藏在桌下；小狮子或嘻或笑，或喜或怒，或哀或乐，形态各异，憨态可掬。不承想在这个小小的县城里，居然有这样的福地洞天。主人说起每一个物件来历的时候，眼中有光、有景、有情，我想这些全是因为热爱，因为心动。

热爱可抵岁月漫长，这种热爱足以抵得过万水千山，所有热爱都可以使时光弹指一挥，使得时光惊艳、生命不同。这种热爱如同户外运动者眼中的山山沟沟、树树草草，足够惊艳他们的人生。

徒步有山，自然也会有沟，下山之后是洪水冲出的一段平坦的河床，今年大旱，没有水流的痕迹，我们沿着河床前行。路上曾遇到两棵肩并肩的大树，长得如舒婷笔下的爱情，手与手相挽，根与根相连，长成了岁月静好的模样，突然想起今天居然是中国的情人节——七月初七，着实是被大自然喂了一口狗粮。

马队带着大部分队友已经走出很远，队友中有一位姑娘身体不舒服，渐渐地落在了后面，为了等她，我与张队走走停停，便生出了许多的话题来。聊天才知道这位看似瘦得干巴的八零后小伙，工作之余，骑车、跑步、越野、爬山，随随便便就可跑个全马下来，不由得又让我感慨万千。

运动对于人的意义或许也如自然于人的意义，具有强大的治愈功能，他们是"山不来就我，我便去就山"的一群人。结缘净水鸟户外源于一次读书会，同事兼校友的贺老师说：有个读书会，每周五晚有活动，你可以去坐坐。我是一个几乎没有社交的人，空闲之余，喜欢一个人游荡——骑车、跑步、闲逛，亦可寻得一些乐趣。巧的是贺老师说的那一天，我正准备骑车外出，车把一拐便带着三分好奇与七分随意，来到了净水鸟户外的门下。读书会在二楼，上楼之后颇为惊讶，这么一个听起来粗犷的组织，也有着儒雅的内核。二楼的装修颇具地方特色，窑洞图案的壁纸，纯天然的挂饰：玉米棒、高粱穗、红辣椒……右手处拐进，是一间书房，放置原木色的长条桌和长条椅，对面的墙上是大大的书架，上面摆满了图书。

那是一个有意思的下午，认识了一群有趣的人，命运让他们在我面前又打开了一扇奇妙的窗子。

热爱运动的人大多是热爱生命的。

贺老师说很少有人把爱好做成了事业，而孔队就是这很少的人之一。

的确，这个身高一米八以上的大高个儿男人，说起一次爬山奇遇时，眼睛里都闪着光：它神奇地看着我，不对，应该是含情脉脉。

我如一个内心毫无城府的小姑娘，对他讲述的这段经历又惊又喜，既羡慕且着迷，他为了描述出那只棕红色的狐狸的模样，终究用到了"含情脉脉"这个词。

我问他：它不怕您吗？

他说不怕，而且他们对视几秒后，狐狸从容离开。

我想那种感觉应该是我们无意中闯入了别人的家里，主家自然不会惊慌，最后惊慌失措离开的应该是我们。

"您再有没有见过它?"

我如《从百草园到三味书屋》里的迅哥儿一再追问美女蛇的问题一般追问着孔队。

他说没有,我听了颇感失望,觉得故事里讲的大概都是骗人的,但凡有狐狸的桥段,不应该都有一点仙气吗?难道这只小狐狸只是略通人性,尚未成仙?

我笑着对孔队说:"您和这只小狐狸的缘分,大概只是前世的五百次回眸,换得今生的一次擦肩而过吧!可这样的缘分也是可遇而不可求的,如我这凡夫俗子,就连一次一睹狐狸芳容的机会都没有。"我打趣他:"您是不是动了心?莫不是被这只小狐狸勾了魂去?"

他笑而不语。

生活中可勾人魂魄的人和事太多,何止这只小狐狸?不被外物所迷惑、所诱惑,始终能保持初心的人实在可贵。

因为穿的鞋不给力,脚上打起了水泡。又逢另外一位队友身体不适,需要提前结束徒步,我便顺坡下驴地准备提前溜了。马队笑着问我:"高队就这点本事?"我回答他:"认怂,我向来是最怂的。刚才那会儿山上的树都顺势长着,难不成我要比它们还傻,一定要逆着我身体的意愿逞强?我有多大本事就走多远的路,绝对不为难自己。说不行,就不行,真的不行。"

他听了哈哈大笑,带着其他队员远去。

徒步到下午四点的时候结束,全程十五公里,而我只走了十二公里左右。回去时坐在车上,大家聊起了县里的一位名人因心脏病去世。得病期间,预交了一百八十万元等待心源,准备做移植手术,最终没能等到。听得我心中又是一惊,拥有健康的身体就至少是个千万富翁,可得好好守护好这一亩三分地,时不时地出来运动运动,找一找心动的感觉。

毛乌素沙漠的夜

说要去沙漠里露营已经好些时间了,上次就要成行,打算下午五点出发,就在那天中午,孩子的爷爷身体不舒服要去医院,恰巧爱人又出差不在家,只好作罢。透过朋友的手机屏看着落日浸入沙漠的尽头,感受风从余晖中的几根草间掠过,徒有羡鱼之情。

朋友说:"还是去沙漠里露营一次吧!第二天回来,你会感觉自己似乎出了一趟远门,让人可以带着出远门之后归乡的激情和回家的欣喜去投入一个星期的工作和生活。"

另外一位朋友说:"所有的寺院和道观都大大地写着两个字:逃避。逃开这世俗的琐碎与烦恼,羁绊与牵挂,去沙漠里露营也如这样的修行。即使是最高的沙梁上,也难得有网络信号,在这里可以放松自己的同时,也断开了与世俗的一切联系,可似乎又心有不甘,总觉得会有什么被错过。"

我笑着问是不是信号不通,感觉自己一晚上错过了一个亿?她说差不多吧,反正来消息时的叮叮咚咚声,让人心安。

是心安吗?我们跑来跑去、折腾来倒腾去,不就是心不安吗?怪不得苏轼说"此心安处是吾乡"。

朋友圈中叶老师在晒他回到老家去"巡山"的惬意与豪情,作为以"互相伤害"为朋友圈宗旨的语文组同仁,怎么会给他这样嘚瑟的机会?各种"利箭"射向叶老师,其中红利的评论最为文雅,且有内涵。她说:故乡安放不了肉身,他乡容不下灵魂,说的是谁们?

叶老师秒回复:当然是你。

这句评论倒是提醒了我,不然我险些忘了红利也是外乡人。

气得红利跺脚说:审题不清。

我在边上看热闹,看着两个神仙吵架。以本乡人自居的我,时不时插上一嘴,以暴露我典型看热闹不嫌事大的真面目。

何为本乡人,谁是外乡人?

叶老师故乡在绥德,红利的故乡在山西,他们都把青春奉献给了靖边的教育事业。现如今,一个已退休,一个正值壮年,虽然他们都早已把他乡作故乡,但也免不了会有鲈鱼之思,所以在他们的互相"伤害"中,有归乡人的得意,有意欲归乡者的思乡之情,细品这插科打诨、嬉笑玩乐之中,难免会有一丝丝酸涩的味道,这故乡究竟该是心安处还是身安处?

前几天和净水鸟读书会的尚静会长聊天,就说到了这个问题。她总是追问"我是谁,我们从哪儿来,到哪里去"之类的问题,我说读读哲学吧,这些问题都是深奥的哲学问题,哲学家就一直想搞清楚这些问题,或许在那些先贤的作品中能读出"于我心有戚戚焉"的感觉。

这次去毛乌素沙漠露营,或许就是对生命本源的一次探寻。

生命究竟是什么,它该是什么样子?

今年的夏天极端天气频发,郑州水灾中逝去的人数依然在上升;新冠疫情又有蔓延的趋势;抖音中一位举着"妞妞,爸爸来接你回家"的牌子,让人揪心;老父亲又住进医院……

炎热的夏天,烦躁的情绪,短暂的生命……一切都让人想要逃避,逃到沙漠里去,逃到毛乌素去,逃到只有星星、只有月亮、只有自己的夜里去,寻找暂得的宁静。这种感觉大概与杜甫暂居草堂、苏轼暂避黄州、王阳明蛰伏在龙场有几分相似吧。不过是现实世界中，一些人在狼狈、落魄、不堪的时候，找个精神的避难所，寻得几分宁静，顺便思考一下令上帝发笑的问题罢了。

大自然总是以博大的胸怀去容纳所有人，所有事，同样八月的毛乌素沙漠也张开臂膀，欢迎我们的到来。

下午五点出发，驱车一个小时后我们就到了沙漠腹地。虽到下午，但沙漠的温度并没有降下来，赤裸着的沙地，如一盘巨大的火炕，只有几处低洼里长着几簇野草，细看有调皮的小虫子躲在草下休息。

打开帐篷，迅速地安营扎寨，沙漠中的太阳即便到了下午，依然不改泼辣的秉性。荒漠中，天高眼阔，我们几个人的帐篷，愈显得孤独渺小。

沙漠里的太阳说落就落，刚才还指指点点，倏地一下就不见了，就剩了天边的一点余晖，不愿意散去，与天边黑蓝色的云，勾勾搭搭，好久才消失。天空似乎在有次第地安排色彩的替换，天色由亮而渐次转暗，当天地合为一体，世界好像掉入黑窟窿的时候，毛乌素沙漠的夜降临了。

毛乌素沙漠的夜可真干净，干净的毛乌素让人更能看清楚自己的内心。

远离城市之后，除了远离喧嚣，也远离了灯红酒绿、五光十色，让光都显得纯粹而干净。近期突然喜欢上了摄影，随手一拍，大家都讨好似的惊呼直逼专业的水平，其实我知道这惊呼里有被放大八十倍之后的夸张，为的是鼓励我好好拍照，不过这样的鼓励也让我更喜欢拍照。展现生命最真的模样，大概就是摄影所追求的最高境界吧。

纯粹的光让画面干净而真实。有一次净水鸟户外运动的孔队长指着我拍的一张照片说："高老师，您看这朵花开得像不像喝了酒之后的李白？"他的想象力和语言的表现力着实惊人，也只有在干净的光线下花朵才开出了狂放不羁、癫狂陶醉的感觉。

拍照让我懂得了光线的妙处，也深知光的坏处。

记得一日春雨停后已经是晚上九点半，校园里极美，想着暮春时分校园角落的落花，该是美得让人心醉、让人心碎了，专门拉了同事红利涉水而去，但去了之后拍出的照片却令人大失所望。校园周围的光线太过繁杂，完全遮住了自然的光，手机也根本拍不出我们眼前的美景。如生活中的各色诱惑，让我们看不清自己的内心。

而今夜的毛乌素，没有这些繁杂的光。

毛乌素沙漠在日光全部消失、天色暗下来之后，天似穹窿，笼盖四野，星星次第出场。城市里的灯光太亮，亮得晃眼，不单会盖住星星的光芒，有时甚至将月亮的光都盖了去。城市的夜里声音嘈杂，尤其是夏天。白天天气太热，大家都忙碌，一到晚上，街道的两旁，灯火通明，挤满了人，随处可见烧烤摊，猜拳喝酒的吆喝声有时会一直持续到后半夜。

而此时的毛乌素，是寂静的。

没有人提议生火，大家也没有说话，只是静静地坐着。初上的新月挂在中天，周围的星星清晰可见，似乎离人极近，伸手便可摘得。热气在渐渐散去，有风送来凉意，偶尔有虫鸣传来，让毛乌素的夜愈加静谧。

寂静的夜如母亲温柔的怀抱，让人忘掉所有的不快与烦恼。直接躺在柔软的沙上，身体与精神可以彻底放松，什么人啊事啊，通通忘却，什么生命啊价值啊，全都不用思考。这时的我就是这沙漠中的一粒沙子，世俗中的一粒尘埃，就是最本真的我，就是最原始的我。什么"道法自然"，何须去"法"，人本就是自然，什么"天人合一"，"物我为一"，我本就是物。风中的沙粒、尘埃，不管飘多久，最终不还是要落入这广袤的大地？

安静的毛乌素，能让心也静下来。

长长的一个不愿醒来的美妙的夜。

早晨，草尖上的露水叫醒了沉睡的沙漠，如此高温少雨且极度干旱的沙漠，几株草的叶茎上依然会凝出露珠，不得不说，大自然真的好神奇，在这荒凉的地方，依然孕育着勃勃的生机。不论生活遭遇什么，万物依然在按序成长，生命依然会四季轮回。

收拾行囊，返回。

国庆节见闻

国庆节第一天之我要回农村（一）

国庆节的行程是已经安排好了的，到西安看儿子，顺便给他买几件衣服。傻儿子不单地主家里有，我家也有。按照计划，我们三人从靖边出发，他从学校出发，然后到西安集合。不想车已经到了西安，打电话问儿子在哪儿，他说在宿舍。我吃惊地问道："为什么在宿舍？"他说："你们不是来找我吗？"一时语塞，与爱人相对而视，然后对儿子说："好吧，待在原地不要动。"就这样，本来中午两点就到西安的我们，不得不绕道咸阳。

国庆节期间堵车是常态，包茂高速一路顺风，不能代表临兴高速、连霍高速也一路畅通。就这样走走停停，停停走走，儿子坐动车半个小时的车程，我们硬生生地走了三个小时。当把他找上再折回西安的时候，已经是下午六点，一行人极其渴望到舒适的酒店去休息休息。

入住的那一瞬失望到底。

住宿是我提前预订的，因为订房间比较迟，市中心常住的地方已无房源，于是就在附近又寻得一家。平时那里的标间也就二百多，赶上国庆节猛涨到了六百，为了方便也就定了。入住时才发现粗心的我居然没有注意到房间的大小，二十多平方米的房子实在太小，非常的逼仄。

城里套路多，我要回农村。

局促的住宿让人觉得，生活在小县城也不错，虽然没有大都市的繁华热闹，但至少让人觉得天高地阔，舒坦。

休息片刻之后就出去吃饭。

虽然是疫情防控期间，西安依然不改国庆节长假人山人海的盛况。

现在到赛格国际购物中心吃饭肯定是要排队的，而且不知会等到什么时候，所以就决定在步行街的门店里去吃。吃什么呢？川菜是最不挑地方的，哪里都一样，大同小异。川菜馆满大街都是，想着人多的地方味道肯定不错，便进了一个顾客如云的成都饭馆就餐。菜上来之后儿子大呼上当，价钱是他们学校食堂的两倍，但质量、味道却相差甚远。我说："高校的食堂不以营利为目的，自然是物美价廉，这大街上寸土寸金，单门面的租赁得多少。一根豆芽不卖出一棵芹菜的价钱，老板不得就地赔钱关门？听说清华北大的学生食堂，大厨是国宾级的，龙虾是白菜价，全国高校最低，要不你也创造点儿机会，让我去那里蹭顿饭吃？"

儿子边往嘴里塞饭边给女儿说："妹妹听见了吗，好好吃，任重而道远，妈妈的希望全部都在你的身上了。"

我白了他一眼再没有说话。

二百多块钱的三菜一汤，并没有满足儿子女儿的食欲，走出饭店他们还时不时地瞅着路两边的小吃店。

"想吃什么就买上，打包回酒店慢慢吃。"他爸爸说。有了圣旨，两个吃货自然不会空着任何一只手，当臭豆腐、烤肉、麻辣条、小土豆占据了他们双手的时候，我也寻觅到李渔的《闲情偶记》一套。这条街号称古玩一条街，路两边全是老旧书摊，感觉时光似乎倒流，回到了大学时路灯下逛书摊的日子。这旧版的《闲情偶记》比淘宝网上的新书贵多了，看着它发黄的扉页，我终究没有舍得把它放下，狠了狠心买了，权当是为了"人不如新，书不如旧"的一种情怀。

回到宾馆，儿子边吃边吐槽。

"就这么点儿臭豆腐，居然好意思卖十块？还没有我们学校五块钱的豆腐多。"

"就这小土豆，就这味道，一份也不值十二块钱。"

......

美食最终没有塞上他喋喋不休的嘴，吃干净之后得出的结论是：这里物价高，而且质量还不行。

我问他是不是又觉得还是学校里好，那为什么学校里面的东西就物美价廉呢？学校里物美价廉，咱们也不能在学校里头待一辈子不出来吧？除非你在里面当教授。女儿不失时机地插上一嘴，当保洁员大叔也可以。儿子嚷嚷道："好好，我就去当保洁员大叔去。"

我说："你太高估自己了，你以为高校的保洁员是随便当的吗？那扫地僧是随便一个人就当得了的吗？浙江大学的宿管员阿姨可以与你全程四国语言交流；北京大学的保洁员会编程，你连个 C 语言都学不会；许文龙英语词汇量一万五，你的英语四六级还没过；杭州电子科技大学的阿姨专门开设写作课，创作了二百多万字。您准备是去到哪儿当呢？"儿子一时语塞，女儿咯咯笑个不停，说："哥，你是妈妈捡来的吧，给你说过你还不信。"

儿子说："我这次相信了，亲生的妹妹。"

高校作为避风港，让孩子们觉得，自己一个月一两千块钱的生活费就可以过上不错的生活，完全忘记了社会的残酷、现实的无情。他们以为天底下所有的菜夹馍都可以两三块钱买来，所有的臭豆腐都可以三五块钱一份。不趁大好时光在学校里学得真正的本领，以后如何去应对生活中的妖魔鬼怪，如何躲得过命运的九九八十一难？

"你就是回农村，农村也要有你的一亩三分地，你有吗？"

"我没有。"儿子无奈地说。

女儿说："可以种我的，承包土地钱给我就行。"

我没好气地瞪了她一眼。

女儿当年上户口,上在了爷爷奶奶的名下,后来农村土地确权,她自然就有了二亩三分地,从那以后便自诩为地主。

"就你那点儿地,连你自己也养不活,还给别人出租?"

"我可以努努力,去高校当保洁。"女儿挤眉弄眼地说。

好的,洗洗睡吧,理想远大的孩子们。

国庆节第二天之我要回农村(二)

一觉起来,已经日上三竿,天阴沉沉的,有点儿凉,还好走时就知道会降温,带着厚衣服。今天的主要任务是给儿子买几件秋冬的衣服。女儿和爸爸在宾馆里写作业,儿子和我去购物。

三个小时后,我们无功而返。

西安可购物之处太多,单是赛格国际购物中心上下就有好多层,看得人眼花缭乱。很多时候买衣服买不着,不是因为没有什么可以选择,而是可选择的对象太多,不知道如何去选。随着物质的丰富,人由物质带来的幸福指数越来越低。小时候一块糖果、一件新衣服、一支新笔、一个作业本都会让我们兴奋不已,而且这种快乐会持续很久,而现如今,这些东西已经很难带给我们心动的感觉。我们忙于选择或盲于选择,忘了自己究竟想要什么,终究落得个劳而无功,忙而无获。

每进一个店,店员都会问我们想要看看什么。儿子会说,随便看看。就这样随便看了三个小时之后,我们疲惫地回到了房间。

孩子的爸爸问:"买到衣服了吗?"

"没有,没有合适的,感觉都不行。"

在没有搞清楚我们究竟想要什么的时候,我们的任何选择都是错误的,或许我们的确是该回到农村去,那里没有太多的可选项,日子单纯。一日三餐,衣服可以蔽体、饭可以吃饱就好，没有必要去看这眼花缭乱的世界，自然就没有这该选还是不该选、选这还是选那的纠结，也就自然没有了因为选择A而不能选择B的遗憾。

回农村吧。

国庆节第三天之在农村

国庆节放假第三天，携儿子女儿就回到了农村。这里所说的"农村"并非真正意义上的农村，而是儿子口中的农村——西北农林科技大学所在地，杨凌。儿子说这里是农村，晚上八点一过，全城黑漆漆的农村。

前两次送儿子，都是送下就走，并没有停留。这次由于儿子学校的规定限制，按照计划准备在这里待一天，陪陪儿子，然后再回。

这里真是个好地方，安静、和气，没有吵闹，没有拥挤，更没有喧嚣，比起大城市，这里更适合学习。

很庆幸，儿子能在这里读书。安静的地方，已客观地除去了大多数干扰。吃饭，饭馆就那几家；穿衣，店铺就那几家店。不需要纠结，不需要破费，几文钱便可饱腹，不必为花花世界操心。

在这里儿子是主，我们是客。大二的他似乎已摸清了学校周围所有好吃的地方，我们只需跟着他走便可。别人当"吃博"，他这是"博吃"，来了才一年，这个大路边，有吃两斤送一斤的牛肉；那个七里八弯的巷子里，有好吃的蜂窝玉米；校门口往东三里地左右，有一家味道正宗的胡辣汤；还有校门口往西，有一家包子铺不错……看着坐在他旁边、在这里上了近五年大学的外甥，我怀疑人家才是来这里学习的，儿子就是为了美食。

食物果然能够给人足够的安全感和幸福感，虽然天公不作美，大雨倾盆，但仍然不能改变孩子爸爸继续待在宾馆陪儿子的决定，虽然儿子已经多次暗示，放假几天老师布置了很多作业，女儿更是因为作业太多而归心似箭，但是出了门谁也拿司机没有办法，司机说怎么样便怎么样，没有车我们也飞不回家，耐心等待着，反正陪着儿子也是一件乐事。没事儿的时候，和女儿一起调侃调侃儿子，再联手挤兑一下儿子，生活也蛮有趣。

就这样，在杨凌吃睡吃睡的慢节奏里，过了两天不用动脑、不用动手、不劳心、不劳力的生活，清闲自在。儿子的"农村"着实是好，无丝竹之乱耳，无案牍之劳形。

国庆节第四天之一间中药铺

咳、咳、咳……

我实在是忍不住，咳嗽了几声。若是平时，咳嗽也是常事，可在新冠疫情防控期间，我生怕自己的咳嗽声引来一片恐慌。

见我咳嗽，李大夫的儿子一口关中腔对他老爸说："沃（那）咳得厉害，你把烟可揞了吧。"

李大夫灭了手里的烟。

他问我："路上咳了吗？"

我想了想："没有，就下了车到您这里，也不知道为什么就开始咳了。"

李大夫再不作声，继续给我号脉。

认识他已经十多年了，十年前，他七十岁，如今他还如十年前，头发花白，但很茂密，声音亮如洪钟，内气十足。岁月在他这儿，没有留下什么痕迹。

他是十年前大学好友给我推荐的大夫，大学好友是泾阳人。我因为十几年前生女儿坐月子落下了病根儿，后来西安医院的医生建议手术治疗，我同学就对我说，黄土塬上有能人，有些大夫祖传了一些秘方，可除病根儿，不妨一试，就这样我认识了李大夫。正如李大夫当年所言，吃着中药不需要手术，他可以先保我十年无恙。我当时听了一愣，问他为什么是十年，难道十年之后会有问题？他笑着说，十年后你就四十多岁了，激素分泌下降，很多病危险性就降低了，没有啥事儿。

后来就这一副二三十块钱的中药，我断断续续地吃了一年，果然如他所说，不用手术治疗。

到今年正好是十年，正值中年的我，似乎被卡在了这一年，很多事情都遇到瓶颈，时间久了，许多情绪的变化带来了身体的不适，旧疾复发。这不，今天我又把自己送回到这间中药铺子了。

这间铺子十年间，没有任何变化，一如从前，只有门前的路由以前的砖路变成了柏油马路，树又高大了很多。在这十年间，我曾陪很多人来到来过此处求医问药，有朋友、家人、学生。曾有一个朋友笑我，如果不是知道我的底细，他都怀疑我是李大夫的医托。

朋友这么理解也不奇怪，因为李大夫什么都看。以我的理解，西医是在显微镜下看病，讲究病毒细菌，把人分解了，什么细胞、骨头、肌肉，各零部件，针头线脑，一件件一桩桩。

中医是把人给看成了整体，除了意念，就是气，所以有问题，不外乎就是这些问题。哪里气不顺，哪里淤堵了，哪里的阴阳不调和了，调调便罢。

诊断过程很传统，中医的闻问望切，只是顺序略有不同。他先是切脉，后望眼、舌、手、指甲，最后才是问。而且他一般并不多问，是先自言诊断结果，说完之后才会询问，还有哪里不舒服需要调理。

今天切完脉，直接说不要担心，问题不大。我一听便来劲，说那可不可以不吃汤药，实在太难喝了。他呵呵一乐："汤药还是得吃，不多，就二十副，吃完了再看。"

外面下着雨，阴冷得很，我耐心地等待他配药。他的儿子今天帮忙抓药，也就是今天我才理解，我们的方言，为什么将"买药"称作是"抓药"。

小时候，家里的一位远房亲戚开药铺，每次去他的药铺买药，他都会拿一个非常精致的小秤来称药，而且是"钱钱计较"（十分等于一钱，十钱等于一两），他那谨慎的模样，如现在食堂里打饭的阿姨，非得把饭勺抖几抖之后，才觉得放心。

所以我从小就觉得中药金贵得很，是要按照"钱"算的，更何况，那个称中药的黄澄澄金灿灿被奶奶叫作"戥子"的铜秤，我也不知道是不是"戥子"这两个字，让我更觉得中药可贵。

那位能识中药且会称中药的亲戚，包括那一列列高高的、暗红色写着各种药材名字的中药柜子，在我眼里充满了神秘感。虽然到这间中药铺子来过很多次，但每次都是看完病，我们就出去吃饭，等吃饭回来，提起包好的中药就走了。今天由于已吃过饭，就在铺子里等，我才关注到李大夫是用手抓药。虽然药方是自己开的，但他每抓一次，便在处方上看上一眼，而且，他既没有昂贵的金色的小秤，也没有哆哆嗦嗦的抖动，他会抽出整个木头格子抱在怀里，然后用厚大的手在木格里抓药，那只大手似乎能拈出几两几钱似的抓出一大把来，分几次放在黄色的方形宣纸上。有的药，抓一把放五下，有的药，抓一把放三下，也有的药，一大把放一下，似乎不用那么精准、必须要放多少才行。有时遇到有些药膨松极大时，他干脆拿一个盆子，装一满盆来，再给各服药分配。

咳、咳、咳……

嗓子痒，忍不住，我又咳了几声。

李大夫的手停了停，问我："只是干咳吗？"

我说是的。他放下怀中的药盒，从另外几个瓶子里，分别倒出几片药，递我手里说："一口吃了，没啥。"

我一口喝下，吃得出有甘草片的味道，其余的并不知道是什么。

他边抓药边和我聊天，手里的活儿一下也没有停。

"人这一辈子，没啥，想开点儿。"

"嗯。"

"遇事不要着急，慢慢来。你这娃娃，太追求完美，事事要求太高。"

"有吗？"我不觉得。

他看了我一眼，手没停下来，继续抓药。

"家里那么安稳,生活过得去就好了,什么东西也不是多了就好。生活嘛,哪有事事如意的。"

"好。"

"心态放好了,医心比医病更重要,你这大半是心病,想开点儿,病就好了大半。"

"嗯。"

我含糊地答应着,一眼盯着他怎么放药。

很显然,他并没有将所有药精准均衡地分配到台面二十张四方四正的宣纸上,有的这种药多一点儿,有的那种药少一点儿,但目测,这二十副药,该有的药都有。

人这一生大概也一样,不必精明计较,反正,酸甜苦辣咸,哪个味道多点儿,总归还不是牙一咬,心一横,这一碗药汤一口就喝下去了,的确不必要计较太多。这碗的酸多了,下一碗便少了,这一碗的苦淡了,下一碗便浓了,反正迟迟早早,多多少少,这药汤都得自己喝。药的总量没有变化,只是各碗略有不同而已。

药配到一半,他似乎烟瘾又犯了,拿出一支烟准备抽,捏在手里捏了一下,似乎又想到了什么,顺手把烟别在了耳朵上,继续抓药。

我已经老大一会儿没有咳嗽了。

药全部配齐之后,我撑着小塑料袋,他往袋里装药。不一会儿,柜台上的药全部打包到一个大大的塑料袋里。最后一副药倒进小塑料袋之后,他用厚大的手掌把落在玻璃面上的药渣全部剥落在手掌里,一丁点儿都不剩地装进了药袋。所有工作完成,我该离开了,向门外看去,天依然在下雨,天色已经昏暗。

下午五点,我离开小镇。

回头望去,高大的树下,发黄的原木色的门依旧敞开着,昏黄的雨幕下,中药铺子渐行渐远,直至模糊不见。

国庆节第四天之回家的路

回家的路并不顺畅，刚开始我们就迷路了。

手机上的信息显示，因为连日降雨，包茂高速严重塌方，需要绕道延西高速回家，所以我们需要上延西高速。但导航每一次都把我们引上了包茂高速，就这样在包茂高速上行驶二十多公里之后，我们又下了高速重新返回，但最后我们还是上了包茂高速。没有办法，只好先沿着旧高速前行。在包茂高速上行驶六十公里之处，有交警指挥下高速，说前方路段塌方，需要绕省道，问及可否再上高速时，他说走几公里，向左拐，看延西高速入口是否可以重新上。就这样，我们不得不下了高速。

省道两边时不时有小规模的泥石流和零星的落石，只是暂时没有堵住去路，雨还在下，车外温度很低。在国道上走了近二十公里后，我们再一次上了高速，这时才发现，对面驶向西安方向的高速路上，堵的全是车。看来高速堵塞已不是刚刚发生的事，长长的车龙一眼望不到头。天气状况非常恶劣，有的地方能见度不足十米，汽车打开了暖气、雨刮器、双闪缓慢前行。一路上隧道很多，有些路的两旁，有从山石上飞泻而下的雨水，在路的两边自然汇成河流冲刷着路基。女儿躺在后排睡着了，我很担心，不敢睡去。

车过延安时已经是晚上九点多，路上的能见度极低，特别是到天赐大峡谷附近的时候，车如驶入了仙境，大雾弥漫，看不清楚前面的路，一路亮着双闪开车，心悬在嗓子眼上，就这样腾云驾雾。到了晚上十点半，看见了延长石油集团高耸的灯塔。

长长舒了一口气，终于到家了。毛毛此时已醒，趴在车窗前说：妈妈，还是靖边比较好。

是啊，城市越大诱惑越多，欲望越多，负担越重，人容易迷失在钢筋水泥之中，容易陷入欲望的漩涡之中，没有归属感。城市小了，小到地图上可以清晰地找出家的位置，一年四季，一日三餐，虽然没有多少新意，却能使人心安。

下了高速，第一件事就是给父母、儿子报平安，第二件事便是驶入熟悉的小巷，吃一餐熟悉的味道。

回家，扔下行李，直接上床，旅途充满未知，家是永远的方向。

一觉起来打开朋友圈，才知道昨天有朋友堵在高速路上十五个小时，庆幸的是，不管多晚、无论多迟，我们都能平安到家。

人生兜兜转转，不过是走在回家的路上。无论是艳阳高照还是风雨兼程，终会卸下一身的疲惫，投入母亲的怀抱。

再睁开眼已经是早晨九点半，女儿早已出门去学习了，草草地收拾了一下，去老妈家汇报这几日的行程，十一点返回家，一家人在外面吃饭。

毛毛说，还是回家好啊，哪儿哪儿都好。

我说不出一次门，你哪能体会到家的温暖与幸福。旅游意义就是让我们更珍惜家的温暖，如孟晚舟所说，回家的路是世界最温暖的归途。

入京记

在这次出来旅游之前，我不知道什么是白飞机。这次进京旅游又是在夏天，也是我第四次入京。

第一次进京是为了实现一个承诺。很久之前我就答应带母亲到北京玩儿，2011年的夏天，我终于实现了自己的诺言，那次进京就是为了陪着母亲游玩。在此之前，北京只是一个遥远而模糊的概念：故宫，天安门，长城都遥远而模糊。等我带的学生高三毕业、上小学的儿子也放假之后，我、母亲、儿子和好友一家三口，还有她的亲妈和公公一行八人踏上入京的路。前往北京的路并没有想象中那么遥远，在坐了接近十六个小时的大巴车之后，凌晨四点我们抵京，因为好朋友提前联系了宾馆，我们直接就到了老乡开的宾馆里。那时候似乎还没有网上提前订房的功能，或许是我太落后，不会提前订房子，所以全是好友预订。因为是暑期，到了北京的旅游旺季，住宿特别紧张，我们抵京太早，酒店里并没有人退房，我们无处可去，所以就坐在大厅里面等，一直等到早晨十点有人退房之后，我们才入住。

我们只有一个单人间，房间特别小，只有一张一米五的床，儿子那时候三年级，还小，母亲六十岁了，所以我只能蜷缩在床的最下面，把大部分位置让给一老一小。

我们的行程安排主要是去逛北京的经典景点。第一天去了天安门广场和故宫，第二天去了恭亲王府和颐和园，第三天到八达岭长城和明十三陵，晚上又去了鸟巢和水立方，第四天就在北京市区内转了转，去了王府井，然后就乘车返回，来回总共五天时间。

到北京的第一天赶上了北京最热的天，站在天安门广场上一丝风都没有，虽然穿得很薄，但汗水还是从头顶流到脚跟儿，除带了一把遮阳伞外，我也不知道该怎么防晒。儿子热得不行，就和好友家的小女孩儿一个劲儿地买老北京冰棍吃。由天安门进入故宫之后，体感温度稍微能下降一点儿，因为故宫里有很多可以遮阳的地方。儿子和母亲走得很快，我总是跟在他们后面使劲追，一不小心，就找不到他们两个了。从故宫出来，已经是下午六点多，大家都已经很累了。匆匆忙忙走出景点，在宾馆门口随便吃了一点，就回宾馆睡觉了。躺下之后问儿子和母亲，故宫好玩儿吗？两个异口同声说，不好玩儿。我也没有说话，因为我记起白天在故宫里母亲说的话。我跟在一个旅行团后面听讲解的时候，母亲说，快走，这有什么好看的，都和庙一样。母亲大半辈子都没有走出过陕西，既然到了北京，肯定是想看一看与自己生活周围不一样的景色，像故宫这样的"老房子"，老家也有。儿子旅游的目的是吃和玩，故宫里既没有吃的，也没有可玩的，自然也不好玩，也就没有了游玩的兴致。作为千年古都，第一要玩的是历史文化，可和这他俩谈历史文化，实在是选错了对象。

第二天去颐和园、圆明园，坐船游玩了护城河。第二天游玩的节奏要慢一点，因为是公园，所以绿荫很多，朋友家里也是三代人，可以走走停停，渴了买冰棍吃，饿了买零食吃，也还惬意。

第三天去长城。去长城要坐大巴车往返，因为自己不熟悉路，所以不得已，大家花钱报了一个一日游的旅游团，一位二百四十元，带一顿旅游餐。第一次报团，才知道什么是坑。旅游不是主要的项目，购物才是，像母亲这样的老太太一到购物景点之后，被导购几句话就忽悠得恨不得能把保佑一家老小的吉祥物全都买下来。从购物中心出来之后，我两手提满了东西，这还不算完，旅游大巴又把一车人拉到一座庙宇，让求神拜佛保平安。这个当我曾经在青岛上过，所以给老母亲说不用去，但她觉得可以保平安就好，所以我身上的八百多块钱又扔在了这里。这一天的经历还没有完，大巴车把这一车人扔到水立方之后，扬长而去，我们只能自己想办法回去，可气的是这时天又下起了大雨，一时间没有一个避雨之处。好不容易打了车，到了住宿附近，但出租车师傅说，我们住的地方就在对面，走两步就到了，于是下了车，看着他一溜烟消失。我们下了车后的确能够看到住的宾馆的招牌，可就是走不到跟前。那时候手机也没有导航，只能自己摸索、问路，就这样绕来绕去，直到午夜一点半，我们才走完了这"两步"的路程，等回到住宿的地方，从上到下、从里到外全部湿透了。我背上背着背包，两手提着母亲买的"辟邪"宝物，感觉手指都快要被勒断。

　　第四天在北京城里转，我差点把儿子给弄丢了。因为只在城里玩儿，所以好友就建议大家坐地铁方便一些。旅游旺季、上下班高峰期赶到一起时，坐地铁简直就是灾难。强大的人流如洪水般挤向地铁口，儿子的小手一下就滑开了我的手，他挤在人群里急得喊"妈妈"，我只能听到儿子的声音，却看不到人，快要急哭了。儿子被挤出了地铁，而我还在地铁上，幸好，朋友的母亲把儿子拉了一把，就在地铁门关闭的前一秒，儿子被重新拉回了车厢。有惊无险的这一段经历，让儿子也多年难忘，时不时提起。

　　坐在回家的大巴上，朋友问两个孩子：以后到北京来读书吗？两个小孩说，才不来呢，又闷又热，人又多，吃得还不好。回去了好好学习，不然，谁学习不好，就让他到北京来。逗得我们大伙都笑了。现在两个孩子都大了，儿子去年已经上了大学，果然没能到北京来，不是学得太好，而是学习不好。朋友家的姑娘明年高考，也不知道与北京有没有缘分。当年进京时，母亲可以一天走十个小时，也不喊累，虽然嘴上说一点不好玩，但只要说出去转，就可以不午休，直接出门，说走就走。

　　十年前去北京，虽然我带了一老一少，但老的腿脚利索，小的蹦蹦跳跳，累是累了一点儿，但每天走三万步都不在话下，不像这次入京，走一千步，父母都觉得太远。

第二次入京是 2013 年春天。那年 4 月，学校派老师到山东学习，回来时大家绕道北京，待了两日返回靖边。很多老师去了北京，忙着跑旅游景点，我因为刚去过不久，所以就没有太大兴趣，一头扎进王府井的书店买了好多书，然后和同行的叶老师吃了东来顺的涮羊肉。说起来好笑，我们两个到了饭点，不知道吃什么，听说东来顺的涮羊肉好吃，便进了店中。店里人很多，不过好在还有空位，坐下之后服务生问我们要什么锅底，我们都不吃辣，就说清汤锅，结果上来一看，果然是"清汤"啊，汤里除了漂了两节葱和数得见的几个枸杞，再什么都没有。吃着无味，吃完之后价格还不菲，真的是大呼上当，感觉离家乡的小肥羊火锅味道差远了。因为家里有儿子和女儿盼着回家，游玩的兴致缺缺，所以就和大部队一同匆匆回家，没有再去哪里。此行我带回许多心仪已久的书，书香满屋，心下便很满足了。

第三次入京是 2018 年 10 月，学校安排到北京学习两个星期。同行六人，四女两男，其他人都是八零后九零后，数我年龄最长，大家喊我"大姐"，我也欣然接受。学习安排得紧凑，大家出来学习一次也不容易，所以也很珍惜这次机会，不愿意耽误一点儿时间，每天上完课回宿舍就下午六点以后了。我感觉胳膊腿都已经不听使唤了，但那几个年轻人精力充沛，不肯歇着。我说我老了，你们出去逛吧，他们笑着说，没有大姐怎么行。所以每天只要他们出去，后面肯定会拽一个肉尾巴——我，就这样，我也不知道被遛了多少回，每天出去，会很快乐，但也着实是累。年轻人的脑子好使，每次出门我都会找不到东南西北，甚至吃饭都是他们招呼我，实在是感谢，这种温暖真的是超越同事关系，我十分享受这种关系所带来的包容、支持、理解甚至宠爱。学习期间，恰逢我四十岁的生日，他们给了力所能及的浪漫、祝福，我也珍惜这难得的缘分。我们挤出时间喝了属于我们的江小白，吃了我们喜欢吃的涮羊肉，讲了只有我们才知道的梗。我们一起进了北大，爬了长城，逛了故宫，看了西单的桥，赏了香山的红叶，吃了全聚德的烤鸭，品了锣鼓巷的奶茶。时间飞逝，溜过指尖，在生命中刻下印记，画出图画，记录着难忘的瞬间。

生命中再也不可能有这么年轻的四十岁了，和年轻人在一起，觉得自己是个小孩子，吃什么、喝什么、玩什么都有人领着，真的是一身轻松，感觉好像又回到了大学时光，除了学习，什么都不用操心。他们的照顾扫去了学习上的沉闷，也弥补了我体力上的不支，和有温度有情趣的人去学习游玩，感觉就是不一样。这是一次有意义的学习，更是一次与众不同的出行。

今年是 2021 年，父亲七十三岁，母亲七十岁，两位老人身体还好，只是腿疼得厉害，一步也不愿意多走。就在前几天，他们居然同意和我一起出去玩。

其实计划这次旅行已经很久了，连续带了两届高三，而且是高二、高三的跨头课，实在是让人疲惫，更要命的是去年儿子也高三，工作生活一团麻，多重压力让人感觉快要窒息，再加上这反反复复的疫情，把很多计划打乱了。今年 2021 届学生毕业后，本来想和一位学生兼好友去西藏，订票之前问了一下父母想不想出去玩，多年不出去的父亲居然说去，所以就改变行程，由一个人的狂欢变成了四人的家庭出行。

父母年龄大了，而且都有病，旅途不宜过长，时间不宜过久，这样去北京又成了首选。父亲在年轻的时候去过北京，那是 20 世纪 60 年代了，当年的父亲还是个高中生，多年过去，早已物非人非了，所以他也想到北京去。坐火车到北京还算顺利，安顿好住宿，休息了一会儿，就去了天安门广场。虽然是上午十点，但广场上的温度已经很高了，父亲好不容易来一趟，就想去毛主席纪念堂瞻仰伟人以寄哀思。纪念堂的工作人员为老人家开了绿色通道，免去了排队的辛苦，又帮他老人家买了一束菊花。父亲手拿菊花，一脸的庄严肃穆，让人不得不对上一辈的革命情怀肃然起敬。

从毛主席纪念堂出来已经十一点多了，刚走进故宫的院子，父母坐在院子的椅子上就不愿意动了。他们本来腿疼，不知道什么原因父亲的脸色发黄，看得人担心。我迅速在院子里扫描急救的地方，他老人家心脏不好，我需要绷紧神经，随时准备应对突发情况。这次和姐姐一起出来真的是无比正确的事情，不然遇到这种紧急情况，我该找谁去帮忙。父母最后也没有到故宫里面去，两位老人家觉得实在是走不动了。本来想凡是景点应该到处有出租的轮椅，到了之后才发现轮椅需要提前几天就预约，还是自己没有经验啊。

我们在北京的住宿就在靠近几处景点的南锣鼓巷里，方便他们两个出入，即使这样，他们还是不愿意多出去，就在住宿的周围转了转，我们只能带着他们尝了尝老北京的小吃。到北京的第四天我们坐高铁到了天津，到天津纯粹就是为了让他们坐高铁，感受一下新时代高铁的速度。

父亲的状态还是不太好，为方便老人出行，我把住宿定在了意大利风景区内。到天津的第二天早晨，父亲躺着起不了床，说不舒服。我搜了最近的医院，并且存下了急救电话。到了中午的时候，我说咱们出去吃饭吧。母亲问吃饭的地方有多远，我说大概一百五十米。母亲说，一百五十米好远啊。我看着年轻时可以连续走一百多里山路的父母，心里感到一阵辛酸，倘若我能早几年带他们出来，就不会有这样的事情。那时候他们腿脚虽然已经不够利索，但是不会因为一百五十米而感觉到遥远。

那天父亲在宾馆躺了一整天，我和姐姐两个因为不敢走远，所以只好点了外卖。好在现在的服务业非常发达，店家几乎可以满足消费者的所有需求。下午六点，在一番劝说之后，父亲终于起来，愿意和我们去只有三百米远的海河码头。傍晚游海河，是到天津的最大收获。因为全程不要走路，只需要坐着，所以两位老人心情愉快，笑得像个孩子。

天津待两晚之后我们又绕道济南，然后准备坐飞机返回。吸取北京和天津游玩的经验，到了济南之后，能让老人家坐车就绝对不让走路，这样，济南的大明湖、千佛山、趵突泉几处景点，竟也走马观花般地逛了一圈。下午五点，一行人到了飞机场。按理来讲，晚上九点多的飞机，这个时间进机场是太早了，但是父亲第一次坐飞机，觉得还是早一点儿去比较安心，就这样，我们早早就到了机场，后来也庆幸提前到了机场。

父母年龄太大，所以没有给带智能手机，但是防疫期间，所有的地方都要行程码，父亲的手机随身携带，还可以勉强过了安检，母亲的怎么都不可以。而且母亲觉得我们在身边，没有带手机的必要，就把手机放在了行李箱里被我给托运走了。我不得不找工作人员交涉，取出行李箱，取出手机，然后再走程序，这一通操作下来已经傍晚八点多了。看着旁边着急的父母，还是生出了许多心疼。辛苦了一辈子，坐个飞机还这么曲折，下一次就不会了，因为我有经验了。

一坐上飞机，父亲就把头朝着窗子外面看，可惜是晚上，什么都看不到。父亲有点生气地说，怎么给我坐这么一个"黑飞机"？我一脸毛线。

"爸，什么是黑飞机？"

"就是黑夜的飞机，什么都看不到。"

父亲一脸委屈地说。

我怎么没有想到这一层？我只是想着让他们坐飞机回去，可也没有想是黑的还是白的，是大的还是小的。榆林飞机场本来就不大，一座不上"线"的城市，能有多大的机场。父亲一说，我就后悔没有选择从银川的飞机场回去，可已经这样了，就只能这样了。

"没事，下次，最迟明年，我就带您坐大白飞机，下次肯定不给您坐小黑飞机。"

"下次，谁知道有没有下次呢。"父亲的声音里竟透着些悲凉。

母亲因为以前和姐姐她们去海南旅游，所以对这些火车、飞机并不好奇，倒是父亲，从上飞机到下飞机的全程，一直看着黑漆漆的外面。不知道是什么原因，让退休后的父亲一直坚持不出去旅游，他觉得"好出门不如赖在家"，哪里都不去，虽然每年都有老干部旅行团，但他一次都没有出去过，我们兄妹四个出去玩想带他时，他更是一口拒绝，所以这次能够和我们出来到处转一转，已经是大大的惊喜了。多年居家，让他对外面的世界知之甚少。于是我的2022年的计划里，又多出了一个必需项，一定要带父母坐一次大白飞机——大而且在白天飞的飞机。

飞机到榆林机场是晚上十一点，哥哥早已等在机场，晚上十二点半回到家。

这次出行，虽然战战兢兢，但也收获颇丰。在父母跟前，感觉自己永远是个孩子，可以释放天性，甚至蹦蹦跳跳，调皮捣蛋。只是希望下一次的出行并不遥远。

四次进京，从儿子八岁到二十岁，从我的三十几岁到四十几岁。

每一次逗留的时间不同，同行的人也不同，所做的事也不同，生发出的情感也不同。虽然有的地方反复去，但去一次是一次的景，去一次是一次的感触，以前觉得不会去的地方，居然还兜兜转转去几次，例如天津，例如济南。今年洁毛——一个如妹妹一般亲的学生嫁给了北京的男孩，在北京落户了，她给我说如果以后去北京，就不要住外面了，可以住在家里，我听了很是欣慰，从此我也算是京城有人的了。一座城市，一旦有了有牵挂的人，城市也就有了温度。

北京，在我的地图上，成了一座有温度、有牵挂的城市，而且在这里，还有期许。因为身体原因，父亲到了故宫门口，未能进去，下一次，一定要带着他老人家，坐着大白飞机去，到故宫里面转一圈。盼望着疫情早点过去，让我们尽快、早点去做我们想做的事情，在 2022 年春暖花开之后，让所有的愿望都能实现，所有的美好如期而至。

我会把你们忘记

　　腊月的早晨，有些冷，年底了，该收拾收拾家了。外面的天还没有亮，开了暖气，一个人坐在书桌跟前开始收拾书桌上的东西。一年又一年匆匆而过，各种书纸堆了不小的一堆，我需要把他们清理一下，该扔的扔该放的放。

　　必修一的课本找到了三本，都是一些旧书。仔细翻找一下看里面有没有夹什么东西，如果有用的话，会把它抽出来。我已经习惯随手写随手扔，明明有些东西是自己写的，却不知道是什么时候写的；有些东西是自己抄的，也忘了是为什么抄的。

　　人到中年不知道是脑子里的事情太多，还是记性越来越差，我甚至记不住每天与我见面的人的名字，应该说我就根本没有意识去记住他们，所以每次见面都只要知道他是谁，不需要知道他叫什么。从这一点来讲我是愧对学生的，有的学生教了三年，我硬是不知道他叫什么。虽然我认得他们而且很关心他们，但我真的不知道哪个名字应该是哪个孩子的。

　　放假考试前有个同学问我："老师，明年就又要重新分班了，您会不会把我们给忘了？"我说会的，那么多学生我哪里都一定能记得住。他颇感失望，说："您就不能说个谎吗？说您不会忘记我们。"我说老师不敢说谎，老师老了，怎么可能记住那么多名字，我会忘了很多人和很多事，最后我会把自己也给忘了。他听了这话，似乎有了一丝的安慰，然后说："那我就以后天天来你面前刷一次存在感，让您永远记住。"我笑着说挺好，有缘分的话我们迟早会见面，不用刻意跑来跑去的。

今天一边收拾东西，一边思考，毕业那么多学生都不知道到哪里去了。从参加工作到现在，已经有二十多年，时间流逝很快，我也教过了不少学生，粗粗算来，大概也快三千了吧，可这么多学生，我究竟又能记住多少？从一本书的扉页里抖出了一张纸，纸上密密麻麻的是人的名字，可惜上面并没有注明时间，而且在每个名字的旁边，我都写了很多个数字，还有标注。我不知道当时为什么写这些标记，我也不知道这些数字是什么，应当是他们的什么成绩吧？也不对，成绩也不该是一些个位数。我实在想不起来这是什么时候写来做什么用的名单。我仔细地端详着这一个一个陌生的名字，想从中间找出一个或许我还有印象的人，但是没有，我一个都不认识。

不会呀，总会有那么一两个名字我应该记得，又看了一遍，还是没有，我一个都不记得。于是就和这张纸赌上了气，像是研究古老的文字一样，一遍一遍地看，终于在纸的缝隙里，我找到了崔涛的名字。他？我印象最深刻了，因为他是我带的第一届高中毕业班的班长，如果是这样的话，这张纸应该是十九年前的一张纸，岁月似乎在它的身上并没有多少印记，因为它虽然看上去有些旧，但还没有发黄。我再一次拿起这张纸看，终于有一些人的模样，渐渐地浮现在我的眼前。是啊，这应当就是这些人十八年前的模样，鲜活的、明媚的、年轻的样子，因为这张人名单，我坐在沙发上发呆，一个早晨，什么都没有做。

书还堆在这儿，纸张也堆在这儿。

2004 年，那是多么特殊的一年，也是多么充实的一年。我带的是两个普通班，但孩子们学习非常认真，成绩也不错。两个班在年级里同层次班级排名，一个第一，一个第二。因为那年儿子在奶奶家放着，爱人也在农村，只有我一个人在学校，没事了就和学生们在一起，所以和他们处得尤为亲密，和他们在一起的时间多，自然和他们也特别的熟悉。可是再熟悉的人，也经不住时光的流逝，十八年后的我，再一次拿着这张名单的时候，居然是如此的陌生，可以见得很多人很多事，终究会不记得，即便是那些当年刻骨铭心的、难以释怀的人和事。回头看看，让人感慨不已，我在想，很多人和事与其这样迟早都要被忘记，为什么还要努力地去记着？倒不如顺其自然，让该忘记的都忘记吧，最后留下的，或许就是生命中那些与生俱来真正难以割舍的东西。

不知道生命中的什么东西值得铭记，什么东西不该被忘记。

白居易曾经说过"老来多健忘，唯不忘相思"，如果没有那难忘的相思，是不是所有的事都会忘记？我也是老来多健忘？若没有白居易那种刻骨铭心的爱情，大概就会什么都忘了吧。

生命中有多少事难以挽留？既然留不住，是不是开始就不要记得？因为到后来，我们难免都要忘记。那我们苦苦想要记住、抓住的又有什么意义？

大概世间的很多事都是这般，当初我们执着地苦苦地去追求，而到头来才发现，很多都释然放弃了；有的人事本以为会刻骨铭心一辈子，到头来却都淡忘了。人生的很多行为未必一定会有什么结果，这就好比有一个飞花满天的春天，不一定就会有结出累累硕果的秋天。大抵很多美好的事情，都不值得我们费力地去追求，放手让该走的走，让该忘记的忘记，这大概就是一种豁达的人生态度。

中年的焦虑，不只有事业的瓶颈，爱情的麻木，孩子的教育，还有越来越差的身体状况和越来越迟钝的思维。健忘表现在生活中的方方面面，害怕找不着东西，特意把它放在某个地方，到最后却忘了究竟把它放在哪儿；打开了冰箱，却忘了我究竟要找什么；拿起电话，却忘了我要打给谁；说着说着，就忘了我上一句说的是什么，下一句应该是什么。这样的丢三落四和这样的不知所措，已经不止一次地出现在我的生活，让我怀疑会早早地就得了老年痴呆症。

飞出去的鸟，很少能回来，走出去的学生，也很少能记得，大部分也会远离我的圈子，即便是记得也似乎不打扰他们为好。这样想来，记不记得他们的名字也不是什么大不了的事。我想即使我没认得他们或没叫起他们的名字，他们也不会以为我不记得他们的名字，而装作不认识我；我也不会因为不记得他们的名字，而装作我记得。忘了就是忘了，记着就是记着，什么都不会影响，既然这样，那就干脆全都忘了吧。

迟早，我将会把这些都忘记，包括我自己。

写在年的边上

——我的 2021

一眨眼，已经又到了年底，回望这匆匆忙忙的一年，有万种思绪涌上心头。本想着这一年该是收获满满的一年，可以实现我许多的愿望，可事与愿违。我看一看我的行囊，2021 年的收获，空空如也。

不知道是我想要的太多，还是老天觉得我想要的太多，所以，除了默默耕耘，我几乎一无所获。

时光在眼前飞逝而过，很多人很多事来不及道别，就随着时光匆匆流去。看着远去的时光，我无奈地依然留在原地踏步。

我不知道该写些什么送给我的 2021，也不知道该用什么词，来总结我的 2021，如果一定要用一个词，或者一定要有一种情感来概括的话，我想这个词应该是"艰难"：在艰难中守望，在艰难中行进。

忙碌的 2021，苍白的 2021，收获甚微的 2021。

2021 年，我准备以一场考试的形式与青春告别，送给我那虽然并不荒芜，但也少有可圈可点的青春，算是给二十多年前的自己一个交代。但生活似乎觉得给我的考验还不够，防疫形势日益严重，让我不得不改变今年的计划，考试搁浅。中年人的选择，没有任性，更不能冒险。我的选择，关乎着很多人，年迈的父母，尚幼的子女，同样艰难地行走于中年泥淖之中的爱人，都不允许我因为任性，而影响到生活。平安度日，是所有愿望实现的前提。看来我还得努力努力，因为我的青春还将继续。

用女儿的话来说，我只是长得老了一些的年轻人。是啊，只要有梦想，我应当还是年轻人，那就让这个梦想继续下去。

2021年，本希望能把书稿付梓印刷，给自己二十多年的职业生涯一个交代，给一地鸡毛的生活一个交代，给自己无数个清晨和日暮一个交代，但事实并没有我想象得那么容易。我在茫然中前行，我在坚持中等待，希望那些不曾起舞的日子，在经过时间的打磨之后，馈我以璀璨的明珠。我要坚信，所有美好都在来的路上，虽然它们有时会堵车，有时会贪玩，但无论何时，它们都在朝着我的方向前进。

生活还要继续，生活还在继续，我在继续中生活，我在生活中继续，继续全力以赴，继续孜孜以求，继续前行，继续成长，体味着生活的意义，思考着生命的价值。

或许生活永远都是一个单选题，当我选择 A 的时候，我就会错过 BCD 的选项，但无论对错，我们总会得到我们的真命"选项"。

2021年，在高三忙碌的复习中开始，在疫情肆虐中将仓促终结。

如果一定要说收获，"父母俱在，兄弟无故；仰不愧天，俯不怍人；得天下英才教育之"大概就是收获的全部。

老人健康安乐，兄弟姐妹幸福和乐，儿女懂事快乐，学生也如蒲公英般飞出去寻找他们的梦想。他们的幸福是我 2021 年最大的收获。

从这个角度来看，我的确是幸运的，我应该知足，甚至庆幸才好。庆幸生活在跌入低谷之后，一切都在向好的方面发展；庆幸在经历了生活的波折之后，家人和朋友们依然不离不弃陪在我的身边；庆幸在种种磨砺之后，我依然可以微笑着面对生活。

即使这样，依然掩盖不住我所感知到的生命的苍白。

三年三位好友离世，悲伤这首歌曲似乎在循环播放着这人世间莫名其妙的安排，我努力地回忆往事，可怎么都想不起，究竟是哪一次，哪一天，是我与他们最后的一次别离。所以，因为害怕失去，便更加珍惜身边的朋友，无论他们身在何处，唯愿他们能健康幸福。

网上说，人与人不相识，但灵魂可以，相同或者相似的灵魂能够互相指引，认出彼此。我不知道这样的说法有没有科学依据，但出现在我身边的人，都那么特立独行，那么富有个性，甚至是呼吸与语气，都透露着生命不同的色彩。

朋友们在我的面前，打开了一个我不曾了解的世界。他们让我知道，生命以不同的方式与世界相融，也以不同的方式彼此之间交流。让我能够在自然中寻找慰藉，在繁华中体味平淡，在浓郁中嗅得清香，在寂寞中品味繁杂。我也懂得自己只是万千世界中的一种存在，只是以我的形态展示着存在的价值与魅力。在宏观世界中卑微地活着，在微观世界里倔强地前行。

如果再要说点什么收获，我想应该可以说，2021 年，我学会尊重和理解。2021 年，我懂得所有的生命都值得尊重，都值得敬畏，所有的人和事，都可以被理解，被包容。以前觉得人是世界上最有价值的存在，而现在觉得，所有的事物都是独一无二的存在。我怀着一颗悲悯之心活在这人间，生怕我的一个不小心，会伤害到脚下或者身边无辜的生命，生活的艰难让我理解活着的不易，懂得万物皆是如此，甚至让我明白了唐僧为何会放下手，让趴在手背的蚂蚁轻轻落地，抖抖肩，只为赶走身上的蚊虫。

以前觉得一些人、一些事不该接受，更不该被原谅，现在才明白，不论我们接不接受，原不原谅，那些人那些事都存在，也不会因为我们对待他们的态度而有所改变。事有事在，当我不能解决的时候，等到我能解决的时候再去解决，如果我依旧解决不了，自然会有有能力的人去解决它，如果其他人也不能解决，那就说明要么是解决它的时机未到，要么是它本来就不该被解决，搁置问题也是解决问题的有效途径。世间人事各有安排，接受一切，坦然面对。

回首艰难中行进的 2021，幸好，我还有理想；幸好，我还满怀希望；幸好，我还可以展望未来，勇敢面对一切未知。

君向潇湘我向秦

端午节放假前，我野心勃勃地制定了许多出行计划，远到拉萨、三亚，近到榆林、延安，而实际上放假后出行的第一站永远是父母家。

端午节这天回老家吃饭，公公走了之后婆婆不愿意和我们一起住，所以一个人住在小镇，节假日肯定要回去陪她的。听婆婆絮叨完家常已是下午三点半，返回家中已是五点，所有的计划只是计划，一次说走就走的旅行对于中年人，真的如搁浅的白鲸，很难实现。晚上和朋友一起唱歌，听着《只要平凡》，想着世事无常，决定不再等待，就让我来一次说走就走的远行。

早起收拾东西，只要记着带好身份证和手机就好了，再加一个背包。背着它是因为我并不确定这次出行的时间，带着总没有坏处，不然真的赤条条一个人了。

和往常一样，照例包里装着老三样：水杯、雨伞和书。兜里装两样：身份证、手机。早晨五点半起床，联系车，五点五十我就站在马路边上等车，可此行的目的地在哪里自己尚且不知。反正不论去哪里都要到延安，那里有闺蜜，可以呆几天，也可以作为中转站。坐在车上与司机有一搭没一搭地聊天才知道，由于疫情防控，出省后再回来是非常严格的，搞不好还要被隔离，本来想去洛阳看看的念头已消去大半，既然不可以出省，那就在省内转转。省内除了父母，就只有儿子最让人牵挂。

车快到延安时我才决定去咸阳看儿子，于是这一次临时起意的远行，就变成了探亲之旅，我也要走走儿子走过的路。迅速订好车票，中间几乎没有任何耽误地一路向东南。人总是这样，目的太明确的时候就两眼直勾勾地盯着目的地，眼不斜视，心无旁骛，路两边的风景视而不见。生活中也常常会这样，我们往往会因为某一件事、某一个人而直接忽略了我们认为并不重要的东西。车快要到西安时乘务员提醒我："女士，您的另一个订单是来不及的，火车十二点十分到西安站，您却定了十二点半从西安北客站到杨凌的车票，两站之间距离很远，您肯定赶不上。"我不得不佩服我的脑残程度，好在改签还来得及，火车票改签后不足五分钟，火车就到站了，感谢乘务员帮了我的大忙，否则我这只呆头鹅一定会在西安站寻找西安北站的那列客车。从下火车到再上火车总共三十分钟，时间虽然紧一些，但也还是够的，换乘一个小时后，我顺利抵达了杨凌。

杨凌虽然已是第三次来，但前两次都是自己驾车带一大家子，有的是底气，这一次我只身一人，生怕把自己搞丢，所以联系了大学同学，他是杨凌人。他早就等在老火车站门口，简单寒暄，三言两语，我们就已经到了儿子的学校门口，一行三人很快就到了饭店吃午饭。儿子为了等我，似乎饿极了，吃得很快。等我们边吃边聊吃完饭后，已经是下午三点。午饭过后，同学有事离开，儿子说要带着我到西北农林科技大学的北校园——他学习和生活的地方看看。

天下着雨，虽然不大，但足以淋湿衣服，儿子的大伞是从家里带过来的，外形看起来像中学课文《装在套子里的人》的插图中别里科夫手中的雨伞，深蓝色的雨伞和高大的儿子给足了我安全感。走到西农大门前往上看，层层的阶梯令人生畏，对于久不锻炼的我来说，拾级而上并非易事。我说，这太高了，妈妈上不去。儿子拉着我的胳膊说，来都来了，走吧！就这样，不由分说搀着我走，拉着我走对他来说并非难事，我就任由他牵着。

走到校门口的时候，儿子反复叮嘱："妈妈，您拉紧一点，小心把您隔在了门外进不去。"现在的大学，想要进出的确很难，需要扫脸识别。

雨还在下，西北农林科技大学北校区里绿树丛生，鸟鸣声声学术气氛浓厚，远离大城市，让这个地方散发出一种天然的幽静之感。一进大门，就遇到几位"资深"的美女在排列旗袍走秀，所谓"资深"，就是指年龄稍微大一点儿的人。儿子不禁感慨，气质真优雅，我说我也努力努力，争取活出优雅的模样。

西农的北校区其实也并不十分大，儿子的大长腿与嘴巴是同一频率，与它的高频相比较，我的不算短的腿是要慢一些的，在与儿子的闲聊中，不单知道了西农校园的布局，而且透露出他最近的学习生活情况，原来他吃饭快不只是因为他饿了，还有一个原因是他很忙。他说他下午六点还有足球训练，后天早晨需要交八篇报告，6月8号、9号要去渭南的工业园区学习，6月10号有四级考试，然后迎来期末考试……我听着他的话，不禁暗自盘算，我来的真不是时候，怪不得他吃饭时狼吞虎咽。他带我看校园，哪里是转啊，明明是"遛"，我几乎是被动式地一路快走，或者是小跑。四点半时，他看了一下手机说：因为天气原因下午的足球训练取消，他可以多陪我转转。本来得两个小时转完校园，不想一个半小时就转完了。

我记起出行前曾经问过儿子，我说："妈妈来看你，欢迎不？"儿子听了之后先说："妈妈，等我考完试吧，这几天非常忙。"停了一下，大概觉得他那么拒绝我，会伤害到我的热心，又改口说："您随意，想要来的话就来吧。"我现在才终于明白他开始对于这件事并不十分赞同的原因。

我说："儿子你忙吧，妈妈不打扰你学习了。"儿子也并没有坚持留下我，他的书还在图书馆里，作业真的很多，他说："那我送您出学校。"

出了学校，雨还在下，看着西农门前长长的阶梯，真让人眩目。我说："儿子回去吧，妈妈一个人下去。"儿子坚持要把我送下，说下雨了，怕我淋雨。其实雨非常小，几乎可以忽略，但儿子坚持要送。他担心我淋雨，我心疼他要走这么陡的阶梯太累，他坚持要把我送到学校门口的十字路口处。拗不过他，我们母子俩撑着伞走到十字路口。我让他回去，他细心叮嘱："您住的地方就在那里，沿着路边走，不要过马路，一二百米就到了。"他似乎还有什么话想说，欲言又止。我说："儿子，拥抱一下，咱们就此别过，妈妈明天一早返回西安。"

他说："那您注意安全，我回教室了。"

我说："你回吧！"

儿子转身又开始登上那高高的台阶，我沿着路往下走，回头看着儿子越走越远的背影，心情十分复杂。

千里迢迢，为与儿子一聚，我们在一起的时间不多不少，刚好三个小时。为了这三个小时，我从早晨五点半一直忙到中午一点半。作为父母，总觉得对孩子的爱不够，总是觉得哪里少了一点，可孩子大了，要为自己的前程奔波，父母与孩子，注定聚少离多。

儿子高大的背影越来越小，最后消失在西农高高的阶梯上。

孩子与父母的关系最亲密的时候，大概也就是短短的十年，十岁之前，他们往往会很依赖父母，十岁之后，他们会与父母相背而行，越行越远，从此之后注定是"君向潇湘我向秦"。

想到这里，又反思自己对十三岁的女儿关心不够，不够宽容，不够平和，甚至还会将自己中年的焦虑转嫁到她的身上，我是一个多么不称职的母亲。

儿子上半年还是非常抗拒考研的，他认为，不论是本科毕业还是研究生毕业，首先面临的都是就业问题，他想要先就业，而且他对所学的专业并不十分喜欢，搞研究不会有什么出息。我虽然不同意他的看法，但是儿子已经成年，有自己的判断能力和识别能力，这些事情不应该由我来做主。此次前来在饭桌上他和叔叔谈起他以后的打算，他说他准备考研，只是现在还在纠结考什么专业，我听了之后十分欣慰。想想去年还焦虑儿子不愿意考研，现在想来，真的是没有必要，孩子的认识和成长一样，也需要一个过程，这不是孩子的问题，是我提前在担心一些还没有发生的事情，让自己变得焦虑。

回到酒店，倒头就睡，从早晨五点半起床倒车换乘吃饭，再到校园里走一圈，时间紧，累得够呛，想着自己呆在这里，让儿子学习分心，还不如早点离开，就订了返程的车票。一切安排好，手机一扔就浑浑噩噩睡去。下午六点半被手机的铃声吵醒了，老同学打电话来说应该吃一碗特色美食——蘸水面，盛情难却，收拾下楼去吃面。

雨还在下，天气凉爽，吃过饭，雨已经停了，时间还早，老同学提议到渭河边上转转，因为前两次自己开车前来也是下雨，迷茫茫一片，根本看不清渭水，这次能近距离看看也不错。

渭水边上空气非常新鲜，雨后的湖面异常平静，岸边有三三两两的人散步，站在河边看向对面白茫茫一片，渭河大桥也似乎是通向云端。当年渭水岸灞桥边送别的诗人不知是否与我所见之景相同？拂面而过的清风是否也曾经拂过他们的脸颊？

渭水，中国古诗词里一个有历史时代特点的名字，如一粒闪光的纽扣钉在了大唐华丽的彩衣上，渭水边送别的故事反复上演。翻开大唐的扉页，渭水如彩带在翻飞。李白、杜甫、王维、崔颢、白居易、贾岛、李峤、岑参、张籍……得意的状元郎、落第的举子、挥斥方遒的书生、横刀立马的将军，都曾临着这渭水，吟哦咏叹。"秋风吹渭水，落叶满长安""行人莫问当年事，故国东来渭水流"……站在渭水边也算是与先贤对话。孔子立于河边喟叹"逝者如斯夫，不舍昼夜"，苏轼立于江头感慨大江东浪淘尽，我虽然没有独领风骚、问苍茫大地谁主沉浮的豪情，但也会有"横天流不息"的沉思。流芳千古的李白写出"平生渭水曲，谁识此老翁。奈何今之人，双目送飞鸿"的诗，借吕望的故事来诉无人赏识之情，我这已过不惑之人无人赏识便罢了，可怜的是才华也无半两。时不我待，路在何方？

人生过半，前半生稀里糊涂地就过了，下半生要怎么过真的是需要好好思考的。儿子说：妈妈，您就去过一种自己想要的生活，想怎么过就怎么过。女儿说：什么都没有快乐开心重要，您就怎么开心怎么过。同学说：你的前半生可以说是精彩，后半生肯定会更好。我说我只是想过一种随心所欲的生活，他笑着说，人生不过如此。想想大学的28位同学，除去已逝的班长之外，还有27位，彼此之间有联系的更是少之又少，人生是驶向不同方向的车，当年的我们只是在同一站点做过短暂的停留，然后又匆匆离别，在我们各自的人生蓝图上，画着不同的人生轨迹。

我"所欲"的生活究竟是一种什么模样，自己也不甚清晰，当孩子们长大，渐行渐远时，我们的世界又会发生什么样的改变？婚姻生活待激情褪去后，还剩什么？中晚年的生活难道要和大多数人一样带孙子、遛狗、跳广场舞，或者吃饭睡觉打麻将，等日升日落吗？怎么样的生活才是我想要的？怎样的人生才是无悔无憾的，才是有价值有意义的？

天色快要暗了，同学送我回到酒店门口，从车的后备箱拿出两箱特产，要我带着。我笑着说："出来玩想要无牵无挂无拖累和说走就走，你给我带这些完全是负累。"他说："也是，人生来去匆匆，的确不要再为这些俗物拖累了，了无牵挂是最轻松的。"我突然想这次回家以后，要把所有没有用的东西全部扔了，下半生轻轻松松走。

他的车消失在一片霓虹之中，我也回酒店收拾收拾，准备一早离开。

回到酒店后，按照前几日的约定，接受了就读于陕西师范大学的上一届学生的一个关于教师这一职业的访谈，里面有一些为什么会从事教育行业以及教育幸福感等一些问题。当老师非我所想，非我所愿，但是既然从事了这一职业，就会认真去干，努力做到最好就是了，我当初学的是历史专业，可几乎所有人都坚信我更适合当语文老师，就这样歪打正着，当了一位还算是称职的语文老师。当我焦虑儿子并不十分喜欢他的专业，担心他万一参加工作不喜欢自己的工作该怎么办时才发现，我们从事的工作，很多都与自己当初学习的专业或者喜欢的事业无关。当年师范毕业的同学，有三分之一就没有从事教育工作，另外余下的三分之二中，有大半并没有从事历史学教育，只有少数几个人是历史老师。大学同学中有经商的，也有从政的，其中一位同学是律师，她觉得当老师就不是人干的活儿，当了半年老师，愤然离职。如果一辈子去做自己不喜欢不情愿的事情，才是人生最大的悲哀。

学生继续问："老师，您当老师幸福吗？"我反问她："你觉得呢？"她笑着说：

"我觉得您挺幸福的。"

前半生的忙忙碌碌，换来学生的理解支持，也算是值了。

与学生聊完教育的话题已经十点多了，很累，脸都没有洗，倒头就睡。

第二天早晨如儿子所言，是在一片鸟鸣声中醒来。他说以前非常羡慕长安大学门外的灯红酒绿，可习惯了西农小鸟的鸣叫与昆虫的合声之后，居然觉得还是自己的校园好，如果遇到天气晴好的时候，还可以看到远处秦岭山上的积雪，可惜我每次都没能看到，因为每次来都是下雨天。这一次来看他，我能感觉出他对自己学校的喜爱，他也在成长，以前总是觉得努力去追求自己想要的，现在能明白、珍惜自己所拥有的；以前觉得热热闹闹的真好，现在觉得安安静静也不错。在一片鸟鸣声中我带着对儿子的牵挂与不舍准备返程，我的假期还有四天，还可以安排到其他地方去转转，但想想其他地方似乎没有特别的人或特别的事让我去见、去做，不如归去。

生命是一场场奔赴与意外，不出意外的话，会有很多意外等着我。儿子反复叮咛每到一处，都要给他在微信里说一声，订票看好了再订，不要再订错了，可返回的车票我还是订错了，要命的是这一次没有乘务员再提醒我，我只能傻傻地从西安北站坐地铁到西安站。出了地铁口，走了几百米后，看到路旁停着一辆出租车，问他去不去西安站。他客气地把我拉了不到一百米，然后告诉我到地方了，并且"友善"地告诉我，西安出租车起步价八块半，我要去西安站，他便载我到西安站。我客气地给他付款并道谢之后下车。我并没有因为他满口关中方言的狡辩而感到厌烦，只是觉得人心不古。

其实当我问他走不走西安站时，他只需要伸出手，给我指一下左前方就可以了，可他宁愿让我上车，不惜踩下一次油门和一次刹车，把我由火车站的正前方带到东侧，并给我一个教训：走路不知道前后左右看一看。我极不情愿地在西安消费了八块五之后，十点四十，准时坐上回延安的火车，准备回我的大陕北。

因为是返程，路线已经列出，所以心中要坦然很多，也有了心情去看向外面的风景，关中平原上的麦子熟了，一大片一大片的金黄色在车窗外匆匆闪过，秦地也只是我的一个中转站，下午一点火车返回延安，闺蜜早已等在车站门口。

坐在火车上，给儿子列出坐火车去上学的最佳路线：靖边到延安可以坐 60 元一位的商务车，然后从延安坐火车到西安，票价 89 元，不出火车站，直接换乘去杨凌的火车，票价 27.5 元，坐公交回学校，全程费用 177.5 元。

儿子回复我一个大大的笑脸和一句话：妈妈，您走的路就是我走过的路，但我并没有定错票，我也没有上当受骗，而且我的花费也没有您的高，因为我是学生。

我也为自己的这种母爱泛滥的行为感到好笑，我总是想自己多吃一点苦，多走一点弯路，这样给孩子多积攒一些经验。事实证明，我走不走弯路和孩子走不走弯路其实没有多大关系，因为我犯的错误，让孩子们看来往往毫无价值和意义，不具有任何可以借鉴的地方，甚至我的错误给他添了不少负担。

即使是这样，走在你走过的路上，我依然满心欢喜；吹着你吹过的风，我依然心怀感恩。尽管此生，很多人和事与我们注定是"君向潇湘我向秦"的结局，但依然义无反顾地去奔赴每一次约定，每一次远行。

秋天很美

秋天很美，可我总是伤感。

古人云"女伤春士悲秋"，我虽不是士，却每至秋日，总是很伤感。不由得对着阳光发呆，对着树叶发呆，对着天空发呆。

昨天张慧在朋友圈里发了学校的爬山虎的图片，一片绯红。点赞时，想起自己也拍了类似的图片，就留言：斗斗图，让我们互相伤害吧。

打开相册，寻找前日的相片才发现只有两张，而且全是背对着我的枝叶。

张慧的秋天面向着朝阳，如朝霞满天；而我的秋天，如夕阳的余晖，虽温情脉脉，却已是黄昏。或许有这样的感慨不对，有些落寞，有些伤感，可就是情不自禁，身不由己。

把相片发到了朋友圈里，只有"回首是秋"四个字配得上这秋日的红叶，背对着我的寂寞的红叶。"回首山河已是秋"，回首这一生，总觉得还没来得及年轻，就要匆匆老去。

大学好友发了一段评论：不回首也是秋。秋是天的事，回首是你的事。你回不回首，秋就在那里，秋依然在那里。秋到离开那里的时候，她会按时离开。秋到回到那里的时候，她会按时回来。而回首，会跟得上秋的步伐吗？

认真品读，仔细唔摸，的确就是这样。秋天不会因为我的回首而停留，也不会因为我眷恋而不再离去。那回首又有何用？

每至人静的时候，我总会思考，此生将过半，人生还有哪些事已经来不及去做，有哪些遗憾已无法挽回，有哪些遗憾还来得及弥补，有哪些事还值得去做。

前几日迎来了自己四十四岁的生日。本来我已忘却，与孩童时不同，人至中年已不再盼望过生日，甚至想刻意逃避。如果时光可以挽留，宁愿不要过生日，可生日终究还是来了。学校工会委托的蛋糕店、花店会准时将蛋糕、鲜花送到，所以他们会提前打电话确认礼物送到的时间和地点。就这样，他们提醒我"您的生日到了，请注意查收。"

生日还是准时准点地来了。

往年的生日总会写点儿东西来纪念，统一命作"写在生日的边上"，今年好久都不愿意提笔，似乎觉得很多事不值得一提，只要平平安安就好。

生日这一天早晨，爱人临时下乡，没有回家，在微信中给我说了一句"生日快乐"便无下文，中午只有我和女儿两个人在吃饭。我俩边吃饭边聊着我的傻儿子，女儿的傻哥哥。从昨天得知今天便是我的生日之后，我就不停地看儿子的消息，期待着他的祝福。可是，并没有，直到快要十二点了。

十二点，一个陌生的电话打了进来，在疑惑中我接起电话。

"您是不是高冬梅女士？"

我说："是的。"

"我是花店快递，祝您生日快乐，给您的祝福十二点准时送达，请您开门拿一下花，我就在您家的门口。"

我忙起身开门，从一位女快递员的手中接过一个粉色的长盒。

拿着盒子回家还在疑惑，这是谁送的呢？难道是被女儿嘲笑的情商永不在线的老公突然开窍了？边疑惑边打开盒子。一束粉色的康乃馨周围点缀着无数的满天星，花的外围围着一圈闪着小亮灯，漂亮极了。花树下面有一只小熊，手里捧着一张卡片，上面写着：祝妈妈生日快乐，永远年轻漂亮。署名：罗爸爸、罗腾腾、罗毛毛。

我正高兴地不知道该说什么，儿子的电话就打了进来，连忙接起。

"妈妈，生日快乐。我的礼物送到了吗？"

我忙说："十二点准时到了，我还以为你忘了我的生日呢……"正说着，我便哽咽。他说："怎么可能呢？我的手机密码一直都是您的生日。我就是忘了自己叫啥，也不会忘了您的生日。"我害怕自己泣不成声被他发现，慌忙地挂掉电话。

等再次坐到饭桌前，我已无心吃饭，捧着学校送到的一大束玫瑰花和儿子送的鲜花，不忍释手。

女儿说："妈妈，换件衣服，我给你拍几张照片吧。"

换上了喜欢的旗袍，女儿对着我就是一阵狂拍。

我也一改几十分钟前郁郁寡欢的表情，享受着她上蹿下跳的服务。此时，我是世界上最幸福的妈妈。

女儿牺牲了中午午休的时间帮我拍照，中午一点整，匆匆忙忙上学去了。我一个人躺在沙发上，准备眯一会儿，再去父母家一趟。生日便是母难日，以前每年生日我定要买肉到父母家去，他们会亲手给我做米糕吃，今年也不例外。没几分钟，二姐的电话打了进来。问我在不在家，我说在，她便说她和大姐过来一趟。

五分钟后，她们俩就来了。两个人坐在阳台的木椅上，背对着太阳给我说："说吧，想做什么？吃饭、聊天、逛大街、买衣服，姐姐们陪你过生日。"

我问有时间限制吗？她俩说没有。

"今天我们俩的时间你任意支配。"

阳光透过她俩，射出万道光芒。我看着她们，光线太强，居然看不清她们的表情。

"今天的天气真好，咱们接上爸妈到公园里玩儿吧。"

意见迅速统一，巧的是，父母正在家里，专等我去。所以从决定去公园、开车去接父母，到后来到达目的地，时间总共不到半个小时。

中午三点，阳光正好。

父母腿疼根本走不动路，一进公园我就租了一辆六人的自行车，由我来掌管方向，两个姐姐蹬车。我们一行人徐徐向树林深处驶去。

秋意深，枫叶正红，胡杨金黄，松柏翠绿。

红色的观景亭掩映在这深红、金黄、翠绿的山野，娇滴滴、羞答答，与远处高耸的三层高台，互相辉映。

父亲想上到高台处观景，母亲有点儿不乐意，但也并不反对，只是因为怕父亲走多了，晚上腿又疼得厉害，见他兴致那么高，也就不说什么了。

三层的高台上，父母有大姐陪着，笑得像个孩子。我和二姐在台下负责给他们照相。

我笑着问爸妈出来玩是不是腰也不酸啦腿也不疼啦，走路也利索了？

爸爸说，出来玩儿谁能顾得上那些事儿。

爸爸个子高大，坐着的车椅下方也有脚踏，所以返回时，他也会帮着踩上几脚，作为司机的我很明显地能感受到。我逗姐姐们说："老爸一出力就感觉你们俩偷懒，似乎这一路都是我一个人在蹬车。"

她们笑笑看着我，并不接我的话茬。

其实我就是想刷刷存在感，自行车已经走了这么远，她们一直都在。

下午四点，爱人发来微信问我在哪儿呢，我回复和爸妈在一起，顺手发给他几张相片。

公园回来已是下午，姐姐们都有小外甥要管，父母吃不惯外面的饭菜，坚持要回家熬稀饭喝，我也应同事请客，必须要去，所以就没有在一起吃饭。

因为牵挂着爱人在等我吃饭，所以匆匆离席，离开时才知道请客的马老师和我，还有另外一位年轻的高老师是一天的生日，真的是荣幸之至。

就在下午时，蛋糕店和花店又送到了礼物，匆匆拿回家打开蛋糕盖，里面有一张卡片：最美的老师，生日快乐。

不用想都知道是谁送的。

生日的第二天，又有朋友给我补过生日，还有哥哥给的娱乐卡一张。

人到中年，想得到的很多；想要的越多，想做的就越多，所以总觉得力不从心，我太贪心了。

细想，我拥有爱我如初的父母，选择了当初怦然心动的爱人，有心有灵犀的朋友，有敬我如姐的学生，还有一双孝顺的儿女，应当知足。人生虽已入秋，可不论我回不回首，秋天都会离去。倘若如赵玉平所言"站在生命的高度看待生活，站在结局的角度看待人生"，的确是没有必要患得患失。生活中纵然有种种的大不如人意，可这不如人意的生活才是人间；人生悲喜各半，得失相掺，方是生活。

活着便是大事，走过才是人生。

秋天，不论你回不回首，它都会来，它都会远去。何不驻足欣赏这大美的秋天？

秋天，很美。

为你写书

为你写书

我为什么想出书？夜深人静的时候，静下心来我时常思考这个问题。

在自媒体极其发达的时代，人们更习惯在手机上看书，买纸质书的人越来越少，而且自己这种教育教学类的、回忆随感类的文章也不会合大众的口味，想凭着出书来获利，很显然不切实际。各类明星、网红，充斥于各个角落，靠写这样随性简朴的文字来出名似乎也不可取。既然不为名和利，我为什么要出书？

我反思着自己的人生，思考我究竟想做什么。

人生过半，匆匆已经到了中年，扪心自问：如果人生已进入倒计时，我最想做的事情是什么？

脑子里蹦出六个字来：学习、旅行和出书。

学习可以随时随地进行，旅游可以每年自己安排，那么出书呢？这不是我想干就能干成的事情。

那我为什么这么迫切地想出书？

去年冬天就把稿件寄给编辑部的老师了，本想着今年应该可以出版，前一阵子老师说，还得往后推一推，不知道这往后推是有期还是无期，编辑部老师的话，让我不由得焦躁。

暑假时父亲又病了，住在医院里挂液体，我去陪他，坐在他的床头看书。他在

255

病床上问："书还在写吗? 什么时候出? "

我假装不高兴地说："爸, 您别催我, 让我慢慢来。"

他没有说话, 闭上眼睛休息了。

其实我心里很难过, 我比他更着急。我也想着早点儿出版, 想着早点儿让它出现在父亲的面前。我可以在网上发文章, 可以赚取眼球, 博得点赞, 可是父亲老了, 眼睛花了, 他不能看我写的文章。我深深地理解"伯俞泣杖"中伯俞的眼泪了。

我为什么急着要出书有很大一个原因, 是为了了却父亲的心愿, 因为他希望我能够出书, 有所作为。

我从小就喜欢写写画画, 能有自己的著作一直是我的理想。有些小文章被父亲读到, 他甚是喜欢, 于是他也就希望我能有一"大部"作品出现, 希望我能整理成册。这种情况就如我家女儿, 只认得钢琴键上哆、来、咪三个键的时候, 她的爸爸就急着给她买了一架钢琴回来。当我说我在写一本关于记录高三生活的书的时候, 他似乎比我还要激动, 比我还要期待书的问世。

去年他曾一度催问, 我说我没有钱出书, 出书太贵, 他问我得多少钱, 我说好几万, 他没有说话。三天后我去他家, 他郑重地告诉我："我和你妈妈都商量了, 如果你没有钱, 这个钱由我们来出, 你联系出版社就可以了。"

我听了这话真想哭, 我七十多岁的老父亲, 想斥巨资为他四十多岁的女儿实现心愿, 就像是一位父亲想尽办法为自己的孩子购得心爱的玩具一样。

我希望我能成为父母的骄傲, 希望他们能够在有生之年看到我的小小成就。

前几天去父母家, 母亲递给我三张面额不大的存款单。

"这是给你的, 我们也没有太多钱, 你拿着, 需要的时候取着去用。"

我一时有点蒙圈, 这怎么给人一种父母即将离世、安排后事的感觉? 不知道父母为什么要把钱给我。

我拿了存款单回到家里, 越想越不对劲, 打电话给姐姐哥哥, 他们说先放着吧, 父母说他们记性越来越差, 怕哪一天放得就找不着了。

父母在迅速地老去，很多事情我可以等，可很多事情他们等不及……

上课时，我经常会把我的人生奇遇讲给学生们听，例如：我如何抓贼，如何赚得人生的第一桶金，如何和学生一起逃课，如何躲过父亲的检查偷看小说……讲得妙趣横生，引得学生疯狂追捧。曾有朋友告诉我，她妹妹（我的学生）是我的忠实粉丝，不单是因为上课，还因为我"徒手斗歹徒""智勇对付贼"……终于有一日学生问我，老师为什么不把这些写下来，以后他可以给他的孩子看。的确，文字或许比语言更具有传承的功能。从那以后，我就会有意识地记录一些东西拿到教室里与他们一起分享。直到2018年，我在课堂上给学生承诺，我要为他们写书，记录我们在一起的日子。

儿子上高中时看到我写的一些小东西，说："妈妈，我好喜欢您写的文章，真有意思。"

"是吗？那妈妈就多写点读给你听。"

在儿子高三奋斗的日子里，我坐在他的旁边，或看书或奋笔疾书，文字如日子慢慢流过，写完了就读给他听，也算是为他解压。

平时写的小文章也就在朋友圈里发发，后来有一次与自己的老师说起我在写书，老师听后也十分地支持，他说如果出版的话，他可以帮我联系出版社。

这一路走来，我遇到很多人，给我支持和鼓励，让我有出书的勇气和底气。

今年已经是2021年，父亲74岁，年龄越来越大，身体越来越不好，我不想留下遗憾，我希望他能在有生之年看到我写的书。

今年是2021年，距离2018年已经整整三年，我的又一届学生已毕业，现在才将出书这件事付诸实施，这让我觉得无颜面对2018届的学生，他们会不会觉得自己的老师是一个不讲信用的人。

今年是2021年，儿子已经上大二，陪儿子走过的日子已渐渐离我远去，我不希望他看到的是一个一事无成的母亲。

今年我已经42岁，已经快到李密写《陈情表》的年龄了，也已经是韩愈"发苍苍，齿牙动摇"的年龄了，我能明显地感觉到老之将至，我的记性越来越差，头发越来越少，皱纹越来越多，很多事情，时间已经不允许让我再往后推延。

当最小的七零后也已步入不惑之年，这一代人的青春岁月将随着时间的河流远去，在我的文字里，你或许会寻找到独属于那个时代的记忆，遇到童年的那个纯真的你。

2021.8.30

一只会下蛋的母鸡

在听一节数学课时,我无所事事,因为我什么都听不懂。看看周围的数理化老师包括校领导都听得津津有味,我严重怀疑我就是《皇帝的新装》里那些什么都看不见的人,明明看不见,还不敢说我看不见,只好装作能看见的样子。

我假装能听懂,在听课笔记上装模作样地勾勾画画,实际上是在笔记上写着我突然想到的一个脑筋急转弯:白母鸡厉害还是黑母鸡厉害? 答案是黑母鸡厉害,因为黑母鸡会下白鸡蛋,但是白母鸡不会下黑鸡蛋。我就是那只完全听不懂数学课的白母鸡。

写完了顺手递给了旁边坐着听课的张老师,因为他也是语文老师,他看了一眼我的听课笔记,会心一笑,我严重怀疑他也听不懂(请原谅我在这里停下来笑五分钟)。但是张老师依旧稳如泰山,安安稳稳地坐在那里,不像我,装了一会儿就装不下去了,心不在焉,东张西望,俨然一副等不及下课的模样。我记得上小学时就是这样,上课时肚子饿得咕咕直叫,什么都听不进去,两只眼睛死死盯着门口,只要下课铃声一响,我一定要第一个冲出教室跑回家。

听不进去课让我百无聊赖,黑板上终于出现了我认识的符号:π。终于可以证明我曾经上过数学,π 居然还是 π,没有什么变化。我在 π 的旁边写下3.1415926,然后我又傻在那里,感觉自己如鲁迅笔下的孔乙己,即使知道了茴香豆的 "茴" 字有几种写法，又有什么用呢。记起刚在前几天看过的一本书里说，未来的社会需要π型人才，而不是现在的T型人才。我仔细端详这个π的与众不同。T型人才是技能单一的人才，T上面的横就是指我们的知识面要足够广，见识要足够多，经历要足够丰富；T下面的竖就是指我们需要在某一个领域专得足够深，看得足够细，研究得足够透，这是国家一直大力提倡的人才模型。而π型人才指"至少拥有两种专业技能，并能将多门知识融会贯通的高级复合型人才。π下面的两竖指两种专业技能，上面的一横指能将多门知识融会应用"。

那我是什么型呢？

这个问题有点难，这样的问题让我第一次思考这个问题的前提：我算不算人才？

什么是人才？百度了一下，显示：人才，是指具有一定的专业知识或专门技能，进行创造性劳动，并对社会做出贡献的人，是人力资源中能力和素质较高的劳动者。

那我算是人才吗？那就一条一条往上对呗。

"具有一定的专业知识或专门技能"，我是老师，这一点应该是具备的；"进行创造性劳动"，教书育人算不算"创造性劳动"？人的成长是不可复制的，是一次性的，应该算；"并对社会做出贡献的人"，我也应该是吧，勤勤恳恳工作了二十几年，学生两三千，应该算是有贡献；"人力资源中能力和素质较高的劳动者"，能力和素养较高？如果是当语文老师，我的能力和素养应该可以的吧？不然学校和家长也不敢把那么多孩子交到我的手里。而且我可以肯定，我是一位劳动者，每天忙忙碌碌，脚不离地。

鉴定完毕，我是人才。

那我算是T型人才吗？

"知识面要足够广"，我听不懂数学；"见识要足够多"，我没去过几个地方，基本上就在祖国的大西北溜达；"经历要足够丰富"，我的经历虽然有一些，但算不上丰富；"需要在某一个领域专得足够深、看得足够细、研究得足够透"，这"深、细、透"是怎样的标准? 我虽然在语文教学领域"专"了,可是够深、够细、够透吗? 这个很难说的。

抬起头,看了一下黑板上的钟表,离下课还有二十分钟。我都已经鉴定出结果,认为自己是"人才"了,这一节数学课才过半。终于明白我的学生在上课时,倘若心不在焉、不愿意听课,时间过得有多慢了,以前以为只有语文课才会有南孚电池的特征——一节更比四节长,原来数学课也有这样的特质,只不过是要看谁在上课,谁在听课罢了。

T 型人才我肯定不是,充其量我只是个人才。也就是说,我只是会下蛋的母鸡而已,谈不上会不会下黑鸡蛋。

那我是 π 型人才吗?"至少拥有两种专业技能",我似乎可以符合,因为我是潜伏在语文组的历史系学生,如果有一天语文老师太多了,我在语文界吃不开了,还可以考虑去教教历史;"并能将多门知识融会贯通",我似乎也符合。我最喜欢物理,后来政治学得最好,上大学进了历史系,毕业后当了语文老师。曾经自学了三本厚厚的自然科学、十二门法律专业书籍,同时对历史地理学感兴趣,还在坚持学习英语。学着学着发现哲学不同于任何一门专业,所以最近在啃中国古典哲学原著。学了哲学之后让我明白一句话,文学的尽头是艺术,所以我打算再学一门乐器。我想用"不会做饭的厨子不是好司机"来激励自己。

那我是"高级复合型人才"吗?

这个"高级"该怎么定义呢? 我姓高,可不可以就算"高级"? 我查一查吧。"中教一级是什么级别"? 等一下,网有点慢,手机信号在来的路上迷路,转圈圈呢。教龄二十三年,我还是中教一级。看着视屏上那个年轻的"高级教师"(现代化教学,老师旁边有备注)我自惭形秽。年轻老师还在视频里讲数学,黑板上面的钟表显示离下课还有五分钟。信号终于来了,"中学一级教师属于中级职称"。

唉! 我终究不是 π 型人才。

好吧,我就是我,不一样的烟火,我为什么要成为什么 T 型、π 型人才? 我就是一个有个性的人才。

我如阿 Q 般终于为我的平凡找到了合适的理由，我就是听不懂数学课的语文老师，我就是一个只会下白鸡蛋的母鸡，怎么着吧！

下课铃声终于响起，我逃一般地离开教室，将数学课远远地抛之脑后。

人活一口气

以前对"人活一口气，树活一张皮"没有什么感觉，特别是对"人活一口气"的说法并没有什么深度理解。小时候门口长着小树，父亲在树周围围着栅栏，生怕树皮被羊啃了。后来有一棵小树被羊啃食了一圈皮后死了，我这才感觉到树皮果然重要，若是树没有了皮是要死的。但是对于"人活一口气"的说法仍没有多少体会。前年二姐生病，是肺部感染，其他的症状不明显，就是感觉呼吸有些不畅。二姐难受的时候怕我们担心，并没有呼天抢地，只是皱着眉头说不舒服，直到今年自己有了切身体会，才觉得呼吸真的很重要。

教学楼最高四层，以前不觉得高，但是自从今年开始，感觉四楼好高，总是爬不上去，每一次上楼，都气喘吁吁，得在二楼、三楼各歇一下，才能爬到四楼，最大的感觉就是气不够，总觉得气短，换不上气来。

到了四楼之后，我需要靠在栏杆上喘半天，让呼吸平稳了之后才敢进教室，不然呼哧呼哧的呼吸声会吓着学生。有好几次都告诉同学们，在栏杆旁边安装一个井轱辘吧，然后把我用轱辘拉上来，上完课了，再把我放下去，同学们总是当笑话听，并不把我说的话当回事。我也和其他老师说起四楼实在太高了，总是爬不上来，同事们也是笑一笑，并不觉得我说的是实话。实际上，今年我的确很愁上四楼。要是放在去年，我肯定也不相信我说的话，不就是四楼吗？一口气跑到八楼也不是问题。八百米的操场，虽然跑不了十圈，但是跑个三五圈是没有问题的，但是从今年开始，我开始很头疼跑步、爬楼梯，哪怕是一百米，哪怕是四楼，因为我喘不上气来。

去年体检，大夫认真地告诉我，心率太低了，不足六十。

"怎么回事啊？有没有感冒？有没有心慌？有没有觉得气短？"

不问不知道，一问吓一跳。

我没有感冒，但我的确心慌气短。

"戴二十四小时的动态心电监测仪看看吧，看看是怎么回事。"大夫说。戴动态心电监测仪需要提前预约，后来因为七事八事，就把这件事情抛之脑后了。

今年春天到现在，气短的问题一直没有缓解也没有改善，我只当是因为缺乏锻炼造成的，但是"这口气"已经引起了我的注意，特别是在公公住院期间，肺部感染，呼吸困难，因为吃饭不得不摘掉氧气罩时，不出十来分钟，脸色就会变得黢黑，整个人感觉就不行了，我这才意识到，从生理角度看，这一口气对人的生命十分重要。

的确是人活一口气啊！

母亲去年住院，晚上病房里住进来一位四十岁左右的妇女，神志不清，儿子和女儿在旁边轮流替换地照顾，第二天早晨清醒了过来，喝了一点粥继续迷糊，直到中午才又醒过来。问孩子她们的母亲得了什么病，两个二十几岁的年轻人也支支吾吾说不上来，大家也不好细问。第三天女人自己清醒，开始说话。原来她并不是生病住院，而是因为喝了农药，喝药的原因很简单，用她的话来说：受不了那一口气。

她说她四十五岁，女儿二十四，儿子二十三岁，孩子们都已经结婚了。今年缺雨大旱，地里没有多少收成，本想把小姑子借去的钱要回来给羊买草，看年底羊肉涨价，能不能有点收入，不承想打电话给妹夫，妹夫不仅不还钱，而且语气强硬，态度恶劣。她一想到自己多年的辛苦和一无所获的秋天，再想想借出去总是要不回来的钱，一口气咽不下，就喝了农药。还好被丈夫发现，送医院及时，不然，恐怕这时候早就没有她了。

病房的人听了她的话都唏嘘不已。我父母说："不就是钱的事情吗，看看你怎么舍得扔下这么孝顺的一双儿女？生活中的这种气大大小小多了，哪里还能斤斤计较？好在是抢救过来了，万一抢救不过来，你看看你做的是什么傻事。"

那个女人清醒的第二天就出院了，听说当天下午婆婆和小姑都打来了电话。婆婆哭着说，就是死也是轮自己死，都是自己女儿女婿的错，怎么能轮得上媳妇去死。小姑子说，钱已经在准备了，就这一两天就拿过来，之所以没有来医院看望嫂子，是觉得没有脸见她。那个女人见问题解决了，就急着要回家，说一圈的羊没有人管，倘若这几天饿瘦了，自己的损失不在少数。为争这种气，险些丢了性命，实在是不值得。

生活中要争这无妄之气的人不少，历史上也有很多这样的人。西汉功臣周亚夫、隋朝大将杨素、南宋名臣韩世忠，都因一口气而死，说白了，就是咽不下那一口气稀里糊涂地死了，着实让人感慨。诸葛亮也正是利用了一些人的这一弱点，活活气死三位名人：被气得摔下马而亡的曹魏老将王朗，被气死于军营之中的曹操养子曹真，后来更是三气周瑜，愣生生把个江东才俊活活气死，临死之前发出"既生瑜，何生亮"的感慨。稍微大度一点，留着性命慢慢斗，不好吗？何苦把自己活活气死？

看来有的时候一些气还是要咽下去，不能为一口气付出生命的代价，那样做太不值得。

当然，有些气有时候还是要争的，不能不争，不争不快。为了民族大义，集体利益，关乎大是大非的"气"真的是"是可忍，孰不可忍？"，这种气被我们称之为"骨气"。吴晗在《谈骨气》中，把拥有这种"气"的人统称为"有骨气的中国人"。不食周粟，饿死在首阳山的伯夷、叔齐，大醉六十天不愿与司马昭联姻的阮籍，绝不同流合污、宁可赴清流的屈原，不为五斗米折腰的陶渊明，十九年不改其志、北海牧羊的苏武……有骨气的中国人数不胜数，为国家、民族的利益，绝不可含糊。

吉鸿昌当年在美国考察，被外国人鄙夷，他便在胸前挂一个"我是中国人"的牌子以见其血性，这口气，是要争的；朱自清一身重病，宁可饿死，也不领美国的救济粮，足见其坚定，这口气也是要争的；闻一多面对特务的威胁，拍案而起，怒斥反动派，足见其无畏，这口气，也是要争的；巴黎和会上，舌战群儒拒绝签字的顾维钧，据理力争，捍卫民族尊严，这口气也是要争的。祖辈们留下的这种"粉身碎骨浑不怕，要留清白在人间"的气节风骨，成为我们中华民族的铮铮铁骨，成为中国精神的脊梁，撑起民族的大义，给了我们后来者扬眉吐气的机会。

生活琐事，这口气能忍则忍，小不忍则乱大谋；国家大义，这口气必须要争，国家面前无小事。

话说回来，呼吸问题实在不是小事，明天一定去医院，不然我害怕，哪天这一口气上不来……

老 茧

　　我是左撇子，右手除了拿筷子，就是拿笔，其他的事情都由左手来完成，为什么右手的食指外侧会有厚厚的老茧？它是怎么生出来的？一时不解。

　　想想母亲的老茧基本上在手外面的关节处，手上虽然有老茧，但是因为手掌大老茧并不突出，只是觉得手掌的皮厚一些。母亲不务农将近二十年了，手掌处的老茧也慢慢退化，不再突兀，但关节外的老茧依然非常明显，因为关节处的皮肤与其他处的不同，明显发白，所以老茧尤其醒目。母亲经常会念叨往事，说到往日的艰辛时，外婆出现的频率颇高，不是因为怀念，而是因为埋怨。埋怨自己的母亲生了那么多孩子却早早撒手人寰，害得她和外爷操了一辈子心。母亲有九个兄弟，有一个姐姐和一个妹妹。大姨十八岁因为难产大出血而亡，比外婆去世得还早。小姨很小，只比九舅舅大。所以外爷家里的人员构成是阳盛阴衰，母亲嘴里最多提到的就是永远做不完的针线活。从八岁那年开始做第一双鞋开始，母亲的手就没有离开过针线。大舅二舅比母亲大，其他人都比母亲小。外婆四十四岁时也因为难产去世，去世的时候留下了家里从出生到十五六岁大小不等的七个孩子，单是这群孩子的鞋一年就得做好多双，所以母亲大拇指和食指上拿针的地方老茧早就有了，而且是最厚的。听说母亲结婚后外爷总是要接她回家，后来大姐慢慢懂事了，开始不乐意让母亲去外爷家。

有一次刚懂事的大姐告诉父亲，不要让母亲去外爷家。父亲问为什么，大姐说："在外爷家，我睡觉的时候妈妈在做针线活，醒来了，妈妈还在做针线活，感觉外爷就不让妈妈睡觉。天还不亮，就叫妈妈起床。"父亲逗大姐："你外爷是怎么叫你妈妈的？"大姐就学着外爷的腔调说："高家的，起了，高家的，起了。"稚嫩的声音会逗得大人们捧腹大笑。父亲何尝不知道外爷接母亲去是为了做针线活，外婆离世，外爷需要有人做针线活，另外还有父亲说不出口的原因：母亲从外爷家回来，外爷总会让大舅或者二舅用牲口驮回不少麦子来。母亲手外面关节处的老茧也是那时干活儿太多留下的。即便是这样，母亲去外爷家的次数还是很多，因为父亲家里穷得连汤都没有，她每次去了都可以带回点儿粮食。

母亲的手上老茧最明显的地方就是拿针的大拇指和食指，除此之外，中指上戴顶针的地方下边的关节也尤为突出。再难的针线活到母亲的手里都不是问题，记忆中母亲除了农忙时间，很多时候都是在帮左邻右舍裁剪衣服或者是改做衣服，要么就是给我们几个孩子做衣服、做鞋。小时候穿的衣服都是母亲亲自做到，而且大部分都是母亲用大人的衣服或者姐姐哥哥的衣服改制的，即使是旧衣服，母亲也能让我们穿得得体合适。

家里有了缝纫机后，有一阵子母亲通过做小孩子的衣服放在邻居阿姨家代卖来贴补家用，后来一次被父亲的同事看到，觉得母亲做得特别漂亮，便说服母亲把所有的成品都给他，他要给卖出高价，母亲禁不住他的劝说，都托付给他代卖，结果他拿去了衣服，一去不"还"，钱也不给，衣服也没有给拿回。那一次让母亲的小本生意血本无归，损失了四十几元钱（父亲那时候一个月的工资才二十八元），这一下子就相当于抄了她的"家"，从那以后，她就再没有做衣服卖了。

虽然再没有卖衣服，但母亲的针线活一点不少，除了做我们兄妹们的衣服、鞋子，还给周围亲戚朋友们做一些针线活。母亲的手很巧，除了会做鞋，她还会剪窗花、画鞋垫，做一些小手工，出自她手的东西栩栩如生，也正是因为右手常年使用剪刀，所以手指上的老茧更厚了。

与母亲手指上的老茧相比较,婆婆的老茧不论是摸着还是看着,都更厚,婆婆手上的老茧不仅厚,而且手掌心里的老茧凹凸不平,我的儿子和女儿小时候由她带着,特别喜欢奶奶用厚厚的手掌在他们的后背摩挲。

婆婆的老茧大多集中在手掌上,她的手是一双真正下地干活的劳动人民的手。听她讲公公年轻的时候给生产队养蜂,常年在外,家里所有的生计都是她的,她既干女人干的家务活,又干男人们干的力气活,受了不少的苦。她的手不仅是用来捏针的,还用来握铁锹、锄头、斧头……种地、砍柴、喂牲口、放羊,都是她的活儿。

婆婆是种庄稼的能手,与待在家里做家务相比,她更喜欢到田里去干活,她说在田野里干活,出上几身汗之后,连回家吃饭都会感觉酣畅淋漓。说起自家田里的土豆、玉米、糜子、谷子、南瓜、黄瓜、西红柿,她的脸上充满着快乐,眼里洋溢着自豪。在她口里,没有谁家的西瓜能比自己种的甜。她虽然已经是古稀之年,但依然坚持种地,似乎只有到土地之中,她才能踏实快乐,热爱让她忘记辛苦。

我手上的老茧也在加厚。上学时,我手上只有握笔的食指第一关节处和小指第二关节处有一点老茧,都是拜写字做题所赐,现在发现在右手食指第二关节附近也全是茧,这里的皮和手指尖以及第一关节处的老茧都连为了一体,感觉这个地方皮糙肉厚。

以前让母亲挠背,觉得母亲的手给人的第一感觉不是温暖而是粗糙,当现在看着自己的手时,才明白,这种感觉的手是岁月所赐。生活会在我们的身体的某个地方标注上我们曾经经历和为热爱的事而努力奋斗所留下的痕迹。

右手每年除了写好多本学习笔记、备很多本教案、改很多本作业之外,它的最大功劳就是会翻无数本书。书的数量和内容不限,因为我的确不知道读书具体有什么用,所以就没有目的地乱看,什么都看一看,什么都翻一翻,什么都写一写,也正是这种毫无目的性的学习和读书,让我在读书写字的过程中,自得其乐。时间久了,感觉似乎与这个世界的很多人很多事格格不入。前几天参加一个读书会,有书友说那本书他看了几遍，我暗地里想，那我看了几遍？一遍？两遍？三五遍？那本书已经在我的床头放了几十年了，我也不知道看了多少遍。我只知道爱人出去喝酒、夜深不归，心烦意乱的时候我看过；干完一天的家务，孩子们都已经睡着，万籁俱寂的时候我读过；儿子上高三，我躺在床边陪他学习的时候也看过。具体看过多少遍，自己也不清楚了。或许一些自己喜欢的地方看过无数遍，自己不喜欢的地方只看过一遍。年轻时候的我和现在的我喜好不同，年轻时就觉得薛宝钗好，现在才明白林妹妹的魅力，所以爱看的地方也不同，不过不论看什么书，不论看多少遍，每次看书都会不停地翻书，老茧大概就是这样形成的吧。

人说手是女人的第二张脸，我对自己的第一张脸都没有太在意，更何况是第二张？套用《脱口秀大会》中北大才女鸟鸟的话来讲，女人不能要一头没一头。人家才女可以因为长得普通而选择考上北大，然后站在聚光灯下说谁来拯救她的第一张脸，而我既没有那样的天资也没有那样的生活际遇，不单如此，我还因为生活和爱好毁了我的第二张脸。

帘子效应

外甥快要三十岁了，迟迟不结婚，表姐很着急，说她没有办法和孩子多沟通，希望我能从中周旋，问一下究竟是什么原因。后来我问了，外甥说，遇到的女孩子都长得太丑，他要找好看一点的。我当时就笑了，好看又不能当饭吃。

按照钱锺书先生的说法，婚姻是围城，城里的人想出去，城外的人想进去。让我说，或许这座城可以缩小为一幢或一间房子，房间里的人想出去，房间外的人想进去。这选对象就像装修房子时挑选窗帘，当初选的时候，真的是千挑万选，既注意它的美观，又注重它的实用，还要关注它的价格，仔细对比，恨不得货比三十家，选择最中意的。到最后所买的窗帘，一般都是综合起来考虑选择性价比较高的。你不能只关注好看，这好看的不一定实用，而且不管你曾经选择了多么中意的，时间久了，你就渐渐很少关注它了，自然也会忘了它的质地、它的价格，甚至会忘了当初选它的原因。没有几个人回家，第一件事是看窗帘，只要窗帘可以挡光、挡灰、挡冷气就可以了，偶尔注意，也会十之五六甚至八九不会立刻想到选它的初衷？或许时间才是爱情、婚姻最大的杀手，当时间磨去了生活的激情之后，我们再一次审视我们当初的选择，会不会如同看当年选择的窗帘一般悔不当初，不理解当初怎么会选这个颜色、质地？其实，不论选谁都一样会有这样的感慨。错误的不是我们，是时间。

其次，帘子需要与房子匹配。我相信世界上有超越门第、世俗甚至会超越性别的爱情，但我更相信没有一个人能够超越柴米油盐的牵绊。先人的智慧里，的确已经告诉我们婚姻需要门当户对，这就如上亿的房子来选几元钱的窗帘一样，我们首先就过不了心理关。不管这个帘子性价比有多么高，都难逃被来到这所房子的大多数人质疑和指责。同样，破旧的房子挂上富贵的华丽的窗帘，一样会带来很多的猜忌，甚至是嫉妒与破坏，这大概也属于狄德罗效应。这种效应又叫配套效应。18世纪法国哲学家丹尼斯·狄德罗的朋友送他一件质地精良、做工考究的睡袍，狄德罗非常喜欢。可他穿着华贵的睡袍在书房走来走去时，总觉得家具不是破旧不堪，就是风格不对，地毯的针脚也粗得吓人。于是，为了与睡袍配套，将旧的东西先后更新，书房终于跟上了睡袍的档次，可他却觉得很不舒服。200年后，美国哈佛大学经济学家朱丽叶·施罗尔在《过度消费的美国人》一书中，提出了一个新概念——狄德罗效应，或配套效应，专指人们在拥有了一件新的物品后，不断配置与其相适应的物品，以达到心理上平衡的现象。窗帘如果与周围环境格格不入时，人们只有两种选择，要么换掉窗帘，要么改变环境。对比二者，改变环境的难度和代价远远大于换窗帘，适应环境是大多数人的选择，这或许就是很多灰姑娘嫁入豪门大多难能白头偕老的一个原因吧。因为房子的主人需要不断更换，直到所换之物与房子匹配。

再次，凡是挂窗帘的人都知道窗帘分正反两面，最漂亮的一面要挂在最显眼的地方。例如，窗户上的帘子正面向外，让路人能看到它的美，客厅里的帘子正面向里，让客人能看到它的美。这样问题就来了，你觉得美的东西，别人也会觉得美，甚至垂涎三尺，欲得之而后快，这或许就是古人所说的"丑妻家中宝"的原因。丑妻会免去很多烦恼事，想当初武大郎要不找那潘金莲，将城东丑女或是城西龅牙娶一个回家，也不至于后来招致杀身之祸。同时也别尽看那漂亮的，爱美之心人皆有之，但是要"发乎情，止乎礼"，倘若这爱美之心不加以限制或规范，那就不美了。很多美看看就行了，不必强行占有，倘若一意孤行，十之八九会带来灾难。试想李隆基拥有杨玉环给彼此带来了什么？一个为此丧国，一个为此丧命。倘若互相欣赏，互相成就，岂不更好？也有那贪婪之人娶几房姨太太回家，防得了东边防不了西边，管得住大房管不了小妾，后来闹得鸡犬不宁，不得安生。房子多了帘子多，惦记的人也多，真不见得是什么好事。当然，也不要尽想着自家帘子被别人惦记。各家有各家的帘子，倘若有人看中你家帘子，也就是看看，不要脑补种种后果，这种事情大多也就只是惊鸿一瞥，不会像电视连续剧，没完没了。

再则，不论是选妻还是选夫，她（他）只是家中的帘子，日子久了，就习惯家中有此物，家中也应该有此物，但不要把她（他）当作顶梁柱。年龄大了，就知道每个人的心中都有一所自己的房子，不同的人在你的房子中占有不同的位置，起到顶梁柱作用的，还得是自己，也只能是自己，其他的人只是房中的一些物件，有一些是必需品，有一些是奢侈品。如果说婚姻是必需品、那么爱情便是奢侈品，当然，不同的人有不同的态度，也有拿爱情为必需品，婚姻为奢侈品的，但不论观点怎样，总也不影响自己是顶梁柱的本质。如此看来，婚姻或许只是需要，我们需要一个人来承担一些事，起到一定的作用，再或者说，选的好看的那个人是给别人看的，如窗帘的正面，我们自己看到的，或许更多的是光鲜华贵的外表下线头丛生、纠结复杂的里子，既然这样，我们何苦要执着于那看起来好看的人？正如网上所传，漂亮的女人不做饭，做饭的女人不懂风情，懂风情女人的不赚钱，赚钱的女人脾气不好，脾气好的女人不漂亮，转来转去都是一个死结，干脆就找个差不多的行了，哪有那么完美的人。

买上十套房子，晚上住的也就那么一丁点的地方，买再多的房子和一套房子有什么区别？成堆的金银，对于沙漠中求生的人而言，远不如那一壶水。金钱再多，不能直接吃喝，房子再多也不能代替丈夫的角色。再多的房子也只是个房子，而很多时候，我们需要的只是一个家而已，或者只是那个可以为我们挡光挡灰的帘子而已。

既然只是帘子，看得过去就行了，好看有那么重要吗？

中年人的梗

朋友说一定要注意休息，朋友的朋友刚把父亲的葬礼办完，自己就脑梗住院了。

我说这是中年人普遍的梗。

我也是刚把公公的丧事办完，整整两个星期，半个月。事情办完的第二天，婆婆又身体不舒服，要带去看医生。回到家，各种事情需要处理。下午又听姐姐说，母亲已经住院一个星期了，因为我忙，所以没有告诉我。中年人的日常，除了工作中的各种事情，还有老人、孩子和家庭。各种鸡毛蒜皮，各种鸡零狗碎，成为中年人的梗，任何的一处梗都有可能引发身体的大动荡。

中年人的第一大梗是父母。人到中年，父母也进入了老年，随着年龄的增大，身体开始出问题，越来越不如从前，父母生病住院俨然成为生活的日常。去年冬天，一个月中，只是同学、朋友、同事家中举办丧礼的随礼钱就有五千块。当我和朋友感慨着老年人都怎么了的时候，朋友友情提醒，不是老人们想扎堆离世，而是我们的年龄大了，父母们都年迈，已是一个不争的事实。父母们年迈，渐渐衰老，疾病缠身的同时，也缠住了中年人前进的脚步。

以前不理解父亲当年为什么要调动工作，调整到离奶奶最近的老家上班，现在人到中年，终于明白了。奶奶在病榻之上瘫了整整十年，十年间父亲从未远离。

奶奶四十八岁守寡，五十几岁得高血压，从此不能干重活。六十二岁时，因为走路发晕向后摔倒，从那以后，几乎不能行走，手里的拐杖从一根变两根。再到后来，干脆瘫在床上，大小便不能自理，一直到去世。

20世纪80年代，既没有纸尿裤也鲜有洗衣机，即便是卫生纸也很稀缺。奶奶的衣服全靠手洗，最开始父亲洗，后来父亲手上有皮肤病，不能沾洗衣粉，衣服就由我们几个孙子轮流洗。为了方便照顾奶奶，父亲放弃了很多次可以调到城里和升迁的机会。自古忠孝难两全，十年之后，奶奶去世，父亲也四十好几岁了，错过了最佳的升迁机会。人生总会有很多选择，不论选什么，都会有遗憾，只求问心无愧而已。

去年，高中的一位好友的父亲去世，大家说起少有悲戚，反倒为朋友长舒一口气，老人终于可以解脱了，朋友也终于可以轻松一点了。不是不孝顺，是瘫痪在床上十年的老人，不论是从哪一个角度来看，都是儿女不小的负担。久病床前无孝子，即使是有，对于久病之人，生命的质量也是要大打折扣的。父母的身体状况也是中年人难以避开的梗。

中年人的第二大梗是孩子。自己到更年期，孩子到了叛逆期是中年人的又一大考验。叛逆期孩子的思维是不按常规来的。有孩子因为打游戏，打了自己的母亲；有孩子因为看小说，被父亲打，父亲自己放声大哭；有孩子因为家庭小矛盾，父母不妥协就威胁父母要跳楼自尽……中年人的家里，常常会有那一颗两颗不定时炸弹，随时会爆炸，吭当一声之后，我们根本不敢想象那是怎样的景象，所以我们活得小心翼翼，生怕踩到雷区。

拒绝沟通是叛逆期孩子的一大特点，他们的口头禅是"这个你们不懂""和你们说有什么用"。如果父母用自己的事情来教育他们，他们会说，都什么年代了，你们当年的那一套早就不适用了。他们哪里知道，现代社会的坑比我们那个时代的坑更多，更具有杀伤力，但是他们仗着年轻，有那不撞南墙不回头的决心和力气，一定要下坑去看看，然后总结：原来父母是对的。

我们纵然有如山的爱，也阻止不了扑火的飞蛾。当孩子们的自我意识觉醒的时候，也意味着他们需要为他们的选择付出代价。

中年人的第三大梗是自己。我们关照不到全世界，我们也关照不到自己，尤其是后者。倘若说前者是能力问题，至少我们还想着要关照全世界，后者就是习惯问题。我们经常嘲笑那个骑着驴找驴的人，殊不知，我们就是那个人。我们总是看着外面的世界，想着无数的人们和无尽的远方，但却很少看看自己以及足下的土地。一个不小心，自己就会马失前蹄，跌个狗啃泥。

感情到了疲惫期，事业到了瓶颈期，身体到了红灯期。中年人的生活不出意外就是最大的意外，因为时刻会有意想不到的事情发生。不知道事情会从哪个方向扑过来，但一定会有事情，偶尔没有事的一天，那便是人间四月天。

就如前面朋友说到的情况一样，老人的后事办完了，我自己也进了医院。在重症监护室接公公回家的时候，我还在想，无论如何我要跟在急救车上陪着他回家。但真的到那一刻时，我也出了问题，心慌气短，自己险些窒息。这时候才记起去年体检的时候，医生说的话：根据检查结果，您的心脏有点问题，具体情况不明，您需要再来医院，重新再检查一下。去年接到医生电话的时候，正值放假前的一个星期，工作非常忙，哪里有时间去做这件事。放假之后又忙着过年，把这件事情就抛之脑后了。有一天突然不明原因的心脏异动，才提醒我，体检时候的心脏监测这一项还没有完成。

主治医师给我解释公公的病情的时候说，老爷子是易梗体质，身上多处梗阻，不单是脑梗的问题，现在已经发现的有脑部、肺部、静脉……什么时候，梗在什么地方，谁都不知道，所以随时会有危险，后来公公还是由于脑梗离世。

此时，我在想，中年人也是易梗体质，家庭、事业、儿女、身体……什么时候、什么地方，梗在生命的哪一个部位，我们永远也不知道。我们唯一能做的，就是好好吃饭，好好睡觉，好好锻炼身体，好好活着，好与这无数的生命之梗作斗争。

陌上花开

春天，室外的春光已经开始明媚，室内没有阳光的地方还有一些冷。从教室里出来，看了看外面的阳光，居然有一些晃眼。边走边打开手机，看看有没有什么消息。爱人的消息跳了出来："我下乡了。"再无多余的内容。

正值下课，到处是学生，边走路边看手机十分不妥，所以就关了手机，专心走路。走到拐角处看见桃花又开了，粉粉嫩嫩，纵使有微冷的风也按捺不住它们要美的心。万物果然还是不同，桃花开了谢，谢了开，年年会开，可人怎么就没有再少年的可能？

我的脑子里尽是一些奇怪的想法。且不去想它们了，今天的午餐在哪里？我得先解决我和女儿的午饭问题。

要做生活的战士就要随时准备冲锋。冲回家、洗菜、做饭、拖地、抹锅，一气呵成。看表已经是十一点多，爱人下乡，意味着今天需要我去接孩子，拿上车钥匙拔腿就跑。以我的车技，开车到五公里之外的学校没有十分钟也得八分钟。路上还遇到两辆小型卡车磨磨蹭蹭，随时准备停车卸货，眼睁睁地看着由于它们的磨蹭，让我白白耽误了将近五分钟，车技拙劣的我不由得开始反思自己曾经开车时的磨叽。担心女儿放学出了校门找不到我失望，我以自己最快的速度开到了学校，将车停好，还好，安静地等待十分钟后下课铃声才响起。

为你写书

我是个不称职的妈妈，接孩子放学的事情很少去做，虽然女儿已经上八年级了，可整个小学初中阶段我接她放学的次数不超过十次。倒是幼儿园时，我几乎一次不落地去接她。每次都要第一个出现在她们幼儿园的铁大门前，如小孩子一般，扒着铁栏杆让女儿看见我，尽可能第一个冲进去接她，因为每一次上学，女儿都会反复叮嘱："妈妈，你要早一点来噢，要第一个来接我。"为了不让她失望，我几乎每天都要冲刺般去接她，偶尔迟到一半次，我会给她解释，为什么妈妈今天不是第一。女儿和儿子读幼儿园时都是我用自行车接送的，虽然可能不够舒适，速度不够快，但是小小的自行车上永远有孩子们的笑声。后来或许是条件好了，或许是我太忙了，孩子们由爱人来接，也就忘了为什么这些年我一直没有接孩子们了。一眨眼，孩子们都长大了。或许是孩子们在幼儿园时的叮嘱依然有效，我现在去接她们，依然会早早地站在校门口，希望他们出校园第一眼就能看到他们的妈妈。

或许我的确是太忙了，因此忽视了很多。以前总觉得家里的事情都是我在忙，忙柴米油盐，忙教育孩子，忙后还不忘给自己的生活总结一下：男人没有用。我自己工作，自己挣钱，自己养家，自己生活……很多事情、很多时候都是独自在面对，因为随着婚姻生活的延续，慢慢发现，有很多事情，说与不说一个样，说多说少一个样，不如不说，独自面对。直到今天，在我接孩子余出这十分钟里开始反思自己。

如果今天爱人不下乡，我这会儿可能会在家里打开电视，听电视里传出的永远不变调的新闻，然后慢悠悠叠好阳台上昨晚晾出的衣服。拖地的时候或许会打开喜马拉雅，或者樊登读书，听一听最新出版的图书内容，抑或是干脆坐在沙发上喝点水，吃一点水果，然后刷一刷抖音或者聊一聊微信。总之，什么可能都有，至少不会像现在一样，在校门口等孩子的时候还要想刚才炒的菜只炒了一半就关火了，回家重新再起火炒，口味肯定要差一些。

我太高估了自己在家庭中的作用，没有摆正自己的位置，这让我忽略了爱人的感受。这么多年他也在默默付出，无论如何，他和我一样在努力，希望孩子好，希望家好。我很久没有看到他笑了，偶尔笑一笑，也是敷衍。他曾经也意气风发，开朗热情，是从什么时候开始他变得沉默寡言，我已不记得了，就如忘了小时候把心爱的玩具放在了什么地方，怎么都想不起来。他曾经告诉过我，他不想在那个岗位上干了，他不高兴，我忘了我都是怎么答复他的，大概是因为我觉得这些都不重要，重要的是一睁开眼睛，我又要重复昨日的忙碌与辛苦。直到有一天我发现，他的不快乐已经严重影响到了我的心情。

比起有成就，我更希望他健康；比起有出息，我更希望他快乐，我是那个快乐着他的快乐、幸福着他的幸福的人。我很久都不快乐了，因为他不快乐。我陪着他找快乐起来的理由，可是丢了的东西，哪里有那么容易找到。就如幼儿园时候的女儿，希望我能第一个看到她，给她拥抱，而我却在家里忙着做饭，忙着工作，完全忘了我要去幼儿园。或许我的比喻并不恰当，但是我想，他失落的心情肯定和女儿是一样的，说白了，很多时候我们都是脆弱的孩子，都希望难过无助的时候得到最亲近的人的鼓励与关爱。

有一阵子，公婆几十年的夫妻突然闹得水火不容。一次爱人告诉我他真的受不了了，他不知道怎样说服父母，我不知道这是不是他后来一直不能快乐起来的原因，他慢慢地变了，变得不爱说话。我以前很不理解为什么有人会得抑郁症，人生不过就这短短几十年，有什么事情过不去、想不开的。

我不知道是什么魔鬼迷了我们的心，让我们失去了快乐。

好友的丈夫突然离世，人到中年的窘迫一下子赤裸裸地摆在了面前，以前的生活虽然吵吵闹闹、碰碰磕磕，但是自己还有爱人，孩子还有父母。现在她不知道她该如何给孩子解释"爸爸去哪儿了"的问题。这如两个人抬水，不管是水桶靠近哪一方，谁多出一些力气，毕竟是两个人抬，现在突然有人撂挑子走了，一个人得想办法把这生活的桶提回家，谈何容易啊！

或许我们还是没有足够理解关心对方，没有足够的耐心去忍让对方，没有足够的包容来接纳彼此的不完美，或者是我们内心的欲望远远超出了生活能够给予我们的最大限度,过于苛求了,所以我们才痛苦,才不快乐。

还好,庆幸我明白得还不算晚。

有人说,妻子是丈夫的一所学校,丈夫好不好,要看学校教育得好不好。虽然我不完全同意这样的观点,因为一个人的成长会有很多的因素,无论如何不会只系于个人,但有责任就勇敢地承担,毕竟,没有什么比健康快乐更重要。

春天来了,山花烂漫,阳光明媚,正好可以出去走走。打开手机看时间,孩子马上放学,我得到大门口去候着。顺手给爱人回了一则微信:陌上花开,君可缓缓归。

我的咸亨酒店

"掌柜是一副凶脸孔，主顾也没有好声气，教人活泼不得；只有孔乙己到店，才可以笑几声，所以至今还记得。"常记得《孔乙己》中咸亨酒店里伙计的这几句话。

现实中，我就是那个咸亨酒店里的伙计，教室就是我的咸亨酒店，同学们就是我的主顾，和学生在一起，我才能笑一笑。

人到中年，开始遇到很多事，自以为那就是中年的梗，后来才发现，与后面的事情相比较，以前的所有事情都可以看作是"少年不识愁滋味，为赋新词强说愁"。当真正的中年之事在时间裹挟着意外的雷电和无常的冰雹砸向你的时候，你只能"欲说还休，欲说还休，却道天凉好个秋"。

人到了中年越来越沉默寡言，越来越遗世独立。

不爱说话，就少了很多乐子；不到人群里去，就丢了很多的趣味，有时候甚至沉默到怀疑人生。

因为公公的丧事请假一个星期重返校园后，看见同事我想绕着走，因为不想被问到我请假去做了什么，就像是身上的伤疤，需要时间去愈合，而不是反复被揭开，让大家看到它，最后伤心的却只有自己。

到教室去？离上课还有五分钟，我实在是没有心情与学生们玩乐，刚在前几天还在炫耀我的人生三乐：父母俱在，兄弟无故；仰不愧于天，俯不怍于人；得天下英才而教育之。短短几天，我就痛失一位亲人，虽然在外人看来，逝去的毕竟只是公公，又不是亲生父母，但公公也是爸，二十多年的相处，与爱人、孩子难以割舍的血缘，无一不在提醒我，世界上，爱我的人又去了一个。

我拣着最偏僻的楼梯上楼，绕到四楼教室外的走廊上，在一个角落找到一张椅子坐下。初升的阳光温和且温暖，静静地落在我面前的桌面上，桌上放着的塑料花宛如新生，娇艳欲滴。人如果也如这塑料花该多好啊！那样便不会有生老病死。上课的铃声终于打断了我的胡思乱想。连着上次清明节放假和因为办丧事请的假，我已经两个星期没有见到我的学生们了。不知道他们看到我会不会诧异？

站起来整理了一下我从上到下、从里到外的黑色衣服，理了理头发，走进教室，同学们欢呼，掌声雷动。我竟然不知道该用什么样的开场白，若是放在往日，我肯定会说："你们是不是要想死我了。"但是，今天，我真的不知道该说什么。

同学们还是一如既往地活跃。

"老师，您是不是又胖了？

老师，您可终于回来了，我们终于不用上自习课了。"

"你们是觉得终于课堂上又可以说话、睡觉、打豆豆了吧？"

同学们笑了，我也没有忍住笑了。这是这半个多月以来，我第一次笑，发自内心地笑。

对于我来说，倘若不开心，就来上课吧，没有上课解决不了的问题，如果一节课不够，那就上两节课。因为在课堂上，我迟早会笑，不论是被气的，还是被逗的。我们师生是彼此生命中的"豆豆"，打着打着就笑了，逗着逗着就乐了。教室就是我的咸亨酒店，学生中总会冒出一个两个，或者三个四个，甚至是一大群的"孔乙己"来将大家逗乐。

我上课有一个原则：不带情绪进教室。只要一站在讲台之上，就专注上课，所有的事情都靠边站，没有什么比上课更重要，所以上课的时候是我最为放松、最为享受的时候，因为一出教室，我就又要面对很多生活中不愿意面对的人和事，而这些事情在上课时都会被教室挡在外面。站在讲台上的我是单纯的身份：只是一位尽职尽责的老师；下了讲台的我，会恢复很多的身份：母亲、女儿、儿媳妇、妻子、下属……

"咸亨酒店"的老板经常会不在，即使校领导"人有百头，头有百眼"也不可能一直盯着一个教室看，盯着一位老师或者学生，所以上课时，我们是相对自由的，我这个伙计和主顾们有时可以自作主张地干很多事，例如吃零食，看电影。作为学霸的"长衫"自是不需要我招呼的，学习可以实现自助餐；学习一般的"短衫"和我聊几句，逗逗乐子，也可以激发他们学习语文的兴趣。上什么菜真的是随他们的便，只要学着，只要动着，就说明思想没有跑偏。倘若一节课，出来那么一位或者两位纠结于茴香豆的"茴"字怎么写的"孔乙己"，大家也就拿他开心开心，并无恶意，第二天上课，一切照旧，大家也不会拿着"孔乙己"的短处或者长处，如祥林嫂叙述阿毛的悲剧般，喋喋不休，抓着不放。简单来看，我们只是一些无恶意的"看客"而已。

很庆幸，当年多次动摇准备转行，最后都因为恋着三尺讲台而没有离去，才有现在可以分享快乐、倾诉忧伤的地方。这一方热土，如陶渊明的世外桃源，年年可见桃红，如鲁迅的小楼，可以"躲进小楼成一统，管他春夏与秋冬"。可以与年轻人交换思想，可以与时尚前沿接轨。年轻人的思想永远是跳跃的，这个地方永远涌动着最赤忱的热血。

老　猫

　　朋友圈里突然多出了一只"老猫"，我看了看，一晚上都在想一个问题，她为什么叫"老猫?"

　　老猫是一位九零后小姑娘，机缘巧合，我们在网上认识。开始我还在想她应该是和我年龄相仿的中年人，一番交谈之后才发现，按年龄来推算，她是我的学生辈，而且是学生晚辈行列里的。

　　网上熟悉的陌生人很多，偶尔觉得孤独时，打开朋友圈，足足一千多个朋友，能够聊天的人寥寥，感慨之余还是觉得不如将一腔心事付与笔墨。看书写字是最廉价也是最安静的消除孤独的方式，因为我总是担心网络上的问候换来的是"我在忙"的回复，渐渐地，我离人群很远，我离内心很近。

　　出版自己的书是我的执念，也可以定义为是我的理想。由于疫情和其他的许多不确定因素这件事情已经拖了一年多，激情已经快被消耗殆尽，如闪电战式的恋爱转为了一场旷日持久的恋爱，除了想要直奔婚姻的主题之外，过程的甜美已经可以忽略不计。人与人的相遇、人与物的相遇都需要缘分，大概是机缘的安排，老猫就出现在我的世界中。

　　老猫是我所出书的责任编辑，是主编柴老师介绍的，做事极其认真负责，我在电话的这头，都能听出电话那头她的认真的模样。我是话痨，而且有时候思维会不清楚, 所说的内容往往会东一榔头西一棒槌, 好在, 电话那头的她能迅速理清楚我说话的内容, 而且礼貌而又不失尴尬地将话题给扯回来, 所以交谈甚欢。

"五一"小长假因为校运动会的到来而提前来到, 给在忙碌的涸辙之中等待东海之水的我带来了久盼的甘霖, 在卧室里不分白天黑夜地酣睡了两天之后我终于复活。虽然公公的丧事刚刚办完, 心情还没有恢复到日常, 但住院的母亲出院了, 悲伤的爱人从伤心的深水区慢慢往岸边游, 孩子们也开始逐渐恢复往日的学习状态, 我也终于可以站在镜子跟前看一看自己。

一脸的沧桑。如果只是脸上有沧桑, 或许三五张面膜就可以搞定, 但是颈部的皱纹和松弛的皮肤无时无刻不在提醒我, 生命在逐渐衰老。头发并不长, 但感觉头很重, 似乎是头发让我变得灰头土脸。倘若不是这尘世之中还有未了的心愿, 真想剃去这三千烦恼丝, 于深山古寺之中恬然老去。总要做点什么来挽救一下这颓废的心境吧? 最廉价最便捷的办法就是理发, 说干就干。到了理发店, 找到熟悉的师傅, 把头发和脑袋一并交给他, 理什么看着办, 怎么理, 也随他去吧。

闭上眼睛, 什么都不去思考的一个小时之后, 再次睁开眼, 镜子里的我还是我, 发型已经不是原来的发型了。超短的刘海再也盖不住我略短的眉毛, 大圆脸赤裸裸地暴露在了太阳之下。理发师说: 给你换了一个狗啃式刘海, 适应适应, 换换心情。已经剪好了, 他说什么就是什么吧, 我面无表情、心无波澜地付了钱回家。

回家之后爱人看了我一眼, 什么话都没有说, 看来这发型还是很有吸引力的, 因为他大概有一两个月没看我了。自从公公生病, 他都没有心情看世界, 日渐消瘦, 而我依然饱满。女儿很是诧异, 问我: "为什么爸爸瘦了, 您比他还要辛苦, 您的脸却一个号都没有小?"我说: "我是他身后的山, 我瘦了, 他靠谁去?"生活越是艰难, 我就越是要好好吃好好睡, 不然我倒下了, 无人能代替。他专注于悲伤, 我在悲伤的时候, 还要时刻准备为悲伤买单。女儿无比心疼地说: "妈妈, 您辛苦了。"

中午理完发回家, 虽然爱人没有说话, 但我依然从他的眼神里读到了一些信息，所以极不自信地站到镜子前，沮丧的心情没有一点好转，理发的后果是让我郁闷的心情更加郁闷。刘海已经达到高不可攀的地步，我只能亲自用剪刀提高脸两边头发的高度去靠近它，一番操作之后，最为鲜明的大脸更大了。本来觉得耳朵两边的头发可以让拥挤的脸稍有收敛，现在两边的头发变短之后，脸可以肆意伸展，终于可以"大白于天下"。

学校的事情还没有完，我需要到教室去一趟。头发已经短得不需要整理了，用手扒拉一下就可以下楼。学生们在忙运动会的事，教室里堆满了零食，缺的人很多。刚进教室，同学们看向我的诧异的眼光权当是老师在不该出现的时候出现的意外，强调完"五一"放假同学们要注意的事宜准备离开的时候，一位女同学叫住了我，小心翼翼地问："老师，您的刘海经历了什么？"

我一脸淡定地说："理发师说他给我换了狗啃式刘海，我回家看见他啃得不好看，所以又亲自啃了啃，然后就变成了现在的模样。"同学们都笑了，我转身出去，听见身后有同学说，老师假期快乐，我也自言自语：假期快乐。我多么希望我们真的都能够快乐。

离开教室下楼，看到教室旁边的花开得正艳，微风拂过，传来缕缕幽香，突然想到沙宝亮的《暗香》："当花瓣离开花朵，暗香残留……"花有重开日，人无再少年，看着旁边三五成群的学生经过，心生羡慕，让我也重回少年时光该多好啊。

回到家时又多了一些落寞，果然是如朱自清一般，本来是出去寻宁静，没想到宁静没寻得，还生出了忧愁；本来想出去找点儿乐子，可乐子没找到，又多了一些伤感。

回家坐到书桌前发呆，STALA 的英语课和曾仕强的哲学课一样引不起我的半点兴趣，坐着看时间从眼前流过。突然想起老猫曾经说过我可以在任何时候找她聊天，那现在算不算是"任何时候"？

发出去的消息秒回，感觉她和我也一样，在等待着生命中的某个人出现。给她发了几张刚才在教学楼下拍的相片，感觉还不够尽兴，干脆给她发了我的美篇号、公众号、抖音号，很快就有消息反馈：老猫关注了您。

三只老猫同时出现？我知道就是那一只。为什么是老猫？我又记起高中时同学说我长了一双猫眼，所以给我取了绰号"猫"，高中毕业二十几年了，我是不是也应该是一只"老猫"了？

写作的计划本里一直有一个标题，但是下面没有一个字的正文，题目是"我家的猫"，不知道是什么原因，这篇文章始终没有动过。我想要写的也是一只老猫，它全身黑色，我们叫它黑豆。黑豆敬业且贪玩，白天睡大觉，晚上抓老鼠。有一次白天见到一只小老鼠，它逮住之后，并不急着去吃，而是"玩弄于股掌"之下，结果一不留神，老鼠钻进了洞里再也没有出来，急得它那一天懒觉都没有睡，待在老鼠洞口不吃不喝一整天。黑豆后来是被冻死的。数九寒天，它出去后再没有回来，第二天母亲在墙根外捡到了它，什么时候死的谁也不知道。它的后腿不知道被什么咬开了一个洞，逃到墙根下面，墙根下面的猫洞又被柴草堵住，它大概因为跳不上墙回不了家而被活活冻死在墙外。黑豆之后家里也喂过很多只猫，那些猫不是懒就是馋，或许是后来我上了学，没有时间玩猫斗狗，所以大多没有什么印象。

老猫的网名让我想起我家的黑豆，也让我浮想联翩。晚上睡下之后，打开抖音，刷到的不知道为什么也尽是小猫咪。我在结婚之后坚决不养小动物，也倒不是嫌麻烦，而是害怕有朝一日接受不了它们离开的悲伤。

思绪回到现实中。按理来说，我和老猫应该是有代沟的，我是七零后，她是九零后，但实际上在聊天的时候却没有，生活的烦恼，工作的无奈都可以聊到一起。或许是我们都渴望过猫的生活，可以每天晒一晒太阳，每天可以慵懒地躺在沙发上，但丰满的理想总是被骨感的现实代替。我们需要辛苦努力，需要安身立命，需要克服职业倦怠，需要去为我们想要的生活硬着头皮去迎接现实生活给予的挑战。我们或许偶尔还会唱一唱"我是一只猫，一只快乐的星猫……"，但更多的时候，我们要拖着疲惫的身体穿梭在生活的琐事之中，寻找那只随时会跑掉的老鼠。

晚上做梦，梦见我拥有一只小猫咪，趴在我的肩头，呼呼大睡……

我的音乐课

不同年龄段的人喜欢的歌是不一样的。"初闻不知曲中意，再听已是曲中人"，怀旧是中年人听歌的首选主题，一首老歌一杯清茶可以打发整个黄昏，看着傍晚的光透过窗户落在发亮的地板上，阳台上的花花草草落下清晰的倒影，如往事历历在目。

真正上音乐课只能从大学说起，虽然小学初中也曾有过音乐课，但那时候的课，只是课程表安排的科目而已，并没有多少期许，不过小学音乐课的记忆是非常美好的。温柔的小学音乐老师在毕业的音乐考试中给文体委员只打了六十分，而我的分高达九十三，全班第一。那是第一次有老师给我的音乐打高分，原因很简单，其他同学年龄要大一点，一个人站在讲台上唱歌扭扭捏捏，不单形体难看，而且跑调，而我只是站在那里本本分分唱完了《听妈妈讲那过去的故事》。初中的音乐老师漂亮而憔悴，后来疯了，听说是因为婚姻不幸。她的嗓音很细，尖细到刺耳，但平时上课很少听过她唱高音，因为她一个人上着我们整个学校十几个班的音乐课，所以过多的课程并没有给她唱高音的机会，她每次唱歌都中音不足，甚至声音低得只有她能听到。她总是柔眉顺目的，全学校的领导和老师都可以批评她，甚至包括灶务上做饭的师傅，但每次面对领导、同事甚至学生的责难，她总是低垂着眼皮，既不反抗，也不言语，默默承受。永远我行我素的她，成为了师生眼中的怪人。她偶尔发出的高音是在歌咏比赛时，她给领唱同学做示范。高中的音乐老师是父亲的高中同学，虽然唱歌好听，而且会弹钢琴，但是她从来都不正眼瞧学生，脸上也从来没有笑容，所以我对高中的音乐课也就没有多少印象。

大学的音乐课是令人神往的，不单是因为音乐老师帅气，而且他有一个我熟悉的名字：武斌。

上大学前的暑假曾经做过一个清晰的梦，梦见自己坐在一个洒满阳光的桌子旁边学习，有一个帅气阳光的男孩坐在我的对面，笑着对我说："你好，我是武斌。"因为梦境太过真实美好，所以一直记着。

后来上大学之后才发现，图书馆里的发黄的书桌像极了梦里洒满阳光的桌子，所以每次去图书馆，都会有小小的期望，希望能遇到那位叫武斌的同学。后来有一位武斌出现在生命里，但他不是出现在图书馆，而是出现在了音乐教室；他不是同学，而是老师。

上大学第一次上音乐课，我们一群学生一通好找，因为教室隐藏在一片茂密的树丛之中，加之老旧，让大家误以为那些房子是废弃的仓库，进去之后，透过玻璃的阳光中还有细细的灰尘在飞舞，很显然，这里刚刚被打扫过。简陋的音乐教室是上一世纪的老房子，房子高而旧，房檐上和砖缝间长满青苔，房子里铺着大方砖，很多砖已经被磨得凹凸不平，教室的玻璃是小格子的，阳光能透过玻璃落下斑驳的影子。教室的正中间放着合唱时站立的条形梯凳，梯凳的右前方放着一架钢琴。一位帅气的小伙子坐在钢琴旁并没有起身，抬起胳膊招呼大家迅速站上条椅准备上课，并委婉地告诉我们：大家迟到了。

看着同学们都已经站好，他才从钢琴凳上站起来自我介绍，具体内容都忘了，就记得一个词：武斌。他居然叫武斌，当听到这个名字的时候，我傻傻地看着他，感觉极其不可思议。甚至那个满是青苔的教室似乎都在梦中出现过，包括我旁边站着和我一起唱歌的舍友。

回到宿舍之后，就有人开始调侃我，因为我给她们说过我的梦。她们说：你梦中的真命天子不会就是咱们的音乐老师吧？我笑着说，地方不对啊，梦中明明应该是出现在图书馆。大家也就当作是笑谈，并没有放在心上。不过是从那以后的音乐课，我都很期待，也很留意关于老师的消息，但年少时的青涩只是让那种奇妙的感觉留在心中。

从八卦的舍友们口中知道，那位音乐老师是当年刚毕业的学生，工作分配回到家乡任教，没有结婚也没有女朋友……有舍友怂恿我去追老师，毕竟和我梦中的那个男同学的名字是相同的，说不准真有一段缘分，而我只是笑笑，自卑而又怯懦的我哪里敢去做自己想都不敢想的事情。一个星期一节的音乐课成为一种期盼，至于当年都学了什么，早已经忘得一干二净。有一次音乐课结束后，曾在长满香樟树的路上遇到骑着自行车的他，他下车打了招呼，我欲言又止，只好尴尬地说再见。后来遇到，我也只是礼貌地问一声老师好，他也只是点头匆匆而过。再后来，他身边出现了一位美丽的女孩，再到后来，只要远远地看见他，我就会绕道而行。我会有事没事去泡图书馆，去等我的真命天子，最终我也没有等到那个叫武斌的男同学。

或许是我的固执让我错过了一段美好，固执地认为他应该出现在图书馆；又或许是老天的一次疏忽，弄错了两个对的人应该见面的正确的地点；也或许是我们本来就不是对的人，只是名字相似而已，总而言之，相遇又别离是所有人的结局。我一直认为只有在对的地方、对的时间、对的人相遇才可以圆满，不曾想过即使是老天善意的安排也需要我们自己去亲手推开那一扇门，哪怕推开的那扇门后看到的风景给并非我们所愿，可年轻的我连犯错的勇气都没有。

曾经的那个遗憾如郑愁予的《错误》：

我打江南走过／那等在季节里的容颜如莲花的开落／东风不来，三月的柳絮不飞／你底心如小小的寂寞的城／恰若青石的街道向晚

跫音不响，三月的春帷不揭／你底心是小小的窗扉紧掩／我达达的马蹄是美丽的错误／我不是归人，是个过客……

曾经的我们，都成为生命中的过客，生命中的音乐课也随着大二的到来而匆

匆结束。

后来我成为了一位老师，见过无数的相见离别，对人生中的际遇和缘分、对错与是非也有了更多的理解。人的相遇、相交、擦肩或许都是上天的安排，随缘或许是对的，但对于我们渴望得到的生活，连争取的勇气都没有，似乎也不值得提倡，对错交织的人生才是生活。我们完全没有必要因为执着于是对还是错而失去勇敢，失去打开另一扇门的勇气。如果人生一定要犯错，那就勇敢地犯吧，没有遗憾的人生或许才是完美的人生。

某个黄昏，听着一首老歌，觉得如果孤独有色，那应该是青色吧，连倒映出的影子也是青色的，因为"你底心如小小的寂寞的城，恰若青石的街道向晚"。

后记：

写完的小文章发给儿子，儿子看完说，怎么整得和偶像剧一样。

发给了他的小学同桌，我的亲学生常同学，她回复：写"小学老师"那部分没有意思，压缩一下，直接写武斌好不好？我就想直接看高潮部分。我也想勇敢一点，可惜没有人让我勇敢。

当我回复她品位有问题时，她通过自我反省，说："好吧，你写的是你的音乐课，可我就想看看武斌和你。"

过了一会儿，她问："后来呢？"

我说："什么后来，就没有后来。如刘若英的《后来》，我们的世界再无交集，不过是青春里的偶遇。"

她说："遗憾总会有，反正我和周边的同学都是在青春里也畏手畏脚，轰轰烈烈的青春大概也只在电视电影里。"

我回复："我们活得唯唯诺诺，其实如果大胆一点，我们也会是电视电影里的男女主角。"

我的底牌
——献给我的孩子

（一）儿子的梗

儿子的生日到了，在说起他的生日礼物时，又说到了关于他的梗，女儿笑得肚子疼，我也笑出了眼泪。

儿子小学毕业那一年过生日，我想他马上上初中了，该给他一个正式的礼物，问他要什么生日礼物？他认真地思考之后说想要一个钱夹。我很意外他居然会要一个钱夹，但也并没有反驳他，便带着他在一个皮具店斥巨资买了一个钱夹带回家。回家之后，爱人问我给儿子买了什么，我说是钱夹。有一次爱人喝醉了酒，看到书架上的钱夹，一通的调侃：

"还买个钱夹？总共能有几毛钱？果然是咱们家的男人，架子立得好。咱们每人手里拿一个钱包，没有钱里面就装一沓卫生纸，霸气！"当时我和儿子都笑了，笑声里也不乏尴尬。

我反驳他："你怎么知道我儿子没钱？我儿子迟早会赚来钱把那钱夹塞满的，你说呢，儿子？"

当时儿子还小，忘了他说什么，但那个钱夹后来被儿子小心地收着，可钱夹里很少有钱，即使有，也尽是些三元五角的小钱，很少会有十元以上的巨款。虽然在他三年级之后，每个周末我都会给他三五元的活动费出去玩，但是儿子的手里也很少有钱。我一直认为孩子不可以没朋友，虽然朋友与钱之间并无直接关系，但如果男孩没有钱，在待人接物上就会不大方，小男子汉总会有一些哥们儿，不能让他太小气。后来儿子对待朋友与钱的态度，果然如我期望的那样，只要与朋友在一起，只要他有，就会慷慨付钱，导致后来钱到他的手里，几乎每次都花得精光，所以也没有钱会放在钱夹子里。直到今年，儿子寒假回家找不到他的钱夹，这才发现，钱夹早已被女儿私藏，而女儿的钱可以塞满整个钱夹。

还是我的问题，儿子照书养，女儿照猪养。对于女儿的教育，完全和儿子不同，对她我几乎不加约束，她喜欢怎样便怎样。庆幸的是，她不仅没有长歪，而且似乎比她哥哥还茁壮。她的钱从小就自己管理，但奇怪的是她手里永远有钱，不像她的兄长，经常山穷水尽。同样给儿子和女儿每人十元钱，儿子会给朋友们一人买一根雪糕吃，女儿却会把十元钱换成十个一元，然后拿着其中的两三元钱，去买成糖或者是瓜子与小朋友们分享。我不知道她这一点是遗传了谁的基因，因为我和她爸爸都没有理财的能力，她哥哥在这方面非常像我俩，这样家里最有钱的人当数女儿，因为她永远有钱。这样想来，钱夹给她算是宝剑赠英雄了。

关于钱夹的故事就成了家里的一个梗，儿子每次说起都痛心疾首，明确表达当年父亲对自己的伤害，而作为听众的我和女儿，每次都会笑得不能自已，买椟还珠的事情也是经常有的，我们这是属于买椟无珠，后来连"椟"也不见了。

年底了，说起这一年的收成略显焦虑，给儿子说今年的余额几乎为零，这样下去，我拿什么给他娶媳妇。儿子非常郑重地与我进行了一次谈话，我俩走在雪后的大路上，白茫茫一片，无车无人，他拉着我的手，从黄昏走到日暮，从日暮走到月亮爬上来，我们似乎用足迹衡量这些年牵手走过的日子。

他说："妈妈，您能把我抚养长大，已经算是功成名就，我不需要您挣多少钱，您只要照顾好自己就行，过好您自己的生活。您想想那些天生残缺的孩子，或者有病的孩子，您就应该高兴，应该知足，咱们多好啊，没病没灾的，虽然生活中有些不如意，但是哪有事事顺心、万事如意的，不如意也是生活中的常态，只要您和爸健健康康、平平安安就好了，这比挣多少钱都重要。我以后有多大的能耐就过怎样的生活，我能挣一千就过一千的生活，能挣三千就过三千的生活。房子能住就行，不在大小；生活安稳就好，不在贫富。我就想着和自己的爱人下班回家，自己做饭，吃完饭之后出去散散步，多好，您别为我的未来担心。"

他又说："妈妈，您把我们抚养得这么好，也是大功一件。全国一本的升学率就只有百分之三十几，能上985、211的概率不足百分之八，咱们算多一点，就算百分之十吧。现在我的学校虽然没有达到您的理想大学的档次，但也是一座985院校，妹妹比我学习好，以妹妹的学习状态，考985院校肯定也没有问题，这要在同龄孩子里，我们已经在前百分之十了，而在这些孩子中，还包括了部分身心不够健康或者生活能力不够强的。再看看我们，吃喝拉撒睡哪样要您操心？就是现在出去独立生活也已经饿不着了，您还担心什么？"

他又说："妈妈，您就为自己活吧，去做您喜欢做的事情，想要干什么就干什么，千万不要给自己压力。您有自己独立的工作，而且受人尊重；您有自己的住房、自己的车，又无欠款；您有安稳的家，有健康优秀的孩子，还焦虑什么？出书又不是为了赚钱，只是想让自己活得更有价值、更有意义而已。当很多人还在烦恼怎么活着的时候，您已经在思考为什么活着了，这已经是很了不得的事了，您就不要担心出书的问题了，肯定会出版的，只是时间问题。"

儿子拉着我的手，小心翼翼地走在雪地里，侃侃而谈，我不由心里感慨我的男孩长大了，他长成了我喜欢的样子：懂事、儒雅、善良、乐观……

想想他假期的生活，我更加确信他会变得更好。每天早晨准时起床，出去踢球、锻炼身体，下楼时顺便会带走垃圾，回来时会贴心地帮妹妹买回早点，买回家里需要的菜，回到家之后会收拾家：拖地，洗碗，擦桌子……中午陪着妹妹学习，下午和朋友出去散步。

我的儿子定会拥有他想要拥有的生活。他拉着我的手，一如多年前我拉着他的手，走向家的方向。

（二）女儿的逻辑

女儿的逻辑总是很特别，让人不得不佩服她的思维怪异。

昨天儿子上大学走了，今天下班回家，感觉家里顿时冷清了许多，我有些打不起精神。女儿抱了抱我说："怎么老宝贝情绪不高啊？"她贴心地给我倒了杯水，然后就开始收拾家。

说起收拾家，真心惭愧，不知为什么，我收拾过的家依然很乱，一点都不整洁，但女儿收拾过的家如同变魔法一般，东西迅速都规整好了，而且她今天居然破天荒地拿起了拖把，把地也拖了。要知道平时拖地是她哥哥的专利，儿子不在的时候地都是我拖，她是从来不动拖把的，我实在有点不好意思，就给她打打下手，递递抹布，摆摆拖鞋，不足一个小时，家里就非常整洁了。

我坐在沙发上，时不时又用左手拍打右肩，因为长期伏案工作，所以颈椎增生，特别是整个右肩都非常不舒服，坐着的时候不由得想拍拍打打。女儿说："老妈，不要硬撑着了，过来趴着，让我给您按按。"我趴在沙发上，正好头部对着阳光，舒服极了。她边揉边问："力度怎么样，看看您这斜方肌僵硬的。"我闭着眼睛听她絮叨，不知道她是怎么知道斜方肌的。

我问这斜方肌是生物课上学的还是胎教？她一本正经地说："当然是'胎学'，我在你肚子里估摸着你要赶我出来，就抓紧时间学了三个小时的按摩，一技傍身，免得你烦我，就学得这水平。怎么样？"

我说："你牛啊，厉害，妈妈还真不知道什么叫斜方肌，估计你这就是天才，娘胎里带的技术，其他人没法比。"

她有几秒不说话，突然说："妈妈，你看你多幸福。"

我问此话怎讲?

她说:"您想想生了一个或者两个儿子的叔叔和阿姨,哪里有您这样的待遇?再赶上个叛逆期啥的,不气死都不错了,哪里还能享上福?"

我说也是啊!

她手上没停,用她的手拉着我的手臂转了两个圈,又说:"妈妈,您一定要照顾好身体,然后去参加那些看您不顺眼人的葬礼,或者是追悼会,让他们有本事就跳起来和您吵啊!您就和他们比,看谁比谁活得更长。"

她这逻辑也是绝了。

我一下没忍住笑了。

"那我就加加油,努努力吧。"

我好奇她为什么会说这样的话,她说:"看您不高兴,就想着是不是谁惹着您了。"

我说:"没有,只是累了,哪有那么多的人值得妈妈生气。"

"那既然没有,您就高高兴兴、快快乐乐的。"

被她这么一折腾,胳膊、颈部果然舒服极了,坐起来刚拿着手机就被她厉声制止了:"高老师,您是不想要脖子了吗?您让它在正常状态下待一会不行吗?"

她的话总是让我无法反驳。

记得有一天早晨起来给她做早点,问她吃三鲜的还是大肉的馄饨,她说大肉的和我一样,太油腻,三鲜的吧!

我边做边说:"人家也是三鲜的,怎么就油腻了?"

她笑着说:"不油腻的三鲜馄饨,您被冷冻多久了?"

我哑然失笑,女儿晚上休息前给了我一个拥抱,我问她抱着妈妈的感觉是什么?她说好充实(她又在暗指我太胖)。

我和她聊天基本上都是找虐。

她的奇思怪想实在太多。小时候坐在马桶上唱歌,唱"什么都没有我的屁屁重要",后来稍大一点,会画几十种不同表情、形状的太阳,再后来会用牙签在香瓜上作画，再后来就用她的各种歪理邪说来怼我，来要求我——

不许我吃肉，说肉吃多了血脂会高，看外公的血压就知道了；吃过饭后不许我坐着，要我来回走动，说免得以后带我出去旅游的时候我走不动；不许久坐不动，说万一我身体不好，以后怎么给她带孩子……

有一天，她从学校回来，突然给我说："妈妈，给我生个弟弟吧！"

我问她为什么不是妹妹？

她说："像咱这样的家里有一个女孩子就足够了，万一生个妹妹像我怎么办？性格不好，脾气还坏，那不把我给气着！不行，生个弟弟像我哥，性格好，脾气好，那样我就可以欺负他，玩他。"

我惊恐地说："那我还是不要生了，我怕你把他玩坏了。"

她说，这个不重要。女儿的口头禅是"这个不重要"。

每次我都会随口问她那什么重要，她每次都会说快乐最重要。

的确，拥有她，我是很快乐；她对于我，的确很重要。

后记：

儿子上高中时过生日，我买了一块表送给他，并告诉他，我希望下一块表是另一位爱他的人送给他的。恭喜他，在他二十岁生日的时候，他拥有了另一块表。懂得爱、珍惜爱的人，才值得拥有爱。祝福我的孩子，人生虽然漫长，但只要有爱陪伴，便不会孤单。

什么也没有

我一直觉得，能把自谦与自负演绎到极致的只有梁启超。《记梁任公先生的一次演讲》写到梁启超自我介绍："'启超没有什么学问——'眼睛向上一翻，轻轻点一下头：'可是也有一点喽！'这样谦逊同时又这样自负的话是很难听到的。"没想到一百年以后的我也可以有这样的范儿，也可以说："我们这个地方什么也没有——"然后翻一下眼皮也接着说，"当然我们这个地方也有一点喽！"

以前和大学同学聊到地方文化，我都会莫名地感觉到自卑，觉得我们那个地方什么都没有。在我以前的认知里，我们这个小小的县城差不多就是个蛮荒之地，追溯历史也多是荒无人烟的塞外，不是被铁蹄踏着，就是被铁蹄踏过，留在古诗词里，也就那几句"可怜无定河边骨，犹是春闺梦里人"。塞外、无定河边、蛮荒之地这些名称让我在外求学时很自卑，总觉得自己就是那个蛮荒之地来的野蛮人。直到后来参加工作才发现，我毫无自信的地域存在感源于我浅薄的知识，特别是随着近几年考古工作的进一步发掘，更是进一步证明这厚厚的黄土地，曾经是中华民族古老文明最早的发源地之一，这里也是华夏文明的根。

现代考古发现，位于黄河"几"字湾内的靖边，其文明可以追溯到石器时代，当时靖边水草丰美，适合栖居。整个县域内石器遗址就有 227 处，其中以旧石器时代的小桥畔遗址和新石器时代的五庄果梁遗址为代表。到秦昭王时，此处修筑了长城，至秦始皇时，秦直道纵贯域内。汉唐文化也在这里画下了浓墨重彩的一笔，经考古发掘，靖边有汉代墓葬群 132 处、唐代墓葬区 10 处，汉唐墓葬总共超过万座。高档的墓葬、精美的器物、栩栩如生的壁画无一不在为我们展示着靖边曾经拥有的辉煌；县内还有南北朝时匈奴民族唯一的政权大夏国的都城遗址统万城。

大夏是南匈奴屠各种铁弗部族人赫连勃勃建立的政权，史称"胡夏"，定都统万城。赫连夏政权从赫连勃勃公元 407 年称天大单于算起，到公元 431 年北魏的属国吐谷浑俘赫连定止，仅存在了二十四年。公元 413 年，勃勃任命叱干阿利为将作大匠，征发岭北十万人于朔方水以北，黑水以南(今陕西省靖边县)，开始营筑都城，公元 418 年，统万城宫殿大成。叱干阿利性格残暴刻薄，监工时随身携带一把锥子，用以检测城墙的筑造质量，如果锥子能插进城墙一寸，就把筑造这段城墙的人杀掉并筑入城墙(后经考古证实，墙体确实发现有锥印，但并未发现人的骸骨)，这也直接反映了当时监工的严格程度。赫连勃勃非常信任叱干阿利，让他全权负责修建事宜，事实也证明了赫连勃勃卓越的眼光，这座蒸土而筑的城墙历经 1600 多年依然屹立不倒。公元 419 年，勃勃占领长安，在灞上称帝，将长安作为陪都，由太子赫连璝镇守，而勃勃则意气风发地回到了他的都城，并命名其为统万城，寓意"统一天下，君临万邦"。

原来只是我不了解我的故乡，曾经一直以为她什么都没有。

近年的考古研究发现，黄帝原冢就在靖边。《史记·五帝本纪》记载："黄帝者，少典之子。姓公孙，名曰轩辕。生而神灵。弱而能言。幼而徇齐，长而敦敏，成而聪明……黄帝崩，葬桥山。其孙昌意之子高阳立，是为帝颛顼也。"汉高祖设轩辕庙，元封元年(前 110 年)，汉武帝北巡朔方，还祭黄帝冢桥山。《汉书·地理志》记载："阳周，桥山在南，有黄帝冢"。《孝武本纪》载："乃遂北巡朔方，勒兵十余万，还祭黄帝冢桥山……"。汉武帝亲率十八万铁骑北巡朔方(靖边属于秦上郡、汉朔方之地)，祭祀黄帝于桥山。当时，史官司马迁随从，因此《史记》所载当准确无误。

据考古研究发现阳周在桥山之北，长城之外，走马水上游某地。按地理形势就在今靖边县城附近。陕西省考古研究院、西北大学文化遗产研究学院、西北大学西北历史研究所的戴应新、焦南峰等考古专家一致得出结论：靖边县杨桥畔镇瓦渣梁村（现改为阳周村）是秦汉"阳周故城"所在地。而且杨桥畔遗址出土的"阳周塞司马"陶罐、"阳周宫"瓦当、"阳周侯印"和"奢延左尉"铜印，"官字"和"将字"瓦当及规模宏大的墓葬群等，无一不证明华夏人文始祖黄帝原冢就在靖边，而我却无知地说，我们这里什么都没有，并且以此而自卑。

除了有悠久的历史，这里还有丰富的资源。靖边县水资源总量为3.53亿立方米，其中地表水资源量为1.23亿立方米，地下水资源量为2.84亿立方米，人均水资源占有量为1200立方米。域内有芦河、大理河、红柳河、黑河、杏子河、周河等六大河流，共建成大中型水库35座，总库容量8.8亿立方米，居陕西省之首。靖边县南部山区蕴藏着丰富的石油资源，已探明储量3亿吨以上，年生产原油333.27万吨。以靖边为中心的陕甘宁盆地中部天然气田，控制面积5500平方千米，探明储量4666亿立方米，控制储量3200亿立方米，是中国发现最早的陆上最大世界级整装大气田。靖边建成了年净化能力达50亿立方米的中国最大的天然气净化厂，承担着向北京、西安、上海、银川等全国20多个大中城市供气的重任，这里也成为"西气东输"的枢纽。靖边县境内北部煤炭资源分布面积800多平方千米，是神府煤田连接部分，探明储量35亿吨以上，总储量预测在150亿吨—200亿吨。靖边县5088平方千米范围内有近80%的面积含岩盐，盐层深度在2400—3500米之间，预计岩盐储量在1500亿吨—2000亿吨。丰富的能源储备，让靖边迅速崛起，成为能源城市。

然而换个角度说，我们这里真的什么都没有。

没有台风没有海啸，没有地震没有病毒，而且远离通衢大道，没有闹市喧嚣，安安静静，小地寡民，没有太多的尔虞我诈，也没有太多的生活压力，清闲自在，无忧无虑，生活起来觉得挺好，所以这里的人很少会出去闯荡。偶尔出去的也会有一些后悔，言语之间觉得出去并不是什么正确的决定。

2003 年非典流行时，父亲说，回老家吧，老家的五孔窑洞简单收拾一下还可以住人，被老鼠毁坏的灶台很容易就能搭起来，门口的几亩梯田地都可以耕种，草长得很旺，当年那些土台上长满了五谷杂粮。姐姐说，门前的半山坡上当年长了五爷爷家的果树，她们经常偷摘果子被五爷爷骂，不过到了苹果成熟的时候，五爷爷还是会给大家分果子吃，还说如果不是这些小屁孩捣蛋，大家伙可以分到更多的。

相对闭塞的环境使这里不单没有非典，也没有九八年那样的水灾，更没有零八年的地震，包括肆虐了三年的新冠疫情，也没有来过这里。似乎这厚厚的黄土地令那些魑魅魍魉畏惧，每次都是远远看一眼就会匆匆跑开，小城在神灵的庇佑下，恬静安详。

小城远离喧闹的城市，虽然是能源城市，但是庞大的管道系统将能源直接运输走，人们的生活方式并没有多大的改变。小城的夏天，大家依然是早晚出动，中午蛰伏。年平均 10℃ 的温度，并不影响大家早穿风衣午穿纱，只是中午太阳太烈，待在家里或者单位，不开空调，也有清风送爽。秋天的家乡是最美的，草地上爽朗、疏远、辽阔，山野里色彩缤纷，稻谷飘香。比起南方人过冬，北方人过冬是非常幸福的。这里的冬天并没有南方人想象的那般寒冷。政府有天然气补贴，暖气一开，家里二十四五度的温度，让大家回家第一件事就是脱去厚厚的棉衣。偶有闲暇，和朋友泡一壶茶，在冬日的暖阳下打盹，或者看着旁边媚眼眯着的猫咪，顿觉幸福悠然。

虽然，我们什么也没有。

当然，小城也有不尽如人意的时候。春天的风沙倘若发起火来，的确会昼夜不停地呼啸，但想一想，春风过后就会花开，就会燕来，比起自然灾害频发的地方，这点风造成的不愉快实在是不算什么。特别是这些年治沙造林成效显著，沙尘天气次数很少，很少有狂风大作、黄沙蔽日的时候。当天气转暖，嗅到了风里带着冻土消融后泥土的芳香，实在是一种享受，竟也原谅了它狂啸时给人带来的不便。小城的人"眷恋故乡"，很少离开家乡，果然有"恋"的情结，那种"恋"就是当我爱你的时候，怎么做都可以理解，或者接受。

别的地方被追捧的蓝天、朝阳、晚霞，在这里就像是家家饲养的景色，每天可见。儿子上大学回来嘲笑大学的好友，看见个晚霞激动得不行，追着看，真是没有见过什么叫晚霞，咱们这里的天空，哪一天的不比那学校的好看，还要追着看？

我不知道儿子的话里有没有阿Q的自我安慰，觉得自己是从小城去，应该带着没有见过大世面的自卑，但肯定有因过度肯定小城晚霞绚丽的自负。县城东南21公里的地方，有被当地人称为波浪谷的景观，如落入碧波的晚霞，与城北的白城子遥相呼应，如妖娆的山丹丹花与白羊肚手帕在演绎着小城人独有的娇柔与粗犷。

小城民风粗犷，好客热情，没有矫揉造作，客套虚蛇。其他地方的面多论碗卖，而这里的面论份卖，一份多少钱，随便吃，吃饱为止。别的地方卖肉按斤算，而这里的肉按件算，一只羊砍四半，一半叫一件。买菜或者水果时，很少因为斤两讨价还价，出去旅游见很多地方买西瓜会买一牙儿，还让老板切成小块装盒，买韭菜会买几根，还要讨价还价，尽显生活的精细，放在我们这里，老板估计会说：送你吃了，以后再来。送人都觉得那一点儿太少，还掏什么钱啊。

这就是我生活的小城，虽然什么都没有……

卖鸡蛋的小女孩

我对卖鸡蛋的小女孩的了解程度,远远超过了对"卖火柴"和"采蘑菇"的小女孩。

学校统一安排的周测题里,有一篇阅读选用了侯德云先生的《谁能让我忘记》。文章讲述了一段卖鸡蛋的陈年往事:"我"在高考结束后苦苦等待录取通知书,通知书的到来既带来了激动也带来了难题。父母为了给"我"凑齐上大学的路费,想尽办法。

原文里有这么一段:"那些日子,妈像换了一个人似的。她很少说话。她喜欢盯着鸡屁股看。不光看,还经常去抠。抠得一丝不苟。好像我要去的地方,不是大学而是鸡屁股。"

母亲为了凑够"我"的路费,活生生把芦花鸡给"抠"死了,仅仅是因为它两天还没有下蛋。

小说继续写到:"我走出家门的那一天,可怜的芦花鸡死掉了。"

文章后面设置了一个问题:"小说的主旨是什么?"

有学生答:呼吁人们要爱护小动物。

我在课堂上念出同学们给的答案时,他们中的一些人笑得前仰后合,而有一些人依然一脸蒙圈,不知道大家笑什么。

我说如果去问侯德云本人，他在《谁能让我忘记》里想表达什么意思，我猜打死他也想不到是要爱护小动物。

现在的孩子不理解文章要表达的意思，我完全理解，因为有时代的隔膜。现在的家庭，即使是穷得供不起大学生，也有国家、政府在兜底，各种社会保障，比如贷款、奖学金、大学生补助……上大学可以不花家里的钱，等工作了以后慢慢还，怎么可能为了几毛几分钱而去"抠"鸡屁股，甚至把鸡给"抠"死？但是在文章所反映的年代，正是物质条件匮乏的 20 世纪七八十年代，一位出生于 60 年代的作家，他上大学的时候应该是和我卖鸡蛋的时间高度吻合。

当年，我也是盯着鸡屁股的人。每五天的集市上，我就是那个卖鸡蛋的小女孩，而且集集不落。十二颗鸡蛋一块钱的收入，是我们姊妹所有花销的来源，例如学校要收三块钱的报名费，偶尔要买的两毛钱的作业本，五分钱的大白纸（一张大纸可以裁成 16 开或者 32 开纸，订成一个本子），三分钱一支的铅笔，二分钱一块的橡皮，当然，偶尔也会买一根三分钱的冰棍……

写作是需要夸大艺术的，我不知道侯德云有没有艺术性地夸大母亲"抠"鸡屁股与母鸡索蛋的行为，但那种急切盼望母鸡快快下蛋的心理肯定是真实的，因为当年我也一样心急。如果按照他的标准，我应该也算是"抠"鸡屁股的。

所谓的"抠"对于文章中的母亲或许真的是"抠"，其实对于我来说只是"摸"。摸鸡屁股是一个技术活儿，开始我并不会，母亲会让我把母鸡捉来让她抱一抱，抱的时候顺手摸一下，有的鸡顺手就放了，有的让我扣在筛子下边，什么时候它因为下了蛋而报喜咯咯叫的时候，母亲才让我去把它给放出去。

听课的同学问，为什么要扣着？让它自己下蛋就好了。我说你们不知道，以前的老鼠、乌鸦、狗，包括鸡自己都吃鸡蛋，如果不提前摸一下，把鸡扣在筛子里，很有可能等你收鸡蛋的时候，早剩蛋壳了，或者连壳都没有。而且以前我家的院子大，你如果不关注"临产"的鸡，你都不知道鸡把蛋产哪里去了。夏天迟发现几天，问题不大，倘若是冬天，很容易就把鸡蛋冻裂了。

在母亲跟前天天看，摸鸡蛋的手艺不久就学会了，母亲会直接吩咐我去摸鸡蛋。母鸡下蛋也是有规律的，大多数母鸡会一天一颗蛋，而且非常守规矩，到时间就到固定的地方去下蛋，只有少数狂放不羁的母鸡随意性太强，想往哪里下就往哪里下，下完了还很低调，一声不吭地走开，所以才会出现鸡蛋被吃、被叼走的现象。所以被摸的鸡多是特殊的鸡，属于母鸡中的另类。当然，也由于这类鸡难以管教，它们一般都是逢年过节时，首选要被吃掉的。除非它下蛋既勤快而且鸡蛋大，或者它有独门特技，会下双黄蛋，否则它的"鸡生"会很短暂。

摸鸡屁股严格说来其实是摸鸡屁股下面的肚子。那里如果是硬的，说明鸡快要下蛋了，可以请它入"筛"，如果下面干瘪的，那它就没有蛋，如果是有一点硬，但还不太硬，那它下蛋还得过几个小时，不急着让它把筛子占着，耽误其他鸡下蛋。

教室里坐着的零零年后的孩子，大多数就没有见过鸡下蛋，更不要说听摸鸡屁股这样奇葩的事情了。我讲童年，当散文在讲，他们坐着听故事，权当是在听虚构的小说，不反复强调那是真的，他们肯定觉得是我杜撰的内容。当年几乎家家户户的父母就是这样一点一点攒，一点一点抠，凑够了上学的路费。对于"生活艰辛"这样的词，只有经历了艰辛的人才能理解。

孩子们不仅理解不了文章中母亲"抠"鸡屁股，也理解不了父亲卖西瓜时的表现：

父亲频频地到集市上卖西瓜。父亲看西瓜的眼神很慈祥，很博爱，也很无耻。那是他儿子的路费、学费和生活费，不好好看看，行么？

我跟着父亲，到集市上去卖过一次西瓜，仅仅一次，我再也不想去了。

那天天很热，我的手指甲都冒汗了，集市上的人，却很少有来买西瓜的，好像吃了西瓜就会着凉似的，太可恨了。

我脸上的沮丧像汗水一样流淌着。父亲看见了，他皱了皱眉头，弯下腰，从筐里挑出一只最小的西瓜，一拳砸开，递给我。

我说："爹，你也吃。"

父亲说："我不吃。我吃这东西拉肚子。你吃你吃，叫你吃你就吃，哈。"

西瓜有点生，不甜，有一股尿臊味，我吃得很潦草，匆匆忙忙就打发了。扔掉的瓜皮上带着厚薄不均的一层浅粉色的瓜瓤。

父亲狠狠地瞪了我一眼，走过去，将瓜皮一块一块捡起来。他用手指头弹弹瓜皮上的沙土，又轮流把他们压到嘴巴上，像刨子一样刨那些残留的瓜瓤。

同样，文章后面设置了一个问题：父亲是怎样的一个人？

答案也是五花八门，一位同学答，父亲是一个吝啬的人，另外一个同学答，父亲是一个不讲卫生的人。

我哭笑不得，不知道该怎么给我的学生们解释父亲的伟大、无私，父亲的含辛茹苦，父亲的不易。

没有生活经历的人，就是怎么解释也不能解释清楚当时的处境，学生不理解是因为他们现在生活的年代与上一代人成长的年代截然不同，他们没有经历物资匮乏的年代，他们没有饿肚子的经历，他们不知道几毛钱、几块钱对于当年的我们意味着什么。

代沟造成的思想观念天差地别。当儿子买一双几百块钱的鞋依然觉得与同学们相比较他的消费只是普通消费的时候，他是不会理解为什么他妈妈上大学可以几年不买新衣服，为什么妈妈不买饮料喝，为什么妈妈没有暖鞋穿。当他们坐在电脑前，几个小时几个小时打游戏的时候，自然也理解不了为什么有的人会拼命地学习。

当年的我从来没有拿着父母辛辛苦苦攒下的钱去挥霍，大多数时候学费都是借来的。每年开学，都是父母最为头疼的时候，他们常要挨家挨户去借钱，我怎么可能舍得在借钱上学的日子里睡懒觉，虚度光阴。如果那样，我真的就连下蛋的母鸡都对不起了，更不要说父母了。

我不知道该怎么给我的零零后学生解释父亲不是吝啬，父亲不是不讲卫生。我只能说同学们是因为没有这样的生活经历，所以才不能体会父爱的伟大。

现在的孩子普遍晚熟，一米八九的大个子，说话做事依然像我们那时候几岁的孩子，所谓穷人的孩子早当家，现在的孩子是因为都不穷了所以才显得幼稚，还是因为穷什么也不能穷孩子这样的教育理念误导了家长，让我们的家长即使不富裕，也选择孩子富养？物资匮乏的年代，孩子们的精神反倒富足，为什么物质富裕的时候，孩子的精神世界反而一贫如洗？

当年卖鸡蛋的小女孩尚且懂得"我要读书，因为爸爸说了，不读书就会被饿死"，所以就会不厌其烦地盯着鸡，盯着鸡屁股，盯着鸡窝。然而现在的孩子，一有空闲就会拿起手机看，也是盯着几个小时不撒手，而且放下手机之后，也不知道自己为什么要学习，学习是为了什么。

是不是我们的孩子也需要一点苦难教育，不奢望他们能吃苦耐劳，能奋然前行，至少在读到《卖鸡蛋的小女孩》的时候，能理解生活的不易，理解父母的辛苦，而不至于答出"小女孩只是热爱卖鸡蛋"这样奇葩的答案。他们应该知道，幸福生活是几代人的努力奋斗出来的，它从来都不会从天而降。

饭碗的故事

　　超市又开始搞活动，买一袋挂面送一个碗，我其实是不需要买挂面的，因为家里很少吃挂面，但我却看上了赠品——一只碗。那种碗虽然质量一般，但是色泽古朴典雅，是我喜欢的样子，可那是赠品，不单独卖，没有办法，我只好买了两袋挂面回家，这样我就拥有了一对我喜欢的碗。

　　我这样的购物目的和方式经常会闹出许多的笑话，我曾因为瓶子好看而买了好多的酒，也曾因为化妆品的包装好看而买了并不需要的化妆品，还曾经为了买配饰而买下一套衣服。说到底，我是一个肤浅的人。很多时候购物只看包装，甚至不看里面的东西需不需要，喜不喜欢，包括找对象的时候也是这样的标准，因为当初的爱人实在是非常好看，用女儿的话来评价，就是我比较"好色"，喜欢东西的外部状态，而我的爱人，女儿的爸爸，只是我"肤浅""好色"的"牺牲品"。有一阵子觉得普京真好看，给女儿说，女儿白了我一眼：

　　"你的'菜'在卧室睡着呢，去找你的'菜'。"

　　"那个'菜帮子'有点老，没有普京好看。"

　　"哪棵'菜'不会老啊，不靠谱的中年妇女？那'菜'还不是你挑的？怎么，想移情普京？你查查看那棵'菜'多大了，还嫌弃我们家'菜'老，也就是你，我们家的'菜'才……"

我知道，不出意外，实力护爹模式即将开启，我还是识趣些，赶快撤。我迅速滚回我的地盘，把家里最大的空间留给她，从她的视线里消失。

言归正传，还是说我的碗吧。

快过年了，爱人买了传统小吃梁镇老八碗。梁镇老八碗是本地特色，里面装的是八种过年时几乎每家每户都要做的年夜饭。现在条件好了，以塑封的形式装起来，盒装送人或者自己买来吃都很方便。爱人拿回的盒子里面带了八个碗，这八个碗就是很多年前传统的那种有蓝色条纹的白色瓷底老碗，看着非常怀旧，很有年代感，和我记忆中小时候用的碗差不多。这种碗虽然看着瓷色不好，但它要比现在的那些碗更能盛饭。过去因为这样的瓷碗很容易被摔碎，好多人就改用"洋瓷碗"吃饭。

我所说的"洋瓷碗"就是搪瓷碗，它的颜色主要是黄色和蓝色，碗轻便而且耐用，不易打碎，偶尔掉到地上，也就碰掉一点瓷，几乎不影响吃饭，只有掉到地上次数多了，掉瓷的地方会生锈，那就不好用了。洋瓷碗一般比普通的碗大很多，所以特别能盛饭，一碗能盛两个老式瓷碗的量，所以我小时候还是多用普通的蓝边碗吃饭，直到上高中，才用洋瓷碗吃饭。

母亲的家教很严格，让我们能吃多少饭就盛多少，一次少盛一点，可以多盛几次，绝对不允许吃不了剩在碗底。开始是吓唬我们说谁的碗底有剩饭，就会找满脸麻子的媳妇或者女婿，再后来，偶尔有谁碗底剩一点点饭，母亲就会看谁一眼，母亲的那一眼，比别的母亲手里的棍子还有效。小时候和大人出去到别人家里玩，母亲不让我们随便说话、吃别人家的饭、接别人家递过来的糖果，只要她一个眼神，我们是绝对不敢出声、不敢接下饭碗和糖果的，什么时候她明确表态，说拿着吧，我们姐妹几个才敢接。她的这种家教一直影响到现在。饭桌上吃饭不许吧唧嘴，不许大声说话，不许把饭撒到地上，不许剩饭。客人来了，小孩子不许上桌吃饭，客人没有动筷子之前，不许吃饭……那时严格的家教形成的很多习惯一直影响着我们，尤其是不许剩饭这种习惯，严重影响了我的体重，因为每次吃饭，不管是在家吃还是出去吃，我都不舍得剩饭，结果活生生把自己培养成了胖子。

上初中时见住宿的同学们把洋瓷碗放在教室里，下课放学后就直接到院子里打饭吃，十分羡慕。东坑中学是一所农村学校，以前的大门向西开，一进大门左手边有一排平房，是看大门的老爷爷和学生的宿舍。向院子里走去，左手边是两排教室，后面第三排是教师的宿舍，右手边有一个不大的小院子，里面是学生和老师的灶房。老师吃饭直接带回去在宿舍吃，学生就站在院子里吃，吃完了在灶房把洋瓷碗一洗，放回教室。学校院子铺的全是土，没有硬化，平时还好，一旦遇到大风天，同学们只好速战速归，要么就把饭桶提到教室里面分，要么快速分好了饭端回教室吃。米饭一般会盛在一个小箩箩里，菜就用铁桶提。米饭一年四季都是不变的黄米饭，菜的话，夏天还有一点变化，会有熬豆角、茄子、莲花白，冬天几乎天天是熬酸菜。我们这些家近的学生偶尔好奇，就扒拉几口住宿生的饭菜，觉得奇香无比，然后礼尚往来，会把家里的瓜子或者炒豆子拿到教室里与同学分享。学校自己喂猪，到了杀猪的时候，学校会给学生吃白面馒头、猪肉烩粉条，闻着香味，哈喇子能流一早晨。甚至觉得母亲每天做的饭菜也没有学校灶上做的饭香，后来上高中天天在学校吃饭，终于知道为什么当初那些住宿生要从家里带干菜、辣子油、老酱油，还有干粮了。

高中生住宿带的碗大多数也是洋瓷碗，住宿时，姐姐给我和哥哥一人买了一个。这种大碗，唯一的缺点是容易传热，碗太烫，往往不能端着吃饭，得放在地上吃。上初中时用瓷碗，我能吃一碗饭；上高中时个子迅速蹿高，饭量变大，我就能吃两碗。每次我和二姐两个人总共分到的一碗饭，大部分会被我吃掉，二姐说她不饿，每次吃饭，她先吃完站在旁边等着我吃完，才把碗拿去洗了。等到下次吃饭时，她又会早早地把饭打好，等我一起吃。大概是二姐的饭有很多被我吃了的缘故，她的个子始终都没有长起来，我反而比她高了大半个头。我愿意下辈子都抬着头，跟在她屁股后面喊"姐姐"。

再后来吃饭的碗就变成了带盖子带手把的饭盒。那时候我已经上大学，饭盒更容易带饭，所以大家用这样的饭盒去买饭，然后回到宿舍去吃。刚开始时我并不适应陕南的气候和饮食，后来的几年里，改变了不少饮食习惯。小时候的我，如现在的大多数孩子一般，不吃绿色的菜，不吃面食，不吃甜食，不吃汤圆饺子，也不吃年糕，总而言之，似乎大多数东西我都是不爱吃的。可是离开家乡之后，我才发现我还是长了一个陕北人的胃，当年所有我不喜欢吃的东西都成了我思乡的一部分，甚至我十几年都不爱吃的饺子，想起都有了母亲的味道，所以我使劲儿地思念母亲做的饭，后来实在受不了那种没有阳光、没有熬酸菜的日子，我还是回到了生我养我的地方，待在母亲跟前，吃我想吃的美味。

结婚时母亲给我从家里拿了八个碗，我就没有再买碗，她说："你也不会做饭，要那么多碗干什么。"母亲的碗很多，是用大桶装的，有几桶。以前农村过红白喜事，都是要借碗的，宴席上的碗筷也是各式各样，大小不一。不单借碗，包括锅有时候也会借，村子里是要举全村之力，才能凑够过事要用的厨具、餐具，团结合作在物质匮乏的年代被演绎得淋漓尽致。干活儿也是一样的，一家过事，不论是婚礼还是丧礼，前来帮忙的大多是左邻右舍，这种和谐的邻里关系在现代高楼林立的城市中早已销声匿迹。当然，人多手杂，碗碟免不了磕磕碰碰，甚至"碎碎平安"，借时容易还时难，有时候集市上也难买到和邻居家一模一样的碗，所以只能给邻居解释半天还一个相似的回去。倘若还错了碗，把东家的还给了西家，有人找上门来，还得挨家挨户再去换回来，很是麻烦。后来家里经济稍微好一点，母亲干脆就经常买碗，等到出嫁我的时候，家里的碗基本上已经可以应付宴席所需，可以不去和邻居家借了。我出嫁后家里也没有举办大的宴席了，除了给我的几个碗外，其余的都被母亲装在大桶里放在南房，几乎不用。偶尔有邻居借用，也是怎么拿走，怎么原样送回。再后来生活更富裕了，宴席开始由家户挪到了饭店，也就很少有人家用到这么多碗筷，母亲的碗就一直安静地待在角落里。

我自己买碗是第一次住新房，兴奋的我买了六个大碗，用来吃面，八个中碗，用来吃米饭，八个小碗用来喝汤，同时还买了六个一样花色的碟子。这些餐具统一都是我喜欢的白底蓝花，感觉朴素而不失风韵，有点像我家的装修风格。与其说朴素，不如说简单，拮据的生活只够维持生活所需，谈不上典雅高贵。婚后生活磕磕碰碰，如被我换掉的有了破损的碗，但庆幸的是，我们都很珍惜这一段来之不易的感情，谁都没有产生分碗的念头。吵归吵，闹归闹，第二天还如没事一般，坐在同一张桌子前，捧起同样的碗，吃同样的饭。

后来偶尔买碗是因为我对碗的要求由需要变成了讲究，觉得电视上西餐挺漂亮的，我也应该买上一套西式的餐具才好，于是第一次买了刀叉以及配套的漂亮的碗，大碗、小碗、汤碗、大盘子、小碟子，还有喝红酒的酒杯等西餐所用的餐具，所有餐具都是统一的风格，纯白的瓷面上画着漂亮的牡丹花，颇有些中西合璧。

西式的餐具可能更适合西餐吧，而我长的完全是中国人的胃，很少吃西餐，平底的碗并不适合我们的使用习惯，碗底很烫，用起来并不好用，所以也很少用，后来那些餐具干脆就成了摆设，我还是出去重新买了以前经常用的长着碗底的碗。再后来即使家里不缺碗，我依然还是乐此不疲地去买碗，时不时地会买几个风格迥异的碗回家。老公总是说："那么多东西了，你还买，柜子里的东西你能用得完吗？"的确是用不完，光是碗就放了几箱，但看到了漂亮的碗，我还是忍不住想买，或许这就是人的贪欲，当我们满足了基本的物质需求之后，又要求拥有精神上的享受。

过年回老家，看到婆婆攒了好多碗，其中有一摞大概是很多年前和那些走街串巷收破烂的人换的大碗，粗制的坯胎上面画着粗糙的花，但是婆婆喜欢，我说要那干什么，扔了吧。她说，这么好的碗，怎么可以扔呢，他们一直在用。我看见碗的边边沿沿都落满了灰，就知道应该是好久都不用了，但是她依然不舍得扔掉，而且，在柜子里装了好多好多碗，而这些碗，只有在过年的时候才能被用到，因为平时家里只有婆婆公公两个人，充其量有三四个碗已经足够用了，所以大量的碗都被闲置在柜子里面，落满了灰尘。

每年过年的时候回去总是要先洗碗，碗洗好之后开始吃饭，这是一年一度的团圆饭,饭桌上需要大量的碗和碟子。吃饭时你就会发现,桌子上摆满了形形色色的碗,大的小的,深的浅的,颜色形状各异,都是这么多年来婆婆积攒下的碗,来源各不相同,有的是用破烂换的,有的是如我这样买东西赠送的,当然也有我买的拿回去的碗,而这些各色各样的碗摆在桌上,成了年味儿中的另一种风景。

买　鞋

　　一米八的儿子睡在一米五的沙发上，脚丫子已经快伸到茶几旁了，和坐在茶几旁的我有一句没一句地聊着。

　　"如果不要算我买衣服买鞋的费用，其实我一个月也花不了多少的。"

　　"嗯，你那也叫花不了多少？"

　　我一边给他削桃子皮，一边和他调侃。

　　他对桃皮上面的绒毛过敏，如果直接吃，上下的两片嘴会肿得像两截火腿肠。平时他也不吃桃，今天见我没有课，就顺便撒个娇，示个弱，让我给他把桃子的皮削了。

　　他准备提前去西安待一两天然后再去学校，我觉得疫情严重，直接去学校比较安全，他不以为然。

　　"你去西安干什么，早点去学校多好。"

　　他用翘着的脚碰了碰我的胳膊，因为我坐在茶几前的小板凳上，离他很近。

　　"妈妈，您看一看您儿子的小脚丫，不得买一双美丽的鞋（方言读 hái）才可以衬托出它的柔美吗？"。

　　看了一眼他穿四十三码鞋的脚，瞬间无语，我就知道他每次喊"妈妈"或者"亲爱的母亲"，保准没什么好事儿。

当这双四十三码的脚还是胖嘟嘟的小脚丫的时候，我每天都会亲上好几遍。

"真不知道为什么，怎会亲你小时候的臭脚。"

他一听瞬间来劲，要把臭烘烘的脚往我身上蹭，边蹭边说："要不要重温一下。"

我顺手拿起笔在他的脚心划了一下，他怕痒，倏地一下就把脚收了回去。

"鞋子能穿就行，买那么多干嘛？"

"妈妈，我一年买一双鞋您还觉得多？您看我现在的鞋又旧又不新潮。一直让我穿一双旧鞋，那干脆让您亲爱的儿子赤脚跑算了。"

"我的脚最近很热，我怀疑是鞋的问题，我也想买双新的。"我说。

"那您就买吧！"儿子对于不用他掏钱的事情向来非常慷慨。

"噢！"

最近腿有些疼，我怀疑是鞋的问题。

我本来个子就不低，不需要穿增高鞋，但由于胖，所以所有的衣服都要买大一码，导致很多裤子都长，但我又不想去裁裤边，也不喜欢穿高跟鞋，所以就经常会买一些带增高或者厚底的运动鞋，没有想到，这上去容易下来难，穿惯了增高鞋就习惯了自己比其他女生高一点儿的感觉，所以买鞋就先考虑高度，后考虑舒适度，导致现在步行数上涨的时候，腿部的不舒适度也相应上涨。买了不合脚的鞋，让我吃了不少苦头。最近工作又太忙，每天下午回家感觉浑身酸痛，尤其是膝盖处，这让我不得不承认年龄不饶人的同时，也考虑应该降低鞋子的高度，让自己脚踏实地。

车库里的鞋盒子堆得老高，盒子里面的鞋多数都是不经常穿的，但一想到它们不菲的价格，又不舍得送人。

上学时候买鞋，大多是因为需要。夏天太热需要凉鞋，冬天太冷需要暖鞋，一双塑料凉鞋，缝缝补补穿两年，一双棉鞋，也可以凑合着穿过两个冬天。所以上学的行李里，鞋并没有占多大的地方，除了脚上穿的最多再带一双就够了。

后来参加工作有了收入，经济稍微宽裕一点，买鞋多是因为喜欢款式。就想着铆钉鞋可以搭配同款的风衣，加厚水晶底的鞋可以搭配曳地长裙，五厘米的高跟鞋让我拥有了一米八的即视感，充满一种高人一等的自信。低跟鞋、中跟鞋、低靴、半高靴，甚至到大腿的长靴……款式不一，高度不一，用来搭配各种衣服。靴子的数量与各色包包和丝巾一样剧增，为了让靴子能配得上各种衣服，我买了很多并不合脚的鞋，而大多数的时候它们都静静地待在鞋柜里，很少有机会穿。作为老师，平时大多穿正装，那些风格各异的衣服和鞋子本来就很少穿，又因为每天都要走很多路，所以运动鞋和平底鞋或者是低跟鞋子是穿得最多的。而实际上运动鞋和低跟鞋恰恰买得最少，因为不喜欢，也因为款式太少。

我更喜欢那些看起来漂亮的鞋，为了好看我买了很多不合脚的鞋。

我的脚小而肥，如果只是看脚，大多数人想不到我这么高的个子会穿三十六码的鞋。三十六码的鞋让我的脚看起来很小，但穿着会略有一些不舒服，因为脚肥，所以脚面的地方会特别挤，特别是高跟鞋。高跟鞋脚尖的地方会略微收一些，那样鞋会更好看，然而舒服度却要更差一些。虽然也可以买大一码，但是大一码的鞋没有小一码的好看，为了好看我还是买了小码的鞋。穿着这样的小鞋上一天班回到家的第一件事就是换鞋。

穿上高跟鞋，感觉自己便是顶天立地的顶梁柱、手可擎天的大人物，甚至可以挽起袖子打怪兽，可以拯救全人类全宇宙。踩上拖鞋，感觉自己就是一个小女人，渴望一杯温水，一缕阳光，一方斗室，一家烟火。放松脚的时候可以放松面部紧绷的表情，不必为外界琐碎烦恼，也不必去讨好任何人。穿着拖鞋与高跟鞋的感觉就是两种人生。

人到中年，日渐增长的工作压力让我不得不与我的脚妥协，告别那些给自己穿小鞋的日子，但由于长期穿小鞋，已经看惯了鞋子小巧的样子，直接换大码也不合脚，所以我再次与脚妥协，买小码的厚底鞋。这种鞋看着要比平底鞋好看一些，也可以增加我的高度，而且它又比高跟鞋肥，既不至于让自己觉得突然变矮，也可以让脚舒服一些。即使这样，穿这样的鞋工作一天之后，我依然会觉得腰酸背疼。

我大概是已经过了要求好看的年龄，需要回归穿鞋的本来意义。

前半生大多数是为了好看而穿鞋，后半生是不是需要为了穿鞋而穿鞋呢？

这大概也是应了人生的三重境界：看山是山，看水是水；看山不是山，看水不是水；看山还是山，看水还是水。年轻时或许是为了讨好别人，或许是为了实现目的，做了一些看山不是山、看水不是水的事情，到了一定年龄才发现，山还得是山，水还得是水。

我也终于明白，为什么有很多人到了中老年之后会选择穿中山装，穿老布鞋。不论是穿衣服还是穿鞋，首先还是需要先取悦自己，得让自己舒服。

重新买双鞋吧，买一双合脚的舒服的鞋，好平平稳稳走完下半生。

偷梨记

偷得浮生半日闲——没课的早晨被几个朋友忽悠去爬山，登高远眺或许可以稳住我的这个时而兴奋时而低迷的心脏。

最近心脏不舒服，早上起床常觉得心慌，去医院检查，大夫告诉我多休息少思虑，没啥大问题。看着病历单上最低每分钟48次和最高每分钟178下的心率，我给几个同行的朋友说起这事，难道这心脏跳几下还要看心情？心情好了就多跳几下，心情不好了便少跳几下？

几个朋友嘲笑我脑洞太大，不知道每天都在想什么。

"拉你出去遛遛，顺便把你的心脏也遛一遛，天天闷在单位里，高兴才怪。"

就这样，又一次开启了说走就走的旅行。

雨后的早晨天气依然阴沉，虽然是八月，但陕北的早晨仍旧凉意十足，出发之前朋友叮嘱山里冷穿厚点儿。

一行五人，开了一辆车，缓慢地爬在进山的路上。要去的地方偏远，风景独特，路也极难走，几乎都是最原始的土路，由于近几日下雨，道路偶有塌方处，时不时还有泥石流冲刷后留下的淤泥，路面显得非常窄，需要谨慎驾驶。

风景永远在路上。路边怒放的粉白色荞麦花与金黄色的向日葵相呼应，空旷的山上只有我们几个人在走，人愈显得渺小。几十亿年沉淀的红砂岩在阴雨天泛着赫红色，如寺院围墙的颜色，莫名地给人一种肃穆之感。红色砂石上一条条一线线的纹路，是岁月写出的大书，倾诉着亿万年的爱恋。

眼前能震撼人的景色远不止这些，只不过是我的笔不能够描述出我所看见的景色。在岩石缝隙中绽放的小野花让人不由得惊叹生命的伟大与不屈——只要有种子，便会有生命绽放的希望和可能。漫山遍野的地椒散发着浓郁的香味。陕北的羊肉鲜嫩可口，不腥不膻，就是因为羊吃了这种山上长的地椒叶。闻着山里地椒味儿让人不由地想到炖羊肉、烤羊肉……

返回的途中路过一条单行的下坡路，其实这条路我们刚才已经走过，不过是因为刚才车子在上行，路又太陡，所以大家都在关注着对面会不会有车下来，因为在这么曲折的山路上，把车倒出去绝无可能。好在有惊无险，虽然紧张，但是天从人意，没有一辆车从对面驶来。不过想想也正常，谁会在大清早七八点从山上开车下来？等到返回时，大家才有闲暇往车外看。

突然有朋友大呼："有棵梨树。"

大家便集体性地侧视，果然半山坡上的一棵梨树探出墙来。早晨出发太早，一行人水米未进，大家就想着可以摘几颗梨解渴。司机把车停下，大家便让最年轻的朋友下去摘梨。

年轻果然好，她迅速下车，敏捷地爬上路边的坡，撕扯了几颗梨抱在怀里就迅速地又溜回了车里，一套动作衔接紧密，如行云流水。说是摘梨，其实就是"偷"，这偷东西自然不该是懒懒散散、光明正大的，只有鬼鬼祟祟、眼疾手快才配得上"偷"字。

天还是阴的，刚才还又下了一点毛毛雨，所以到处都是湿漉漉的。朋友的手和梨上都是水，她上车的一瞬没有人关心她，因为大家都在关心梨。她大概也是因为紧张，脸蛋红扑扑的，激动地说："好大的两棵梨树，上面的梨可多了。"

副座上的朋友率先拿了颗梨咬一口到嘴里，所以具有了优先发言权，惊呼好冰爽的味道。因为天气凉，梨上又挂着水，梨的清脆甘甜在半山腰的小路上一瞬间迸发出来，同时喷涌而出的还有"偷"梨的欲望。

"这梨太好吃了，咱们索性把车停好再摘一点儿。"

不知道谁说了一句，大家同时附和。就这样，仅仅以解渴为目标的"妇女敢偷队"，一下有了停下车去"抢"的念头。这一次"偷"梨行动也可以定义为突发性事件。

司机把车停在了地势稍微平坦的地方，然后打开后备箱找到了一个矿泉水箱子和一个不大的塑料袋。大家拿着兴冲冲地冲上半山坡伸出梨树枝的矮墙处。

这里应该是好久没有人住了，矮墙里既没有人家也没有房屋，只有两棵高大的梨树，还有貌似是栅栏的栅栏。说是栅栏是因为它就是栅栏；说它貌似，是因为那根本就拦不住人，栅栏不高，就那个高度，应该是用来拦住要进园子啃梨树的羊或其他动物。

最先上坡亲自采摘的依然是年轻人，她站在梨树下"张牙舞爪"，边吃边摘。另外一个朋友从山坡的另外一侧上去，从另外的矮墙边探进去摘梨，已经看不见上半身，只看见留在矮墙外面的下半身。我负责抱箱子，这样似乎可以减轻我的罪恶感，至少我没有对树动手动脚。整个"偷盗"过程持续不到两分钟，其速度之快令人咋舌。为了给自己壮胆，一位朋友一边摘一边自我安慰，不怕不怕，万一有人出来问咱们，咱们就给他们钱，就说咱们要买梨。她全然不顾她要买，人家梨的主人愿不愿意卖。

偷完梨大家往车上走，全都气喘吁吁，面红耳赤，真正又体验了一把心跳的感觉，遗憾或庆幸的是，矮墙附近始终没有人来，而我们也心安理得地拿了一箱加一袋子的梨，而且彼此互相宽慰，没事没事，咱们老家也有梨树、枣树、杏树、果树，咱们也从来都不管，还不是都让大家吃了。

是啊，大家都进城了，老家就只有这些梨树、果树、桃树、杏树在守着，可谁又会守着这些树呢？或许花果飘香的童年，只在我们这代人的记忆，下代人甚至分不清哪个是梨树哪个是杏树，更认不出破败坍塌的窑洞，哪一间才是父辈记忆里温暖的家。我们都还在,但我们的童年却无迹可寻。

直到我们坐到车里,也没有见到一个人来,我们甚至不用树枝或者其他的什么去伪装或者抹去我们偷盗的痕迹,我们不需要偷,光明正大地拿就好了。似乎我们的光顾应该是梨树的幸运,它也是因为幸运才被我们发现,且幸运地被我们采摘,现在的这种结局胜过它自己孤零零地结果,孤零零地凋落,直至后来孤零零地连最后一片叶子也随风而去的结局。

上车之后的"盗贼"依然兴致盎然,成年人的快乐或许很多都藏在了童年的回忆里。

一系列与童年"偷"有关的事情终于大白于天下。聊天的内容离不开小时候如何做"盗"贼,感觉今天的经历远不如小时候偷苹果被邻居家大黄狗追着咬、偷梨被树枝刮破裤腿、被大人追着打来得刺激、来得惊心动魄,我也终于向诸位姐妹坦白了三四十年前我妈家的那一桩陈年旧案。那年八月十五,我因为偷吃月饼打烂了老妈喜爱的坛子,老妈审问多年没有人承认,终于在去年聊天的过程中被我无意说出,真相大白。家里以前与吃有关的破坏性活动,百分之百都与我有关,虽然大家都心知肚明,但苦于没有证据,犯人又坚决不认罪,所以只能当作悬案成为历史遗留问题。

接下来的路依然是弯弯曲曲,兜兜转转,一路上没有人烟,只有面前长满杂草的窑洞,突然想到《十五从军行》。

十五从军征,八十始得归。

道逢乡里人,家中有阿谁?

遥看是君家,松柏冢累累。

兔从狗窦入,雉从梁上飞。

中庭生旅谷,井上生旅葵。

舂谷持作饭,采葵持作羹。

羹饭一时熟,不知贻阿谁?

出门东向望，泪落沾我衣。

十五从军，远离家乡的少年，不知多少岁才能回去？

大伯二十几岁离开故乡客居银川，84岁去世。临终之前唯一的愿望就是能落叶归根，回到陕北老家。灵车从银川动身是半夜，到了陕北老家天刚亮，大伯就埋在爷爷奶奶坟的旁边。

二伯家的哥哥说了一句话："大大（陕北方言里叫爸为大，大伯为大大）你放心，我们把您带回来了，您再也不要担心银川的水浅把您埋在了水坑里，咱们这里山大沟深，太阳一晒暖和舒服，包您满意。"

我一路都没有掉眼泪，听到哥哥的话，眼泪一下子涌了出来。

是啊，多少游子都希望能叶落归根，即便是死去也能够葬在父母的脚下，大伯家的姐姐们一直在哭自己的父亲，我却少有眼泪。因为地域阻隔，大伯在我的记忆里，几乎是一个陌生人，除了长相与父亲有几分相似之外，其他各方面都与我们不同，所以感觉很生疏。大伯家的姐妹们更是在银川出生长大，乡音全无，异地的口音喊出的爸爸都显得生疏。她们哪里会对父辈的土地怀有深厚的情感？

老去的故土的悲哀不单有乡音已改的悲哀，还有一种"舂谷持作饭，采葵持作羹。羹饭一时熟，不知贻阿谁？"的悲哀。

《十五从军行》中还有"羹饭一时熟，不知贻阿谁？"现在的乡村连这种纠结也省略去了。

老家整个村落已经空了，当年烟火缭绕的村落已经是"兔从狗窦入，雉从梁上飞。"没有鸡鸣狗吠，疏落的篱笆与院墙，甚至门上挂着的锁都显得多余，与其说是寂静的村落，不如说是死去的村落。

再回头，梨树早已不见，看不见炊烟的村庄越来越远，如一段陈年往事被遗忘在了历史的尘埃之中。

重回 15 岁

"您的这三十年白活了,是重回少年时了?"女儿说。

理发总会受到意外惊吓,理发花了多少钱、浪费多长时间暂且不提,就说理完以后的效果就让人暴走。

齐耳背的短发和用电推子清理过的后脑勺,如三十年前郭富城的发型,倘若真能像当年的郭富城也就罢了,人家还帅气,而镜中"茶壶盖"下的这张中年人的脸,显得非常突兀,怎么看都与这发型不匹配。从理发店回来,我照镜子和换衣服的频率创下了历史新高,不是因为我多喜欢或在意外表,而是我在想怎么用衣物掩盖新发型带来的高调光芒。这是典型的老黄瓜"顶"绿漆,不是简单的装嫩啊。明天怎么见人,怎么进教室?

如果能够穿越回十五岁,那该多好啊!

十五岁,那是一个多么美好的年龄:不需要装饰,没有忧愁和烦恼,顶着一头短发穿梭在教室、宿舍、饭堂之间,在宿舍掉了泥皮的土墙上,想办法也要把郭富城、黎明、刘德华、张学友的画报贴上。发型自然是留最酷的郭富城的发型,齐耳背的短发,高高提起的后脑勺,现在回过头来看那时的发型,一点都不适合我,但当时感觉自己拽得不行,双手插兜,走路带风,口里打着口哨,感觉自己就是校园里最酷的人,生怕别人不认得。

如今三十年过去了，我依然顶着这样的发型，却是"破帽遮颜过闹市"，生怕有人喊"高老师，是您吗？"

我从十五岁开始留的齐耳"坎脑"（高中时我们叫这种发型的独特称谓）因大学的到来而结束，高考后漫长的暑假让我有足够的时间和耐心让头发长过双耳，用两侧的头发盖住三分之一的脸。当温暖的阳光穿过腊梅的树梢时，我能在发丝上嗅出梅花的清香。终于我留了长发，而且可以长发及腰，那是头发的高光时刻，那也是人生中罕见的有腰的好日子。

上大学之前太瘦，上下身一般的细；结婚之后又太胖，上下一般的粗；只是在上大学的时候体型有致，至少最细的是手指，最粗的不是腰。等再后来结了婚，生活的烦恼一如满头的长发剪不断理还乱，我虽然有长发却已经没有了腰。生活是会把人压扁的，压到身体上下一般粗。

后来有长发的时候没有腰，终究长发也不见了。

有一次痛下决心，想彻底地和过去告个别。以怎样的形式来表现我的决心呢？当然是"从头"再来，准备狠狠心，剃了三千烦恼丝，不过终究不能摆脱世俗的命运，只能退而求其次，把"根"留住，头发的长度，再一次回到齐耳短发。

看到别人长发飘飘，还是忍不住想到了那句"待我长发及腰，将军归来可好"的诗，头发剪了，生活的烦恼却并没有因为头发剪短而变少一点点。

翻开 QQ 里的说说，看到三年前的一段记录：

"今天去上课，同学们哄堂大笑，我早就预料到这样的开始了，站在讲台上说：'大家先笑三分钟，三分钟后我们开始上课。不就是发型穿越回高中，而身材没穿越回去嘛！'

好在老脸够厚，不怕被孩子们笑。

那次是因为被剪了个'狗啃式'刘海儿，儿子说这个狗嘴叉太深，啃多了，所以一时难以接受。

有同学边笑边说：'老师，你这头发是哪儿剪的？告诉我地址，我再也不去那

里剪头发啦!'

我笑着告诉他,口语表达学习得不错,都会婉转而准确地表达自己的意思了,好!

大家哄堂大笑!"

原来我也曾因为发型被学生嘲笑过,我怎么一点儿印象都没有。生活中的喜怒哀乐就如被剪去了的头发,剪了就剪了,哪里有那么多的事情值得铭记,或许十五岁的我也有无尽的烦恼,只是现在的我不记得而已,该忘的就忘掉吧。

哼着梁咏琪的《短发》,顶着十五岁时的发型,过着四十五岁的生活,我鼓足勇气,准备迎接学生雷鸣般的掌声,不出意外的话,还有笑声。

一种长得像狗的花朵

已经进入了暑期的二伏,陕北的早晨依然不暖和,早晨六点的广场上还有一些微凉。想到母亲住院回来一直懒于行动,我给他们打电话,等到八点去接他们来公园转,那时候太阳上来了,温度应该是合适的。

好久没有锻炼,感觉自己根本跑不动,也没有心情去跑,就随意地在公园里散步。今年的运动公园除了有去年的格桑花,还多了太阳花,还有一种不知名的花朵。这种花朵没有太大的枝叶,感觉光秃秃的,就只有花。绿叶配红花在这里多少有些不妥,它们的花不是红色,大多是黄色,花心向着天空,花瓣却垂向大地,看不出它们的悲喜。看着它们我居然想笑,因为想到了母亲家里曾经喂过的大耳朵狗,呆萌呆萌、傻乎乎的。于是拍了一张它们的相片,发到朋友圈,并配上文字:这是一种像狗狗的花朵。

朋友圈里迅速有人回复:

叶老师:横着看竖着看怎么看都还是花。

小孟评价:确实看不出来,你今天的脑回路清奇。

梁老师评价:眼光独特,想象非常。

靖柏评价:我看见像兔子。

她这么一说,我仔细看,果然垂下的花瓣像兔子的大耳朵。

晓丽没有说它像什么，只写了四个字：低眉顺耳。

可不就是低眉顺耳吗？它们温顺的样子，让我严重怀疑，它们怎么可能是花？更像是得道的高僧——慈眉善目，智眼低垂。高高端着的花萼，更像是高高抱起的双拳，像是去拜见老子的孔子。

《庄子·天道》记载，孔子想要藏书于周室，弟子子路说，去见老子吧，于是就有了"孔子问礼"的故事。

《史记·老子韩非列传》记载孔子适周，将问礼于老子。据《庄子·天运》记载，问礼之后"孔子见老聃归，三日不谈。"弟子就非常好奇，问老师为什么这样。孔子对弟子说："鸟，吾知其能飞；鱼，吾知其能游；兽，吾知其能走。走者可以为罔，游者可以为纶，飞者可以为矰。至于龙吾不能知，其乘风云而上天。吾今日见老子，其犹龙邪！"意思是说，鸟、鱼、兽我都知道他们的秉性，也都有办法来捕捉他们，可是龙，我却没有办法去了解、去追逐，而老子就是遨游太虚的龙，令人捉摸不透。

孔子给了老子最高的评价，也给了老子足够的尊重与崇敬。当孔子问礼退出来之后，我们依然能够感受到一位谦恭惶恐的孔子。因为孔子不知道"乘风云而上天"的"龙"，而老子便是这乘风云而上天的龙。孔子见了自己不能深知的如龙一样的老子，他虔诚地俯首揖拜。我想正是这种谦虚的态度才成就了孔子的伟大，此之谓"水底为海，人低为王"。

阳光已经洒下来了，温度升了起来，那种像狗狗的花儿的花瓣并没有因为受到阳光的照耀而如其他花朵一般举起它的花瓣，炫耀它的美色，依然是低眉顺耳的样子，让人感觉像是受了气的小媳妇儿。

手机正在播放着《庄子·德充符》。

什么样的人才能散发出强大的吸引力，让人忘掉其形体的缺陷？B站（网友对"哔哩哔哩"App的简称）说应该是内心充沛之人，那么内心充沛之人又应该拥有着怎样的品质呢？

手机里传出的问题让我也思考，我的思维跟着问题走。

眼前的花儿争奇斗艳，仔细看每一朵都不同，果然，"世界上没有完全相同的两片树叶"，世界上也没有两朵完全相同的花朵。看着它们要么妖娆多姿、要么憨傻呆萌、要么高傲不群、要么谦虚恭顺的样子，突然想到"君子不器"，君子是不是也是这样？不在乎外在的样子、姿态，顺应天地、自然而然地存在。

"固守事物的变化，顺应天地大道。"微观上看个体事物的确各有不同，但是从宏观上看，万物归为一体，哪里有不同，哪里有高下尊卑？但只有注重内在修养的人，才能内心充沛，才能淡看事物之间外在的差异，出乎人世，超然物外，才能得到天下人的敬仰。

的确是这样。一望无尽的花海，看上去似乎都是花，仔细看，有的已经开始凋零，有的正在盛开，而有的尚且是花骨朵，但远远看去，并不影响花海，眼前还是一片绚丽。

"生命根本在于精神，而不在于形骸。"庄子这么认为。

"人这一生，经历的出生和死亡，拥有和失去，失意和得意，贫穷和富有，贤良和不孝，诋毁和赞誉，饥寒和饱暖，这一切的一切不过是事物的变化，天命的运行而已，如日夜交替，看不见从哪里开始，所以这些生命本身以外的东西，不足以扰乱人内心的平和，无法侵害他的心灵，他的心灵永远和谐安适，通畅愉悦，无论外在的环境如何变化，内心世界永远是明媚的春天。"

B站里"文船长的奇异舱"在讲。

"才全而德不形"是内德充沛之人最核心的品质，具有极大的吸引力，让人忘掉它们的外形。"道赋予其容貌，天赋予其形体"。万物生于自然，育于自然，世人却以种种私欲对形骸以外的东西过分执着，并滋生出种种主观的偏见，就像刚才对于那一朵花的嘲笑。倘若我内心如平静的水面，明亮的镜子，那万物在我心中该不会激起一点波澜，但倘若水面有波澜，镜子有污点，那怎么也看不到事物的本真。

不是花长得像小狗，而是我的认识出现偏差，因为我的内心已经对花朵的形象有了好恶，所以才会觉得它像小狗。可不论它像小狗还是兔子，也不能改变它作为花的本质。

太阳已经完全升起来了，温度也上升了，开着车把父母接出来。母亲最近身体不好，糖尿病的并发症让她的牙齿东倒西歪，她一次只能走三十米左右，我们走走停停，母亲累了就坐在小路旁边的小条凳上。景色很美，适合照相，给父母照相的时候，母亲刻意不露出牙齿，说难看死了，但在我看来东倒西歪的牙齿并不影响她在我心目中的形象，她还是我可爱慈祥的母亲。

母亲对自己牙齿的态度让我想到女儿对我减肥这件事的看法。我总是觉得自己太胖，硕大的脸如面盆，实在不好，就整天想着减肥。女儿告诉我："您减不减肥都一样，因为没有人会在乎您的样子。例如外公外婆只会关心您为什么又瘦了，您减肥只会让他们担心，在他们眼里您好不好看并不重要，重要的是您要健康、开心；而对于我和哥哥来说，您不论胖瘦都是我们的母亲，减不减肥一点儿也不重要，都不影响你在我们心中的形象；对于那些不认识您的人，都不会关注您，他们会在乎陌生人的胖瘦吗？"这么一说，我突然发现自己持续多年想要努力控制体重这件事情居然这么无用，毫无意义。女儿又补充了一句："当然，您要好好锻炼，健健康康，免得我以后带您去吃美食，您什么都不能吃；带您出去旅游，您一步都走不动。"

想到这里，我顿时觉得女儿十分有远见，就如现在的我和父母，我想带他们去玩，可他们因为身体原因，哪里都去不了。

和父母欣赏着叶老师说的"横看竖看都是花"的花，想到一句话："人类一思考，上帝就发笑"，这长得像狗狗的低眉顺目的花朵难道不像张嘴大笑时露出大门牙的兔子？再细看，它们依然是花。

去年准备认真学哲学，闺蜜警告我，不要哲学没学好，自己先疯了，因为历史上不少著名的哲学家就是疯子。突然有些后怕，我出门散个步，脑子就没有停过，难不成还没有成哲学家就先疯了?

摇了摇头,一只手搀着我的母亲,另外一只手拉着父亲,把孔子和庄子还有那些花花草草遥遥地扔在身后,但天地却坚持用万物诠释着"道赋予其容貌,天赋予其形体"的天理。

后　记

亲爱的朋友，感谢你看到这些文字，当你翻过这一页时，我的人生也又翻过一页。我不知道未来该怎么去写，但只要生活还在继续，故事就永远不会画上句号。

我的"三姐妹"——《陪你一起过高三》《躬耕拾遗》《为你写书》终于要集合了，2018 年之前就着手整理的三本书终于随着最后一本即将面世全部集结。之前生活节奏太快，虽然有出书的打算，但进展非常缓慢，随着 2020 年的到来，由我安排、由我支配的时间也变多，这才有时间静下心来整理。也就是这个时期，我真正体会到了什么是自由。对我而言，时间属于自己就是自由，我可以听听网课，可以看看书，也可以坐在阳台前发呆，终于能感受到自己的存在。

其实这三本书本希望以一个系列出版，但由于种种原因，未能实现。出版书最初是父亲的心愿，我只是努力做一个让父母满意的孩子，后来这件事也成了我的理想，希望能让自己活得更有价值和意义，所以就坚持去做了。

三本书各有侧重。《陪你一起过高三》侧重于时段的特殊性。陪儿子读高三，陪学生读高三，我深深地体会到了家长、老师和学生的焦虑与不安，希望书中的教育理念能给大家一些帮助或者建议，希望孩子们能够积极、阳光、乐观地成长，希望大家能够一起陪孩子度过人生中这一段特殊的时期。

《躬耕拾遗》是对自己孜孜不倦的二十多年教学生涯的总结。教师这一职业不同于其他任何职业，因为教育对象的不可复制和教育的不可逆，让我们对职业应该有足够的敬畏。而作为教育工作者更应该是思想独立、富有个性的人，所以我一直提倡个性化教学，包括学习的个性化和教师的个性化，而教师的个性化也就决定课堂的个性化，这种个性化造就人的独特性，人终将成为忠于自己内心的思想独立的个体，而非人云亦云的附庸。要做到课堂的个性化就需要研究课本，研究学生，研究教育理念，不断学习，博采众长。书中虽然是一些浅薄孤陋的见识，但也确实是教学中的收获，是无数个挑灯夜战的结晶。

最后一本《为你写书》是我的生活。里面记录了我这些年的成长，有欢乐、挫折、喜悦，悲哀与孤独，当然也不乏收获和对人生的思考。有人说，为什么读你的文字总会读出淡淡的伤感，甚至是悲哀。我想，人注定要死亡，逃脱不了悲剧的宿命，而来来往往的人群也注定要离我们远去，所以人生注定是一段孤独的旅程。既然是孤独的，就说明我们每一个人所走的路不同，所见到的风景不同，所得到的收获自然也不同。记录我的生活，拿出来与你分享，也许可以让你觉得这一路走来有人陪伴，减少旅途的寂寞，同时冲淡人生的悲剧色彩。

《为你写书》是准备最久也是最迟出版的，无论是在财力、物力，还是精神层面，它都是最昂贵的。它出版在我最艰难的时期，也是我的生活出现大起大落、感触最深的时期。以前总是笑着说用三本书，把我的前半生总结一下，我要轻轻松松地开启人生的下半场。后半生就去读书、去旅游、去摄影，去走我想要走的路，去看我想要看的风景，去见我想要见的人。谁知一语成谶，我的确以它的出版为标志开始了人生的下半场。

我的人生下半场是从 2023 年开始的。我离开了我的舒适圈，离开了整整工作过 20 年的学校。那里是我的母校，曾经有我的少年、我的青春；那里也是我倾注汗水与心血的地方，我曾在那里陪伴了 13 届学生成长，至今依然还有我爱着的学生。我深深地眷恋着它……但是，人总是要离开，只是离开的方式与时间不同而已，只是有的离别太匆匆，来不及说再见……

　　这一年，我带着孩子离开了年迈的父母，离开了生我养我的故乡，带着牵挂与不舍再一次成为远行之客。

　　年轻时曾向往远方，后来长姐一句"父母在，不远游"便将我拉回故乡，我也只是母亲的孩子。我回到故乡生根成长，枝繁叶茂，兢兢业业工作，认认真真育人，希望自己能有益于人，无愧于心。可我也是孩子的母亲，多年来的忙碌，让我错过了孩子成长过程中的很多精彩的瞬间、重要的时刻。终有一天，我也不得不抖落根上的泥土，被命运的洪流裹挟着前行。

　　活得太理想，不知道理想地活着会很艰难。

　　现实中突如其来的一些事情，让本来可以早些出版的《为你写书》一度搁浅。但我害怕等出版的所有条件都成熟的日子太遥远，怕这样的日子磨去我的热情，怕对自己的理想再也提不起半点激情，怕没有《为你写书》分散注意力，我会在生活的困顿中失去生活的希望与勇气。我想，只要理想还在，只要日子还在，就要让理想实现，就要让日子发光。

　　而现在它终于要出版了。它就像我最宠爱的小女儿，我想尽一切办法，为它筹措资金，为它备上丰厚的嫁妆，郑重地为它找到"婆家"，并给予它最美好的祝福。

　　物质上我虽不富有，但一日三餐有；精神上我不贫瘠，乐观积极，知足常乐。我没有远大的理想，只希望安稳度日、平静生活，希望《为你写书》也能为你带来宁静与平和，能让你读到我的日子，能看见自己，看到自己的生活。生活或许会很难，但也正是因为难，才能更清晰地感受到生命的存在与成长。当我风尘仆仆地回到家中，站在满是灰尘的书架前，再次端详想带走点儿什么的时候才发现：我想带走的什么都带不走，不舍得留下的最终都得留下。这不就是人生吗？到后来，我们还是不得不走，走时也必定会两手空空。

　　茶几上放了一本书，是我离开家乡前正在看的《活着》。日子太难的时候我就看它，只要看到福贵，我就觉得我活得比他幸福多了。《活着》的序言中，曾有人问

为你写书

余华活着的意义是什么，余华说，活着的意义就是活着。倘若有人问我为什么写书，为你写书就是为你写书。希望你能读它，懂它，珍惜它。

我带上《活着》，带着《为你写书》，大步向前走。

2023 年于创新港